哈佛百年经典

希腊戏剧

[古希腊]埃斯库罗斯 / [古希腊]索福克勒斯 /
[古希腊]欧里庇得斯 / [古希腊]阿里斯托芬◎著
[美]查尔斯 · 艾略特◎主编
高朝阳◎译

北京理工大学出版社
BEIJING INSTITUTE OF TECHNOLOGY PRESS

图书在版编目（CIP）数据

希腊戏剧/（古希腊）埃斯库罗斯等著；高朝阳译. —北京：北京理工大学出版社，2013.12（2019.9重印）

（哈佛百年经典）

ISBN 978-7-5640-7754-9

Ⅰ.①希… Ⅱ.①埃… ②高… Ⅲ.①戏剧 - 剧本 - 作品集 - 古希腊 Ⅳ.①I545.32

中国版本图书馆CIP数据核字（2013）第111314号

出版发行 / 北京理工大学出版社有限责任公司
社　　址 / 北京市海淀区中关村南大街 5 号
邮　　编 / 100081
电　　话 /（010）68914775（总编室）
　　　　　82562903（教材售后服务热线）
　　　　　68948351（其他图书服务热线）
网　　址 / http: //www.bitpress.com.cn
经　　销 / 全国各地新华书店
印　　刷 / 三河市金元印装有限公司
开　　本 / 700 毫米 × 1000 毫米　1/16
印　　张 / 24.25
字　　数 / 360千字
版　　次 / 2013 年 12 月第 1 版　2019 年 9 月第 2 次印刷
定　　价 / 67.00元

责任编辑 / 张慧峰
文案编辑 / 张慧峰
责任校对 / 周瑞红
责任印制 / 边心超

出版前言

人类对知识的追求是永无止境的，从苏格拉底到亚里士多德，从孔子到释迦摩尼，人类先哲的思想闪烁着智慧的光芒。将这些优秀的文明汇编成书奉献给大家，是一件多么功德无量、造福人类的事情！1901年，哈佛大学第二任校长查尔斯·艾略特，联合哈佛大学及美国其他名校一百多位享誉全球的教授，历时四年整理推出了一系列这样的书——《Harvard Classics》。这套丛书一经推出即引起了西方教育界、文化界的广泛关注和热烈赞扬，并因其庞大的规模，被文化界人士称为The Five-foot Shelf of Books——五尺丛书。

关于这套丛书的出版，我们不得不谈一下与哈佛的渊源。当然，《Harvard Classics》与哈佛的渊源并不仅仅限于主编是哈佛大学的校长，《Harvard Classics》其实是哈佛精神传承的载体，是哈佛学子之所以优秀的底层基因。

哈佛，早已成为一个璀璨夺目的文化名词。就像两千多年前的雅典学院，或者山东曲阜的“杏坛”，哈佛大学已经取得了人类文化史上的“经典”地位。哈佛人以“先有哈佛，后有美国”而自豪。在1775—1783年美国独立战争中，几乎所有著名的革命者都是哈佛大学的毕业生。从1636年建校至今，哈佛大学已培养出了7位美国总统、40位诺贝尔奖得主和30位普利策奖获奖者。这是一个高不可攀的记录。它还培养了数不清的社会精英，其中包括政治家、科学家、企业家、作家、学者和卓有成就的新闻记者。哈佛是美国精神的代表，同时也是世界人文的奇迹。

而将哈佛的魅力承载起来的，正是这套《Harvard Classics》。在本丛书里，你会看到精英文化的本质：崇尚真理。正如哈佛大学的校训："与柏拉图为友，与亚里士多德为友，更与真理为友。"这种求真、求实的精神，正代表了现代文明的本质和方向。

哈佛人相信以柏拉图、亚里士多德为代表的希腊人文传统，相信在伟大的传统中有永恒的智慧，所以哈佛人从来不全盘反传统、反历史。哈佛人强调，追求真理是最高的原则，无论是世俗的权贵，还是神圣的权威都不能代替真理，都不能阻碍人对真理的追求。

对于这套承载着哈佛精神的丛书，丛书主编查尔斯·艾略特说："我选编《Harvard Classics》，旨在为认真、执著的读者提供文学养分，他们将可以从中大致了解人类从古代直至19世纪末观察、记录、发明以及想象的进程。"

"在这50卷书、约22000页的篇幅内，我试图为一个20世纪的文化人提供获取古代和现代知识的手段。"

"作为一个20世纪的文化人，他不仅理所当然的要有开明的理念或思维方法，而且还必须拥有一座人类从蛮荒发展到文明的进程中所积累起来的、有文字记载的关于发现、经历以及思索的宝藏。"

可以说，50卷的《Harvard Classics》忠实记录了人类文明的发展历程，传承了人类探索和发现的精神和勇气。而对于这类书籍的阅读，是每一个时代的人都不可错过的。

这套丛书内容极其丰富。从学科领域来看，涵盖了历史、传记、哲学、宗教、游记、自然科学、政府与政治、教育、评论、戏剧、叙事和抒情诗、散文等各大学科领域。从文化的代表性来看，既展现了希腊、罗马、法国、意大利、西班牙、英国、德国、美国等西方国家古代和近代文明的最优秀成果，也撷取了中国、印度、希伯来、阿拉伯、斯堪的纳维亚、爱尔兰文明最有代表性的作品。从年代来看，从最古老的宗教经典和作为西方文明起源的古希腊和罗马文化，到东方、意大利、法国、斯堪的纳维亚、爱尔兰、英国、德国、拉丁美洲的中世纪文化，其中包括意大利、法国、德国、英国、西班牙等国文艺复兴时期的思想，再到意大利、法国三个世纪、德国两个世纪、英格兰三个世纪和美国两个多世纪的现代文明。从特色来看，纳入了17、18、19世纪科学发展的最权威文献，收集了近代以来最有影响的随笔、历史文献、前言、后记，可为读者进入某一学科领域起到引导的作用。

这套丛书自1901年开始推出至今，已经影响西方百余年。然而，遗憾的是中文版本却因为各种各样的原因，始终未能面市。

2006年，万卷出版公司推出了《Harvard Classics》全套英文版本，这套经典著作才得以和国人见面。但是能够阅读英文著作的中国读者毕竟有限，于是2010年，我社开始酝酿推出这套经典著作的中文版本。

在确定这套丛书的中文出版系列名时，我们考虑到这套丛书已经诞生并畅销百余年，故选用了“哈佛百年经典”这个系列名，以向国内读者传达这套丛书的不朽地位。

同时，根据国情以及国人的阅读习惯，本次出版的中文版做了如下变动：

第一，因这套丛书的工程浩大，考虑到翻译、制作、印刷等各种环节的不可掌控因素，中文版的序号没有按照英文原书的序号排列。

第二，这套丛书原有50卷，由于种种原因，以下几卷暂不能出版：

英文原书第4卷：《弥尔顿诗集》

英文原书第6卷：《彭斯诗集》

英文原书第7卷：《圣奥古斯丁忏悔录 效法基督》

英文原书第27卷：《英国名家随笔》

英文原书第40卷：《英文诗集1：从乔叟到格雷》

英文原书第41卷：《英文诗集2：从科林斯到费兹杰拉德》

英文原书第42卷：《英文诗集3：从丁尼生到惠特曼》

英文原书第44卷：《圣书（卷Ⅰ）：孔子；希伯来书；基督圣经（Ⅰ）》

英文原书第45卷：《圣书（卷Ⅱ）：基督圣经（Ⅱ）；佛陀；印度教；穆罕默德》

英文原书第48卷：《帕斯卡尔文集》

这套丛书的出版，耗费了我社众多工作人员的心血。首先，翻译的工作就非常困难。为了保证译文的质量，我们向全国各大院校的数百位教授发出翻译邀请，从中择优选出了最能体现原书风范的译文。之后，我们又对译文进行了大量的勘校，以确保译文的准确和精炼。

由于这套丛书所使用的英语年代相对比较早，丛书中收录的作品很多还是由其他文字翻译成英文的，翻译的难度非常大。所以，我们的译文还可能存在艰涩、不准确等问题。感谢读者的谅解，同时也欢迎各界人士批评和指正。

我们期待这套丛书能为读者提供一个相对完善的中文读本，也期待这套承载着哈佛精神、影响西方百年的经典图书，可以拨动中国读者的心灵，影响人们的情感、性格、精神与灵魂。

目 Contents 录

主编序言

埃斯库罗斯，希腊三大悲剧大师第一人，关于他的生平我们知之甚少。公元前525年，他生于雅典附近的埃琉西斯，是欧福里翁的儿子。25岁的时候，他开始参加悲剧竞赛，12年后才第一次赢得比赛。他在西西里待了两年的时间，于公元前456年在那里逝世。他的去世也很具有戏剧色彩——据说是一只老鹰从天上丢下来一只乌龟，正砸在他的头上，因此而死的。

尽管他是一名作家，但他仍然为了国家而战。据说他参加了著名的希波战争中的马拉松战役、萨拉米斯海战以及普拉提亚战役。

据说他一生写过七八十部戏剧，但完整流传下来的只有7部：《波斯人》，讲述的是波斯王在萨拉米斯战役中的失败；《七将攻忒拜》，是三联剧中的第三部；《被缚的普罗米修斯》，可能是三部曲中的第二部，第一部可能是《带火的普罗米修斯》，第三部可能是《被释放的普罗米修斯》；《俄瑞斯忒亚》，是现存仅有的完整的古希腊悲剧三连剧，由《阿伽门农》《奠酒人》和《复仇神》（或称《厄默尼德》）构成。

埃斯库勒斯对于戏剧发展的重要性无疑是巨大的。在他之前的戏剧，只有合唱队和一个演员。他在戏剧中引入了第二个演员，使真正的戏剧对话变得可能，减少了抒情的部分，因此可以说，是他创造了我们现在所熟悉的希腊悲剧。和那个时期的其他作家一样，他会在自己的戏剧中参与演出，他还在舞蹈和歌曲方面对合唱队进行训练，对舞台的场景、服装以及配饰都给予关注，这也为他的戏剧演出增色不少。

在此，我们要再现他的四个剧本。

《被缚的普罗米修斯》在文学史上占有特殊的地位。正如埃斯库罗斯设想的那样，在人类反抗宙斯的斗争中，普罗米修斯是人类的保护者，剧本中的这一观点和《圣经》中的《约伯记》是一致的。

讲述"阿特柔斯家族"三联剧的《俄瑞斯忒亚》，是人类文学作品中最出色的一部。这个剧本涉及了两个伟大的主题，一个是罪行都应该得到惩罚，一个是邪恶是可以遗传的。而这些观点和埃斯库罗斯提出的神的正义观点以及希伯来人的先知以西结的主张是一样的。这两个观点都和当时人们普遍的观点相悖，当时的人们认为，父亲吃了酸葡萄，儿子的牙齿要被酸倒；同时认为犯罪的人必须消亡。这些观点所展现出的思想上的进步性以及风格上的严谨使得这部三部曲登上了古希腊文学作品的顶端。

查尔斯·艾略特

阿伽门农

Agamemnon

〔古希腊〕埃斯库罗斯

人物（以人物上场的先后为序）

守望者	阿尔戈斯士兵。
歌队	十二位阿尔戈斯长老。
若干仆人	阿尔戈斯王宫的奴仆。
克吕泰墨斯特拉[①]	阿伽门农的妻子，埃奎斯托斯的情妇。
传令官	阿伽门农的传话人。

① 克吕泰墨斯特拉是斯巴达国王廷达瑞俄斯和王后勒达的女儿，海伦同母异父的姐姐。埃奎斯托斯是堤厄斯忒斯和珀罗庇亚的儿子。堤厄斯忒斯是珀罗普斯和希波达墨亚的儿子，阿特柔斯的兄弟。希波达墨亚的父亲俄诺马俄斯预知自己会死在他未来的女婿手中，因此他同女儿的追求者比赛驾车，输了的都被他处死。珀罗普斯收买了俄诺马俄斯的驾车人密尔提罗斯，因此取得胜利。他后来感觉羞耻，就把驾车人密尔提罗斯推下海淹死了。密尔提罗斯临死之前，曾诅咒珀罗普斯一家人不得好报，这就是这个家族灾难的来源。堤厄斯忒斯曾经诱奸阿特柔斯的妻子阿厄洛珀，并与阿特柔斯争夺王位，故被阿特柔斯驱逐出迈锡尼。他出走时带着阿特柔斯的儿子普勒斯忒涅斯，养大之后堤厄斯忒斯让普勒斯忒涅斯去杀死其父阿特柔斯。后来阿特柔斯假装和堤厄斯忒斯和好，请他来赴宴并把堤厄斯忒斯自己的两个孩子的肉给他吃。众神为这件事情诅咒阿特柔斯一家不得好报。阿特柔斯曾叫埃奎斯托斯去杀他的父亲堤厄斯忒斯，阿特柔斯本人却被埃奎斯托斯杀死了。在阿伽门农攻打特洛伊城的时期内，埃奎斯托斯和克吕泰墨斯特拉通奸。

阿伽门农[①]	阿尔戈斯与迈锡尼的国王。
侍女数名	克吕泰墨斯特拉的奴婢。
卡珊德拉[②]	阿伽门农的侍妾，特洛伊的女俘虏。
埃奎斯托斯	阿伽门农的堂弟。
卫兵数人	埃奎斯托斯的卫兵。

场景

位于迈锡尼阿特柔斯王宫前院，王宫前有神像和祭坛。

① 阿伽门农是阿特柔斯和阿厄洛珀的儿子。

② 卡珊德拉是特洛伊国王普里阿摩斯和赫卡柏的女儿，是一个女先知，特洛伊城被攻陷后成为阿伽门农的侍妾。

一　开场

【守望者站在王宫屋顶上。

守望者　我在这里祈祷，我在这里跪拜，祈求众神减轻我长年在这里守望的辛苦。我这一年来的生活，就像一只狗，耷拉着脑袋趴在阿特瑞代的屋顶上——就这样子。孤独没日没夜、无休止地陪伴着我，我在每一个夜晚与群星为伴，结识了那些耀眼的星君。它们璀璨地出现在苍穹，给我们带来夏天与冬天。今晚，我依旧独自守望着信号火炬，那火炬的光芒带来了特洛伊的消息，送信人称那里的都城已经沦陷。这是一个充满男子魄力、渴望胜利的女人命令我做的。他们不让我在黑夜中入睡，露水沾湿了我的枕榻，连梦都不敢来召唤我，因为恐惧站在我的旁边，使我的眼睛不能紧闭一下，小睡一会儿。每当我想唱唱歌，哼哼小曲儿，挤点歌汁来治疗我的瞌睡病，我就悲叹这个家庭如今不幸，这个家管理得远远不如从前。我万分渴望火光在黑暗中出现，带来好消息，让我可以逃脱这样的辛苦！

【不一会儿，远处出现了火光。

啊！那美丽的火光，在黑夜中闪烁着白天的光亮，作为发动众多阿尔戈斯歌舞团的信号，这是值得欢呼的幸运！

啊哈，哦呵！

我要将这个振奋人心的消息，清晰地传达给阿伽门农的妻子，叫她从榻上惊喜地起来，在宫里庆祝，迎接胜利的火炬；因为伊利翁[1]的都城已经沦陷，就像那火炬传达的消息；我在屋顶上一个人欢快地舞动了起来；我的主人这一掷太幸运了，这下轮到我走棋子了；这信号的火光为我掷出了三个六。

请让我的主人回来吧，让我紧紧握着他的胳膊向他问好。我就不多说什么了，正所谓一头巨牛堵住了我的嘴。这偌大的宫殿如果可以说话，就会明明白白地讲出来。对于知情人，我乐意奉告；那些不知情的，我就说已经忘记了。

【守望者自屋顶退下。

二　进场歌

【若干仆人走上，他们点燃了宫殿祭坛上的火种，然后进宫。歌队从观众右方入场。

歌队队长　（序曲）已经整整十年了，自打普里阿摩斯强有力的原告，墨涅拉俄斯[2]与阿伽门农，阿特柔斯的两个英勇的儿子——他们依旧光荣地拥有宙斯赐予他们的两个宝座，两根权杖——从这地方率领着一千船的阿尔戈斯军队和战斗中的辩护人出征以来，他们愤怒地叫嚣着要发动大战，就好比是失去了幼雏的兀鹰伤心到极点，在窝的上空盘旋，用翅膀当划桨；兀鹰为幼雏做的窝算是白做了；幸亏那高处的仁慈的神——阿波罗，或者是潘，或者是宙斯——他清楚地听见了兀鹰尖锐的悲鸣，对这些侨居者深感同情，于是派遣了正在准备复仇计划的厄里倪厄斯来惩罚这罪行。高大的宙斯啊，宾主之神，就是如此派遣了阿特柔斯的孩子

① 伊利翁是特洛伊的别名，译文根据英语原文译出，需要说明的是剧本中存在两个名字混用的现象。

② 墨涅拉俄斯，阿伽门农的弟弟，阿特柔斯的儿子，据传海伦就是他的妻子，被特洛伊王子帕里斯从阿尔戈斯拐走。

们去惩罚阿勒克珊德洛斯[①]；因为一个一嫁再嫁的女人[②]，他将使达那俄斯人[③]和特洛伊人遭受累人的搏斗，他命令他们双膝跪在沙尘里，将戈矛折成两截。

事情现在还是那个样子，不过将按照注定的结果而结束；不管那罪人是处以火刑，还是歃血奠酒，或是献上不焚烧的祭品，也无法平息那愤怒燃烧出的烈焰。

身体羸弱、体力不佳的我们，没有资格去服兵役，那些去远征的辩护人便把我们扔在了家里，我们用这仅有的孩子般的力气拄着拐杖支撑着沉重的身躯。那孩子心中流淌着的稚嫩血液，没有战斗精神，就同那蹒跚着的老年人一样；对于一个衰老的人，他生命的树叶早已凋零无几，借着第三条腿的支撑行进，甚至比孩子还脆弱，他好比是白天出现在梦中飘来飘去的形象。

啊，廷达瑞俄斯的爱女，克吕泰墨斯特拉王后，这是发生了什么事？你发现了什么重大新闻？你是打听到了什么，收到了什么消息，竟然下达命令，举行这隆重的祭祀？这都城所有的守护神——上界与下界的神，屋前与市场里的神——火焰在他们的祭坛上活泼地跳跃着，那丰盛的祭品已经献上。到处都燃烧着火炬，火焰直直冲向天空，那是用神圣的脂膏提炼的纯粹而温润的药物，也就是用皇家国库的油涂抹过的。

请你将你知道的、能说的内容告诉我们，以消除我们心中久久的恐慌不安；我们一会儿觉得有灾难降临，一会儿又因为你举行祭祀而看到新的光明，这光明消除了那数不尽的忧愁和剪不断的悲伤。

（第一曲首节）在这里，我要说一下那两位领军出征的首领，那两位幸运的首领——虽然我已经是年迈体衰，但是因为神赐予我灵感，这让我还能唱出动人的歌词——让我来提起那阿开俄斯人的两个首领吧，那率领希腊青年的和睦首领，他们手持复仇的戈矛，正要被两只猛禽带到透克洛斯的土地上去。雄鹰驻足在船之王面前，一只身披黑羽翎，一只身披白羽

---

① 阿勒克珊德洛斯是帕里斯的别名。

② 海伦后来又嫁给帕里斯的弟弟伊福博斯，这是在帕里斯死后的事。

③ 达那俄斯人，狭义指阿尔戈斯人，广义指希腊人。

翎，它们出现在王宫旁，在执矛之手的一边，栖息在显著的位置，兴奋地啄食着一只怀胎的兔子，容不得它跑完最后一程。那是哀歌的旋律，那是哀歌的旋律，但愿一切吉祥如意。

（第一曲次节）军中那机灵明智的预言家，回望那性情各异的两个阿特瑞代，就会明白，那两只热爱搏斗厮杀的大鸟，就象征那两个领军作战的首领，他是这样解释那预兆的：“那普里阿摩斯的都城终究会被远征军的铁蹄所践踏攻陷，城外遍地的牛羊，人民丰富的财产，必将被洗劫一空；祈求神不要将那可怕的嫉妒降临，特洛伊将会被戴上结实的枷锁，这远征的军旅啊，让星辰黯淡，日月无光！那善良仁慈的阿耳忒弥斯[①]同情那只可怜的兔子，她怨恨父亲那长着翅膀的猎狗把那只怀胎的兔子撕碎来祭献，那缓缓流淌的鲜血染红了整个祭坛；两只残忍的利爪猛禽令她感到深深的恶心。”那是哀歌的旋律，那是哀歌的旋律，但愿一切吉祥如意。

（第一曲末节）“啊，那友爱慈悲的女神，你是如此疼爱那些猛兽的幼崽，所以你也深受它们的喜爱。你也应该让这预兆应验，虽然它预示着某种不祥，却也是个值得庆幸的好兆头。我祈祷阿波罗，不要让他姐姐阿耳忒弥斯对达那俄斯人发出逆风，这会阻滞他们前行的船只，长期无法航行，由于她想要求另一次祭献，那是不合法的祭献，是无法食用的牺牲。这会导致家庭矛盾的频频发生，让丈夫失去原有的威信；因为王宫里住着一位恐怖而恶毒的看家人，一位心胸狭窄的、记仇的、会打击报复的、要为堤厄斯忒斯的儿子们复仇的怒神。”卡尔卡斯对着王宫大声说着，他从路上走来，鸟儿飞绕在枝头。从鸟儿的身上看出的命运，夹杂着莫大的幸运，如此和谐。那是哀歌的旋律，那是哀歌的旋律，但愿一切吉祥如意。

（第二曲首节）众神之首的宙斯，不管他是谁——只要叫他这名字，就使他喜欢，我就这样呼唤他。经过一番深思熟虑，我觉得没有任何神可以和宙斯相提并论，除了宙斯自己。如果我不再有那样愚蠢的想法的话——那想法就是宙斯不是主宰宇宙万物的伟大的神。

（第二曲次节）那位曾经号称无边的神，在每次战斗中总是傲慢自

---

① 阿耳忒弥斯是宙斯和勒托的女儿，掌管狩猎并保护分娩的妇女，她永保童贞，没有出嫁。

大，如今已经销声匿迹，不再被人所提起。他的时代早已成为过去，那是遗留在过去的记忆。他的父亲克洛诺斯也在与宙斯的决斗中败下阵来，不再被人顶礼膜拜。崇拜伟大的宙斯吧，聪明的人都会如此。

（第三曲首节）那伟大的宙斯指引着人走上了智慧征途，他立下了这样的规则：智慧生于苦难之中，只有历经磨难才会获得令人羡慕的智慧。回忆过去的苦难，苦难会在梦中把人淹没。面对这样凄苦的灾难，一个再顽固的人也会从此小心谨慎。这是那高大宝座上的万物之主宙斯强制赐予的恩泽，让人不得不接受并表示感激。

（第三曲次节）阿开俄斯舰队年长的首领不会埋怨先知，而是向这突如其来的灾难低头。那个时候，阿开俄斯人驻在卡尔喀斯对面，奥利斯岸边——那里每天有七次潮汐涨落——他们身困于海湾，忍受着饥饿的折磨。

（第四曲首节）从斯特律蒙刮来的东北暴风，让船只无法向东北方向航行。危险的停泊，饥饿的折磨，游荡的士兵，有害的闲暇，风袭击了船只和缆绳，太久的滞留，阿尔戈斯的花朵都凋谢枯萎了。最后，先知告诉两位首领另一个比狂风暴雨更加难以忍受的挽救之法，并且提到了阿耳忒弥斯，这让阿特瑞代急得将王杖狠狠地击打地面，泪流满面。

（第四曲次节）那年长的国王说：“就让我虔诚地服从命运吧，至少这样可以少遭受一些劫难；不过命运要我亲手杀掉我的女儿，我那些天真可爱的孩子，让我在祭坛旁边，用沾满鲜血的罪恶双手，将自己的孩子献上，这也是无法逃避的劫难！可以拿什么来解除我的苦难啊？我不可以辜负舰队，抛弃联军。可是，命运迫切要求杀献，让我的孩子来平息这样的灾难，也是合乎情理的啊！但愿可以一切如意。”

（第五曲首节）他被迫戴上轭，从此他的心就改变了，曾经的善良纯洁、正直坦率与安分守己，如今都在戴上轭的瞬间，变得肮脏不堪，卑鄙龌龊、亵渎神明，他从此改变了本性，肆意妄为。凡人往往受“迷惑”的怂恿，他出坏主意，是祸害的根源。因此，他忍心做女儿的杀献者，亲手杀死自己的女儿献祭，仅仅是为了援助那场因为一个女人而进行报复的战争，为那些舰队祭祀。

（第五曲次节）可怜的女儿啊，伊菲索涅亚！她苦苦地哀求着，她无助地呼唤着“父亲”，她处女时代的生命，都不曾被那些好战的将领所重视。她的父亲祷告完毕，在站满众多大臣的宫殿里，她虔诚地跪在父亲的长袍前。父亲让执事将她举起，像宰杀牛羊一样残忍地按在祭坛上，并且用布条封住了她的嘴，以免她在死之前说出恶毒的诅咒，对在场的人们开启厄运的诅咒之门。她是多么想恨她那薄情的父亲，可是连恨都那么柔弱，无法抵挡住她对父亲深深的依恋。这就是他父亲的信仰，信仰决定了他薄情的行为，他注定了要亲手杀死自己乖巧的女儿，换一个人，也会这样。

（第六曲首节）那靠暴力残忍地禁止那个可怜的女孩发声的力量啊。紫色的长袍顺势自然地垂到了地面，她双眼充满了哀求的目光，这目光射向每一个献祭的人，像图画里的人物那么显眼。她心中轻轻地呼唤着他们的名字——她曾经无数次为她父亲宴请的宾客们歌舞助兴，渲染出欢乐的气氛，她有最纯洁的天籁般的歌喉，在第三次祭酒之时，很亲热地回应她父亲快乐的祷告声。

（第六曲次节）我没有亲眼所见此后的事，自然也就不妄加说辞了。但是卡尔卡斯的预言是无法避免的。惩戒之神一定会把智慧分给受苦受难的人（阿伽门农）。未来的事到时便知，如今且随它去吧——预知就是还没有受伤就已经叫痛了——它会随着黎明的到来清楚现身。

但愿今后一切如意，正合乎阿尔戈斯土地上仅有的保卫者——我们这些和主上最亲近的人的意愿。

三　第一场

【克吕泰墨斯特拉自宫中上。

歌队队长　克吕泰墨斯特拉，我尊重你命中所拥有的权力；因为在王位空虚之时，我们理应尊重我们主上的妻子。是不是你已经收到了好消息，或者是你没有收到，只是希望收到好消息，而举行这样的祭祀，这是我想听的；当然你不愿意说，我也不会有埋怨。

克吕泰墨斯特拉　那温暖的黎明啊，但愿你带来好消息，就像俗话说的，黎明是黑夜的孩子。你会出乎意料地收到一个好消息——英勇的阿尔戈斯人已经成功攻陷了普里阿摩斯的都城！

歌队队长　什么？这句话从我耳边掠过了，因为我不相信。

克吕泰墨斯特拉　特洛伊已经落在了阿开俄斯人手中；你现在听清楚了吧？

歌队队长　太让我兴奋了，我是如此的高兴，以至于禁不住流泪。

克吕泰墨斯特拉　你的眼神透露出你的耿耿忠心。

歌队队长　这件事你是有可靠的证据吗？

克吕泰墨斯特拉　肯定有——当然有了——除非是神欺骗了我。

歌队队长　啊，你是否将梦中那迷惑人的形象看得太重了？

克吕泰墨斯特拉　我才不会在意那昏睡的灵魂中的幻影呢。

歌队队长　莫非是那不可信的谣言将你弄糊涂了？

克吕泰墨斯特拉　你太蔑视我的头脑，你完全把我当成了小女孩。

歌队队长　那么那都城是哪一天被攻陷的？

克吕泰墨斯特拉　告诉你吧，就在这孕育黎明的夜晚。

歌队队长　咦，是什么样的报信人可以有如此快的速度？

克吕泰墨斯特拉　是万物主宰宙斯的儿子，强大的火神赫淮斯托斯，他在依得山上发出了灿烂的火光。依得山的火光先是传到了楞诺斯岛上的赫尔墨斯悬崖，之后阿托斯半岛上的宙斯峰从那里接过巨大的火炬；那跳跃的火光使劲奔跑着，跃过大海，快乐地前进……那灿烂的松脂火炬像太阳一样将金色的光芒带到了马喀斯托斯山上的望楼前。那里的山峰不曾昏睡，不曾拖延时间，不曾疏忽作为信差的职责；那信号火光途经欧里波斯海峡的上空，远远地将消息传递给了墨萨庇翁山上的守望者。他们也陆续点燃了枯草，让信息随着燃烧的火焰继续向前传递。那火光依旧旺盛，毫无暗淡之光，它如天空中皎洁的明月跳过了阿索波斯平原，来到了喀泰戎悬崖上，将这信号火炬传递给下一个信差。那里的守望者不仅没有拒绝远处传来的火炬，并且点燃了比命令要求更加旺盛的火焰；那火光在戈耳戈[①]眼似的湖面上掠过，直达山羊游玩的山上，让那里的守望者对生火的命令表示欢迎。他们出大力气，点燃了火光，并且送出一大堆火须，那火须从俯瞰萨洛尼科斯海峡的海角飘过，火光依旧，之后就下降，到达了阿剌克奈翁山峰——那是和我们都城相临近的守望站台，并且从那里，火光落到了阿特瑞代的屋顶上，这火光是依得山上火焰延续的子孙。这就是我精心安排的火炬传递赛——一个个依次接力跑完，最先跑和最后跑的人都是胜利者。这就是我告诉你好消息的可靠证据，这消息是我丈夫从特洛伊传递来的。

歌队队长　啊，尊敬的夫人，我会虔诚地向神拜谢的，不过我渴望听完你所说的，你一边说，我一边赞叹吧。

克吕泰墨斯特拉　如今特洛伊已经落在了阿开俄斯人手中。试想一下，那里的人们的各种呼声不会混淆。倘若把油和醋装进同一个瓶子里，你会觉得它们合不来，不够朋友，因此你也会分别倾听征服者与被征服者的声音；他们有着各自不同的命运：有的人倒在了丈夫或者是兄弟的尸体上，儿孙倒在老人的尸体上，用被禁锢的喉咙哀叹他们最亲近的人的死亡；一些人，因为战后通宵达旦欺凌掳掠而劳累、而饥饿，于是停下来享用城中供应的早餐——不是依次发票分配的，是各自凭着运气摇签。他们住在沦陷的特洛伊城中，不用面对露天的风霜与寒露，也不再需要站岗的哨兵，就可以像那些幸福的人那样惬意地睡上一宿。

① 戈耳戈，三个蛇发女怪之一，面貌可怕，人见之立即化为顽石。

除非他们尊重那被征服的土地上守护城邦的神与宫殿，否则他们就会在俘虏他人之后成为俘虏。但愿我们的军队不要拥有某种欲望，为了满足贪欲而对那些不应该抢夺的东西大肆掠夺，因为我们的军队还需保障回国的安全，沿着那双程跑道的回头路归来。倘若军队没有亵渎神明而归，那些俘虏的悲愤就会得到缓解，除非发生意外的祸事。

这就是我，一个女人要讲述给你听的。祈祷好事成功，我们一定会看得见；我宁可要这复仇成功的快乐，也不要那安宁的幸福。

歌队队长　明智的夫人啊，你像个谨慎又智慧的男人，话说得很有理。我在你这里已经知晓了那可靠的证据，准备向神明拜谢了。因为我们的辛苦没有白费，已经开始得到适当的报酬了。

【克吕泰墨斯特拉进宫。

四　第一合唱歌

歌队队长　（序曲）啊，伟大的宙斯！啊，美丽的夜晚，灿烂星辰的赐予者，你曾经将网撒向特洛伊城上空，让那里的人们无法挣脱这奴役的大拖网，让他们无法逃离被一网打尽的劫数。我尊敬伟大的宙斯，宾主之神，他促成了这件事，其实他一早就向阿勒克珊德洛斯拉开了弓；那百发百中的箭一定会射中鹄，而不会射向星辰高处，白白落地。

（第一曲首节）人们会说这打击来自宙斯，他成功地依照自己的意愿促成了这件事。有人曾经说过，神明对那些亵渎圣洁美好东西的人不屑一顾。殊不知，说这样的话才是亵渎神明。当一个人拥有的财富远远超过了最高的限度，他所表现出来的骄傲这样不可饶恕的罪恶所得到的结局就是死亡。聪明的人不追求财富的数量，只愿意有一份无害的财富就可以了。

因为一个人如果过于富足，踢翻了正义之神的大台座，就会失去保障啊！

（第一曲次节）是“引诱”那个坏家伙，那预先设计的毁灭之神难以抵抗的女儿，在催促他，如此一来任何挽救都是无意义的。他所受到的打击无法遮掩，似火光般明亮夺目；他受到的惩处，就像那劣铜因为被磨损、撞击而变黑；他像一个无知孩童追赶着飞鸟，给他的土地带来了毁灭性的灾难。神明不听他的祈求，而是把那些做不义之事的人毁灭掉。

就像帕里斯这样的人，他曾经到阿特瑞代[①]家骗走了一个有夫之妇，玷污了宾客的筵席。

（第二曲首节）那个女人啊，给自己的国家留下了兵荒马乱的戈矛，出海的装备，她带到特洛伊的嫁妆是毁灭，她轻松地走出大门，明目张胆地做没人敢做的事情。那时候，宫廷中的众先知禁不住叹息："啊，这偌大的宫廷与宫中之王！啊，这床榻与新娘的脚步！我们不难看出那些被抛弃的人哑口无言，他们已经觉察到耻辱，但还没有出口骂人，甚至还不肯相信。那外出的丈夫会思念自己的妻子，会幻想出自己的妻子正在操持家务。"

不过那美丽的雕像，在丈夫眼中看来没什么可爱，那雕像没有眼珠，也就无法表情达意。

（第二曲次节）"那梦中出现的逼真幻影，让人信以为真，然后落得空欢喜一场，当一个人认为他看见了亲爱的人，那无非是徒劳。因为那幻想是无法触摸的，永远不会从睡眠中苏醒而出现。"这就是宫中炉边的伤心之事，此外还有更加令人伤心的事呢；通常地，每一个家里面都会为那些从希腊启程的士兵流露出悲伤，是啊，太多的事情刺得人们心痛呀！

出去远征的是能呼吸的人，回到家的却是一罐冰冷的骨灰，不是活人。

（第三曲首节）战神在戈矛激战的土地上安放了一台天平，他用黄金来购买尸体，他从伊利翁把火化了的东西送回给他们的亲人，那砂金让人流泪心碎。它代替了骨灰，就盛放在那轻便的瓦罐里。他们哀悼死者，赞扬这个英勇善战，赞美那个在血战光荣倒下，为了安慰别人的妻子；有人低声抱怨着，对这件事的始作俑者阿特瑞代的悲愤情绪正在悄悄蔓延。

有的士兵倒在了伊利翁的城墙下，占据了那片土地上的坟墓，他们的形象依旧高大美丽；虽然他们是征服者，却葬在了敌国的土地中。

---

① 阿特瑞代指阿特柔斯的儿子们，具体指阿伽门农和墨涅拉俄斯，这里指帕里斯拐走了墨涅拉俄斯的妻子海伦。

（第三曲次节）公众愤怒的言语是危险的，市民的诅咒开始起效。黑暗中隐藏着的消息让我恐慌；因为神并非对那些恶贯满盈的人视若无睹；多行不义的人，虽然侥幸取得了暂时的胜利，但是那些身着黑袍的厄里倪厄斯[①]终会结束他侥幸的胜利，命运逆转，受尽挫折，最终销声匿迹；一旦被毁灭就无法挽救了。一个人过于出名也是危险的，因为宙斯的眼睛里会发出霹雳般的闪电。

我宁愿要那不会被人妒忌的幸福；我不愿意去掠夺别人的土地，也不想自己被人俘虏，沦为奴隶，过着暗无天日的生活。

（第三曲末节）那信号火炬带来的喜讯，很快在城中散播开来。不过有谁知道这消息是真的还是神在捉弄人啊？有谁如此幼稚、如此糊涂，让自己的心为火光带来的喜讯所喜悦，然后又垂头丧气，空欢喜一场？在消息还没有得到证实就开始欢喜谢恩，这是女人所喜爱的。女人制定的行为法则很容易让人听从，传播得也快，不过女人口中的消息消失得也快啊！

五　第二场

歌队队长　我们马上就可以知道那火炬带来的火光与消息是否是真的，这满载着胜利的火光是不是像梦魇那样玩弄了我们的心。我看见一个传令官头戴橄榄枝从海边跑来，他扬起了干燥的尘埃，那是泥土的胞姐，向我证明了这个报信者不是哑巴，他不是靠着燃烧山上的柴火来传递消息，而是更加清楚地带来了那令人欢呼的消息，或者——我是不爱说反话的。但愿锦上添花吧！倘若谁为这可喜的消息做出不同的祈祷，那么就让他为自己心中的罪恶埋单吧！

【传令官从观众右方走上。

传令官　啊，我亲爱的祖国，阿尔戈斯这片土地！转眼十余载，今天终

① 厄里倪厄斯是主宰复仇的三大女神——阿勒克图（不安女神）（Alecto）、墨纪拉（妒忌女神）（Megaera）和底西福涅（报仇女神）（Tisiphone）的总称。

于让我回到了你的怀里！岁月剪断了多少希望，唯有一个剪不断。真没想到我还可以回到这里，并且将死在这里，分得一块最亲近的墓地。土地啊，让我为你欢呼！太阳啊，让我为你欢呼！那高大的天神宙斯啊！皮托的阿波罗王啊！请你收起手中的弓箭，不要向我们开弓！在斯卡曼德洛斯河边我们已经遭受到了你的打击，如今我伟大的阿波罗王，请你来做我们的教主与守护神！让我向十二位大神致敬，尤其是我们的守护神赫尔墨斯——亲爱的传令神致敬，他是我们传令人供奉的神；当然还有那些派遣我们出征的英雄们，但愿他们可以友善地迎接战火下残余的军队。

那王家的宫殿啊，那亲爱的家园啊，那庄严的宝座和那面向旭日的神明啊，请你们依旧像从前，用明亮的双眼去迎接这久别的君王！是他给你们，是他给这里所有的人，在漆黑的夜晚带来了亮光——他就是阿伽门农。我们理应虔诚地欢迎他，因为他已经凭借着宙斯的铁锄成功地铲除了特洛伊，破坏了那里的土地，摧毁了地里的庄稼，让那里神祇的祭坛和庙宇都消失了。他就是我们敬爱的国王陛下，阿特柔斯的长子，驾在特洛伊脖子上的轭；他现在胜利而归，如此幸运，是这个时代最值得人们尊敬的人。以后帕里斯与他伙同的城邦再也不会大夸其口说，他们所遭受到的惩处与他们犯下的罪行相比根本算不上什么；他犯了盗窃罪，依法交出了赃物，他的家宅也被夷为平地，而且他的土地也被摧毁了；普里阿摩斯的孩子们犯了罪，结果受到了加倍的惩处。

歌队队长　欢迎从阿开俄斯军队归来的传令官，但愿你幸福！

传令官　我很幸福，让我为神去赴死，我也心甘情愿。

歌队队长　你是否因为思念家乡而烦恼？

传令官　我思念我的祖国，并且双眼充满了爱的泪水。

歌队队长　那么你的相思病是很舒坦的了？

传令官　啊？我不明白你所说的，请你解释一下。

歌队队长　就是说你思念那些正在思念你的人，是多么温暖。

传令官　你是说祖国也在思念着那些远在异乡的军队？

歌队队长　没错，我心中的忧愁常在呻吟。

传令官　为什么你心中会有这样的忧愁？

歌队队长　沉默一直是我免灾的良方。

传令官　怎么？王出征在外，你还畏惧谁？

歌队队长　我害怕，并且非常害怕，用你的话说就是，死了多好啊！

传令官　我说的是事业已经成功。在这段漫长的时间里发生的事，有些很顺利，另一些很坎坷。不过又有谁的一生会无灾无难地度过呢？除非你是强大的天神。说起我们生活的艰苦和环境的恶劣，船上拥挤的过道，糟糕的床铺——哪一样不是我们要叹气的，哪一样不是我们每天都要面对的？陆地上的生活一样糟糕：我们毫无遮掩地睡在敌人的城墙脚下，雨水和露珠打湿了我们的衣衫，我们的衣服因此滋生了厚厚的霉菌。在鸟儿都能冻死的寒冬，只要一下雪就冷得瑟瑟发抖；炎热的酷暑，姑且不说我们人了，就连海水都被晒得昏昏欲睡，动静全无——不过没有必要再为这些事悲叹了，因为这一切都已经过去了。尤其对于那些已经死去的人，他们再也不会想起来了，记忆对于他们来说也随着生命的消亡烟消云散了；不过对于我们这些阿尔戈斯军队的幸存者，为了自身的利益，痛苦自然不会被均分，有些人好过一些，更多的人就要品尝更多的苦难。因此，我们可以在这光明的日子，大胆夸口说——请让这声音毫无阻力地飘过海洋与陆地——“特洛伊被阿尔戈斯的远征军攻陷了。那里的一切都是贡献给希腊神祇的战利品，是我们的军队放在他们的寺庙中的，这光荣的祭品永世长存”。人们听见之后，就会大肆赞扬这城邦和首领；宙斯促成了这次胜利，这样的恩泽是值得珍惜的。现在我说完了。

歌队队长　你的话已经将我说服，我没有什么可难过的了；无论老幼遇到不懂的问题，向别人虚心请教，这并不是什么丢脸的事情。不过这个消息对于这个家和克吕泰墨斯特拉密切相关，我也可以一饱耳福。

【克吕泰墨斯特拉从宫中上。

克吕泰墨斯特拉　我发出了欢快的呼声，庆祝第一个信号火光在夜里到达，报告伊利翁的沦陷与毁灭。不过我遭到了一些人的责备："你竟然会相信这样的火光信号，真的觉得特洛伊已经毁灭了吗？你真是个女人，这么容易激动！"那个人把我骂得一塌糊涂。不过我依旧举行了祭祀，他们也把女人当作榜样，在城中四处宣扬胜利，在众神的庙宇里，他们熄灭了吞食香料的、芳香的火焰。

（向传令官）这个时候无须你向我报告了。我自会从王那里听到所有的内容，但是我要抓紧时间准备最宏大的仪式迎接我尊贵的丈夫归来。在一个妻子眼中，没有哪天的阳光比今天的更加可爱。因为今天是神保佑丈夫胜利归来，妻子为他敞开大门的日子。把这话带给我丈夫吧。请他——人民爱戴的国王，速速归来！愿他回来吧，他会发现自己的妻子依旧忠贞，就像先前分别时那样；家里的狗也对他摇尾欢迎，而对那些仇视他的人表示出敌意。在其他方面也是一样，在这么长的时间里，他的妻子连封印都没有破坏一个。更别提从别的男子那里带来的快乐，或者流言蜚语，我一点不知，就好像我不知道金属的淬火一样。这些就是我夸口的话，但的确是真心的——一个高贵的妇人这样说说，我觉得没有什么可耻。

【克吕泰墨斯特拉进宫。

歌队队长　她说完了，你理解她的意思，但是在明眼人看来，她的话却是表里不一。不过请你告诉我，传令官——我想知道墨涅拉俄斯——他，受人尊敬的君王，是否和你们一道平安归来？

传令官　我无法将假话说得顺耳，让朋友心中欢喜。

歌队队长　请你说真话吧。真话和好消息一旦分离，就难以自圆其说。

传令官　他本人和他的船只不在这里。我说的是真话。

歌队队长　他是当着你们的面从伊利翁扬帆而去，还是那共同遭遇的风暴，将他和船只吹走了？

传令官　神箭手能一箭射中鹄，你也一句话道出了一连串的灾难。

歌队队长　听别的航海人所说，他是否还活着？

传令官　除了那养育万物的太阳神赫利俄斯，没有人知道，也没有人说得清。

歌队队长　你说那风暴是怎样因为神的愤怒而袭击我们军队的，又是怎么平息的？

传令官　好日子不应该被坏消息破坏，那是对神的忤逆。当一个报信人垂头丧气地带来了军队覆灭的消息，在可恨的灾难中，城邦受了损失，人民受了损失，很多人被阿瑞斯的双头刺棍——那双矛的害人东西，沾满鲜血的矛头，赶出了家门，做了牺牲品——当他担负着这样沉痛的灾难，他只宜唱复仇神的凯歌；不过当他带着振奋人心的好消息回到自己的城邦，我怎么忍心将噩耗与喜讯混合在一起，提及那起因为众神的愤怒而开罪到阿开俄斯人身上的风暴呢？

水火本不相容，不过电火与海水居然结成了联盟，为了显示它们的联盟友好，袭击了阿尔戈斯人的不幸军队。昨天夜里，灾难从海上袭来，那从特剌刻来的狂风刮得船只相互碰撞，船只在风雨雷电的袭击下，在凶残的牧羊人鞭笞下，沉没于大海之中。当太阳发出了光芒，我们看见爱琴海上绽放出花朵——到处漂浮着阿尔戈斯人的尸首与船只的残骸。不过我们和我们的船只有幸得到了某位的拯救，或者说是因为他的求情让我们免受灾难，他一定不是人，是伟大的神，是他在为我们导航。救世主命运女神就安静地坐在我们的船头，因此我们进港后没有遇到风浪的玩弄，也没有在石滩上搁浅。此后，虽然我们在海上死里逃生，虽然是白天，我们还是不相信我们的幸运，对那灾难还是心有余悸：我们的军队遇难了，遭受到了严重的打击。这时如果他们之中还有人活着，一定会说我们已经死了；而我们则以为他们遭受了这样的灾难。但愿一切都如意！你一定非常期待墨涅拉俄斯归来。只要太阳的光芒还可以照在他的身上，那里看得见日光，我们可以祈求他在宙斯的庇佑下平安回家——宙斯无意摧毁这个家族。你现在听见了许多消息，要相信这一切都是真的。

【传令官从观众右方下。

六　第二合唱歌

歌队　（第一曲首节）谁给她起的名字如此名副其实——是不是我们伟大的神预知了那注定的命运，而将它一语道破？那个引起战争的、双方争夺的新娘名字叫作“海伦”。而她恰好也是一个“害”人精，“害”船只沉“沦”，“害”城邦的女人。在她从她的精致门帘后出来，在烈烈西风中扬帆而去时，跟着就有许多人——那些持盾的士兵和猎人们在后面追踪，他们跟着船桨留下的痕迹，踩着那些在西摩厄斯木叶茂盛的河岸登陆的人们留下的脚印，这都是源自那无情的争吵之神[1]的捉弄啊！

（第一曲次节）那要实现她意图的争吵之神为特洛伊促成了一段苦姻缘——这说得很正确——日后好为那不尊重筵席、不尊重保护炉火的宙斯的罪过而去严惩那些向新娘祝贺——唱歌的是亲戚们。但是普里阿摩斯古老的都城如今传唱着一支十分凄惨的歌，它正在大声地哀号，说帕里斯的罪恶婚姻害死人……它遭受了无情的杀戮。

（第二曲首节）这好比有人在家里豢养了一头小狮子，突然断了它

① 希腊人之所以要去攻打特洛伊，是由于争吵之神在作怪。传说珀琉斯和忒提斯结婚时忘记邀请争吵女神，她便扔来一个金苹果，苹果上面刻着“赠给最美丽的女神”。于是，赫拉、雅典娜和阿芙洛狄忒争着要这个苹果。评判人是帕里斯，他把苹果判给了阿芙洛狄忒，因为阿芙洛狄忒答应给他世上最美丽的女人做妻子。后来阿芙洛狄忒帮助帕里斯把海伦拐走。女神们之间的争吵，造成了帕里斯和海伦的姻缘，这姻缘又称为特洛伊城的灾难。所以这里说和争吵之神有关系，这就是有名的“金苹果之争”的故事。

的奶，它会思念乳头的味道，在小狮子的幼年，它很温驯，是孩子们的朋友、老人的爱宠；它时常偎在人们的怀里，像一个可爱的婴儿，目光炯炯地盯着他们的手，因为饥饿而摇尾乞食。

（第二曲次节）不过随着小狮子的成长，它就会暴露出狮子的本性，没有经过允许就大肆杀戮羊群，准备饱餐一顿。它们如此报答人们的养育之恩，这个家沾染了血污，家里的人哀痛不已，祸闯大了，众多头羊被杀害，真是命运捉弄，这家里才养了一位侍奉毁灭之神的祭司。

（第三曲首节）当初到伊利翁的是具有一颗善良心的女人，富贵之人疼爱的明珠，眼里射出的是温柔的箭，那是一朵诱人的爱情之花。不过争吵之神赐予这婚姻痛苦的后果，她在宾主之神宙斯的庇佑下，扑向普里阿摩斯的孩子们，她就成了害人精，为害的伴侣，惹得新娘哭泣的恶魔！

（第三曲次节）俗话说一个人的幸福如果壮大起来，就会生儿育女，不会绝嗣而死；不过这样的幸运却会给他的子孙带来无尽的灾难。我却有和别人不同的见解：在我看来，只有不义之举才会产生出更多的不义，正所谓有其父必有其子；但是正直的家庭的幸运永远会造福子孙后代的。

（第四曲首节）那年迈的傲慢，不管早迟，一旦注定的时机到了，就会生个女儿，她在人们的祸害中是年轻一辈的傲慢，她是新生的怨念、恶魔，无法抵抗与战胜，她有毫不畏惧神明的莽撞，是家庭里凶残的毁灭者，和她的父母一样。

（第四曲次节）在烟雾弥漫的茅舍里正义之神洋溢着她的笑容，她所垂青的是正直的人；对于那些金碧辉煌的宅第，如果那里面的手肮脏不堪，她会马上掉头离开，去到清白的人家，她不屑于财富被人夸大的力量，一切事都由她引向正当的结局。

七 第三场

【阿伽门农和卡珊德拉乘车从观众右方上。

歌队队长 啊，尊敬的国王，特洛伊的征服者，阿特柔斯的后人，我该如何迎接你，怎样向你表达我衷心的敬意，才可以恰如其分地行君臣之礼？很多人注重外表，隐藏了本来的面目，在他背叛正义之时；每个人都做好了准备与受难者一起哀泣，不过他们的心里一点也没有悲伤的影子；他们也会佯装出一副与人同乐的嘴脸，强颜欢笑……不过对于一个善于鉴别羊的牧人来说，不至于被人们的眼睛所蒙骗，尤其是在他们佯装忠良，用那掺了水的友谊来献媚的时候。

为了那个叫海伦的女人，你曾经率兵出征，那个时候，说实话，你在我心中的形象非常糟糕，你没有把你心里的舵掌好，你曾经举行祭献，使许多饿得快死的人恢复勇气。但如今从我心灵深处，我善意的……“成功属于那些辛勤的人……”你总可以打听出哪个人很正直，哪个很邪恶。

阿伽门农　我应当先向阿尔戈斯和这地方的神致敬，感谢他们曾经庇佑我回家，帮助我征服那普里阿摩斯的城邦。当初众神审判那不必用言语控诉的案件之时，他们毫不犹豫地把死刑——毁灭伊利翁的判决票投入判死刑的壶里；那伊利翁希望他们将票投去的壶，却没有装进判决票。此刻还可以凭烟火辨别出那沦陷的城邦。那毁灭大地的狂风依旧在吹，不过那余烬正随着沦陷一起覆灭，并且散发出一股强烈的财宝气味。因此我要向神拜谢，永远不要忘记神明的恩泽。因为我们已经成功向那可恨的劫匪复仇了。为了一个女人，那都城被阿尔戈斯的神兽踏平。那是马驹——一队持盾的士兵，它在鸠星下沉之时跃进城中，像一只疯狂的雄狮跳过城墙，把王子们的血舔了个饱。

我向众神讲了一大段开场话。对于你所说的，我已经听见了，并且记住了，我同意你的见解，我也要那样说。是啊，生来就尊敬幸运的人而不心怀嫉妒，这样的人真的不多。因为那恶意的毒深深刺入人心，使人痛苦万分：那些人为了自己的不幸遭遇而苦恼，又为了别人的幸运而暗自悲叹。我对人与人的交际这面镜子比较熟悉，所以我很有经验，换句话说，那些佯装对我忠诚的人不过是影子的幻象。除了那个当初不愿航海出征的人，奥德修斯，一旦被戴上轭，就心甘情愿成为我忠诚的战马，不管他现在是生是死，我都会如此说。

我要举行一次大会，让大家一起来谈论其余的有关城邦和神的事情。我们要永远保持这个健全的制度，对于那些需要医治的毒疮，就细心地用火烧或用刀割，把那该死的病根除掉。

此时此刻我要进屋去了，在炉火旺盛的厅堂，我要先向众神举手致敬，是他们把我护送出去，又将我安全带回来。胜利既然降临于我，但愿她永远与我同在！

【克吕泰墨斯特拉自宫中上，众侍女抱着紫色花毡随上。

克吕泰墨斯特拉　阿尔戈斯的子民们、长老们，我当着你们面表白我对丈夫真挚的爱并不觉得这是羞耻，因为羞耻会随着时间而流逝。

这里我要说的不是从别人那里听来的，而是当他在伊利翁城下的时候，我自己所受的苦痛生活。首先，一个与丈夫长期分离的女人，独自孤单在家里，已经是寂寞难耐了，何况还有人带来了雪上加霜的坏消息，接着还有坏消息带来，接二连三，他们大声讲给家里的人听。倘若我丈夫所遭受的创伤像那些源源不断的坏消息那么多，那么他身上的伤口可以说比网眼还多。如果他死了那么多次——就像消息里所说的，那么他可以大夸海口说，他是第二个三身怪物革律翁，在每一种形状下死一次，这样就被泥土埋葬了三次。听到这些坏消息，我经常上吊自杀，总有人硬把悬空的绳子从我脖子上解开。我们的儿子，你我盟誓的保证人，应当在这里却又不在这里，那是俄瑞斯忒斯。你也不用惊诧；他一直寄居在我们亲密的战友，福喀斯人斯特洛菲俄斯家里。因为那人曾预言我将遭受两重灾难——你在伊利翁城下战斗，人民哗然骚动，意图推翻议会。这是由于人天生喜欢雪上加霜，对那些已经倒地的人多踩两脚。这个辩解里没有欺诈。

提到我自己，我的双眼早已干枯，眼睛里一滴泪也没有了。

我的眼睛不能早睡，哭着盼望那报告你归来的火光。那火却长久不见点燃，因此我的双眼疼痛不已。即使在梦里，我也会被蚊子嗡嗡的细小声音惊醒；那些你所遭受的苦难，在我梦里，比我睡眠时间内所能发生的还要多啊！

而如今，这一切担忧与痛苦都过去了，我心中坦然，我要将我的丈夫称作家里看门的狗、船上保证安全的前桅杆支索、稳立在地基上支撑着大厦的石柱、父亲的独生子、水手们意外望见的陆地、口渴的旅客的甘泉。这些向他表达真挚敬意的称谓，他是当之无愧的。让那该死的嫉妒躲远些吧！我们已经遭受了太多的苦难！

亲爱的，快下车来吧！不过，我敬爱的主上啊，你这只曾经踏平伊利翁的脚不可踩在地上。婢女们，你们奉命来把花毡铺在路上，为什么还没有铺好呢？快铺出一条紫色毡子的路，让正义之神带领他进入他思念已久的家。我清晰明了的心，在神的协助下，会把其余的事正当地安排好，正像命运所注定的那样。

【众侍女铺花毡。

阿伽门农　勒达的后裔，我家的守护者，你的话与我们分离的时间正相当；因为你把它拖得太长了。不过适度的称赞——那颂词应该从别人的嘴里说出来。当然，不要把我当作女人来娇养，不要把我当作一个至高的君王，趴在地上张着嘴向我乞讨，不要在路上铺上绒毡，这样会引起嫉妒心。这样的仪式只适用于对天神表达敬意，一个凡人行走在美丽的花毡上，在我看来，非常可怕。鞋擦和花毡，两个名称音不同。谦虚是神赐的最大的恩泽；只有等到一个人幸运地结束了他的生命之后，我们才能说他是十分幸福的。在此之前我已经说过，我要怎样行动才不至于有所恐惧。

克吕泰墨斯特拉　现在我要问你，你要把你的意见老实说出来。

阿伽门农　我的意见，你可以相信，不会有假。

克吕泰墨斯特拉　你在危急关头，是否会向神许愿？

阿伽门农　只要有祭司规定这仪式，我就会去做。

克吕泰墨斯特拉　假如这场战争，普里阿摩斯打赢了，你觉得他会怎么做？

阿伽门农　我想他一定会在美丽的花毡上行走。

克吕泰墨斯特拉　那么你就不用担心人们的谴责。

阿伽门农　可是人民的声音是强大的。

克吕泰墨斯特拉　可是一个人不被人嫉妒，就没人羡慕他。

阿伽门农　一个女人就不要去想争斗！

克吕泰墨斯特拉　不过一个幸运的胜利者应该让一下。

阿伽门农　什么？你如此重视这次争吵的胜利吗？

克吕泰墨斯特拉　让一下吧！你自愿放弃，也算你胜利了。

阿伽门农　好吧，倘若你一定要这样，就叫人把我的靴子，那在脚下伺候我的高底鞋，快快脱了。当我在神的紫色毡子上面行走，愿嫉妒的目光不要从高处射到我身上！我强烈的敬畏之心让我无法忍心踩坏我的家珍，糟蹋我的财产——这可是银子换来的织品。

【阿伽门农的靴子被侍女脱了，阿伽门农走下车。

阿伽门农　这件事说得很够了。对于这个客人，请你好心好意地将她引进屋来；对一个厚道热心的主人，在天上的神总是会仁慈地关照他。要知道没有人情愿戴上奴隶的轭，她是从许多战利品中挑选出的花朵，那些是军队的犒赏，跟着我一起来的。现在，既然非听你的话不可，我就踏着紫色毡子进宫吧。

【阿伽门农自花毡上走向王宫。

克吕泰墨斯特拉　不管人们知道不知道，海水就在那里，谁能把它吸干？那海下有许多紫色颜料，它们的价钱不过和银子差不多，而且永远有新鲜的，可以用来染绒毡。我们王宫，啊，国王，谢天谢地，贮藏着许多织品，这王宫从来不知道什么叫物资缺乏。如果神明允许，我愿意许愿，将很多块绒毡拿来踩，当我想救回这条性命的时候。只要根存在，叶就会长到家里，蔓延成荫，把天狼星遮住。你就像叶儿那样回到家里的炉火旁边，象征冬季里有了温暖；当宙斯把酸葡萄酿成酒的时候，屋里就凉快了，只要一家之主进入家门。

【阿伽门农进宫去。

克吕泰墨斯特拉　啊，宙斯，伟大的宙斯，实现我的祈求吧，愿你注意你所要实现的东西。

【克吕泰墨斯特拉进宫，众侍女随入。

八　第三合唱歌

歌队　（第一曲首节）这恐慌为什么会在我这预知祸福的心上不停地飘来飘去？没有人邀请我，我也不要报酬，那么为什么要知晓未来的事？为什么不把它赶走，像赶走一个难以摆脱的梦魇，让那值得信赖的勇气扎根在我心里？自从军队前往伊利翁，沙子随着船尾缆索的收回而飞扬以来，时间已经过去很久了。

（第一曲次节）如今我亲眼看见他们归来，我是实实在在的见证；但是我的心自己学会了唱复仇神的无须弦琴伴奏的哀歌，一点也感觉不到来自希望的可贵的勇气。我的内心没有乱说——这颗心啊，它正在那旋到底的旋涡里面绕着那预知有报应的思想转来转去。但愿这个猜想是错误的，不会演变为现实！

（第二曲首节）不要过于重视健康……因为那和健康只隔一道墙的邻居——疾病——会肆无忌惮地侵犯过来。正如一个人一直好运向前航行……就会可悲地碰上暗礁。那时候，为了挽救货物，我们小心翼翼、慎重地把一部分抛下海，整个货物就不会因为装得太多而坍塌，船只也就不会沉没。宙斯的馈赠，既丰富而且年年来自犁沟里，解除了饥荒。

（第二曲次节）但是一个人的生命所必需的紫色血液，一旦提前流到地上，谁有能力把它收回？不然的话，宙斯就不会杀死那个真正懂得起死回生术的人，来维护这大地的秩序。倘若我注定的命运不限制我的能力，而且让我从神那里得到更多，那么我不会说谎的心便会抢在我的舌头之前把我的话讲了出来；如今情形这样，我的情感正在翻腾着，它只好痛苦地在暗中嘟囔，而且无望及时解释清楚。

九　第四场

【克吕泰墨斯特拉自宫中上。

克吕泰墨斯特拉　你也进去吧——卡珊德拉——既然仁慈的宙斯让你能在我家里同许多奴隶一起站在祭坛旁边，幸运地分得一份净水。别太骄傲，快下车来吧！据说连阿尔克墨涅的儿子也曾卖身为奴，吃过奴隶吃的麦粑。一个人如果被命运威逼，落在一个继承祖业的主人手里，是一件很值得庆幸的事。不过有些人一本收万利，对奴隶在各方面都很苛刻，而且很严厉……你已经从我这里知道了我们是怎样待奴隶的。

歌队队长　（向卡珊德拉）你听见了吧，她在跟你说话，说得这样明白了。你已经被命运逼迫，这是摆脱不了的枷锁，你还是主动服从吧，只要你愿意；虽然或许你根本不愿意。

克吕泰墨斯特拉　如果她不是像鸟一样只会说难懂的鸟语，那么我可以叫她心里清楚我的意思，用我的话劝劝她。

歌队队长　你跟她去吧！在这样的情形下，她所说的是最好不过的。快离开座位下车来，对她表示你真心的服从！

克吕泰墨斯特拉　我没有时间在大门外无意义地停留，因为牲畜正在那中央的神坛前，等候着祭献。你如果愿意听从我所说的，就不要耽误时间；但是，假如你不懂希腊语，不懂我的意思，你就用你的手势代替语言答复我。

歌队队长　她好像需要一个能转述得清清楚楚的翻译。如今她像一只刚被捉到的小野兽，不太安分。

克吕泰墨斯特拉　我想她是疯了才会胡思乱想，她从那沦陷的都城来到这里，在她还没有流血，使她的火气随着泡沫一起吐出之前，还不懂得怎样服从这嚼铁的羁束。我不愿意多说什么，以免损伤我的尊严。

【克吕泰墨斯特拉进宫。

歌队队长　不过我决不生气，因为我是真的可怜她。（向卡珊德拉）不幸的人啊，快下车来，自愿服从这强迫的轭吧！

卡珊德拉　（抒情歌第一曲首节）哎呀，啊！阿波罗啊阿波罗！

歌队　为何你要当着罗克西阿斯[①]这样哀叹？他讨厌遇见一个哭哭啼啼的人。

卡珊德拉　（第一曲次节）哎呀，啊！阿波罗啊阿波罗！

歌队　她又发出这悲凉的哀声，向神呼吁，这位神却无心帮助一个哭哭啼啼的人。

【卡珊德拉下车，向宫门走去。

卡珊德拉　（第二曲首节）阿波罗呀阿波罗，阿癸阿忒斯，你这该死的毁灭者，你如今成功将我毁灭了！

歌队　她是在预言自己的灾难吗？她虽然已经沦为奴隶，心里却还保存着那神所赐予的灵感。

卡珊德拉　（第二曲次节）阿波罗呀阿波罗，阿癸阿忒斯，我的毁灭者啊！你把我带到什么地方了？带去了谁的家？

歌队　他将你带到阿特瑞代家了。你要是不知道，我就告诉你，我所说的都是真的。

卡珊德拉　（第三曲首节）这是个亵渎神明的家——它能证实里面有许多

① 罗克西阿斯是阿波罗的别名。

亲人间的杀戮和砍头之事——这是一个洒满鲜血的杀人场。

歌队　这个女人像嗅觉灵敏的猎狗，在寻找那将要被她发现的血迹。

卡珊德拉　（第三曲次节）是的，我找到了我相信的证据：这里有被杀戮的婴儿在哀悼，他们的肉被烤来给他们父亲吃。

歌队　你是个先知，你的声名我们早有耳闻，但是我们不需要寻找神的代言人。

卡珊德拉　（第四曲首节）哎呀，这是什么阴谋？又是什么新的灾难？这家里有人在计划一个大阴谋，那是亲友们所不能容忍而又无法挽救的，援助的人却远在天边。

歌队　这些预言我不是都明白，不过前面那些我倒是有所领悟，因为全城的人们都在传说。

卡珊德拉　（第四曲次节）啊，那个狠心的女人，你真的要这么做吗？要把和你同床的丈夫，在你为他沐浴之后——那结局我怎么说得出口呢？但是这样的结局很快就要发生，这时候她的左右魔爪正在轮流伸出来，薄情地伸向那个倒霉的男人。

歌队　我还是不太明白你所说的谜语，这个时候由于预言的意义深奥难懂，已经把我给弄糊涂了。

卡珊德拉　（第五曲首节）哎呀，这是什么？是死神的捕网吗？不，这是和他同床的罩网，这是谋杀的帮凶。让那不知足的争吵之神向着这家族，为这个会引起石击刑的杀戮而欢呼吧！

歌队　你召请复仇之神来向着这个家欢呼，是何用意？你的话让我感到畏惧！一滴滴浅黄色的血回到我心里，那样的血，在一个人倒在矛尖下的时候，也会随着那陨落的生命一起出现：死得快啊！

卡珊德拉　（第五曲次节）快看！别让公牛靠近母牛啊！那利角的畜生用她恶毒的伎俩，把他罩在长袖里，然后击打，之后他就倒在水盆里。我要告诉你的是，这阴谋是那个参与谋杀的浴盆想出来的。

歌队　我不能自夸最善于解释预言，但是我猜想有灾难发生。预言什么时候会给人们带来好消息？先知作法的时候口中念念有词，总是得到不祥的预言，使我们知道之后心中恐慌。

卡珊德拉　（第六曲首节）我这不幸的人的悲惨命运啊！我为我的苦难而悲叹，这苦难也倒在那只杯里了。为什么你要把我这厄运之人带来这里？是为了和他死在一起，并不是为了别的；我说得对吧？

歌队　是一位神将你迷惑了，使你发疯，为自己唱这支不成调的歌曲，像那黄褐色的夜莺不停悲鸣。啊，它心里忧郁，一声声“咿忒喈斯，咿忒喈斯”，悲叹孩子的不幸死亡。

卡珊德拉　（第六曲次节）那歌声嘹亮的夜莺的命运是多么美好！神赐予它一双有翅膀的肉身，使它一生快乐，没有痛苦。但是等待我的却是那冰冷双刃兵器的刺杀。

歌队　这剧烈痛苦让你迷乱，并且没有意义，它是如何出现的？为什么你用这难懂的声音，这高亢的调子，唱出这支可怕的歌？这不祥的预言是谁给你指定的？

卡珊德拉　（第七曲首节）帕里斯那该死的婚姻啊，伤害了多少亲人，可恨的婚姻啊！斯卡曼德洛斯，我亲爱祖国的河流啊！从前是你哺育了我，让我在你河边长大成人，但如今我好想在科库托斯和阿刻戎岸上赶快唱我的预言歌。

歌队　这话语是多么的清晰呀！连一个小婴儿也能听懂。你这悲惨的命运像毒蜂蜇伤了我，当你发出悲声的时候，我的心都要碎了。

卡珊德拉　（第七曲次节）我的都城已经沦陷了，整个儿毁灭，这灾难啊，这灾难啊！我父亲杀了多少他养着的牲畜在城墙下祭献！那也无济于事，未能使城邦免于这可怕的浩劫；而我呢，很快就要将我的一腔热血喷洒在地上，来祭奠我那沦陷的都城与我那可怜的国民们。

歌队　你所说的与你刚才的话是一样的，一定是一位恶意的神使劲向你扑来，将你迷惑了，使你唱这支充满了死亡的悲惨灾难之歌。但我依旧看不到那所谓的结局。（抒情歌完）

卡珊德拉　如今我的预言不再像一个刚结婚的新娘那样娇羞地从面纱后面

偷看，而是像一股强烈的风吹向那东升的旭日，因此会有如此剧烈的痛苦，像波浪击打着阳光。我不再打哑谜了。请你们给我做证，那么你们都将是我有力的见证人，证明我闻着气味，紧紧地追查那古时候造下的罪孽踪迹。有一个歌队从来没有离开这个家，这歌队音色协调，只是不怎么悦耳动听，因为它唱的都是不祥之歌。这个狂欢歌队是由一些和这个家有血缘的复仇神组成的，队员们喝的是人血，喝人血是可以壮胆的，住在家里送不走。她们绕着屋子歌唱，唱的是那原始的罪恶，一个个对那个床榻表示憎恶，对那个玷污了床榻的人怀着敌意。是我说得不对，还是我像一个神箭手一样射中了鹄？难道我是个伪预言家，沿门乞食，胡说八道？请你发誓，证明你没听见过，不知道这家族罪恶的历史。

歌队队长　一个誓言的保证，虽然很有力量，又能真正保证什么呢？不过我表示出了诧异，你生长在海外，却可以很熟悉地讲述这外邦的事，仿佛你曾经到过这里，你是怎么做到的呢？

卡珊德拉　是那伟大的预言神阿波罗赐予了我这样令人羡慕的能力。

歌队队长　莫非他，一位神，居然爱上了作为凡人的你？

卡珊德拉　不要说了，我不好意思提起这件事。

歌队队长　一个人走运的时候，总是很吹毛求疵，真是无法理解。

卡珊德拉　那时候他总是缠着我，拼命向我表示恩爱。

歌队队长　你们俩是不是按照习惯，已经将自己互相献给了对方？

卡珊德拉　我答应了罗克西阿斯，却又使他失望了。

歌队队长　是不是在你学会了预言术之后？

卡珊德拉　我曾把所有的灾难预先告诉了我的同胞。

歌队队长　你是怎样逃避罗克西阿斯的愤怒的？

卡珊德拉　自从我犯了过错，违背了自己的承诺，就再也没有人相信我。这就是他的愤怒。

歌队队长　不过在我看来，你的预言好像很能使人相信，非常有说服力啊。

卡珊德拉　啊，这是多么剧烈的痛苦啊！要说真实的预言真是痛苦万分啊！这可怕的苦恼又使我糊涂，一开始就使我心神迷乱了……你们看见了那些坐在屋前的、像梦中飘忽不定的形象一样的小家伙没有？那些孩子就是被他们的亲人无情地杀死的，他们手里抓着那鲜红的肉，用他们自己的肉做荤菜，现在看清楚了，他们捧着自己的心肺，还有赐予——惨不忍睹的一大堆，都被他们的父亲亲口吃了。就是因为这件事，我告诉你们，有一只胆小的狮子在家里待着，在床上翻来覆去——整理着复仇计划，那阴谋将杀死这归来的主人。但是这军队的首领、特洛伊的毁灭者，却不知道那淫荡的母狗，她像那恶毒的迷惑之神，在兴高采烈地说了那一大套漂亮大话后，会在恶魔的帮助下干出什么事来。她有着惊人的胆量与骇人的气魄，那就是女人杀男人！她是——我把她叫作什么可恶邪魅的妖精呢？一条吐着芯子的两头蛇？或是住在石洞里的斯库拉，水手们的害虫？一个狂暴嗜血的恶魔母亲，一个残杀亲人们的强悍母亲？这个多么大胆的东西刚才是怎样欢呼，像在战争里战胜了敌人，同时又假装欢呼他的平安归来！

不管你们信不信这些事，反正事实如此，难道不是吗？该发生的事情总是会发生的，只是时间的先后而已。不久你就会亲眼看见，就会同情我、佩服我，并且赞美我是个太可靠的预言者。

歌队队长　我听明白了，当你很直白地把这件事情明白地讲出来的时候，堤厄斯忒斯吃他的孩子们的肉，我感到寒战，我心中非常恐惧。但是其余的话，我听了却有点似懂非懂。

卡珊德拉　让我再说清楚一点吧，你将看见阿伽门农悲惨地死去。

歌队队长　别说这样不祥的话，啊，不幸的人，闭上你的嘴吧！

卡珊德拉　但是站在旁边听我讲话的并不是拯救之神。

歌队队长　肯定不是啊，如果这件事一定会发生，愿神保佑这样的事情不会发生。

卡珊德拉　你在真心祈祷，可是他们却想杀人。

歌队队长　那么准备做这件坏事的恶人究竟是谁？她为什么要将我们伟大的国王置于死地？

卡珊德拉　唉，看来你真是没有听懂我所说的。

歌队队长　是没有听懂，因为我不知道谁是这诡计的执行者。希望你可以说来听听看。

卡珊德拉　我想我说得很清楚，我很精通希腊语。

歌队队长　皮托的祭司也精通希腊语，可神的指示依然不怎么好懂啊。

卡珊德拉　啊，这凶猛的火焰向我袭来！杀狼之神阿波罗啊，哎呀！这头两只脚的疯狂的母狮子——趁着高贵的雄狮不在家，她竟卑微地和狼睡在一起，而且她还要将我杀死。她像是在配药，把她给我的报复也倒在那只杯里，当她磨剑来杀人之时，她夸口说，由于我被带来了，她要杀人复仇。既然如此，那我何必还穿着袍子，拿着法杖，颈上还挂着预言者的带子，给自己添笑柄呢？

【卡珊德拉脱下袍子，连同法杖、带子一起扔在地上，使劲儿用脚践踏着。

卡珊德拉　在我临死之前，让我先来毁掉你。你们都去死吧！现在你们倒在那里，我就成功复仇了。请你们将这朵不幸的灾难之花赠送给别的女子，不要给我。啊，是阿波罗亲自剥夺了我这件神圣的衣服，预言者穿的袍子，他曾目睹那些仇视我的亲人狠狠嘲笑我穿着这身衣服——他们无疑是笑错了！我像一个四处漂泊的和尚那样被称为乞丐、可怜虫、饿死鬼，这些我都可以忍受。我无法忍受的是那预言之神要把我这预言者索回，使我陷在这死亡的桎梏里。接下来等待我的不是我父亲的祭坛，而是一张冰冷的案板。我将被作为祭品献上，我流淌出的鲜血将会染红整个案板。不过神是不会让我就这么白白死去的，因为有人会来为我报仇的，他会成为杀母的儿子，他会成为为父报仇的猛士。这个背井离乡的流亡者会回来为他的亲人们结束这场灾难，特别是他父亲仰卧着的尸首将会因为他的出现而得到安息。那么我何必再这样痛哭悲伤？如今我看见伊利翁城遭了浩劫，而这个攻陷我城邦的人因为神的判决落得此般可悲的下场，所以我一定要进去，大胆地面对即将到来的死亡。

【卡珊德拉走向宫门。

卡珊德拉　我将这黑暗的宫门叫作死亡之门。愿我可以死得痛快些，请将那砍向我的大刀磨得锋利些吧，这样就可以让我一刀毙命，免去了濒临死亡的流血之痛，我想一点不抽搐就闭上眼睛！

歌队队长　哎呀，可怜又可爱的女人啊，听你说了这么多话。如果你真正能预言到自己的厄运，你就应该可以拯救你自己，那么你现在为什么又像一头被神驱赶着的牲畜那样无畏地走向祭坛？

卡珊德拉　这是无法避免的浩劫啊，客人们，再拖延时间也逃不掉！

歌队队长　虽然你说得很有理，不过这最后的时间是最宝贵的呀！

卡珊德拉　时间到了，拖延已无意义。

歌队队长　你有的是大无畏的精神，能够忍耐。

卡珊德拉　那些幸福的人们是不会听见你这样恭维他们的。

歌队队长　但是一个人临死的时候受人称赞，是一种心灵的慰藉。

卡珊德拉　啊，我亲爱的父亲，可怜你和你那些高贵的男儿！

【卡珊德拉走到门口又退步回去。

歌队队长　这是发生了什么？是什么样的恐惧让你有所退却？

卡珊德拉　呸，呸！

歌队队长　呸什么？除非你心中充斥着憎恨与厌恶。

卡珊德拉　这家里有一股浓郁的杀气，我已经听见了血液流淌的声音。

歌队队长　不是杀气，是神坛上的祭品散发出的气味。

卡珊德拉　那气味像是坟墓里飘出来的臭气，令人作呕。

歌队队长　你说的不是指使这个家倍显地位的叙利亚香烟吧。

卡珊德拉　我要进宫去，在宫里哀悼一下我自己和阿伽门农的命运。这辈子就已经足够了。

【卡珊德拉第二次走到门口又退回。

卡珊德拉　啊，伙计们，我并非和那不敢飞进丛林的鸟儿一样，因为害怕而发出哀号，而是要你们在我死后，让一个女人为了我偿命，一个男人为了这结了孽缘的男人被杀害的时候，出来给我做证，证明我所遭受到的迫害。如今我就要死了，向你们讨这份人情。

歌队队长　啊，不幸的人，我为你这预知的死亡表示深深的同情。

卡珊德拉　我还想说一句话，或者说是为自己唱一支哀悼之歌。我向着这最后的阳光，对赫利俄斯祈祷：愿我的仇人同时为我这奴隶，这轻易就被杀害的人去死，向我的报仇者偿还血债。

这就是凡人的命运啊！在顺利之时，一点阴影就会引起改变；一旦时运不佳，只需用浸湿的海绵一抹，就可以把图画抹掉。相比较来说，还是后者更可怜。

【卡珊德拉进宫。

十　抒情歌

歌队　对于幸运，人们都表示出了不满足；没有人会向它说“不要再进去了”，从而拦住它进入惹人羡慕的家宅。众神让我们的国王将普里阿摩斯的都城攻陷，承蒙上天眷顾，他安全回到家来；不过，如果他现在应当偿还先前被杀的人所欠的血债，把自己的生命交还给那些死者，作为……死的代价，那么听了这个故事，还有谁敢夸口说，他生来就能和厄运绝缘呢？

十一　第五场

阿伽门农　（在宫内喊）哎呀，我被一剑刺中了，深深地受了致命伤！

歌队队长　咦！谁在嚷嚷自己挨了一剑，受了致命伤？

阿伽门农　哎哟，又是一剑，我挨了两剑了！

歌队队长　我听见了国王的声音，我猜想已经杀了人啦！让我们来商量一下，看有没有什么妥当办法。

队员甲　我把我的意见告诉你们，那就是快召集市民到王宫来救命。

队员乙　在我看来，最好是马上冲进去，当那把剑才拔出来的时候，就证实他俩的罪行。

队员丙　我同意他的说法，赞成采取行动，时机不可耽误。

队员丁　显然地，他们已经开始行动了，这无疑证明了他们要在城邦里建立起专制制度。

队员戊　是呀，如今我们在耽误机会，他们却在未雨绸缪，小心谨慎地步步为营，不让他们自己的手闲下来。

队员己　我不知道有什么办法可以提出，主意要由行动者决定。

队员庚　我想也是这样；光是说几句话，是不能起死回生的。

队员辛　难道我们要苟延残喘，臣服于那些侮辱了这个家的人的统治下？

队员壬　这叫人如何忍受！还不如死了的好，那样的命运比被暴君统治要幸运得多。

队员癸　啊？仅仅听见了叫痛的声音为证，就可以轻易断定国王已经死了吗？

队员子　请在我们发表看法之前，先把事实弄清楚，因为猜想和确知不是等同的。

歌队队长　经过多方面考虑，我赞成这个意见：先弄清楚我们的国王到底怎样了。

【后景壁转开，壁后有一个活动台，阿伽门农的尸体躺在台上的澡盆里，上面盖着一件袍子，卡瑞德拉的尸体躺在那旁边，克吕泰墨斯特拉站在台上。

克吕泰墨斯特拉　刚才为了迎合气氛，我说了许多话，如今我说与之前相悖的话也不会感觉羞耻。要不然一个人向伪装朋友的仇敌报复，又怎能铺下天罗地网将他们消灭，不让他们越网而逃？这场决战是我经过深思熟虑的，最终还是开战了，这是旧日的争吵累积爆发的结果。我的立场就是杀人复仇，如今我的目的达到了。我承认我就是这样的人，并且做了这样的事——使他无法逃避他的命运；我用一张编织严密无漏洞的网把他罩住，就像是在捕鱼，这就是一件致死的珍贵长袍。我直接刺了他两剑；他哼了两声，就手脚瘫软，然后直接倒在了地上。我趁他倒下的时候，又上前去补刺了他第三剑，这是我送给那死者的保护神宙斯的还愿礼物。他就躺在那里，无法动弹，不一会儿就断了气，他口中的鲜血喷薄而出，一阵鲜红的血花雨就这么顺势散落到我身上，并且飞溅到了地上。我那心中无法掩饰的欣喜啊，绝不会亚于正当出穗的时节庄稼承受天赐甘露。

阿尔戈斯的长老们，你们大声欢呼吧，只要你们乐意，我心中是十分畅快的。倘若你们要我为死者陪葬致奠，让我这样奠酒也是正当的，十分正当啊；这个人曾经把许多可诅咒的灾难倒在调缸里，他现在回来了，亲自饮下了缸中水。

歌队队长　你那能说会道的舌头让我深深为之折服，你说起话来真有气魄、有胆量，竟当着你丈夫的尸首如此大胆夸口！

克吕泰墨斯特拉　那是因为在你们眼中，我一直是一个愚蠢的女人，你们狂妄地向我挑衅，不过我可以毫不愧疚地告诉你们，虽然你们已经知道了——你们痛骂我也好，佩服我也罢，反正对我来说是一样的——看清楚了吧，地上那个已经断气的男人，就是阿伽门农，我的丈夫，我用我这只灵活的右手，十分爽快地把他变成了一具死尸。事实就是如此。

歌队　（哀歌序曲首节）哎呀，你这残忍的女人，你是吃了那地上长的什么可怕的毒草，或是喝了那流动的海水里的什么毒物，简直是发疯了，敢惹起公共的诅咒？你竟然用剑毫不留情地刺向他，杀死了他。不过你自己也将被放逐，为人们所

痛恨。（本节完）

克吕泰墨斯特拉　如今你要将我驱逐出国，让我遭受到全国人民的咒骂与唾弃。可是你曾经助纣为虐，全然不反对地上躺着的魔鬼。那时候他像只疯狂的野兽，大肆咬杀那些多毛的羊，他无情地把他自己的孩子杀死当作祭祀品，我在阵痛中生的最可爱的女儿，使特刺刻[1]吹来的暴风平静下来。为什么你不把他驱逐出国来惩罚他的罪恶？你这个道貌岸然的伪君子，现在来审判我的行为，真是个虚伪的陪审员！不过我告诉你，你这样恐吓我，我也不是毫无准备的，只有用武力制服我的人才能管辖我。但是，如果神促成相反的结果，那么你将受到一个教训，虽然晚了一点，也该小心谨慎。

歌队　（次节）你这个野心勃勃的女人，言辞犀利傲慢，你的心因杀人流血而彻底疯狂，看你的眼睛里充满了血。你一定被朋友们所抛弃，并且会遭受到应有的报复。（序曲完）

克吕泰墨斯特拉　那就让我告诉你，我的誓言具有神圣的力量，我凭那位曾为我的孩子主持正义的神，凭阿忒和复仇神——我曾发誓要把这家伙杀掉来祭献她们，我是不会感到恐慌与迷乱的，我有我的向往与追求，这是无法动摇的，因为我灶上的火是由埃奎斯托斯点燃的——他对我一向忠实，有了他，就有了让我充满力量的保障与信心。

看看吧，地上躺着的是一个侮辱妻子的男人，特洛伊城下那个克律塞伊斯的情人；这里躺着的是她，一个女俘虏，女先知，那尸首能说会道的小老婆，该死的同床人，船凳上的同坐者。他们俩已经得到应得的报应：他是那样死的，而她呢，这家伙的情妇，像一只趾高气扬的天鹅，可悲地唱完了她最后的哀歌，躺在这里，为那祭坛上添上一盘鲜美的肉。

歌队　（哀歌第一曲首节）啊，但愿命运让我们不再感到苦难，不

① 古希腊国家名。

要让我们在病榻上呻吟，快快给我们带来永久的睡眠，既然我们最仁慈的保护人已经被杀了，他为了一个女人吃了那么多的苦头，如今却又命丧在另一个女人手里。（本节完）

（叠唱曲）啊，罪恶的海伦啊，你一个人在特洛伊城下害死那么多条无辜的人命，你如今将戴上最后一朵我们永生不忘的花，这是永远无法洗脱的血，这是永远无法洗脱的罪。真的，这家里曾住过一位强悍的厄里倪厄斯，那是害人的恶魔。

克吕泰墨斯特拉　你不必为这事而烦恼，祈求神赶快赐予她死亡，也不必对海伦生气，说她是凶手，说她一个人害死了许多达那俄斯人，引起了巨大的悲痛。

歌队　（第一曲次节）啊，你这该死的恶魔，你如今来到这个宫殿，降到坦塔罗斯两个儿孙身上，你利用两个女人来发挥你强大的威力，真叫我心痛！他像一只杂毛乌鸦站在那尸首上耀武扬威，嘴里酣唱着一支不成调的歌曲……（本节完）

（叠唱曲）啊，罪恶的海伦啊，你一个人在特洛伊城下害死那么多条无辜的人命，你如今将戴上最后一朵我们永生不忘的花，这是永远无法洗脱的血，这是永远无法洗脱的罪。真的，这家里曾住过一位强悍的厄里倪厄斯，那是害人的恶魔。

克吕泰墨斯特拉　如今你必须纠正你刚才说出的话，请来这家族中大嚼三餐的恶魔，是这恶魔在施法，才使人们产生了舔血的欲望；在旧的创伤还没有封口之前，新的血又流了出来。

歌队　（第二曲首节）啊，你口中所称赞的可是摧毁家庭的大恶魔，他总是喜爱愤怒，并且对于厄运不满足——唉，唉，这恶意的赞美！哎呀，这一切都是那高高在上的宙斯，万物的缔造者，万事的促成者的旨意；因为如果没有宙斯，这人世间没有一件事可以发生，也没有一件事可以谈得上成功。（本节完）

（叠唱曲）国王啊国王，我应当怎样哀悼你突如其来的死亡？我应当从我友好的心里向你说些什么？你就这么毫无准备地躺在这女人编织的蜘蛛网里，就这样十分意外地遭凶杀而死，哎呀，你就这样耻辱地躺在地上，被人阴谋杀害，死于那手中锋利的长剑下。

克吕泰墨斯特拉　难道你真相信是我杀死了他吗？不，如今我不是阿伽门农的妻子。而是那个古老的凶恶的复仇神，为了向阿特柔斯，那残忍的情妇报仇，假装这死人的妻子，把他这个大人杀来祭献，叫他为他亲手杀死的孩子们偿命。

歌队　（第二曲次节）这真是个天大的笑话，你是想否认你杀死了我们的国王吗，有谁给你做证？这怎么，怎么可能呢？也许是他父亲的罪恶引出来的报冤鬼帮了你一把。那凶恶的阿瑞斯在亲属的血的激流中横冲直撞，他冲到哪里，哪里就变成儿孙死亡的深渊。（本节完）

（叠唱曲）国王啊国王，我应当怎样哀悼你突如其来的死亡？我应当从我友好的心里向你说些什么？你就这么毫无准备地躺在这女人编织的蜘蛛网里，就这样十分意外地惨遭凶杀而死，哎呀，你就这样耻辱地躺在地上，被人阴谋杀害，死于那手中锋利的长剑下。

克吕泰墨斯特拉　我并不觉得他死得有什么不值得，或者说是死得冤屈，因为他不是悄悄摧毁了这个家，而是公开薄情地杀死了我怀胎十月给他生的孩子，我哀悼我可爱的女儿伊菲索涅亚。他自作自受，他罪有应得，所以他没有资格在地狱里喊冤；如今他死于这锋利的长剑下，就偿还了他所欠的血债。

歌队　（第三曲首节）我的思维已经开始冻结了，当这房屋倒塌的时候，我大脑一片空白，思绪全无。我害怕那鲜血淅淅沥沥的声响，会把这个家彻底冲毁；如今小雨初停。命运之神为了另一件杀人的事，正在另一块磨刀石上把正义之刃磨锋。（本节完）

（叠唱曲）大地啊大地，但愿你可以用布条将我的双眼蒙上，趁我还没有看见他躺在这鲜红的浴盆里！谁来埋葬他冰冷的身躯？谁来为他悲唱一支哀歌？你敢做吗？——你敢哀悼你亲手杀死的丈夫，为了报答他立下的大功，向他的阴魂献上你假仁假义的恩惠吗？谁来慰藉这英雄的坟冢，悲恸万分地流着泪唱颂一支哀歌？

克吕泰墨斯特拉 你完全不用操心这件事；是我亲手将他杀死，也将由我亲手把他埋葬——不必你们来哀悼吊唁，只需由他女儿伊菲索涅亚，那是她的本分，在哀河的激流旁边高高兴兴欢迎她父亲，双手抱住他，和他亲吻。

歌队 （第三曲次节）谴责遭遇谴责；这件事变得很难分辨是非。抢人者被抢，杀人者被杀。只要宙斯依然坐在他的宝座上，作恶的人必有恶报。因果循环，这是不变的法则。谁能把诅咒的种子从这家里去除？这个家族已经被烙上了毁灭的烙印，这是挥之不去的悲哀。（本节完）

（叠唱曲）大地啊大地，但愿你可以用布条将我的双眼蒙上，趁我还没有看见他躺在这鲜红的浴盆里！谁来埋葬他冰冷的身躯？谁来为他悲唱一支哀歌？你敢做吗？——你敢哀悼你亲手杀死的丈夫，为了报答他立下的大功，向他的阴魂献上你假仁假义的恩惠吗？谁来慰藉这英雄的坟冢，悲恸万分地流着泪唱颂一支哀歌？

克吕泰墨斯特拉 你如今所说的倒不失有理。不过我愿意同普勒斯忒涅斯儿子们家里的恶魔缔结盟约：这一切是我自作自受，虽然非常痛苦，不过我会为我的行为负责；如今他再也不会出现在这个宫殿里，用亲属间的相互杀戮去折磨别的家族。我剩下一小部分钱财也就足够了，只要能使这个家摆脱这互相杀戮的宿命。

十二　退场

【埃奎斯托斯从观众右方上。

埃奎斯托斯　报仇之日那温暖的阳光啊！我想说的是，那些为凡人复仇的神在天上监视着地上的一切罪恶；我看到这家伙躺在复仇神们所织的罗网里，真叫我心中畅快，他已为他父亲制造的阴谋罪恶付出了应有的代价。

从前，阿特柔斯，地上躺着的家伙的父亲，做这地方的国王。堤厄斯忒斯，也是我的父亲，让我再说清楚一点——也就是他的亲弟兄，质问他有没有为王的权利，他就愤怒地把他赶出家门，驱逐出境。那不幸的堤厄斯忒斯历经挫折终于回到家，他在炉灶前虔诚地祷告，获得了安全的命运，不至于被处死，使自己的血玷污先人的土地；但是阿特柔斯，这家伙的亵渎神明的父亲，表里不一，假意高高兴兴庆祝节日，用我父亲的孩子们的肉设宴欢迎。他把脚掌和手掌砍下来剁成碎末，放在桌上……堤厄斯忒斯独坐一桌，他不知不觉，立即拿起那难以辨别的肉来吃——这盘菜，像你所看见的，对这家族的伤害多么大。不过我的父亲马上就发现了那盘骇人的菜，大叫一声，仰面倒下，把肉呕了出来，同时踢翻了餐桌来给他的诅咒助威，他咒道："普勒斯忒涅斯的整个家族就这样毁灭！"

所以你们看到在地上躺着那家伙，就是我早已经预谋计划杀戮的，我很有理——我有理呢，因为他把我和我不幸的父亲一同放逐，我是第十三个孩子，那时候还是襁褓中的婴儿；但是等我长大成人，正义之神又把我送回。我安排了整个的复仇行动，虽然我不在场，但是是我捉住了这个该死的家伙。事实就是这样，当我看到那家伙倒在正义的罗网里，我就死也瞑目了。

歌队队长　啊，埃奎斯托斯，我对幸灾乐祸的人表示厌恶。你说你是有意把这人杀掉，并且一手策划了这场惨剧。那么，我告诉你，到了依法处分的时候，你要相信，你这脑袋也逃不掉石击，这是人民发出的诅咒。

埃奎斯托斯　你是坐在下面的划船人，我是船上的驾驶员，你可以这样胡说吗？虽然你已年迈了，不过你也明白，老来受教训多么难堪，当我教你小心谨慎的时候。监禁加饥饿的痛苦，是教训老头子、医治思想病最好的医生。难道你有眼无珠吗？你别去胡乱踢那根狼牙棒，免得碰在那上面，使你那脆弱的蹄子受伤。

歌队队长　你这个坏人，你如此对待这些刚从战争里回来的人；你待在家里，玷污了那干净的床榻，还又计划把他——军队的统帅，杀死了！

埃奎斯托斯　你这些话是为了将要遭受的惩罚而流露出的痛哭流涕的先声吗？不过你的喉咙和俄耳甫斯的大不相同：他用歌声呼唤万物，让万物感到快乐，你却用刺耳的吠声惹人生气，被人押走。一旦受到管束，你就会驯服。

歌队队长　你是要准备统治阿尔戈斯人啊！你计划将他杀死，又不敢亲自动手，而是假以他人。

埃奎斯托斯　如果我亲自出手去引诱他上钩就会被他发现，不过这件事交给妇人，就再好不过了。总而言之，我计划用这家伙的财产来统治人民，对于那些不顺从我的命令的，我就给他驾上沉重的轭——他不可能是一匹吃大麦的骈马，不，那与黑暗同行的难熬的饥饿会让他屈服。

歌队队长　那你为什么不鼓起你那懦弱的勇气去杀死他，却让一个女人来做这件事，这是对这地方的守护神多大的侮辱啊！哎，俄瑞斯忒斯如今是否还看得见阳光，抓住机会回来杀死这两个人，为地上的国王复仇？

埃奎斯托斯　你想如此吗？那么我就马上让你尝尝我的厉害！嗨，士兵们，这里有人造次呀！

【众卫兵从观众左右两方跑上。

歌队队长　啊，大家准备拔剑而出！

埃奎斯托斯　我也拔剑，不惜鱼死网破。

歌队队长　你是说你要去死吗？我们接受这预兆，欢迎这件一定会发生的事。

克吕泰墨斯特拉　不，最亲爱的人啊，我们不可以再互相残杀了；这些灾难已经太多太多了，多得已经让我们喘不过气来。我们已经受够了这样的折磨，不要再有鲜血流出了！阿尔戈斯的长老们，你们和平处事吧，在你们还没有由于你们的行动而受到痛苦之前！如今事情已经发生，我们只有自认倒霉。如果这是最后的灾难，我们愿意接受，虽然我们已被恶魔强大的蹄子踢得够惨了。这是一个女人的忠言，但愿你们愿意听信。

埃奎斯托斯　可是这些人不知好歹，居然说出如此逆反的话，把自己的性命拿来犯上！（向歌队队长）你是老糊涂了吧，竟犯上骂起主子来了！

歌队队长　向魔鬼低头臣服，一向不是阿尔戈斯人的作风。

埃奎斯托斯　可是总有一天我要把你严办，我说到做到。

歌队队长　只要神把俄瑞斯忒斯引来，让他回到家里，你就无法这样做。

埃奎斯托斯　我知道流亡者总是靠着希望过日子，有什么好担心的。

歌队队长　你有本事，那么尽管干下去，尽管放肆地亵渎那高贵的神明。

埃奎斯托斯　我告诉你，你将会为你现在这一席愚蠢的话付出沉重的代价。

歌队队长　你就大肆夸口吧，张牙舞爪的，狂妄自大得就像母鸡身旁的公鸡！

克吕泰墨斯特拉　（向埃奎斯托斯）不要去理会这些毫无意义的杂音，我和你才是一家之主，现在让我们计划一下我们下一步对这个国家的统治吧。

【活动台转回去，后景壁还原；克吕泰墨斯特拉、埃奎斯托斯进宫，众卫兵随入；歌队从观众右方退场。

奠酒人

The Libation-Bearers

[古希腊]埃斯库罗斯

人物（以人物上场的先后为序）

俄瑞斯忒斯	阿尔戈斯国王阿伽门农和妻子克吕泰墨斯特拉所生的儿子。
皮拉得斯	福西斯国王斯特洛菲俄斯和阿娜克西比亚所生的儿子。
厄勒克特拉	阿伽门农和妻子克吕泰墨斯特拉所生的小女儿。
歌队	由十二个女奴隶组成。
侍从众人	俄瑞斯忒斯的侍从，都扮作商人。
克吕泰墨斯特拉	阿伽门农的寡妇、埃奎斯托斯的情妇。
众多仆人	克吕泰墨斯特拉的侍婢。
保姆	俄瑞斯忒斯儿时的保姆，名为喀利萨。
埃奎斯托斯	堤厄斯忒斯（阿伽门农的叔父）和自己的女儿珀罗庇亚所生的儿子。

场景

先是在迈锡尼阿伽门农的坟地，后更换到阿尔戈斯王宫的前院。

时代

英雄时代，约公元前12世纪初。

一　开场

【俄瑞斯忒斯和皮拉得斯从观众左方上。

俄瑞斯忒斯　那伟大的下界的神赫尔墨斯，你是我父亲的权力守护神，我恳求你能成为我慈悲的救星与亲密的战友；我从流放中归来[①]，回到了自己离开已久的祖国。我在坟头上痛苦地召唤着我的父亲，让他可以听我倾诉，听清楚……

我把第一束头发献给养育我的伊那科斯；第二束代表深深的哀悼……因为，敬爱的父亲啊，我未能亲临你身边为你哀悼哭丧，也未能亲手埋葬你的躯体……

眼前发生了什么啊？我的眼睛看见的那些穿着黑衣服的往这边走来的妇人们是谁呀？我能想到，不是家里遭受新的灾难，就是她们送来了安慰父亲亡灵的祭品，不会再有其他的事情发生了；我清楚地看到我的姐姐厄勒克特拉走来，整个身体写满

① 特洛伊战争中的希腊联军统帅阿伽门农从特洛伊回到家，被他的妻子克吕泰墨斯特拉和情夫埃奎斯托斯谋杀了。在此之前，阿伽门农的儿子俄瑞斯忒斯大约十岁，被送到他的姑父斯特洛菲俄斯家里。他在姑父家里住了七年左右，现在已经成人了，回到自己的国家来报杀父之仇。天还没有亮，他就来到了父亲的坟前。

了无限哀伤与忧愁。那仁慈的万物之主宙斯啊，就让我替父报仇，手刃仇人，请你接受的我邀请，成为我的战友。皮拉得斯，看来我需要站远点，仔细听听这些妇人们有什么祈求。

【俄瑞斯忒斯和皮拉得斯退到阿伽门农的坟墓布景后。

二　进场歌

【厄勒克特拉带领歌队从观众右方上场。

歌队　（第一曲首节）我奉了皇宫下达的命令，捶胸顿足，携带祭品前来。我脸上带着被指甲抓破的新伤，我的心儿啊，一生都在痛苦呻吟；当我胸前的衣襟被粗暴地拽起，我心里的悲哀和这被撕裂的衣服嗞嗞作鸣。

（第一曲次节）那惊悚的尖叫声、那为王宫发出的预言深深的悲愤声、内室的喊叫、深沉的呼声在半夜传入了妇人的闺房。那些梦圆的人，解释神意，说地下的死者在发怒，那是对谋害自己的凶手深深的谴责。

（第二曲首节）因此，大地之母呀，那对神不尊敬的女人派我前来，带着这不必感谢的礼物来消除灾祸[①]。但我实在是害怕，害怕这样的祈祷。鲜血已经在地上流开了，怎样才能将其收回？多灾多难的炉灶[②]呀，我的王家走向了毁灭的结局！因为主人的不幸离去，那没有一丝阳光的、人人厌恶的黑暗便开始笼罩着这个家族。

（第二曲次节）起先，那难以抗拒、难以压制、难以克服的尊严给人们留下深刻的印象，这印象深深地烙在心里，现如今却荡然无存，威风不再。但那侥幸成功的人，成了人民心中的神，甚至比神更尊贵，让人心生畏惧，不得不服从他的旨意。可是正义的天平却时刻注视，有时将正义施

---

① 大地之母指的是地神盖亚。歌队在向地母呼吁，因为古希腊人认为地母将会把祭奠之品带到下界去。克吕泰墨斯特拉做了噩梦，所以打发女儿厄勒克特拉和一些女奴隶带着祭品来祭奠阿伽门农，祈求他息怒。由于是她自己杀死了阿伽门农，手上有污染，不能亲自祭拜。

② 此处炉灶象征的是家庭，古希腊人住宅的正厅里有炉灶，为家庭的象征。

予给阳光下的人们，有时将苦难带给那些处于白昼与黑夜之间的人，有时候毫无征兆的在黑夜将人吞没。

（第三曲首节）那被大地吸收了的人血，那渴求报复的血依旧没有凝结，未曾融化。故而，让人痛苦的祸害会降临到充满罪恶的人身上，最终使其大病一场，这是大地对罪恶之人的惩罚。[①]

（第三曲次节）就像处女的闺房一样，一经打开，就无法关上了。就算将所有的江河聚集在一起也无法将手上的污染的血迹冲刷干净，相反只是白辛苦一场。

（第三曲末节）既然这是神的旨意，要我们的城邦落难，让我们的先祖无家可归，使我们沦为可悲的奴隶，无论我们过得公平与否，我都只好违背内心的想法，深藏深仇大恨，卑躬屈膝，逆来顺受，阿谀奉承。我只好用衣襟遮住自己的脸颊，为主人的悲惨命运伤心流泪，黯然神伤，不住地心寒。

三　第一场

厄勒克特拉　啊，你们这些对料理家事颇有领会的女仆，请给我一些宝贵的建议吧，既然跟随我到这里并伺候我祈祷。在向父亲祭上这祭品的时候，我应当说些什么，怎样才算得上是亲切，怎样向父亲大人虔诚地祷告？难道说这些是从一个亲爱的妻子——我的母亲那里带来这些礼物献给我敬爱的父亲大人，我缺少这样的胆识和勇气；不知道该说些什么好了。当我向父亲祭奠上这混合的祭品之际，是不是像其他人一样，说些常有的祷告，“请赐予献冠的人以德”——他们的“怨”所应得的？或者缄默无言，不表示任何敬意——我的父亲大人便是在这样的情况下惨遭杀害的，就这样，将祭品奠下，让大地尽情畅饮，就像一个扔掉香灰的人，将瓶子狠狠地抛弃掉，头也

① 古希腊人相信，染了人血的土地会给凶手长出有毒的果实，把他毒死。

不回地走开。

朋友们，请一起来商议这个计划吧，因为在家里，我们是同仇敌忾的。对于一个人，无论他是自由的还是受别人奴役的，生死由天，请不要因为任何的畏惧将你们的意见闷在心里。假使你有更好的意见和建议，请大胆而慷慨地告诉我吧。

歌队队长　在我的心里，对你父亲的尊敬像神坛一样，你既然已经吩咐了我，我就将我内心的想法全部告诉你吧。

厄勒克特拉　你对我父亲的墓地是如此尊重，既然如此，那么就请你把你内心真实的想法告诉我吧。

歌队队长　那么就请你一边祭奠，一边为那些心地善良的人说好话吧。

厄勒克特拉　在我的朋友里，我应当提起哪些善良友好的人？

歌队队长　首先应当是你自己，然后才是那些憎恨埃奎斯托斯的人。

厄勒克特拉　难道这是为我和你祈祷？

歌队队长　我想，你已经明白了，自己考虑吧。

厄勒克特拉　还有谁可以加入我们这边？

歌队队长　尽管俄瑞斯忒斯远离家门，还是不应忘记他。

厄勒克特拉　说得不错，你给我的指导非常不错。

歌队队长　记住那些充满罪恶的杀人者吧，他们都应该为自己的行为负责，都应该得到应有的报应。

厄勒克特拉　怎样开始祈祷？我欠缺经验，请你指导。

歌队队长　求一位天神或者凡人对他们……

厄勒克特拉　你的意思是法律的审判，还是其他报复？

歌队队长　你应明确地指出，这是血债血偿。

厄勒克特拉　这难道符合求神的虔诚之道？

歌队队长　对待仇人，只有以怨报怨，有什么不合适的？

厄勒克特拉　你这往返天界与下界的最高信使，冥界的赫尔墨斯呀，麻烦你，请你为我传信，召唤那些看守我父亲的地狱里面的神使呵；我要召唤地神——她孕育了万物，再将他们化作胚胎。我为亲爱的父亲奠下祭品，并召唤他，祈祷："请可怜我和你所关爱的俄瑞斯忒斯吧，我们如何去做才会成为这个家的主人？因为被生育我们的人出卖，现在的我们无家可归，她唤来了埃奎斯托斯，狠心地杀死了她的丈夫。我成了一个奴隶，俄瑞斯忒斯失去了财产，只能逃亡在外；那些杀害你的人却神气活现，享受着那些本该属于我们家族的由你辛苦换得的果实。请保佑你的儿子俄瑞斯忒斯安全归来，这就是我的心声，我的祈祷。我亲爱的父亲大人啊，你可一定得听从呀！对于我自己，我的心比母亲更纯洁清澈，我的手也更虔诚干净。这些祈祷完全是从我的心里发出的；至于那些可恶的罪犯，父亲大人啊，我恳求有人替你向他们报复，让凶手遭受杀身之祸，受到严酷的惩罚。这便是我所有善意祈祷中的部分插言，是对他们最为恶意的诅咒。请你在神祇、地母及赏赐胜利的女神的帮助下，在下界为我们送来美好的祝福吧。"

以上便是我的祈祷，还有这些祭品。

（向歌队）请你们按照习惯，用哀伤的花儿装点祭品吧，为枉死的父亲大人送上真诚的颂歌。

歌队队长　（抒情曲）你们尽情地挥洒泪水，让祭品为死去的主人飞溅、滴落，将所有的凶兆化为吉兆，清除那令人憎恶的污染，保持祭品的纯洁——我可敬可畏的主人啊，知道你精神不振，但请你祈祷，倾听我的祝福！

唉，唉，多希望有一个枪法精准的神枪手，来解救这个苦难的家庭，他手握作战时拉过的西徐亚弯弓，提着那把和敌人肉搏的带柄长剑。（抒情曲完）

厄勒克特拉　我的父亲大人已经享用了这被大地吸收的丰盛祭品。这里有件不可思议的事情，想必你们已经察觉了。

歌队队长　你就直说吧，我的心好不安定，扑通直跳。

厄勒克特拉　我看见坟头上有一撮新近剪下的头发。

歌队队长　这是个男子的？还是个细腰的女子的？

厄勒克特拉　这很容易知道，是谁都能明白吧！

歌队队长　怎么会很容易知道？我甘心向你讨教。

厄勒克特拉　除我以外，有谁会这么做吗？恐怕没有了——我真想不到还有谁可以这样。

歌队队长　是的，拿头发来表达自己哀愁的人，心里都带有仇人。

厄勒克特拉　这头发看起来很像……

歌队队长　谁的头发？我迫切地想知道。

厄勒克特拉　就像我自己的，看起来是那么的像。

歌队队长　难道是他——俄瑞斯忒斯的礼物吗？偷偷地献上。

厄勒克特拉　最像他的头发。

歌队队长　他哪里来的胆量敢到这里来？

厄勒克特拉　他将这剪下来的头发献给父亲大人。

歌队队长　你这么一说，我的心更加的沉痛，更想放声痛哭了，唯恐他再也不能踏上这土地了①。

厄勒克特拉　我的内心也悲恸不已；我遭受了打击，好像被锋利的箭穿透。看见这卷发，我的眼泪像奔腾的洪水一样，夺眶而出，滴答滴答往下滴落，止也止不住。我怎么会猜想这卷发是其他人的呢？更不可能是那凶手留下的——她即便是我的生母，但却对孩子三心二意，根本不配享受母亲这个称呼。我怎可断然说出，这是我那亲爱的俄瑞斯忒斯的？这不过是我的殷切的希望在作怪罢了！

唉！希望它就像个报信的人一样，带来快乐的消息，那样我的内心就不会慌乱，风雨摇摆；如果这断发来自仇人的头上，我将会无比唾弃；或者是一个和我有血缘关系，与我同感悲伤的人，来到父亲的坟头，献给父亲的礼物呀。

---

① 因为将死的人往往会剪下一缕头发来献给已经死去的亲人，所以歌队队长认为俄瑞斯忒斯已经死了。

我向所有的神灵祷告，他们应该明白，我们的生活就像水手一样，在狂风暴雨惊天骇浪中摇摇晃晃；但只要我们的命运能得到拯救，一粒小种子终会长成一株参天大树。

我看到，这里有很多脚印，而且是同一个人的，和我的很相似，这是第二个证据！这里有两个人走过的鞋印，我想，一个是他的，另一个是他的同伴的。这后跟以及前脚掌的纹路和我的在比例上是一致的！我实在心里难受，头脑混乱。

【厄勒克特拉顺着脚印走去。

【俄瑞斯忒斯和皮拉得斯自布景后忽然出现。

俄瑞斯忒斯　你的祷告，众神都已经应验，快为未来的顺利祈祷祝愿吧。

厄勒克特拉　从神那里，我得到了什么东西？

俄瑞斯忒斯　你已经看到了你祈求很久的东西。

厄勒克特拉　你能知道我在召唤人？

俄瑞斯忒斯　我知道，你在夸奖俄瑞斯忒斯。

厄勒克特拉　我得到了什么祈求很久的东西？

俄瑞斯忒斯　我便是他，没有人比我们更亲近了。

厄勒克特拉　我的客人啊，你设计了阴谋来欺骗我？

俄瑞斯忒斯　骗你？那就是在骗我自己啊！

厄勒克特拉　你在嘲笑我的灾难？

俄瑞斯忒斯　嘲笑？那就是在嘲笑我自己的灾难啊！

厄勒克特拉　你是要我把你当作他——俄瑞斯忒斯，和你交谈？

俄瑞斯忒斯　你都看见了我本人，却迟迟不肯相认。然而，当你看到献在坟头的头发的时候，发现我留下的足印的时候，你显得那么的兴奋，以为是看到了我。你先将这断发，你弟弟的断发放回到原处，看看我的头发，是多么的相似啊！请看这手织的饰物，你的女红，看这扣板的压法以及上面的兽纹。

你要镇定，不要乐而发狂。

厄勒克特拉　我敬爱的人儿啊，你对我有四重身份：你是我的父亲，亲爱的父亲；作为女儿，对于母亲的爱戴也是属于你的——她应该得到的是恨；还有妹妹对那个被他残忍地献祭而杀害的姐姐[1]的爱，也属于你了；你也是我最忠实的弟弟，只有你的存在才能让我受到尊重。真希望，一切的权力与正义的力量，神通广大的宙斯，第三次祭酒时的神[2]啊，一起来帮助你。

俄瑞斯忒斯　宙斯呀宙斯，伟大的神，请你看看这些事情吧！你看吧，鹰的女儿——我敬爱的父亲大人，他死在了那凶残的蝮蛇的盘绕和罗圈里面了。我们，父亲的儿女，孤苦而无依，忍饥挨饿，但我们的羽翼未丰，还不能将父亲捕获的猎物夺取回来。所以你才能看见我们俩——我和厄勒克特拉——变成没有父亲的孩子，无家可归。

厄勒克特拉　敬爱的神啊，我们的父亲曾经十分地尊敬你，向你献上祭品，要是他的儿女被杀了，你又怎能再从和他一样慷慨的人手里得到祭品？如若你将小鹰整死，那么，还有谁会相信你送来的预兆[3]呢；这来自王家的幼苗一旦枯萎了，又怎能杀牛，在节日里去祭奠你？你一定要保佑这个家庭，使衰败的它重新兴旺起来，即便今天看来它似乎已经风雨飘零。

歌队队长　可怜的孩子们啊，你们的敬爱的父亲大人的炉灶的继承者，别再说了，免得其他人听到，惹得流言蜚语，把这些话传到今朝得势的人耳朵里——真希望，有一天我能如愿看到他们在烈火的灼烧中痛苦地死去，黑色的油脂流得到处都是。

俄瑞斯忒斯　那法力无边的罗克西阿斯的神示怎会欺骗我呢？他要去冒这个险，一旦我不对那些祸害父亲大人的人报复的话，他就经常大声地说出那些让我温暖的内心感到透彻寒冷的灾祸；他吩咐我以其人之道去杀死那些人，凶残地惩罚他们，绝不能用金钱来

① 姐姐指的是伊菲索涅亚，当初远征特洛伊的希腊联军在奥利斯港遭遇逆风，船只无法起航，联军统帅阿伽门农把自己的长女伊菲索涅亚杀死来祭阿耳忒弥斯，风向才转变。

② 第三次祭酒的神指的是宙斯，第一次祭酒敬奉的是奥林匹斯山上的众神，第二次祭酒敬奉众英雄。

③ 鹰是为宙斯传达预兆的，如果这种鸟死绝了，宙斯的预兆就无法传到人间了。

洗脱罪名。他也说，假如我不去这样做的话，我将会赔上自己的性命，遭受很多的灾难。他对女人宣告，凶狠的幽灵会在地下发出愤怒，还说那胡须下的毒疮会遍布全身，张着血盆大口，侵蚀原来的容貌，疮的上面又会长出白色的毛发。

复仇女神①的另一种袭击，这便是由我父亲大人的血海深仇引起的，因为那些下界的神，会在被杀的人的亲人的恳求下，发射黑色的箭头，那些疯狂和黑夜里出现的恐惧会驱使我，困扰我，即便在黑暗里，我随便地皱一下眉头，也会被洞察；我的身体将会遭受铜丝制成的鞭子的鞭打，接着就会被放逐出境；我不被允许参加调酒的会饮，不得参加那能够保证友谊的酒会；父亲大人的那些我看不见的愤怒让我接近不得神坛；任何人都不能接近我，任何人也不能和我住在一起；以致当我临死的时候，没有人会尊重我，没有亲人，没有朋友，遭受灭顶之灾，直至油尽灯枯，无比凄惨。

神的暗示，怎能不叫人相信？我就算不相信，事情还得继续，还有许多的欲望加在一起：当然，不仅有神的命令、悼念亡父的悲哀，还有贫穷，更不忍心让我光荣的市民，曾经闻名于世的以精神毁灭特洛伊的人，去听从两个女人的安排——我认为那家伙（此处指埃奎斯托斯，译者注）的心是个女人；假如不是，那么让他快些出来证明。

歌队队长　（哀歌序曲）神通广大的命运女神啊，既然正义都已经和我们站在一起了，那么请你遵照宙斯的吩咐，让一切的事情都顺利起来吧。“恶言还击恶言，凶杀还击凶杀。”那要求正义得到伸张的女神这样呐喊道。古语也说：“血债血偿”。

---

① 复仇女神是厄里倪斯，是夜神的女儿，她们头缠毒蛇，眼滴鲜血。复仇女神一共有三姐妹，都叫作厄里倪斯，她们一起出现时叫厄里倪厄斯。她们惩罚杀人的凶手，也惩罚不为亲人报仇的人。

俄瑞斯忒斯　（第一曲首节）父亲啊，我遭遇不幸的父亲啊，我的言行要怎样才能从遥远的地方飘到你的安眠之地？你处在那没有阳光的黑暗之中！然而，对于这个家族的先王阿特瑞代①的悼念也算是一种发自内心的安慰吧！

歌队　（第二曲首节）可怜的孩子啊，枉死者的灵魂应该不会被像凶兽牙齿一般锋利的烈火撕伤；他最终会发怒的。人们将会为死者举哀，揭发那卑鄙的凶手。对于父亲，对于给予我们生命的人的正常的合情合理的哀悼，感情一旦被宣泄，将会在四下里蔓延开来。

厄勒克特拉　（第一曲次节）父亲大人啊，请听你的孩儿一曲又一曲的悲哀之歌，这是他们在你的坟前的挽歌。在你的墓前，你接纳了这两个恳求之人，两个无家可归、羽翼未丰的人。这世间到底是有幸运，或者没有？要怎样地付出才能避祸趋福？难道就不能铲除祸害吗？

歌队队长　即便是在这样的情况下，只要神灵有意为之，我们痛苦的悲鸣将被她化为动听的旋律。这王宫将重新唱起胜利的歌曲，去取代这坟前的哀歌，重新迎接这离别多日的老友。

俄瑞斯忒斯　（第三曲首节）亲爱的父亲，我宁愿听见你是被吕西亚的长枪刺穿胸膛，战死在伊利昂城之下②！如果那样的话，你一双儿女在家里是有多么的荣耀，在旅途中是多么的受人尊敬啊，还能让你自己在海外拥有一个巨大的坟冢，家人心里也不会感到如此的沉重。

歌队　（第二曲次节）如此一来，在地下，你便会得到那些一起战死的人的尊敬，地位显赫，成为一个有尊严的国王，敬重那些地位最高的神以及地下主宰者，因为你生前曾是王中之

① 阿特瑞代意思是阿特柔斯的儿子们，这里特别指的是阿伽门农和墨涅拉俄斯。阿特柔斯是珀罗普斯和希波达墨里的儿子。

② 吕西亚在小亚细亚南部，是特洛伊的盟邦。伊利昂是特洛伊的别名。

首，而他们则掌握生死和统治万民的权杖。

厄勒克特拉　（第三曲次节）父亲大人，我的心里却深深地不愿意你战死，血洒特洛伊的城下，和那些手持长枪的外族人一起葬身斯卡曼德洛斯河[1]边。宁愿那些残害你的凶手也免不了杀身之祸，使人们在很远的地方都能闻得他们的死讯，而我们自己却未曾听到这样的消息。

歌队队长　亲爱的女儿啊，你的愿望比黄金还珍贵，胜过在北方的乐园里所拥有的幸福；然而你所做的就是这样说说罢了。想必此刻这重叠的拍打声[2]已向地下传去了，下界已经对这件事做出了指引；那两个令人厌恶的当权者，手上是不洁净的；孩子们必将取得胜利。

俄瑞斯忒斯　（第四曲首节）这声音像利箭一样传到他的耳朵里，并射穿。宙斯啊宙斯[3]，尽管你的惩罚，对那大胆妄为的家伙的惩罚迟了一些，却还会因为父亲的缘故，最终得以实现。

歌队　（第五曲首节）我多希望在那个汉子遭遇刺杀，那个妇人丢掉性命的时候，高唱一曲欢乐的曲子！凭什么我要将这理想中高高飘荡的战旗隐藏起来呢？那充斥着深仇大恨的属于我心里的船头，是强烈的愤恨的释放。

厄勒克特拉　（第四曲次节）唉，唉，拥有众多子女的宙斯，何时大手一挥，扔下霹雳，击碎他们的头颅？让这地方再次充满信仰！我深信，邪不胜正，邪恶必将被正义取代！请你们来倾听，下界的神啊！

歌队队长　在地下流淌的鲜血希望有别人的血来取代自己，这是一条法则。死亡向复仇的神灵呼吁，希望她能够将先前的死者所遭遇的祸害收集起来，双倍施加。

---

① 斯卡曼德洛斯河是特洛伊郊外的河流。

② 重叠的拍打声指的是俄瑞斯忒斯和厄勒克特拉手拍胸膛的声音，同时指这轮唱的哀歌的踏地声，这两个都是用来唤起阿伽门农的鬼魂来帮助他们复仇的。

③ 宙斯本是天空之神，他代替冥王哈德斯执行地下的职权。

俄瑞斯忒斯　（第六曲首节）唉！为死者复仇的强大的诸神啊，你们是地下的主宰者，看一下吧，阿特柔斯残存的子孙们丢失了他们的家业，毫无依靠！宙斯啊，伟大的神啊，我们的未来何去何从？

歌队　（第五曲次节）听到这哭声之后，我整个的心都为之颤动。听到你的话，我的心里笼罩着阴暗，充满了失望；当我需要得到鼓励的时候，它又重新充满活力，解除我内心的苦恼。

厄勒克特拉　（第六曲次节）我们说些什么好呢？提我们从生母那里得到的痛苦？尽管她渴望我们可怜她，但是实际上我们的愤怒却依然不减，因为她赋予我们的本性就像豺狼一样的凶狠残忍。

歌队　（第七曲首节）我曾经用唱阿利亚哀歌的方式与喀西亚的哭丧女子一样，不停地捶打脑袋，让旁边的人看到我的手从高处不断地落下、敲打，我无辜的脑袋被打昏了，嗡嗡作响。

厄勒克特拉　（第八曲首节）不怀好意、胆大包天的母亲，你居然歹意地埋葬，将你还没有接受哀悼的丈夫——一个尊贵的国王掩埋，没有任何市民参与葬礼，更没有人为他哭丧。

俄瑞斯忒斯　（第九曲首节）哎，亲爱的，一说到这对死者毫不尊重的埋葬方式，对我敬爱的父亲大人是多么大的侮辱呀！我拥有了神灵的护佑，手臂充满了巨大的力量，她怎么能逃过，必须补偿。我取了她的性命再去死吧。

歌队　（第九曲次节）你可知道她的残忍，亲手将你父亲的手脚砍掉，并放在他的胳肢窝下①。如此残忍的举动，她的目的是使他的死在你的心里造成永恒的压力，让你喘不过气来，甚至成为无法承受之重。

厄勒克特拉　（第七曲次节）正如你描述的那样，我父亲死得如此之惨，而我当时却没能亲临现场。

我那时的处境就像一条恶狗一样被他们关在自己的房间里，备

① 古希腊人认为这个办法可以使死者的冤魂无法报复。

受藐视和羞辱，只能暗地里哭泣哀悼。这些事你一定要牢记。

歌队　（第八曲次节）对于已经发生的事实，请让它过去。下面的这句话你要时刻牢记：

你必须时时刻刻都斗志昂扬，勇敢地厮杀格斗。

俄瑞斯忒斯　（第十曲首节）父亲大人啊，我真心地向你祈祷，希望你在天之灵，保佑你的亲人平平安安。

厄勒克特拉　我与他有同样的夙愿，我是哭着和他一起祈祷的，听到了吗？

歌队　我们这一队，站在这里的人，也与之心声相同，希望你能听到。回来吧，到阳光里来，同心协力，同仇敌忾。

俄瑞斯忒斯　（第十曲次节）用武力解决武力的问题，用正义去面对正义[①]。

厄勒克特拉　诸位法力无边的神啊，如果可以，请务必公正地审判这一切。

歌队　这些发自受害者内心的呐喊，真让听到的人不寒而栗。冥冥之中的安排，也许被往后推得太久了，但相信这祈祷将让一切奔涌而来。

（第十一曲首节）这是属于亲人之间的苦难！毁灭之神让这充满血腥的砍杀惊悚不已！这让人无法忍受的充满悲剧的忧患啊！这难以抑制的痛苦呀！

（第十一曲次节）治病的良方自家就有，何必低声下气去向别人讨取？向自家要就可以了，可这样一来免不了的是一场残酷的厮杀较量！这支曲子是唱给那些底下的神灵听的。

歌队队长　来自下界的神灵啊，请仔细听取我们的祈祷吧，一心一意地帮助这些可怜的孩子争取最后的胜利。

俄瑞斯忒斯　（尾声）冤死的父亲大人啊——你离去时丝毫不像真正的国王，请听我的祈祷吧，将曾经属于你的宫殿的权力赐给我吧！

厄勒克特拉　父亲大人啊，我也发出相同的祈祷：我希望，在我使埃奎斯托斯遭受大难之后，我能免遭报应。

俄瑞斯忒斯　只有那样，人们才能为你举行合乎礼仪的属于国王的葬礼。不

① 克吕泰墨斯特拉是为她的女儿伊菲索涅亚报仇而杀死阿伽门农，那也是一种正义。

然，你将很难在献给地母的热气腾腾的祭祀上受到应有的尊重。

厄勒克特拉　我也会在婚宴上、在先祖的宫廷里用自己所拥有的嫁妆为你办丰盛的祭品，一如既往地尊敬你的坟冢。

俄瑞斯忒斯　大地啊，请允许我的父亲上来，并亲自观战。

厄勒克特拉　地母呀，赏赐给我们最伟大的胜利吧！

俄瑞斯忒斯　父亲大人，请你务必牢记那让你丧命的沐浴！

厄勒克特拉　记住他们一手设计陷害你的网罩。

俄瑞斯忒斯　父亲大人啊，你曾经被人套上那并非铜制的锁链。

厄勒克特拉　你曾经不幸落到那卑鄙下流的人设计陷害你的渔网中。

俄瑞斯忒斯　父亲大人啊，这些耻辱的话你听到了吗？该醒醒了吧？

厄勒克特拉　为何还不高举那备受尊敬的头颅呢？

俄瑞斯忒斯　如果你真的希望一切都发生变化，反败为胜，请将正义赏赐给我们，或者指引我们获得它们。

厄勒克特拉　父亲大人啊，这是孩子最后的告白。看你的血脉，两个可怜的小家伙趴在你坟前，你可得怜爱你的后代啊——一个男孩，一个女孩。

俄瑞斯忒斯　可不要让珀罗普斯族的火苗熄灭了！这样你才能生生不息！

厄勒克特拉　听吧，亲爱的父亲，这是为你发出的悲号。我们若受到你的重视的话，你便可以拯救你自己。

（哀歌完）

歌队队长　你们将话题扯得如此冗长，在为这个无人哀悼的坟冢哀悼时，不需要指责什么来为自己辩解。（向俄瑞斯忒斯）当然，对于其他的事情，既然你已经下了那么大的决心，就去勇敢地试试你的运气吧，坚持做下去！

俄瑞斯忒斯　我必须得做下去——但这不算偏离轨道，我知道了她来这里祭奠的原因，时间相隔如此之久，才想起去挽救这无法挽救的事情。这微不足道的礼物，还不是真心要献给这静静地躺着的死者。

我难以捉摸这其中的意味。因为这比起她的罪责，简直不值一提。谚语中说，即便一个人倾尽所有的家产意图偿还这血债，也是徒劳的。如果你知道，就请告诉我，我等着听呢。

歌队队长　可怜的孩子，这个我是知道的，毕竟当时我也在场。她是做了一个梦，梦中被惊醒，吓得发抖，因此送来这些祭品。她是个对神不敬的女人。

俄瑞斯忒斯　你可知道梦境的内容？我能知道吗？

歌队队长　照她所说，梦里她生了一条蛇。

俄瑞斯忒斯　这故事止于何处，结果如何？

歌队队长　她将其像小孩一样裹在婴儿被里。

俄瑞斯忒斯　这才刚生的会咬人的虫想吃些什么？

歌队队长　在梦里，她亲自给它喂奶。

俄瑞斯忒斯　那她的奶头没有被这可恶的东西咬伤？

歌队队长　它啊，将奶和血一起吸了出来。

俄瑞斯忒斯　这样看来，这个梦境并非毫无根据；它指的就是人。

歌队队长　她在梦中惊醒，吓得狂叫。那些在黑夜中本已经熄灭的灯火，又再次为这主妇点燃。因此，她送来了这些上坟的祭品，祈求平安。

俄瑞斯忒斯　大地啊，我亲爱的父亲大人啊，我向你们祈祷，希望这梦境在我的手里应验。依我看来，完全合情合理。如此看来，那蛇与我一样，来自同样的地方，是裹在我的那张婴儿被里，还向那养育过我的奶头张开血盆大口，将奶和血一起吸了出来，这吓得她直哆嗦，可见她养育了这坏东西，一定不得善终。就像梦境一样，我要化作蛇，然后杀了她。

歌队队长　但愿能像梦境一样，希望你心想事成。至于其他的事情你应该给你的朋友吩咐好，哪些可以做，哪些不能做。

俄瑞斯忒斯　我的意愿很明显：姐姐应该进入宫中，我千叮万嘱，她应当将计划藏在心里。既然那些人用诡计陷害了一个人，那么，以其人之道还施彼身，他们也将陷入同样的麻烦，就像罗克西阿斯——阿波罗王，那些从来不过分预言的神所昭示的一样。

而我自己，将化装成旅客，准备充分，与这个人——他的名字是皮拉得斯，走到皇宫的院门之前，成为王家的尊客和亲密的战友。我们必须用帕耳那索斯的方言进行交流，模仿福西斯的腔调。假如没有一个人满怀欣喜地接待我们，说宫廷遭遇灾难，我们就等候在门前，让那些路过的人想入非非：这个埃奎斯托斯在家，明知有客人求见，却闭门不见[①]？

一旦我们进入院门，发现那些家伙坐在本该属于我父亲的座位上，或者出来与我相见，他将会——你必须相信——眼睛往下看，在他还没说出“客人何方人士”之前，我就迅速把剑一刺，让他顷刻之间变成死尸一具。复仇的神灵不怜惜杀人，将会饮下三杯无杂质的纯血。

（向厄勒克特拉）好好地注意家里发生的一切，使其显得天衣无缝。（向歌队）我对你们的吩咐便是，要严守消息，该缄默的时候就不要说话，该说话的时候就不要一言不发。其他的事情，我请了他（手指皮拉得斯）来观战，指导我如何用剑格斗。

【厄勒克特拉从观众右方离场。

【俄瑞斯忒斯和皮拉得斯从观众左方离场。

四　第一合唱歌

【剧中布景改为王宫，坟墓撤掉。

歌队　（第一曲首节）天地之间，寸土之间，竟然培育出众多让人望而生畏的生物，大海的惊天骇浪，随处充斥着势不两立的妖怪，天空中流光四溢，飞禽走兽是飓风的走狗，他们能指出其变化急剧的愤怒。

（第一曲次节）可谁又能准确说出一个鲁莽的男人和一个凶悍、狂妄的女人的结合带给人世间的痛苦呢？这结合就像野兽与人类婚配。

---

① 古希腊人认为不接待客人会招惹天怒。一切客人和乞丐都是宙斯派遣来的，任何人不得拒绝。

（第二曲首节）一个智力正常的人都看出了这一点，在他知晓忒斯提俄斯的倔强的女儿、那个残忍的女人设计了那些可燃烧的木头的时候；她将那血一样的木头烧掉了，那可是和她儿子同年所生的东西——它们和他同时在母亲腹里出生——它们应该与他共度一生，一直到他生命终结的日子。

（第二曲次节）传说之中，存在另一个残忍不仁的女人，在敌人的教唆之下，亲手害死了她的亲人，她是受了弥诺斯的礼物——克里特金项链的利诱，在尼索斯熟睡之际，毫无防备之时，将他那长寿的头发剪掉，之后，赫尔墨斯来掩护他。如此的蛇蝎心肠、狼心狗肺！①

（第三曲首节）既然我提出了这些残酷、痛苦不堪的苦难，现在我要讲述的事情，是这门毫无感情的婚姻，这家里的孽缘，由妻子一手设计并残害一生戎装的真正的武士，而这武士足以让敌人胆战心惊。

我却深深地爱护那毫无激情的家以及这女人缜密的心思。

（第三曲次节）所有的传说之中的罪恶，关于愣诺斯②是最多的，每当人们遭受苦难，总喜欢拿来与愣诺斯的灾害作比较。由于神们讨厌那些悲惨的事情，于是她们的种族便从人世间销声匿迹了，因为神灵讨厌的东西，是没有人会尊重的。如此看来，这些故事哪一个都值得收藏。

（第四曲首节）此时此刻，那把锋利无比的剑已经靠近胸膛了，只等正义之神一声令下，便毫不犹豫地刺下去。那毫无依据地侵犯宙斯威严的人，那不法的行径，一定会被踩在脚底之下。

（第四曲次节）充满正义的神的基础已经被建立好了；那铸造命运之剑的神灵早已经开始忙碌了；那举世闻名的报复之神已经将这个孩子引进了皇宫，去报复那曾经的血海深仇。

---

① 尼索斯是梅加腊的国王，他长着紫色的头发，这头发可以保证他长寿。当克里特的国王弥诺斯前来攻打梅加腊的时候，尼索斯的女儿斯库拉受了弥诺斯的贿赂，把他父亲的头发偷偷地剪去了，尼索斯因此死于战场。

② 愣诺斯是爱琴海北部的岛屿，岛上的妇女由于憎恨他们的丈夫蓄女奴隶为妾，把他们的丈夫杀死了。

五　第二场

【黄昏时分，俄瑞斯忒斯与皮拉得斯和所有的侍从，都打扮成为商人的模样，从观众的右侧上。

俄瑞斯忒斯　嘿，孩子，孩子，你听，院门被敲响了！是谁在里面？嘿，孩子，孩子，我再确定一下，是谁在家里呀？我这已经是第三次召唤门里的人出来开门，但愿这家人，作为埃奎斯托斯的手下，是好客的。

仆人　（来自门内）啊，谁啊？听到了。

【仆人打开院门。

我亲爱的客人是何方人士？来自哪里？

俄瑞斯忒斯　麻烦了，请转告一下你家主人，我有新的消息要告诉他。请务必快点。黑夜似车轮滚滚而来，这可正是贵客落脚的关键时候！快请你家主人出来，家庭主妇也行，但最好是你家男主人来，免得交谈的时候因为害羞，而使交流变得含糊不清。男人之间说话更坦率，言简意赅。

【仆人回屋将克吕泰墨斯特拉请来。

【所有的仆人簇拥出场。

克吕泰墨斯特拉　哦，我亲爱的客人，你们有什么需求，尽管开口，我家里什么都不缺：热水澡、舒服的床榻、礼仪周到的注目礼。假设还有其他的事情要商量，那是属于男人们的事情了，我稍后就去叫他们过来。

俄瑞斯忒斯　我是个来自福西斯的道利亚人——一个商人。我自己一路将行李运送到阿尔戈斯；在我休息的时候，过来一个人，询问要走哪一条路，他还告诉我他要到哪里去。在交谈中，我了解到他的名字是斯特洛菲俄斯，也来自福西斯。他说："客人既然远道而来，又是去往阿尔戈斯，请用心记下，告诉俄瑞斯忒斯的父母，说孩子已经去世了；一定不要忘怀。无论他的亲人是否愿意将其遗体运回，还是让其丧葬在自己的侨居之地，总之，请将他们的意愿带回。此时此刻，他的骨灰正静静躺在那铜坛里，我们已经按照应有的礼仪对其进行了哀悼。”我所闻之事都已告诉你了。我不知道这是否应该是和主上的对话——和他亲人的对话，但消息的内容最该让其父母知晓。

克吕泰墨斯特拉　哎呀，听到这个噩耗，我们几近崩溃！我们全家人难以摆脱带来祸害的神啊！你可真是高瞻远瞩啊，甚至那些藏在角落里的人，还在很远的地方就被你牢牢地锁定，并被你的利箭射死。你如此地剥夺我亲爱的亲人的生命！我如此的不堪打击，如此的不幸啊！俄瑞斯忒斯——原本他置身于毁坏一切的泥坑之外，小心翼翼地藏着——之前，他唯一的希望——制止这家里忘乎所以的狂欢，可是如今，留下的却只有深深的失望！

俄瑞斯忒斯　我愿意为你们这样被幸福笼罩的东道主报喜，与你们好好地认识，受到你们的深情款待——因为不管在哪里，没有比客人对主家的深情厚谊更深的情谊了。但是，我既然已经答应了对方来报告这个痛苦的消息——况且受到如此的款待，如果不能尽义务为朋友完成任务，就显得不那么的真情实意了。

克吕泰墨斯特拉　我想你得到的打赏绝对不会比预期的少，我们对你的友谊也不会有丝毫的减少。总而言之，其他的人也会这样来传送消息的。这个昏黄的时候，也正是主家深情款待长途奔波后的旅人的时候。

（转向一个仆人）将客人和他的随从以及同路的旅伴带到宫里的男宾客室；让他们在那里享受家里最高的待客之道。我将这个任务交给你了，你可得认真负责，妥帖做好。我要将这件事汇报给这家人的主人，既然我们不缺少这样的朋友，特别是面对这样的情况，更得好好地商量。

【数个仆人带领俄瑞斯忒斯、随从和旅伴进入皇宫。

【克吕泰墨斯特拉率领众仆人随后。

歌队队长　（抒情曲）王家的相亲相爱的女仆们啊，何时我们才能为俄瑞斯忒斯分担唇舌之劳呢？

歌队　庄严神圣的大地啊，那垒砌在水师的统帅无比尊贵的遗体之上的享有尊严的坟冢啊，你们来听听吧，请你们保佑！此时此刻，正是那劝诱的神灵带着计策进宫进行厮杀的时候，正是那在下界的赫尔墨斯、那总喜欢在黑夜里出没的神灵前来观战的时候。（抒情曲完）

【保姆喀利萨从右门上。

歌队队长　那客人到来想必是在制造灾难吧；我看到俄瑞斯忒斯的保姆啼哭不止。

（转向保姆）喀利萨，你这是去往哪里呀？为什么让悲伤这不请自来的伴侣随身而行呢？

保姆　主人命令我火速去请埃奎斯托斯大人过来接见客人，让他赶快回来，他是个男人，男人可以将最新的消息带来，弄得更加明白。她竟然在所有的仆人面前面露愁色，用此来掩盖她内心对于这件事情显露出来的笑容，但客人带来的消息明明对这家庭是非常不利的。那个人听到了，知道了这件事情，一定会非常的开心。唉，上天啊，之前降临在阿特柔斯的家里那令人纠结的痛苦，像蛛网一样交织在一起，难以忍受，曾使我心里感到深深的痛苦，可是当时的我还忍受过这样的悲痛，那些痛苦都是我不能够忍受的。但是我那亲爱的俄瑞斯忒斯，我这心里深深牵挂的人啊，是我一手从他的生母那里接过来，一手抚养到大的，那些夜里的惊呼将我唤醒，那些苦劳，我都忍受了，随时两手空空！对于一个不懂事的小孩子，你得像饲养一头野兽一样来喂养，难道不是吗？这是从智力的层面上来分析这个问题的。因为对于一个还被襁褓被包裹着的孩子，他还不会说话，你不知道他是饿了、渴了，还是想尿尿，他的一切活动还是靠本能的。尽管这些都是我之前未曾预料到的，但我还是多次觉得自己上当了，孩子的尿布是我亲手洗的，本来这是属于洗衣妇和保姆两个人干的事情，而我却以一己之力全部承担下来了，从俄瑞斯忒斯的父亲手里接过他；可是如今，我的天啊，听到他却已经不在这人世间了！而却让我去召请将这个家一手毁灭的人，想必他一定乐意听到这样的消息吧。

歌队队长　她要他以怎样的方式回来？有什么准备？

保姆　什么准备？哦，你再说一遍，我想让我的心里更加明白。

歌队队长　是叫他只身过来，还是带着随从？

保姆　她可是叫他带上全副武装的卫队过来。

歌队队长　啊，可不要将原话告诉那可恶的主子，还是满怀高兴地告诉他，只身过来就是了。只是听听消息罢了，不必有多余的担心。

保姆　眼前的这消息，你能有这样的想法，究竟对不对？

歌队队长　没有什么不对吧，要是宙斯能够将灾难的风向转过来呢？

保姆　这怎么可能？俄瑞斯忒斯作为这个家里的唯一的希望都已经覆灭了。

歌队队长　还没有完，任何一个不高明的预言者都明白这一点。

保姆　你什么意思？难道你还有截然不同的消息？

歌队队长　你还是去送完信，完成她交给你的使命吧。老天爷关心的事情，想必他们也会很在意的。

保姆　我这就去，听你的吩咐。希望在天神的护佑下，这事情可以有一个圆满的结果。

【保姆从观众的左方离场。

六　第二合唱歌

歌队　（第一曲首节）宙斯啊，你是奥林匹斯山上其他众神的父亲，我央求你，现在就让这个家族的命运变得明朗而又稳定吧，让那些追求正义的人都能看见。我的话都是正义的。宙斯啊，请你佑护吧！

（自由曲）啊，啊！宙斯啊，就让他在敌人之前，进入屋子吧，你将他举得高高的，他一定会加倍地报答你的恩德的。

（第一曲次节）你可一定要知道啊，这匹小马，你欣赏的骏马的孤儿如今在灾难的车前被驾着。你要将它带上属于它的跑道，看它以稳健的节奏驰骋，最终稳稳地越过终点。

（第二曲首节）神啊，你们都住在那宝藏丰富的内殿里，你们对世人都是慈祥的。请听听！请用新的报复来抵偿旧的罪恶所引起的流血！让那古老的杀害在家里绝迹吧！

（自由曲）你是一位居住在高大精致的神宫里的神，就让那个人仔细地看看吧，带着友好的目光，透过那一丝黑纱，留意一下这世间自由之光的所在吧。

（第二曲次节）希望迈亚的儿子义不容辞地前来援助，只要他愿意，相信他有能力掌控一切，事情变得畅通无阻。但是一旦他说出那些难以领会的话语之时，黑暗就被他放在所有人的面前，即使是在光天化日之下，也很难看得透彻。

（第三曲首节）我们将用女人天生的高音为这个家族的胜利，尽情高歌呀，绝非哀歌："船儿在水中稳稳当当！我的，我的深深的祝福有增无减，朋友啊，你们的痛苦的魔咒将从此被破！"

（自由曲）等一会儿行动起来，你一定要勇敢而不是畏缩！她只要呼喊你"孩儿啊"，你就用力呼喊"父亲啊"，这样一来就成就一段无人可以指证的罪行。

（第三曲次节）你现在暂且要做的就是，拥有和珀耳修斯一样的心灵，为你地下的故人，以及地上的亲人，带着他们满腔的愤怒，不顾一切地向仇人进行报复吧，只让那残忍的凶杀发生在屋里吧，以制止发生这凶杀的原因。

七　第三场

【埃奎斯托斯从观众的左上方进场。

埃奎斯托斯　我并非没人请就回来的，是使者叫我回来的；我听到了难以置信的消息，是前来投宿的客人带过来的，我不敢相信那是真的，据说俄瑞斯忒斯已经离世。这个可怕的痛苦加在这个家庭之上，它不堪重负，感到巨大的压力，因为旧日的残杀已经让其深受其害了，伤口已经开始糜烂了。

然而，我又怎能轻易地相信这个消息是可靠的呢？这难道就是出自女人的嘴里让人吃惊，但却飘到风中，之后消失得无影无踪？你能再说一些确切的消息，让我的心里透彻明白吗？

歌队队长 这我们倒也是听说过；你可先进去向客人打听一下。道听途说的话，比起客人亲自将它告诉你来说，不值得一提。

埃奎斯托斯 我倒想亲自见见那个报信的人，问清楚他，那个人死的时候，自己是否就在他身边，还是只是听到谣言，自己拿出来说说。他可要知道，具有慧眼的人很难被蒙蔽。

【埃奎斯托斯从左边进入景后。

歌队 （唱）宙斯啊宙斯，我要说什么好呢？我的恳求或者是祈祷究竟从哪里开始好呢？这充满胸怀的热诚，要以怎样的恰当的语言来表达？今天，在这里，这个时刻，若不是用那曾经流着血的斧子将阿伽门农家族毁灭，那么便是俄瑞斯忒斯重新获得其先祖曾经拥有的城邦的权力以及巨大的财富，让那自由的火光燃烧起来。这个时候，俄瑞斯忒斯像天神一样地战斗，他将是唯一能打开这胜利大门的人，面对两个可恨的敌人，希望他能一往无前，一举取得最后的胜利。

埃奎斯托斯 （从布景后）哎哟喂，哎哟喂！哎呀！

歌队队长 啊，啊！ 事情发展得如何？这个家庭究竟面临怎样的境况？战斗已到了关键的时候，让我们躲开一些，在这场争斗中以显得自己是清白的；此刻结局已经定格了。

【歌队从观众右方躲入布景后。

【仆人从左边上。

仆人 哎哟喂，哎哟喂，我亲爱的主人已经受了刀伤了，我在叫着第三声哎哟喂！埃奎斯托斯已经死去了！（敲右边的门）赶快把门打开，将门闩尽量往后推，将门打开！我们这里急需壮年的男子，当然，不是去帮助那已经死去的人啊，有什么作用呢？哎哟喂，哎哟喂！难道我这是在向聋子呼喊？向已经睡着了的人白白地浪费力气？克吕泰墨斯特拉去了哪里？她在做什么？她的脖子好像已经靠在了刀锋之上，只要正义稍微靠近，就得人头落地。

【克吕泰墨斯特拉从右边的门上。

克吕泰墨斯特拉　什么事？出了什么事？这究竟是怎么一回事？到处都在嚷嚷着救命。

仆人　我的意思是已经死去的人正在杀活着的人。

克吕泰墨斯特拉　哎哟喂！我明白这句话的深意。我们似乎将要死于诡计之下，就像从前的我们采取了相同的办法对付别人。谁给我一把能杀死人的斧头，要快，快！让我们知道结果是胜利还是失败；我已经想到了结局。

【仆人从右门进去拿斧头。

【俄瑞斯忒斯从左门上。

俄瑞斯忒斯　啊，我正在到处找你啊。（指着左门）他想必已经受够了这一切。

克吕泰墨斯特拉　哎哟喂，你怎么死了，强大的埃奎斯托斯，我最亲爱的人儿啊！

俄瑞斯忒斯　你的心里已经爱上了这个人？如果这样，那你可以和他一起躺到坟墓里去，他死了之后，你也不至于背叛他。

克吕泰墨斯特拉　孩子，快住手吧！孩儿呀，怜悯一下这养育你的乳房吧，要知道当你还没有长牙齿的时候，曾多少次一边睡觉，一边吮吸。

【皮拉得斯从左边的门上。

俄瑞斯忒斯　皮拉得斯，这如何是好？我到底能可怜一下她——我的生母吗？放她一马？

皮拉得斯　可那样一来，罗克西阿斯在皮托发出的阵阵呻吟之声该怎么去应验啊，我们最忠诚的誓言该如何遵守[①]？你要明白，宁可民众怨恨，也不要让众神愤怒啊。

俄瑞斯忒斯　我以为胜利之后，你给我的劝告会是好的。（对着克吕泰墨斯特拉）你自己爬起来，跟我走。我要在他的身旁，亲手杀了你！他还活着的时候，你就觉得他胜过了我的父亲大人，那么你就和他一起到地下长眠吧，你既然爱的人是他，可那些原本值得你爱的人，相反你却十分的憎恨。

克吕泰墨斯特拉　我养了你，是希望能在我老时照顾我呀。

俄瑞斯忒斯　你毒害了我的父亲大人，还妄想和我一起生活？

克吕泰墨斯特拉　亲爱的孩儿啊，事情的发生，有一半是由命运操纵的，要怪的话只能怪命运。

俄瑞斯忒斯　那么你的死，顺理成章，也是命运的安排。

克吕泰墨斯特拉　亲爱的孩儿啊，难道你不怕母亲的诅咒？

俄瑞斯忒斯　你是生了我，给了我生命，但你却亲手将我置于不幸之中。

克吕泰墨斯特拉　我将你安抚在盟友的家里，应该不算是抛弃吧。

俄瑞斯忒斯　我是高贵的父亲所生，却被很不体面地出卖了。

克吕泰墨斯特拉　你看到我将卖你的钱放于何处？

俄瑞斯忒斯　对此我很害羞，羞于提起，更羞于明明白白地责备你。

克吕泰墨斯特拉　不必了，你就这样说出你父亲的荒淫之事吧。

俄瑞斯忒斯　你自己安然在家，不能责怪在外苦战、置生死于度外的人。

---

① 皮托是德尔斐的旧名，德尔斐在福西斯境内。这个神示说埃奎斯托斯和克吕泰墨斯特拉将被杀。如今埃奎斯托斯已经死了，这个预言有一半应验了，还有一半没有应验。

克吕泰墨斯特拉　孩儿啊，当女人和自己的丈夫分离的时候，是多么的令人痛苦啊！

俄瑞斯忒斯　可丈夫为了供养她们，在外忙活，她们却依然在家安乐。

克吕泰墨斯特拉　孩儿啊，看来你是定要取你生母的性命了。

俄瑞斯忒斯　是你自取灭亡，我没有杀你。

克吕泰墨斯特拉　你要当心啊，时刻警惕那些替母亲报仇的愤恨的猎狗啊。

俄瑞斯忒斯　我要是在这个时候住手，那些替父亲报仇的猎狗又怎样躲避呢？

克吕泰墨斯特拉　我这个还没有死的大活人，好像已经对着坟墓大哭了一场。

俄瑞斯忒斯　是我亲爱的父亲的命运，为你的死亡埋下了祸根，它在今天应验了。

克吕泰墨斯特拉　你是我身上掉下的一块肉，自己用奶喂养大的一条蛇。

俄瑞斯忒斯　是的，你曾经的梦境就是很好的预言。你杀了不该杀的人，自然也应该遭受那一份不该受的罪。

【俄瑞斯忒斯逼着克吕泰墨斯特拉从左门进屋，自己也跟了进去。

歌队队长　为了这些人，我为这双重的不幸悲叹。既然那可怜的俄瑞斯忒斯已经站在了杀戮的顶峰，我们还是希望这家人的唯一的希望不至于覆灭。

八　第三合唱歌

【歌队从观众的右方出来。

歌队　（第一曲首节）啊，正义的神灵终于倒向了普里阿摩斯[①]的众子，报复也是格外的重了；两头狮子、两个战士已经降临在阿伽门农家里了。那个在外流浪的人，被皮托的神示带回来的，已经努力跑完他的所有旅程了，是神灵的督促才使这一切得以发生。

（叠唱曲）值得庆幸啊，主人的家庭已经摆脱了灾难以及惨遭两个罪人挥霍的命运——这是多么难堪的命运啊！

（第一曲次节）多么凶残的诡计啊；宙斯的正义之女也亲自参加——我们这些凡夫俗子说得恰当，称之为正义女神——她挥一挥衣袖，向敌人发出愤怒的吼叫。

（叠合唱）值得庆幸啊，主人的家庭已经摆脱了灾难以及惨遭两个罪人挥霍的命运——这是多么难堪的命运啊！

（第二曲首节）那是在罗克西阿斯，帕耳那索斯下，属于神的地洞里发出的命令，用了一些根本称不上诡计的诡计，造成了这些推迟了的伤亡。诡计的诡计！但愿这神律从此生效："不要帮助恶人。"作为子民，我们应当遵从上天的懿旨。

（叠唱曲）现如今，有机会再次重见光明，我已经摆脱了套在这家人脖子上的铁索。王宫啊，伟大而又有尊严的王宫，再次站立起来吧！你已经在地上沉睡太久了。

（第二曲次节）那让一切变为现实的时光，即将进入这个家门，用纯净的仪式将血的污迹从这个家族清理干净。时运呈祥，向这个家族露出了满面祥和。

（叠唱曲）现如今，有机会再次重见光明，我已经摆脱了套在这家人

---

① 普里阿摩斯是拉俄墨冬的儿子，是特洛伊的国王，他有五十个儿子，其中比较著名的是赫克托耳和帕里斯。

脖子上的铁索。王宫啊，伟大而又有尊严的王宫，再次站立起来吧！你已经在地上沉睡得太久了。

九　退场

【活动台从布景后面退出来，台上有克吕泰墨斯特拉和埃奎斯托斯的尸身，俄瑞斯忒斯和皮拉得斯站在旁边。

俄瑞斯忒斯　大家请看，躺着的两个暴君，他们是杀死我父亲的凶手，掠夺了我的王宫！ 我们可以想象，曾经他们坐在这宝座上，戴着皇冠，耀武扬威，相亲相爱，山盟海誓。他们联合起来将我的父亲大人杀害，还真算得上不违背盟约，同生共死。

啊，你们这些曾经听到灾难经过的人啊，你们好好地看看这件设计巧妙的东西，这是他们一度用来做镣铐，铐在我父亲头上的。将它打开吧，大家围起来吧，将这件束缚人的东西拿来巡展吧，让我的父亲大人——不仅仅是我的父亲，还有一切的光明之神——看看我的生母卑劣的行径，这将在我接受正义的审判的时候为我做证，证明我是以合法的方式，以合法的理由将我母亲送向死亡境地的；关于这个埃奎斯托斯，他罪有应得，他侮辱别人的名节，必然走向灭亡。

可是她——她曾经设计这个可憎的办法来陷害她的丈夫——她也曾经为他怀过孩子，她腰带下孕育的是她沉重的负担吧。那原本是她最喜爱的，可事实证明，这一切都是她所憎恨的。你该如何评价她呢？假若她是一条毒蛇或者带有毒的蝰，那么，那些和她接触的人，即使是没有被咬伤，也会全身溃烂的，因为她是如此的傲慢无礼，毫无章法。

我该用怎样的称呼来称呼她，还是应当说些别的话呢？这是用来捕获野兽的网，还是在浴室之中用来捆绑她的脚的窗帘？你也可以说这是渔网或者捕猎的网，还是缠人的袍子。这正是强盗才拥有的东西，是欺骗道路上行走的旅客，以抢劫银两为生的人；她有什么能耐，在杀了那么多人之后，还能那么心情舒坦。

真希望这样的女人不要和我同处一个家庭之中，与其那样，天神还不如在我没有子嗣的时候就赐我一死。

歌队　（抒情曲首节）啊，啊。这样不幸的事情啊！你可是惨死的呀！啊，啊，这活下来的人将面临重重困难。（本节完）

俄瑞斯忒斯　事情究竟是不是她亲手所为，这件沾满血迹的袍子可以为我做证，要知道，这是埃奎斯托斯用他那没有人情味的剑染红的。这本是一件花色美丽的袍子，可惜就毁在了冒着气泡的血迹上了。

我现在是在赞美它，也在痛心地哀悼它，在向这件曾经害死我父亲大人的袍子说话。这件事、这个灾难、这个家族的灾难加在一起都是值得人们悲叹的，我的胜利被这血仇污染得不值一提。

歌队　（抒情曲次节）任何一个能用言语表达的人都很难安安静静地度过一生，而不受到丝毫的伤害。哎，哎，只是来的时候不一样，有的是发生在今日今时，有的是发生在明日那刻。（本节完）

俄瑞斯忒斯　不知你是否看出了端倪，我的苦难还远远没有结束，因为遭受到压抑，我就像一个御马的人，在很远的地方就驾着马车脱离了原来的轨道；我那难以驾驭的情感使我头晕目眩，恐惧在我的心里歌唱，踏着令人愤恨的舞步。在我还清醒的时候，我得大声向我的朋友们宣告，我杀死自己的生母是合情合理的，因为她的双手沾满了我父亲的血渍，遭受到众神的愤怒。

我的魔力来自哪里，这不得不谈起皮托的预言神罗克西阿斯，他对我发出神的指示，其意是我假如这样做了，是不会招致骂名的；我要回绝了神的旨意，结果将不堪设想，因为没有人能替我射掉那像烈日一样高挂的灾难。

你们看，我拿着树枝，戴着羊毛冠[①]，到大地中央[②]的庙宇、罗克西阿斯的圣地上去，到那闻名遐迩的火焰之前，逃避这有血缘关系的人之间的杀戮；罗克西阿斯曾经对我神示，不需要去别的灶火之前避难。至于这件事情发生的原委，请各位全体阿尔戈斯的人以后为我做证。我作为一个流浪者，将会离开这个地方，无论将面临怎样的生死，这个名声都会留下来。

歌队　可是你毕竟是没有做错的啊，你的嘴不要和那些不吉利的话挂钩，更不要恶言咒骂，因为你已经轻而易举就将这两条毒蛇的头斩了下来，让整个阿尔戈斯城邦的人民都重拾自由。

俄瑞斯忒斯　啊，啊！女仆们啊，那些妇女穿着黑袍，可头顶上有很多蛇盘着[③]。我再也不能在这里停留。

歌队队长　你父亲最疼爱的人，是什么幻象让你头晕目眩？可不要在恐惧面前低头，以致被恐惧狠狠地压在下面。

俄瑞斯忒斯　依我看，这根本不是病兆，这就是我母亲的，龇着牙的猎狗[④]。

歌队队长　可能是你手上的鲜血还没有来得及清洗干净，所以你才心神迷乱。

俄瑞斯忒斯　阿波罗王啊，她们是越来越多了，眼里流出了憎恨的血泪。

歌队队长　你有一种办法可以净化，去请求罗克西阿斯，他能为你解除痛苦。

俄瑞斯忒斯　是的，你们是看不见她们的，但是我看得一清二楚。我被她们追赶着，我再也不能在此地多停留片刻了。

【俄瑞斯忒斯从观众的左边急匆匆地下去。

【皮拉得斯以及众侍从也跟着下去。

---

① 俄瑞斯忒斯拿着橄榄枝，戴着羊毛冠，表示他是一个求救的人。

② 相传宙斯曾派遣两只鹰从大地的东西两方的边界上相向飞行，它们最后在德尔斐的上空相遇，所以古希腊人便认为这里是大地的中央。

③ 戈耳戈是福耳库斯和刻托的女儿，一共三姐妹。她们是可怕的妖怪，头缠毒蛇，嘴大，牙齿大。

④ 这里指的是复仇女神们。

歌队队长　但愿你平平安安，愿神灵保佑你，赐给你神的佑护。

歌队　（唱）现如今，第三次的家族风暴从这家族的头顶掠过。起初发生的，是以孩子肉为食的灾难；其次是祸害降临在一个尊贵的国王身上，阿尔戈斯人的最高统治者，在浴室惨遭杀害。现在，不知从什么地方又来了一个人，他是拯救一切的神，还是来自寻死路的不识时务者？或者可以这样描述，这风暴将在何时停歇，灾难何时得到缓解，一切何时重归平静？

复仇神

The Furies

［古希腊］埃斯库罗斯

人物（以人物的上场先后为序）

女祭司	皮托（德尔斐）[①]神庙的女祭司。
阿波罗	宙斯和勒托所生的儿子。
俄瑞斯忒斯	阿伽门农和克吕泰墨斯特拉所生的儿子。
克吕泰墨斯特拉的魂魄	是斯巴达国王延达瑞俄斯和勒达所生的女儿，她是被自己生的儿子俄瑞斯忒斯杀死的。
歌队	由十二个复仇神组成。
雅典娜	雅典城的守护神，宙斯之女。
传令员、陪审员[②]若干	雅典市民扮演。
护送队	由雅典妇女组成。

① 皮托是德尔斐的古名，其名字是由帕耳那索斯山洞里面的看守神蟒蛇皮同而得来的。德尔斐在福西斯境内，在科林斯海湾北岸。

② 在古希腊，陪审员的人数一般都是十的倍数，也可能是十个人。古雅典的陪审员的数量通常由五十个人组成。

布景

开场在德尔斐阿波罗庙前。

第三场在雅典卫城帕特农神庙前。

第四场地点在雅典战神山上。

时代

英雄的时代，约公元前12世纪初。

一 开场

【女祭司从观众右方走上。

女祭司 在我所有的祷告中，首先我将地神盖亚奉为神中第一位预言神①；然后，我崇敬忒弥斯②，据说她是第二位预言神，坐在地神颁布神示的座位上；第三位预言神是地神盖亚的另一个女儿福柏③，她得到了忒弥斯的允许，和平坐上了那个座位；之后她把这个座位让给了福玻斯④做生日贺礼——他的名字就是由福柏而来的。他从德罗斯⑤湖畔和石岛离开，在帕拉

---

① 德尔斐神庙的第一位预言神是地母盖亚，盖亚是混沌之神卡尔斯的女儿，是最古老的女神。

② 忒弥斯是地母盖亚和天神的女儿，是司正义和律条的女神。在古希腊神话传说中是忒弥斯夺取了母亲盖亚的预言权力。

③ 福柏，是天和地的女儿，天地共生了六男六女（包括忒弥斯）都被叫作泰坦神。福柏是阿波罗和姐姐阿耳忒弥斯的母亲勒托的母亲。阿耳忒弥斯继承其祖母的名字也叫作福柏。

④ 福玻斯是阿波罗的别名，此处作者想要说明的是“福玻斯”的名字是由其祖母的名字福柏演变而来的。（在古希腊语中，福玻斯是福柏的阳性名词。）在希腊神话传说中是阿波罗亲自杀死那看守神示的蟒蛇皮同，并把地神赶走，自己夺得德尔斐的预言权的。

⑤ 德罗斯是爱琴海上的一个岛屿，位置在雅典城的东南方，相传为阿波罗的出生地，岛上有一个圆形的湖。

斯泊船的港湾登陆，来到了这个地方，帕耳那索斯山麓的庙地。他得到了赫淮斯托斯子孙[①]的尊敬与护送，这些人是伟大的开路人，他们将荒芜之地开垦出来了。他来到了这里，受到了这里的居民、水手，甚至是国王得尔福斯[②]的敬仰。因为宙斯赐予了他神圣的预言术，让他可以坐在那个位置上；他就是这第四位预言神——罗克西阿斯[③]，就是他父亲宙斯旨意的诠释人。

我上面说的就是我一开始便要祈祷的神。接下来的祈祷中，我要向庙前的帕拉斯[④]致敬；我也要向科律喀斯石洞里的女人们鞠躬——因为那片美丽的山林是鸟类热爱栖息之地、众神的常驻之所；当然我记得，那天神布洛米俄斯[⑤]，带着他的女徒弟们来到这里，他们像是宰杀兔子一样杀死了彭透斯，然后占据了这片土地；我还要向那普勒斯托斯溪水，那强有力的波塞冬以及那有求必应、力量无边的宙斯敬礼；最后我将以预言者的身份坐下。

这个时候，但愿我得到众神的同意可以比之前更容易地进入庙门，对于那些希腊人，请大家根据惯例抽签，依次进入，因为我是根据神的旨意说话的。

【女祭司进入庙内，不一会儿带着极大的恐慌退出。

① 赫淮斯托斯是宙斯和赫拉德的儿子，是火和工艺之神。“子孙”这里指的是雅典人，他们是赫淮斯托斯的后代，传说雅典的第一位国王厄里克托尼厄斯是赫淮斯托斯的儿子。传说赫淮斯托斯想娶雅典娜为妻，被拒绝了，但是他的种子由雅典娜的衣服上落到了地上，化身为厄里克托尼厄斯。雅典人为了护送阿波罗去德尔斐神庙，特意修筑了一条路。后来雅典人由这条路去德尔斐求神示的时候，手里拿着斧头，表示这条路是他们开辟出来的。

② 得尔福斯是海神波塞冬的儿子，是德尔斐人的祖先。

③ 罗克西阿斯是阿波罗的别名。

④ 帕拉斯是雅典的守护神雅典娜的别名，她的神像立在阿波罗的庙宇外。所以此处用庙前的帕拉斯。

⑤ 布洛米俄斯是酒神狄俄尼索斯的别名，狄俄尼索斯曾经占据德尔斐，和阿波罗共同享一所神殿。

那可怕的场景，无论是听到，还是看到，都不免为之恐慌，让我从罗克西阿斯庙中退出来，我吓出了一身冷汗，腿软无力，只好连滚带爬地逃离，这不是我腿跑得快，因为一个被吓坏了的老妇人，就会变得毫不中用，像个小孩子。

正当我准备走进那被嵌满花环的宫殿时，看到了一个跪拜在中央石上的人，血从他的手上流淌着，滴到了地面，那是一个被神厌恶的人在祈求神的净洗。他手中握着一把刚从伤口中抽出的血淋淋的长剑和一根长长的橄榄树枝，树枝上包裹着一大团雪白的羊毛，像是天空中的白云；这就是我看到的，我讲清楚了吧[①]。

在这个人前面有一群怪异的妇人坐在那里打盹儿。我知道她们不是普通的妇人，我宁愿把她们叫作戈耳戈[②]，一群复仇神，不过她们又不能和复仇女神的形象相提并论。以前我就亲眼见过那个叫作哈耳皮伊埃的怪物夺走菲纽斯[③]的食物；这些妇人虽然没有翅膀[④]，但是她们是黑色的，是面目可憎的，她们放肆地打着鼾，而不是假装喷气；那恶心的令人厌恶的黏液从她们的口眼中往外流出。就她们所穿的衣衫来说，是不能送到神像那里去的，也不可以带到凡人家里去。至于这群人的根在哪里，我从来没有听说过，也没有听说过哪个地方的人会炫耀自己养了这样的女儿而没有受到蔑视，也没有她们的父母因为受到痛苦的折磨而后悔哭泣。

---

① 女祭司进殿后看见一个人坐在殿内，手上往下滴血，故此断定这个人是犯了杀人罪，在此祈求净洗。这个人就是俄瑞斯忒斯，他因为杀死自己的母亲，手上有“污染”，阿波罗用兽血洒在他的身上和手上，对他进行净洗。

② 戈耳戈是福耳库斯和刻托的女儿，共三姐妹。她们头缠毒蛇。

③ 菲纽斯是萨尔密得索斯城的国王，他曾经听信了后妻的话，把前妻生的儿子们的眼睛弄瞎了。他自己因此而受到了神的惩罚，神弄瞎了他的眼睛，每当他要吃饭的时候，那些鸟人（指哈尔皮伊埃）便飞来把他的食物抢走。

④ 复仇女神和鸟人的不同之处在于她们没有翅膀，是真正在睡觉，而鸟人们则是假装在睡觉。

接下来的事情，就让这个家的主人，那强大的罗克西阿斯自己来处理，他是救世主，又是预言神，能及时发现黑兆，并且把别人家的污浊清洗干净。

【女祭司从观众右方下。

【罗克西阿斯和俄瑞斯忒斯从庙内上。

阿波罗　我不会抛弃你，我会永远守护你，我永远在你身边，即使我的身体已经离你远去，但是我的灵魂不会放过任何一个伤害你的人。你看，我已经将这些疯狂的魔兽制服了，这些可恶的老处女已经在酣睡中。你是知道的，从来没有一个天神或者是凡人、野兽会和这些古老的女人交往，因为她们是这个世界上的罪恶之源，是罪恶让她们获得了新生。她们常年居住在地下幽暗阴森的塔尔塔洛斯，受到了凡人和奥林匹斯山上的众神们的憎恶。不过你不用担心，尽管大胆逃走吧。她们会在后面追赶你，追过陆地，那是流浪的人行走的陆地，追过无边的大海和海水围绕的城市。在这期间你要有意志去忍受这逃亡路上的苦难，直到你到帕拉斯的城市，在那里抱着她古老的神像虔诚地跪拜祈求。在那里有专门负责断案的陪审员，有感人的答辩者，我们会不惜一切保全你，让你可以免于这场灾难，因为是我支持你亲手杀死自己的母亲的。

俄瑞斯忒斯　尊贵的阿波罗王，你是维持正义的神；既然如此，请你不要忘记自己的职责；不过你做了那么多造福人们的好事，是值得我信赖的。

阿波罗　那么你就要记住了，千万不要被胆怯扰乱了你的思绪。

赫尔墨斯，我的兄弟，你是我父亲宙斯的骨肉，你要好好保护俄瑞斯忒斯才是。你是护送神，一定要坚守自己的责任，指引好我的乞援人，要知道宙斯也是很照顾那些犯了罪的、不受律法保护的人的。但愿一切顺利，他可以顺利抵达人间。

【阿波罗进座，俄瑞斯忒斯从观众左边下。

【克吕泰墨斯特拉的魂魄从观众左方上。

克吕泰墨斯特拉的魂魄　（向庙中的复仇神们）喂！你们都在睡觉吗？睡觉有什么意思？你们如此待我，让我在死人中成了被人唾弃的人，仅仅是因为我杀了人，如今我背上了恶毒弑夫的骂名尚未洗清，为此我受到了奇耻大辱，我的魂魄居无定所，到处飘荡着；在这里我想说的是，他们无理地赐予我难堪的指责。我被自己最亲的人害到如此的地步，居然没有一位神为我动怒，去惩罚那弑母的儿子。看看吧，用你们的心来看看吧，看看这些伤口，你们沉睡的心因为有眼睛照亮是可以看见的，可是在醒着时，却看不见凡人的命运。

你们这些复仇神，过去我向你们献祭了多少祭品，那些没有酒精的饮料，不醉人的、宁心的茶水；我无数次在静默的夜晚，在祭坛上为你们献上鲜美的食物，这样的祭献是别的神不能享受的。看来这一切都是我自作多情的徒劳了。如今他已经像一只受惊的小鹿仓皇逃走了，那么轻易就逃脱了你们编织的牢网，并且嘲笑着你们的无用。

啊！我在为我的性命而呼喊啊！地下的神明啊，你们赶快苏醒吧！这是克吕泰墨斯特拉在梦中向你们呐喊啊！

【复仇神们的鼾声在庙内此起彼伏。

你们怎么睡得那么沉啊，为什么不同情一下我的苦难？那弑母的俄瑞斯忒斯已经跑远了！

【复仇神们在庙中叹着气。

你们是在叹气还是在睡觉？快快起来吧！你们会做什么呢？除了干一些报复的坏事！

【复仇神们在庙中叹着气。

长时间的睡眠消耗了这些凶恶的蛇类们大量的体力，让你们这群鬼神如此浑噩。

【庙中的复仇神们发出了刺耳的鼻音。

歌队队长　（自内）抓住啊，抓住啊，抓住啊，抓住啊！注意啦！

克吕泰墨斯特拉的魂魄　在梦中你也在猎野兽呢，真是一只睡觉也不忘打猎的猎犬，狂吠不休。你在做什么？还不快点起来！你不要被疲劳打倒了，像一摊软软的烂泥睡在这里，毫不在意我所遭受的苦难。那些合理的谴责将会深深地刺痛你的心，也会像刺棍一样针砭着那些清醒的人们。快向他喷射沾满血腥的气息，用你满腹的火气把他燃烧。快去追啊，不要停下来，直至追到他精疲力竭为止。

【克吕泰墨斯特拉的魂魄急忙从观众左方下。

【庙门口，歌队队长出现。

歌队队长　你快将她唤醒，唤醒来，就像我这样将你唤醒。你还在睡觉啊？赶快起来了，把该死的睡意扔掉！让我们来看看这梦中追逐的一程是不是徒劳无功。

【歌队队长发现俄瑞斯忒斯逃走了，惊呼着往外追去。

【队员们也跟着惊叫着，一同自庙中急上。

二　进场歌

队员子　（第一曲首节）哎哟，哎哟喂！姐妹们，我们真是白辛苦一场了！

队员丑　我经受了这么多苦难，居然是徒劳。

队员子　我们受到了如此大的辛苦，啊，这是让人难以忍受的折磨！

队员丑　那该死的野兽逃脱了我们编织的网，已经跑远了。我只是贪睡一会儿，结果居然把猎物弄丢了。

队员子　（第一曲次节）宙斯的儿子啊，你真是个神偷手！

队员丑　你这个年轻的神居然敢违背那古老的神祇，去帮助一个无情弑母的大不敬的乞援人。

队员寅　作为天上的神明，你竟然把一个杀母的罪犯偷走了。

队员卯　他的行为简直是令人发指！有谁可以站出来说他的做法是合理的？

队员辰　（第二曲首节）这来自梦中的那个被杀母亲的责难，像是一个鞭挞者举着棍棒狠狠地打在了我的心上，打伤了我的五脏六腑。

队员巳　我必须忍受这强有力的鞭抽、这残暴的苦楚。

队员午　（第二曲次节）这就是那些年轻大胆的神干出的事；他们妄想主宰一切，毫不把古老的神祇放在眼中，他们的座位上面沾满了鲜血。

队员未　由此看来，大地的中心石上将要永远残留着这肮脏的血污了。

队员申　（第三曲首节）虽然他是个预言神，但是他用那炉边的污染毁坏了自己的家，这是他自找的，自作自受。

队员酉　他的行为违背了神的律例，如今他插手了凡人的事务，破坏了古老的职权分配，这是对我们极大的侮辱！

队员戌　（第三曲次节）他让我感到烦恼，不过这依旧无法解救他。即使他逃到了地下，照样无法解脱。

队员亥　他是一个有污点的人，他的族人中将有另外一个复仇人来找他复仇。

【复仇神们冲进庙门。

三　第一场

【阿波罗自庙内上。

阿波罗　你们都给我出去，马上离开这里，滚出我的神示所，否则那长着翅膀的发亮的毒蛇将会从我的金弦上向你们射出长箭，你们将会在极端痛苦中吐出那被人血染黑的泡沫，还会呕出那咽下的血块。

你们是不能靠近这个家的，还是回到你们那里去吧，那里有人被砍头，被挖眼珠，被割断喉咙，那里的孩子们被残害了青春，那里的种子被毁灭，男人被切断了四肢，还遭受了石击刑，那些背脊被钉在木桩上的人啊，哭得多么凄厉！你们喜欢怎样的宴会，惹得神明的反感，你们听懂了吧？你们的长相出卖了你们的性情。你们这群野兽应该住在饮血的狮子洞穴里，不要在神明面前把你们的肮脏与污秽抹到身边无辜的人们身上。滚出这个家吧！自己去找草吃，不要想着神会愿意放牧你们。这样的羊群是任何神都不会喜爱的。

歌队队长　罗克西阿斯王啊，现在请你听听我们的回答。这件事没有人插手，一切全是你自己造下的孽，罪过将由你一人负责。

阿波罗　如何？请你说得具体详细一点。

歌队队长　是你曾经颁发了神示，让那客人[①]杀死自己的母亲。

阿波罗　是我曾经颁发了神示，允许他去为他死去的父亲复仇。那又如何呢？

歌队队长　之后你又包庇那双手沾满鲜血的罪犯。

阿波罗　我那是让他到我家里来接受神的洗礼的。

歌队队长　可是你骂我们这些引导他来到这里的神。

阿波罗　那是因为你们不适合来到我家里。

歌队队长　我们有权引导他来到这里。这是上天分配给我们的职权。

阿波罗　什么职权？你是在炫耀自己的权力吗？

歌队队长　我们有权将弑母的杀手赶出家门。

阿波罗　可是那亲手杀死丈夫的妻子你们又是怎么处理的呢？

歌队队长　那个妇人和丈夫具有不同血缘。

阿波罗　你这是赤裸裸的狡辩，这对于宙斯与司婚姻的神赫拉的盟誓是很不尊敬的，非常藐视；你所说的让爱之女神阿佛洛狄忒蒙受耻辱，要知道人间的快乐都是源自她之手。那命中注定的男女婚姻比盟誓更重要，是受到正义的庇护的。倘若其中一方杀死了另一方，你却十分宽宏，不动怒，不惩处，如此你这样追杀俄瑞斯忒斯就未免显得太不公正了。我要说的是，你对这件事很是关心，并且非常热烈，但是对于那件事

① 此处“客人”指的是俄瑞斯忒斯，俄瑞斯忒斯是阿波罗的客人，同时也是他母亲的客人。（俄瑞斯忒斯曾经扮作商人，到他母亲那里做客，参见《奠酒人》。）客人杀死主人，这主人又是自己的母亲，这样的行为在古希腊人看来，是罪大恶极、十恶不赦的。

就显得不以为然。女神帕拉斯将会重审这案件。

歌队队长　我绝不会放弃追杀那个人。

阿波罗　那你就尽情地追赶吧，你将吃尽苦头！

歌队队长　不要用这句话来贬低我的职权。

阿波罗　我可没有想过要削弱你的职权，为我所用。

歌队队长　在宙斯座下，你的权力是最大的。而我，因为那母亲的血液引导着我，我将永远追逐那个男子，绝不松手。

【歌队自观众左方急下。

阿波罗　可是我也要帮助我的乞援人，我要拯救他；如果我背弃了他，一个虔心祈求净洗礼的人将会愤怒，这对于人和神都将是可怕的事。

【阿波罗进入庙中。

四　第二场

【背景换成雅典卫城上雅典娜神殿。

【俄瑞斯忒斯从观众左边走上。

俄瑞斯忒斯　尊贵的雅典娜女王，我是奉了罗克西阿斯之命来到这里的，请你仁慈地对待我这个犯错的人，我并非来祈求净洗礼，我知道我的双手沾满了罪恶而肮脏的鲜血；我已经在别人家里和人们的旅行道上接受了净罪礼，把我的罪过都磨灭了。

我听从了罗克西阿斯颁布的神示命令，漂泊过了陆地与大海，现在我来到了这里，女神啊，你的庙前，你的神像前。（抱住神像）我虔诚地在此等待，听候神的判决。

【复仇神们自观众左方急上。

歌队队长　你看这地上的血迹，是那个逃亡者留下的。快跟随着这无声信号的引导！我们像是猎狗寻找受伤的猎物，将沿着这猎物留下的血迹把他捉住。这重压的辛劳让我有点喘不过气了。我们走遍了大地上每一个角落，我们不带羽翼也可以飞行，从海上飞来并不比船航行落后。如今他就在这里，不知道在什么地方颤抖地蜷缩着。这人血的香味真是让我兴奋！

队员子　看一眼，看清楚了，你们都四下看清楚，不要让这弑母的罪犯偷偷逃走了，他将受到报复。

队员丑　啊，在那里，他在那里，又找到了新的庇护之地，他的手紧紧地抱着那女神的铜像，愿意接受暴行罪的判决。

队员寅　这都不行！他母亲的血流到了地上，就无法收回了；哎呀，那流出的血在地面消失了。

队员卯　我要趁着你活着的时候，从你的四肢上把你的鲜血全部抽出来献给我们喝，这是你应当的赔偿；你已是瘦骨嶙峋，你的血液将会越发难以吮吸出来。

队员辰　我要趁着你活着的时候，吸干你的血，然后把你拖到地下去，你将在地下为你杀母的行为付出沉重的代价。

队员巳　你还可以在地下看见其他的凡人或者神，他们对自己的父母或者是其他人犯下的罪过，都将受到各自应有的判决。

队员午　那里有伟大的冥王哈得斯①，他在地下惩治凡人；地上的一切事务都被他看在眼中，并且记在了心上。

俄瑞斯忒斯　曾经的众多苦难让我吸取了诸多经验教训，也了解了各种净洗仪式，懂得什么时候说什么话，什么时候应该闭嘴不言。这一次我是得到了一位聪慧的导师的引导才开口的。我手上的血已经不再流动，消失不见，那弑母的污秽已经洗干净了。当那血还是鲜红的时候，我就在神的庙里、福玻斯家里用猪血来将它去除了。如果我要从头说起那些和我交往没有受到污染的人②，那就一时半会儿说不完了。万物皆与时光变老，时光可以摧毁万物。正是这流逝的时光，将我手上

① 哈得斯是天神克洛诺斯和地神盖亚的儿子，为冥王。

② 在古希腊人看来，和手上有血污的人交往，会受到污染，并且会深受其害。俄瑞斯忒斯手上的血污已经被洗净了，所以那许多和他交往的人并没有受到污染。

的鲜血擦洗干净了。此刻我用我清洁的嘴唇，虔诚地呼唤这里的雅典娜女王前来帮助我；只有她才可以不动干戈，就能让我本人、我的国家和阿尔戈斯人民永远成为她最忠诚的伙伴。如今不管她身在利比亚的土地，还是在她出生的特里同河流帮助她的朋友①，伸出了脚还是用衣襟盖上；或者像一个善战的首领在佛勒格拉原野上视察，我都要在这里虔诚地祈求她——因为她是女神，可以耳听八方，再远的地方发出的声音都可以尽收她耳——我求她来拯救我，让我可以摆脱这无尽的苦难。

歌队队长　罗克西阿斯和那女神雅典娜的力量无法拯救你，你将遭受毁灭性的打击，被人摒弃，你的心将永远承受着无尽的悲伤。你是一只专门用于祭献地下神祇的没有血的肥畜，一个可悲的影子。你敢不回答，不理我所说的吗？你就是专门被养肥来献给我的祭品。不需要祭坛，不需要仪式，我就可以把你活活地杀来吃了，吸你的血，剥你的皮。那么现在你就尽情地听一支让你沉迷的歌吧。

五　第一合唱歌

歌队　（序曲）来吧，让我们手牵手，一起来跳圆圈舞。让我们唱起一支泄愤的歌，来讲述我们这群神是如何安排人间的命运。在我们看来，我们是最公正的审判员。

一个双手清白的人，不会惹起我们心中的怒火，他可以有一个不受报复的人生。不过，倘若有任何一个罪人，像这个男子一样，犯了罪反而将自己污秽的双手藏了起来，拒不承认，我们就会公正地站出来为死者维护公道，要那个罪人血

① 利比亚指的是非洲北岸西半段，特里同是一条连接特里同尼斯湖与地中海的河流。传说中雅典娜是在河那边从父亲宙斯的头里面跳出来的。

债血偿，不达目的绝不罢休。

甲半队　（第一曲首节）夜神啊，我的母亲，你生我是为了让我去惩罚那些死人与活人，现在请你听着啊！那勒托的儿子要剥夺我的权利，夺走那只罪恶的小东西，这野兽是要偿还他杀母的血债的啊！

歌队　（叠唱曲）我们在牺牲面前唱起了这支歌，这美妙的歌声可以让人为之狷狂、颤抖，心神迷乱。这是属于复仇神的歌，凡人听了都会心神迷乱；这歌声让人沉沦颓废，是不需要弦琴伴奏的。

乙半队　（第一曲次节）这就是那命运女神[①]分配给我永远掌握的职权：只要有哪个人敢于谋杀自己的亲人，我们就会追随他，直到他进入冥界。即使他死了，也不会获得完全的自由。

歌队　（叠唱曲）我们在牺牲面前唱起了这支歌，这美妙的歌声可以让人为之狷狂、颤抖，心神迷乱。这是属于复仇神的歌，凡人听了都会心神迷乱；这歌声让人沉沦颓废，是不需要弦琴伴奏的。

甲半队　（第二曲首节）这份职权是我们与生俱来的，这是我们独有的权利。那些永生的神是不能干涉我们的职权的，任何一位神都不得来分享我们的筵席；我们也不愿意分一件白净的袍子……

歌队　（叠唱曲）每当哪个家庭纷争害死其中一个亲人，我们就要去颠覆那个家。无论这杀手多么高大强壮，我们都会用鲜红的血液整得他瘫软无力。

乙半队　（第二曲次节）我们热情地跑来为雅典娜女神解除心中的忧虑；众神们可以不用过问我们所关心的事，也不必插手初审，连宙斯都不屑于与我们这群遭人憎恨的、眼中滴着鲜血的复仇女神们有所交谈。

歌队　（叠唱曲）每当哪个家庭纷争害死其中一个亲人，我们就要去颠覆那个家。无论这杀手多么高大强壮，我们都会用鲜红

① 命运女神是夜神的女儿，掌管大地上所有人的命运。共有三位：克罗托纺织生命之线，拉刻西斯决定生命之线的长度，阿特洛波斯切断生命之线。

的血液整得他瘫软无力。

甲半队　（第三曲首节）人们所追求的荣誉，那使人飘飘欲仙的浮华，终究深埋地下，化为乌有，让人贻笑大方，当我们这些身穿黑袍的神攻击他们、报复他们的时候。

歌队　（叠唱曲）我从高处纵身跃下来把他使劲儿踩在脚下，我这只脚可以绊倒飞毛腿，让他痛苦地跌跤。

乙半队　（第三曲次节）他不知不觉地坠入科普的灾难，狂妄的罪行使他陷入浓重的昏暗，滚滚黑云笼罩着整个宫廷，人们发出凄惨的悲叹。

歌队　（叠唱曲）我从高处纵身跃下来把他使劲儿踩在脚下，我这只脚可以绊倒飞毛腿，让他痛苦地跌跤。

甲半队　（第四曲首节）真是无法散去的阴霾啊。聪明的我们既善于谋划，又勇于行动；我们会记住每一个人的罪行，并且不畏强权，也不会因为凡人的祈求而停止报复。我们认真地行使这被人憎恨的职权，我们生活在暗无天日的黑暗地带，在那里活人和死人，看得见阳光的人和见不到阳光的人，都走着一条崎岖的道路。

乙半队　（第四曲次节）当他从我这里见到神们把这条由命运女神定下的律条交给我们执行的时候，任何一个凡人都会惊慌失措、惶恐不安。我们依旧拥有这古老的职权；虽然我们住在那不见天日的阴暗地下，这职权也不会被剥夺。

六　第三场

【雅典娜从观众左方上。

雅典娜　我远远地听见斯卡曼德洛斯那片土地上传来了呼声，我在那里拥有一块土地，那是阿开俄斯人的领袖与将帅送给我的，这是他们用戈矛抢夺而来的一大份财产，是献给忒修斯的子孙们的礼物，经过了精心挑选，连根带枝都永远属于我了。

在那里我迈着这不倦的脚步一路赶来，我没有打开翅膀飞，只是我的斗篷的衣褶在风中飒飒作响。

如今我看见我的土地上有一群奇怪的陌生的客人，让我心中有说不出的恐惧，眼中满是诧异。你们是谁啊，从哪里来的？我在询问你们，全部的客人，我问你这抱着我铜像祈求的客人，也问你们——你们这不像是由种子生育的种族，不像天神见过的神祇，也不像那土地上的凡人。对无可指责的人，说他们的坏话，是不公平的，也是不道德的。

歌队队长　宙斯的女儿啊，我可以用一句话告诉你一切，解除你心中的疑虑。我们是夜神疼爱的女儿，在我们那阴暗的地下家里被称为复仇女神。

雅典娜　如今我已经知道了你们的世系和名号。

歌队队长　我相信你很快便知道了我们所拥有的职权。

雅典娜　凡是你清楚道来的，我都可以明白。

歌队队长　我们将那个杀人凶手赶出了自己的家。

雅典娜　那凶手将要逃到哪里才是尽头？

歌队队长　逃到那永无快乐的地方为止。

雅典娜　你是要厉声吓跑他吗？

歌队队长　因为他是杀母的凶手，就应该血债血偿。

雅典娜　他会不会是出于别的逼迫，或者是害怕得罪哪位神祇？

歌队队长　哪有如此强悍的逼迫，可以让他亲手杀死自己的母亲？

雅典娜　你们有不同的说法，我只听了一面之词。

歌队队长　根据凡人诉讼形式，他既不要求我们发誓，也不愿意自己发誓。

雅典娜　你口中所谓的发誓，只是徒有公正之名，而无公正之实。

歌队队长　何以见得？请你详细解释一下；你并不缺少聪明才智。

雅典娜　我的意思是，誓言不应该偏向不正义的一方。

歌队队长　那么你可以好好考验一下他，不过你一定要诚实地断案。

雅典娜　你真让我对这件控诉做出确定的审判吗？

歌队队长　是的啊，我们真诚地敬重你那高贵的出身。

雅典娜　那地上的客人啊，你打算怎么回答他们所说的？且将你的城邦、世系和命运一并告诉我吧，然后对他们的谴责做出辩护，倘若你真的有信心可以赢得这场诉讼，那你就坐在那里吧，守着我的和靠近我炉灶的神像。像那伊克西翁一样做一个虔诚的恳求者，你会受到宙斯的庇护。不过你要明确回答这一切。

俄瑞斯忒斯　尊贵的雅典娜女王啊，让我先为你解答一下你最后一句话里所提及的巨大疑虑。我手上的血污早在我出逃的途中就洗干净了，我不是来向你祈求净洗礼的。对于这件事，我有一个很具有说服力的证据。一个杀人犯，倘若没有找到一个可以为他净洗血污的人在他身上洒下新生兽仔的鲜血，那个罪犯就不会得到律法的保护，也没有资格和别人说话。我的双手却是早在别人家里用兽血和流水净洗干净了。

如此说来，我想你已经明白了，也就不用疑虑了吧。关于我的世系，马上你就可以知道了。我是阿尔戈斯人，而你问的我的父亲，是英勇的阿伽门农，那远征特洛伊的善战的水师统帅，你曾经和他联手摧毁了那座伊利翁的城邦，让特洛伊彻底毁灭。可是他凯旋之后，却死得不甘心，他是被我那薄情的黑心肝母亲杀死的，他掉进了我母亲编织的牢网，那件没有袖口的袍子就是最大的证据，它证明了这是浴室里的谋杀。那个时候，我正流落异乡，等我回到了自己的城邦，我就毫不犹豫地杀死了我的母亲，我不否认我做出了这件事，我是在为我最敬爱的父亲报仇雪恨啊。

对于这件事，罗克西阿斯也应和我一起负责，他曾经预言了我会遭受这样的苦难，如果我不对那应为杀死自己丈夫的恶行负责的妻子进行报复的话，这句话像穿心的利剑。现在请你来审判这件事的正确与否。在你手里，无论你怎么审判，不管我的处境如何，我都认命了。

雅典娜　倘若谁觉得这件案子可以交给凡人来审判，事情就变得很重大了；甚至让我来审判这样的可能会引起突如其来的愤怒的案件也是不合法的，尤其是你已经接受了必要的净洗礼仪式，作为前来的乞援人，一身净洁，又对我的庙宇没有丝毫损害，我尊重你这样一个对我的城邦无罪可告的人；不过她们所独有的职权，是很难送走了；倘若这场案件她们输了，那傲慢心胸喷薄出的骇人的毒液就会洒落在地上，引发难以忍受的痛苦的长期感染。

换句话说就是，那些吐着毒芯子的怪兽无论是留下还是送走，对我来说都是难以摆脱的祸害。

不过如今这官司已经落到了我的土地上，我就会派选出陪审团，让他们在神祇面前发誓要公正地审判这起杀人官司，我要将这样的审判变成永久的制度。你们去寻求相关证据吧，让誓言维护你们的诉讼。在我选出了最好的市民之后，我就回到这里来；他们会依照真正的事实进行审判，以免他们违背了誓言，做出违心的不公正的判决。

【雅典娜从观众右方下，俄瑞斯忒斯跟随其后离开。

七　第二合唱歌

歌队　（第一曲首节）倘若这杀母的凡人赢得了这场官司，那新法律就会天翻地覆。这样的律法会让所有的人对那些犯下罪行的恶人采取宽容的态度；今后将会让那些父母忍受孩子们造成的诸多创伤。

（第一曲次节）我们作为监视凡人的疯狂之神，不会对这些罪行表示出愤怒，我们会把各种死亡释放出来。人们在讨论别人会有祸患发生的时候，就会彼此询问，这祸患什么时候终止，什么时候减免；不过那些可怜之人安抚人心的话是不可信的，也是无济于事的。

（第二曲首节）那些遭受到苦难打击的人，就不会在我们面前叫嚣着什么“公正啊”“复仇神的宝座啊”。大概有最近遭受到灾难的父亲或者母亲这样哀叹，因为公正的庙宇正在倒塌。

（第二曲次节）说到恐惧，有时候倒是对人很有益处，它可以守护心灵，应当在那里坐着并长久居住。苦难创造智慧，这对于人们来说是很有帮助的。

但是一个城邦或者凡人，倘若他的心没有在畏惧中受到教训，他就不会再尊重那正义。

（第三曲首节）不要不受拘束，也不要受到专制统治，你应当赞美这样的生活。天神让各方具有相当的威力；对于其他事物，他却另眼相待。在这里我想强调的是，真正傲慢的是那亵渎神祇的父亲生出的孩子。只有那些健康的心灵才会得到人们的喜爱和祈祷的幸福。

（第三曲次节）请你记住，要尊重正义的祭坛，切不可唯利是图，伸出你那大不敬的脚加以侮辱。否则你会马上遭受到应有的报应，你会得到那早就注定的结局。所以啊，每个人都应该孝敬自己的父母，还要热爱自己家中的客人。

（第四曲首节）一个出于自愿而不是被迫正直的人，他就会得到一生的幸福，不会遭受苦难的折磨。可是那些铤而走险犯法的人，他们得到的不正当的财物混合着自己的财产，终究会在苦难到来的时候，船沉帆折，被迫降下那摧枯拉朽的布篷。

（第四曲次节）他在那无人听见的旋涡中竭力呼救，奋力挣扎；这样鲁莽的人总是被天神嘲笑，眼看这个自夸不至于落得如此下场的可怜人，被那无法抵挡的苦难摧残得精疲力竭，他冲不出苦难的浪头。就这样将一生的幸福撞死在正义的暗礁上，却无人为之流泪，无人为之在意。

【歌队从观众右方下。

八　第四场

【背景换成了雅典战神山的法庭。雅典娜、俄瑞斯忒斯、传令员、陪审团从观众右方走上。歌队跟随其后上。

雅典娜　传令员，请宣布开庭，把这一队人弄进来吧。让那发出刺耳声音的提耳塞尼斯喇叭吹满气，向群众发出响亮的号角（号声响起）。如今这议事厅已经挤满了人，请大家安静下来，让所有的市民永远知道我颁布的律法——让那诉讼的人也明白，这样的判决是最公正不过的。

【罗克西阿斯从观众左边走上。

歌队队长　阿波罗王啊，请你行使好你自己的职权吧。这件事与你有什么关系？你怎么会出现在这里，说说你来此的目的。

阿波罗　我是这案件的重要证人，因为那人是我家虔诚的乞援人，是我家里的客人，我曾经为他净洗手中的血污；我要亲自为他辩护，因为在他杀母这件事上我也有责任。

（面向雅典娜）请开庭吧！你是知道的，那么开始断案吧。

雅典娜　（向歌队）你们准备发言吧，我只负责开庭。在开始的时候，由原告首先陈述此案件，请正确地讲清楚。

队员子　我们虽然有很多位神，不过我们说话很简短。（向俄瑞斯忒斯）我们一方一句，轮流作答吧。

队员丑　那么请你告诉大家，你是否亲手杀死自己的母亲？

俄瑞斯忒斯　是的，我杀死了她，对此我表示承认。

队员寅　你已经在跌三跤中，重重地摔了一跤。

俄瑞斯忒斯　你如此夸口，何况对手还没有摔跤。

队员卯　现在你必须说出，你是如何杀死她的？

俄瑞斯忒斯　我说我是用手中一把出鞘的长剑一剑割断了她的喉咙，让她毙命的。

队员辰　是谁怂恿你的？这是谁的主意？

俄瑞斯忒斯　（手指着阿波罗）是他的神示指引我这么做的；他会为我做证。

队员巳　是预言神叫你杀死母亲的吗？

俄瑞斯忒斯　是的，目前为止，我对我自己的命运没有丝毫怨言与愤怒。

队员午　不过倘若投票定罪，你就不会这么虚伪地说出这样的话了。

俄瑞斯忒斯　我很自信，我相信我那亲爱的父亲会从坟墓里向我伸出援助之手的。

队员未　你居然会寄希望于一个死人，你这该死的杀母凶手！

俄瑞斯忒斯　因为那女人染上了双重血污。

队员申　何以见得？请你向大家清楚地说一下。

俄瑞斯忒斯　你们听清楚了，那个女人杀了自己的丈夫，还杀死了我最亲爱的父亲。

队员酉　她死了，她的罪过也就随之消失了，可是你现在还活着。

俄瑞斯忒斯　但是在她活着的时候，为什么你们不将她放逐，不向她报复？

队员戌　那是因为她与被她杀死的丈夫流的不是同样的血，他们没有血缘。

俄瑞斯忒斯　那你的意思是我和我那狠心的母亲有血缘了？

队员亥　你这个该死的欠下血债的人啊，难道你要否认你是在她的肚子中孕育出来的吗？你居然不承认你与你母亲有最亲近的血缘？

俄瑞斯忒斯　阿波罗王啊，现在请你为我做证，你来解释一下，看看我杀死那个杀死我亲爱的父亲的狠心的母亲是不是合情合理。是我亲手杀死她的，这个我并不否认。不过在你看来，让我母亲偿还血债是否正当，请你来断定一下，我好告诉陪审团。

阿波罗　在此我将严肃地向你们、向雅典娜的最高法庭提出答辩。我是预言神，这是不争的事实。我从预言座上颁发的神示，关系到男人、女人或者是城邦，这一切都是伟大的宙斯——奥林匹斯山上的众神的父亲命令的。那么你们听好了，这个正当的申明是具有多么大的力量；你们这些议事员必须听信我所说的。你们发出的公正判决的誓言并不比宙斯更强大。

歌队队长　那么你的意思是宙斯将这个神示告诉你，让你告诉俄瑞斯忒斯，他可以杀死自己的母亲，以侵犯他母亲为代价来为他的父亲复仇吗？

阿波罗　这是两回事——一个英勇善战的荣获了宙斯赏赐王杖的高贵的人，死在了自己女人的手中，而不是死在好战的阿玛宗人[1]的远射飞速的箭矢之下，这样的情形，你帕拉斯，还有你们这

① 阿玛宗人是小亚细亚的好战的女子部落，由女王率领。传说她们为了拉弓箭方便，割掉自己的右边乳房。此处阿玛宗的意思就是指没有乳房的女人。

些投票判决的陪审团成员们，都听听看。他多年征战胜利归来，在诸多方面都获得了成功，他的女人也兴高采烈地迎接他的归来；之后，在他洗澡起身，踩着木桶的时候，他的女人向他抛出一件像华盖一样的袍子，将他死死包裹在那没有袖口的外衣下，然后乱剑刺死了他。

就是这人，这无比尊贵的国王，水师统帅的死亡过程，正如我所说的。至于那个杀人的女人，我知道我口中所说的她，让那些被指派来追杀女人的儿子的断案人听了感到愤怒。

歌队队长　（向陪审团）请你们注意听一下，照阿波罗所说的，宙斯更加关心一个父亲的死亡，可是他自己却是曾经将自己的父亲克洛诺斯[①]捆绑起来。这件事和阿波罗所说的不是自相矛盾吗？

阿波罗　你们这群令人恶心的怪物，神们所憎恶的东西！他可以打开手脚的镣铐，这个是可以挽救的；并且挽救的办法很多。但是人已死，血溅尘土，便难以起死回生了。我伟大的父亲并没有编写过回生的咒文，虽然在其他事情上，他总是不费吹灰之力便可以信手拈来。

歌队队长　我看你拿什么为他赦免辩护？他母亲的同他一脉相承的血，已经被他洒在了地上，如此他还可以在阿尔戈斯住在他父亲的家里吗？还有哪些公共祭坛可以让他来祭祀？哪些族人愿意为他净洗？

阿波罗　这正是我要说明的，请你们注意了，我所说的是很合理的。一个孩子的生身母亲，并非这个人的生殖者，而是新播种的胚胎的养育者。她只是为自己的丈夫保存着这苗裔，只要天神不加以伤害。我可以大胆地向你们证明：即使没有母亲，父亲依旧可以称为父亲。这旁边就是一个有力的见证——奥

---

① 克洛诺斯是天神乌拉诺斯与地神盖亚的儿子。他曾经推翻自己的父亲乌拉诺斯，自己后来也被儿子宙斯推翻。

林匹斯山上宙斯的孩子们，他们不是在子宫的暗室里成长的，这样的苗裔是任何一个女神都不能生产出来的[①]。

帕拉斯啊，这好比我知道在别的方面应该如何处理，我将让你的城邦和你的子民都富强起来，为此我送来我的这个乞援人，作为你家的恳求者，他将成为你永远忠实的朋友。端庄的雅典娜女神啊，你可以和他的苗裔缔结联盟；这联盟将会永久维持，这些人的子孙将会坚守盟约。

雅典娜　说完了吧，我现在可以让陪审团的成员们按照他们的意见公正地做出判决投票了吧？

歌队队长　就我们而言，想说的都说完了。现在我还要留下来认真听一下这场官司的判决。

雅典娜　为什么不呢？（向阿波罗和俄瑞斯忒斯）我应该如何安排这场官司，才不会遭受到谴责与埋怨？

阿波罗　（向陪审团）我也说完了我的话。朋友们，请你们投票的时候，要时刻尊重你们的誓言。

雅典娜　你们这群阿提刻人民，审判第一件流血案的陪审员啊，现在请你们听我颁布新的法令。

这里将永远成为埃勾斯人民断案的议事厅。这阿瑞斯山，阿玛宗人曾经驻扎的地方，她们在这里搭起了帐篷，当时她们对忒修斯心怀嫉妒，带着队伍前来，建筑起了高墙环绕的新城邦与雅典对峙，她们曾经向阿瑞斯祭献，因此这石山便因阿瑞斯而被称为阿瑞斯山——在这片土地上，市民心中的虔诚与天生的敬畏之心会在白天与黑夜规范着他们的言行，让他们不至于犯罪，因为这里有那些没有被市民用脏水污染的

① 雅典娜是没有母亲的，她是从父亲宙斯的头里面生出来的，当时她已经成人，而且出生时是全身披挂戎装。传说她是由火神赫淮斯托斯用斧子劈开父亲宙斯的头而出来。传说宙斯的第一个妻子墨提斯怀了孕，宙斯怕她生出一个比自己强大的神而推翻自己，因此一口把她吞了。后来有一天宙斯感觉头痛难忍，便叫自己的儿子火神赫淮斯托斯把他的头劈开，雅典娜便从里面跳了出来。

先进法律；倘若将泥浆倒入清水中，你就得不到一口水喝。不要不受拘束，也不要遭受专制统治。这就是我奉劝市民们尊重与维护的法则。当然也不要将自己的恐惧完全抛到城外去。倘若凡人没有畏惧之心，就会肆无忌惮，那就会没有人去维护正义。

你们维护正义，有所敬畏，你们的城邦与土地就有了安全的保障，这不是西徐亚和珀罗普斯的土地上任何一个人所能有的。如今我建立这个议事厅，它就代表了正义，它不受贿赂，心怀慈悲，而又严于惩罚；它守护着这片土地，忠诚地保卫着沉睡的人。

我在这里说出了这样的长篇劝告，对我亲爱的市民。现在让我们庄严地起身，拿起手中的票，尊重自己的誓言，来判决这案子。我的话说完了。

歌队队长　我们是你土地上严厉的宾客，我奉劝你们不要对我们有所侮辱。

【第一组陪审员投票。

阿波罗　我也劝你们敬畏我的神示，这是宙斯的旨意，不要忤逆那高大的神祇。

【第二组陪审员投票。

歌队队长　（向阿波罗）但是你现在的行为是越权，你不合法地插手了这杀人案件，从此你颁发的神示就不再是圣洁的了。

【第三组陪审员投票。

阿波罗　那么我父亲将伊克西翁作为祈求净洗的第一个杀人犯来接待，是考虑得不周到吗？

【第四组陪审员投票。

歌队队长　废话！如果这场官司打输了，我再来到这里，对于这块土地来说，我将成为最严厉的神。

【第五组陪审员投票。

阿波罗　在年轻的和年长的神眼中，你们是多么的不受他们尊重啊！这场官司我一定要打赢。

【第六组陪审员投票。

歌队队长　你曾经在斐瑞斯家中也干过，劝命运女神让凡人摆脱死亡的折磨。

【第七组陪审员投票。

阿波罗　难道我帮助一个敬重我的人，尤其是在他有困难的时候向他伸出援助之手是不对的吗？

【第八组陪审员投票。

歌队队员　你用酒糊弄那些古老的女神，这样严重破坏了旧时代的职权分配。

【第九组陪审员投票。

阿波罗　如果你打输了官司，就会将你口中的毒液呕出来，但是不可能对你的敌人造成多严重的危害。

【第十组陪审员投票。

歌队队长　你这年轻的神在此侮辱了我这年长的神；不过我依然会留下来听这场官司的审判，因为我并没有下决定，是否要对这城邦发泄我心中积聚的愤怒。

雅典娜　这案件最后的判决[①]，是由我决定的。我将为俄瑞斯忒斯追加这一赦罪票。因为我就没有一个生身之母；在所有的事情上，除了婚姻，我都会全心全意称赞男人；我确实是我父亲的孩子。所以我不会更加在意一个杀死自己丈夫、杀死那个家庭的守护者的狠心妇人的死；所以就算是判决票数相等，那么我也会判俄瑞斯忒斯打赢了这场官司。

你们这些有职责的陪审员，赶快把票从壶中全部倒出来吧[②]。

【陪审员中的检票员开始清点定罪票与赦罪票。

---

① 雅典娜想到判决票可能相等，导致诉讼难分胜负。在这种情况下，由庭长投出一张赦罪票（后世叫作“雅典娜的票”）使被告无罪释放。这是雅典法庭的惯例，相传这一惯例就是在审判俄瑞斯忒斯的时候始创。

② 判决票是一些小的石子，共有两只壶。一只装有定罪票，另一只装有赦罪票。每一个陪审员手中有一张票，他向一只壶中投票，同时向另一只壶中假装投票。

俄瑞斯忒斯　我尊敬的福玻斯·阿波罗啊，我想知道这场官司的判决结果。

歌队队长　夜神啊，我亲爱的黑暗的母亲，你目睹此事了吗？

俄瑞斯忒斯　如今我已经没有退路了，这是命悬一线的最后关头，要么上吊而死，要么重见光明。

歌队队长　我们的结局不是受害，就是更加夺目光彩。

阿波罗　朋友们，请正确公正地数数这倒出来的票吧，在唱票的时候要小心，不要存有害人之心。错误的判断会带来巨大的灾难，而一票的正确投掷，却可以拯救一个家。

【检票员将票数告诉了雅典娜。

雅典娜　我宣布这人免了杀人罪，因为票数是相等的。

【雅典娜将自己的票投向了赦罪票中。阿波罗自观众左边下。

俄瑞斯忒斯　伟大的帕拉斯啊！我家的拯救主。是你拯救了我，让我已经失去了家的人又可以重新回家恢复家业。此后希腊人便会说："这个男人又成为了阿尔戈斯人，拥有着他祖先殷实的财产，这都是因为帕拉斯、罗克西阿斯和那位万物的主宰，号称第三位救世主的神的疼爱与庇护。"是这位慈悲的大神同情我那父亲的不幸遭遇，知道这些没有翅膀的吐着毒液的神是我母亲的罪过的辩护者，所以拯救了我。

（向雅典娜）如今我可以回家了，我在这里向这个地方和这里的人们严肃发誓，在未来的长时间里，我保证绝不会有我的城邦的首领带着装备精良的军队来侵犯这里一丝一毫。即使那个时候我已经长埋于地下，沉睡在坟墓里，也不会让那些违背我誓言的人获得成功，我会让他们在行军途中毫无斗志，得到应有的报应，后悔不应该违背我先前的誓言。不过只要他们严于律己、正直不阿，永远尊重帕拉斯的城邦，与之真诚地缔结军事联盟，我就会对他们加以庇佑。

如今在这里，我衷心地向你和你守护的城市的人民道别了。愿你在与你的敌人作战搏斗的时候，可以赢得战争的胜利，你的城邦将永久安全和谐。

【俄瑞斯忒斯自观众左边下。

歌队　（抒情歌第一叠唱曲）你们这些没有礼貌的年轻的神啊，你们践踏了古老的圣洁的法律，从我手中夺走了我的职权。是你们让我受到了侮辱，算我倒霉，如今我义愤填膺，耻辱地站在这块土地上，啊呸！我要向你们吐出我心中火辣的毒液，那是为我所承受的苦难进行复仇的毒液，这黑色的液体将一滴滴浸入你们的土地，让庄稼无法生产出果实，让树木凋零枯萎，那毒液将会生出黑腐病，子宫不孕——哈，这就是报应！真是活该！——那蔓延到土地上的毒液，让地面铺满了毁灭人类的斑斑点点的痕迹。

我在这里悲叹。如今我该怎么办？我遭受到了市民的耻辱的嘲讽。我是受害者，我心中郁结得难受。啊，夜神那不幸的女儿们遭受到了这样大的苦难，我们感到受了奇耻大辱，我们感到无比忧伤！（本节完）

雅典娜　请听我真心的劝告，不要悲伤，不要忧郁。你们并没有打输这场官司；这判决的票数是相等的，对你来说并不是耻辱，因为宙斯那里有有力的证据。那颁发预言神示的神亲自证明了，俄瑞斯忒斯的做法是可以免于受伤害的。你们不要生气，要镇定，不要把你们严厉的愤怒发泄在这块祥和的土地上，请闭住你们的嘴巴，不要吐出那如恶魔般的骇人的毒液，那残忍的剧烈的毒性会把发芽的种子吞噬掉，让那原本肥沃的土地变得寸草不生。我应当答应你们，让你们在这拥有正义的土地上占有一个地洞神府，你们可以轻松地靠近炉边坐在那发亮的座位上，接受我善良的市民们的尊重。

歌队　（抒情歌第一叠唱曲）你们这些没有礼貌的年轻的神啊，你们践踏了古老的圣洁的法律，从我手中夺走了我的职权。是你们让我受到了侮辱，算我倒霉，如今我义愤填膺，耻辱地站在这块土地上，啊呸！我要向你们吐出我心中火辣的毒液，那是为我所承受的苦难进行复仇的毒液，这黑色的液体将一滴滴浸入你们的土地，让庄稼无法生产出果实，让树木凋零枯萎，那毒液将会生出黑腐病，子宫不孕——哈，这就是报应！真是活该！——那蔓延到土地上的毒液，让地面铺满了毁灭人类的斑斑点点的痕迹。

我仅仅在这里悲叹吗？——我应当采取什么行动？——我会有什么样的结局？——我的心在颤抖，我已经无法忍受！——这些市民们也受不了！我吃了苦头了！啊，夜神那不幸的女儿们遭受到了这样大的苦难，我们感到奇耻大辱，我们感到无比忧伤！

雅典娜　你们并没有受到侮辱；你们是神族，不要过于愤怒，不要把你们胸中那无药可救的怨愤残忍地发泄在无辜凡人的土地上。我也相信伟大的宙斯——但是没有必要再提及这一点了——神族中除了我，没有人知道那存放加上封印的霹雳的屋子的钥匙在哪里；不过那样东西如今也用不着了。请你听我的劝告，管住你的舌头，不要轻率地向这块土地说出威胁的恶语，让一切生产果实的植物无法丰收。还是让你那邪恶的愤怒的黑色毒液浪潮平息下来吧，既然你得到了市民的敬畏，可以同我住在这里。到了永远享受这广袤的土地上的初次收获即为了生儿育女和举行婚礼而献上丰盛的祭品的时候，你就会称赞我对你的劝告了。

歌队　（第二叠唱曲）啊呸！要我接受如此的待遇。要我这个拥有古老智慧的神住在这种地方！这是耻辱！这是悲哀！呸！这是赤裸裸的玷污！我口中喷出的全是激情与愤怒。啊，哈，嘿，呸！是怎样的苦恼钻进了我的胸膛，让我无法呼吸！夜神啊，我亲爱的母亲，请你听我发出的冲天怒气！那些年轻的神们不尊重我，凭借他们阴险的诡计夺走了我古老的职权。（本节完）

雅典娜　我原谅你的愤怒，因为你是长辈。虽然就年龄来说，你是比我聪明，但是宙斯所赐予我的智慧也不是很差劲的。我可以预先告诉你们，当你们去了别的民族的土地上，你们就会怀念我这个土地。因为时光的流转会让我的市民拥有更加闪耀的荣誉。你们可以体面地坐在厄里克托尼厄斯的屋顶的座位上，受到那男女老少虔诚的跪拜与尊敬，那是你们从别的土地上的人们那里得不到的殊荣。

你不要把这种鼓动人杀人流血的怒火散布在我的土地上，这会摧残年轻人的心灵，让原本纯洁善良的他们喝了你的愤怒之酒后发狂；也不要把你那好斗公鸡的心脏移植到我的市民的胸腔，让他们争强好胜，自相残杀。让他们去国外参与战争吧，机会不难找，只要他们有强烈的追名逐利的欲望。不要窝里斗，鸡在自家院子里打架，是不足道来的。

这就是我给你的选择，你可以做好事，得到好处，受人敬仰，在这被人神同样喜爱的地方得到一块属于你们的土地。

歌队　（第二叠唱曲）啊呸！要我接受如此的待遇。要我这个拥有古老智慧的神住在这种地方！这是耻辱！这是悲哀！呸！这是赤裸裸的玷污！我口中喷出的全是激情与愤怒。啊，哈，嘿，呸！是怎样的苦恼钻进了我的胸膛，让我无法呼吸！夜神啊，我亲爱的母亲，请你听我发出的冲天怒气！那些年轻的神们不尊重我，凭借他们阴险的诡计夺走了我古老的职权。

雅典娜　我会耐心地向你们说出这些好处，免得你们说，你这古老的神被我这年轻的神和我所守护的城邦的市民们侮辱了，被我们从这里撵走了。

倘若你认为可敬畏的劝导之神的威仪是神圣的，我的唇舌的安慰与魅力也就不是徒劳，那么你就会选择留下来；万一你不愿意留下，也不要把愤怒、怨气和那黑色的有害的东西抛向这里的城市与人民。因为你可以正当地分得这地方的一块土地，永远得到人们的尊敬。

歌队队长　雅典娜女王，你说我可以得到一块什么样的土地？

雅典娜　一块无忧无虑的土地；你乐意接受？

歌队队长　就算我接受了，不过我在这里有什么职权？

雅典娜　每一个家庭的兴旺，每一个人民的富足，都是你施恩的功劳。

歌队队长　你能够赋予我如此大的权力吗？

雅典娜　我们会让尊敬我们的人获得幸福繁荣。

歌队队长　你肯给我永远的保证吗？

雅典娜　我一诺千金，我无法实行的，就不会答应。

歌队队长　你有能力让我着迷，因为我的怒气正在一点点地消散。

雅典娜　那你就虔诚地唱咒文，争取我们的友谊吧。

歌队队长　你让我为这里唱出什么咒文？

雅典娜　祈求那胜利带来的幸福，祈求大陆与海洋还有那辽阔的天空施加恩惠；但愿那徐徐微风轻抚大地；但愿那土地硕果累累，放牧的牲畜随着时光的流逝大量繁衍着，源源不断地为我的市民供应食物；但愿人类的苗裔可以平安生长。对于那些放肆的不虔敬的人你要把他们铲除；我像一个勤劳的园丁，爱好那些从正直的树枝上生长出的令人欣悦的嫩芽。

这就是你唱出的咒文。我不允许我的在闻名遐迩的英勇的战斗中取胜的城市不受人尊重。

歌队　（抒情歌第一曲首节）我接受你的邀请，和帕拉斯住在这里，我不再诋毁这城市，万能的宙斯和阿瑞斯把雅典当作众神的堡垒，它是保护希腊神祇的祭坛的有力法宝。我在这里祈祷，我在这里祝愿，和煦的阳光将鼓励那维持生命的延续的有益的福利从那肥沃的土地里快速生长出来。（本节完）

雅典娜　（唱）这是我乐意为我的市民做的事，我已经将这群难以说服的强悍的女神安置在这里。在这里她们掌管了人们的一切。不过那从来没有遇见过这严厉的女神的人，就不知道人生的挫折是什么。他从祖先那里承受的罪恶，会把他押到她们那里去受到审判，就算他破口大骂，毁灭也会悄无声息，将他的躁动倒入漫天的泥沙之中。

歌队　（第一曲次节）我将会这样宣布我赐予凡人的恩惠：天空将不准吹来毁坏森林的寒风，那摧毁庄稼的烈日也不得越过它地区的界限；那些让果木无法开花结果的病虫害不得在这块土地上蔓延；但愿大地养育的羊群们可以大量繁殖，等到临产的时候，每一只母羊都生出双胞胎；那地下丰富的银矿宝藏是神赐予的意外财富。（本节完）

雅典娜　（唱）我亲爱的城市的市民啊，你们听清楚了她们要履行的诺言了吗？这些尊贵的复仇神在永生的天神与地祇中是最强大的；她们发誓要公正公开处理人间的事务，她们让一些人歌唱着生活，也让一些人终日以泪洗面。

歌队　（第二曲首节）不要让凶杀的早死的命运出现，让那些善良的年轻姑娘们过上婚嫁生活，你们这些掌管婚姻的神们，你们这些命运女神，你们这些同母的姐妹们，请庄严地承诺吧，你们是公正的分配之神，你们可以分享每一家的祭坛上的供奉，你们公正的干预在每时每刻都是庄严的，不管在哪里，你们都是神中最受人尊敬的神。（本节完）

雅典娜　（唱）我很高兴她们这样热情地为我的土地履行这些诺言；在我遭受到她们愤怒的拒绝的时候，我很感谢劝说之神，是她指导了我的舌头和嘴唇。还好那维护市民大会的神，那尊贵的宙斯赢得了这场官司；我们的永远为人造福的竞争获得了胜利。

歌队　（第二曲次节）但愿那可恶的内讧不要在这和气的城邦中张牙舞爪。尘土不得吸取市民的深红的血，不得因为愤怒而急于为市民的毁灭进行残杀的报复。但愿人们在互助互爱的心态下可以同甘共苦、同仇敌忾，否则，人间的很多苦难都无法挽救。（本节完）

雅典娜　（唱）是不是她们在故意寻找善良的言辞？她们那可畏的容貌就让人觉得她们对于我的土地大有益处，可以很好地抑制那萌芽的犯罪之风。只要我们的市民永远真心真意地对这些好心好意的女神表示出最大的尊敬之意，那么我们的土地与城市将会免于那些骇人的苦难，从此走上正直的道路，令人羡慕。

歌队　（第三曲首节）那么告别了，但愿你们幸福安康，财富公平分配！告别了，这城市的人们，你们是坐在宙斯旁边的，你们受到了这可爱的处女神的喜爱，你们终于不再愚昧了！你们生活在帕拉斯那丰满的羽翼之下，受到了你们父亲①的重视。（本节完）

雅典娜　（唱）告别了！

【一队打着火把的妇女，带着祭品从观众右方走上，传令员与陪审团和她们组成了护送队，准备欢送歌队。

请让我走在你们前面，借着护送队的神圣的火光为你们指引你们的住处。那么请你们跟着这神圣的祭品到地下去，你们住在那里把那些对我的城市有害的东西困住，将那些有利于我的城市发展的东西都放出来，促进我的城市的发展。

克刺那俄斯的子孙啊，这城市的守护者啊，你们来引导这些在此安居的女神。但愿人们好心好意地报答她们的善举。

歌队　（第三曲次节）告别了，再次对你们祝福！我向这块土地上的全部人民，向你们这些居住在帕拉斯的城市里的天神和凡人再道一声祝福。我们会对你们一生的命运加以庇佑，只要你们尊重在此定居的我们。（本节完）

雅典娜　我很欣喜听见了你们的祝福，让我借着这温暖的火炬的光亮送你们到地下的住处去。让那些原本看守我的神像的祭司来侍奉你们，忒修斯的整个土地上的精华——那由少女、少妇组成的光荣的队伍、由老年妇女组成的行列将要前来。

你们为她们穿上紫色的袍子吧，这样可以表示出你们心中虔诚的敬意。

让火光移动，让这个地方的客人的一片好心好意今后可以在那人丁新旺的城市中显示出来。

【雅典娜领着护送队前行。

---

① 此处父亲指的是宙斯，宙斯是神和人的父亲。雅典人的先王厄里克托尼厄斯是赫淮斯托斯的儿子，赫淮斯托斯是宙斯的儿子，所以宙斯是雅典人的厄父亲（先祖）。

护送队　（抒情歌第一曲首节）你们这群受人尊敬的强大的女神，夜神的已经不小的女儿啊，你们在热情地护送下到你们的家里！这地方的人们，安静！

（第一曲次节）全体市民，肃静！让她们到大地那古老的洞穴中，享受这虔诚的尊荣与祭品。

护送队　（第二曲首节）你们这群值得敬重的女神，你们心怀着仁慈于这块土地，现在就让你们在这辉煌的火炬的光亮下，开开心心上路吧！

（向群众）你们合着这歌声一起欢呼吧！

护送队　（第二曲次节）让我们一起欢呼，帕拉斯的人们与这些在此定居的女神永远和解了。那无所不知的宙斯与命运女神都下来庇佑你们。

（向群众）你们合着这歌声一起欢呼吧！

【雅典娜领着歌队与护送队自观众左方走下。

普罗米修斯

Prometheus Bound

［古希腊］埃斯库罗斯

人物（以人物的上场先后为列）

普罗米修斯[①]	伊阿珀托斯和忒弥斯的儿子。
威力神	帕拉斯和斯提克斯的儿子[②]。
暴力神	帕拉斯和斯提克斯的女儿。
赫淮斯托斯	火神，宙斯和赫拉的儿子。
歌队	由俄刻阿诺斯的十二个女儿组成。
俄刻阿诺斯	河神，天和地的儿子，普罗米修斯的岳父。
伊娥	伊那科斯的女儿。
赫尔墨斯	神的使者，宙斯和迈亚的儿子。

布景

高加索山悬崖上。

① 普罗米修斯这名字的寓意是预见未来。希腊神话传说中普罗米修斯曾盗取天上的火送给人类，又把一切的技艺传授给人类。宙斯因此惩罚他，把他钉在高加索的山上，命令一只鹰每天啄食他的肝，到了晚上肝又恢复原样。后来赫拉克勒斯射死那只鹰，把他释放。

② 帕拉斯是天神乌拉诺斯和地母盖亚的儿子，是一位泰坦神，被雅典娜所杀。斯提克斯是河神俄刻阿诺斯的女儿。

一　开场

【普罗米修斯被威力神和暴力神从观众左方用链子拖上场，赫淮斯托斯拿着铁锤随上。

威力神　斯库提亚[①]，这荒无人烟的大地边缘，我们总算是到了。啊，赫淮斯托斯，你快执行你父亲给你的任务，把这坏东西用牢靠的铜锁链绑在悬崖上；因为他把你最值得炫耀，能滋养一切技艺的火焰，偷去送给了人类；他罪有应得，理当接受众神的惩罚和教训，从此以后，臣服宙斯的统治，不再去关爱人类。

赫淮斯托斯　啊，威力神、暴力神，你们倒是执行完了宙斯派给你们的命令，我却要狠下心在这冷风肆虐的峡谷上，残害我的同族血亲[②]，你们没有事了，可我还要强打着精神完成这件事，因为父亲的命令，违背了，是要受到惩罚的。

（对着普罗米修斯）啊，威严的忒弥斯的骄傲的儿子，尽管你

① 指黑海北边和东北边一带的地方，古希腊人认为此处是大地的边缘地带。

② 在荷西俄德的希腊众神的谱系中，普罗米修斯是天神的孙子，赫淮斯托斯是天神的曾孙。

我都不愿意，我也不得不用这条解不开的铜链把你结实的地钉在这凄凉冷清的峭壁上。你将与世隔绝，你的耳朵将听不见任何人声，你的视线将触及不到任何人影，你的皮肤，将会因为长期被太阳灼热的火焰炙烤而失去颜色。除非等到漫天熠熠星光遮住了阳光，或者太阳出现融化了晨霜，你才得以解放。你的未来，将被这磨人的苦难永远纠缠，没有人救得了你。

这就是你所爱护的人类对你恩赐的回馈。你自己是一位神，竟不顾众神的愤怒，把那些不属于人类应得的宝贵东西送给他们，就是因为这样，你将要在这孤寂的石头上夜不能寐，坐不能坐，永远守望[①]；你凄凉的悲叹、痛苦的呻吟将萦萦不断在这天地尽头回响，因为宙斯的心是无情冷酷的，每一位新得势的神[②]都是严厉的。

威力神　行了！你不要再拖延时间，浪费你的同情。这个惹得众神憎恨——把你的特权出卖给人类的神，你为什么不恨他？

赫淮斯托斯　血亲关系和友谊的力量是巨大的。

威力神　我赞成你的说法，可是你要违抗你父亲的命令？难道你不害怕？

赫淮斯托斯　你总是这样冷漠无情，桀骜不驯。

威力神　你的难过对他来说，是无益的，不要再浪费工夫了。

赫淮斯托斯　我真恨我这身手艺！

威力神　为什么恨呢？老实说，目前的麻烦与你的手艺无关。

赫淮斯托斯　真希望这项手艺落在别人身上。

威力神　除了在天上为王以外，我们做什么事都有困难；除了宙斯以外，任何人都不自由。

赫淮斯托斯　这道理让我明白了眼前的事情，我不能反驳。

威力神　那么你还不赶快把镣铐给他上好，免得让宙斯以为你延误时间。

---

① 据说普罗米修斯在此被绑了三万年之久，另一说法是五百年，因为他的解救者赫拉克勒斯是伊娥的第十三代子孙，古希腊把每代人算作四十年。

② 宙斯刚推翻自己的父亲克洛诺斯夺得王位。

赫淮斯托斯　你看，我已经把手铐准备好了。

威力神　快把他的腕子套起来，狠狠锤，把他紧紧地钉在石头上。

【威力神与暴力神抓住普罗米修斯的手脚，赫淮斯托斯把他钉在石头上。

赫淮斯托斯　我正在干活呢，没有耽误时间。

威力神　重点儿锤，用力把他给我钉得紧紧的，任何能绝处逢生的地方都不能放过，因为他太狡猾了。

赫淮斯托斯　谁也不能让这只手腕自由了，我已经把他钉紧了。

威力神　把这只也钉牢点，好让他知道，不管他多么聪明，和宙斯比起来，他总是个笨蛋。

赫淮斯托斯　除了他，没有人能用任何理由埋怨我了。

威力神　现在使劲在他的胸口上把这冰冷无情的铜楔子钉进去。

赫淮斯托斯　哎呀，普罗米修斯，我为你所遭受的痛苦而悲叹。

威力神　你又不想钉了，是吗？你在为宙斯的仇敌悲叹吗？只怕到时候，你会为自己哭了！

赫淮斯托斯　你看呀，这是一幅多么冲击心灵的悲惨画面啊！

威力神　我看他是罪有应得。快在他腰上把这些带子拴上！

赫淮斯托斯　我正在拴呢，用不着紧催我。

威力神　我就是要命令你，我要大声叫你把他拴紧，上面弄完了就快下来，把他的腿给箍紧！

赫淮斯托斯　箍好了，没有花费多少时间。

威力神　现在再使劲锤紧脚镣上那伤人的钉子，你知道的，检查这项工作的人物是很严厉的。

赫淮斯托斯　你说的话同你的长相[①]一样。

威力神　如果你觉得心软有用，那你就心软吧。用不着拐弯抹角骂我铁石心肠、冷酷无情。

赫淮斯托斯　我们走吧，他的手脚都已经绑好了。

---

① 传说威力神的面貌是很凶恶的，在演出时演员是要戴面具的。

【赫淮斯托斯从观众左方下。

威力神　从这一刻起，在这里，你继续横行吧，去把神们特有的东西偷来送给生命短促的人类吧！你猜，你所受的痛苦，那些不自量力的人类能不能替你分担呢？你的名字是叫“普罗米修斯”，我看这些神们是叫错了，你倒是需要“先见之明”，才能看出这些精致的镣铐你要怎么挣脱掉。

【威力神与暴力神从观众左方下。

普罗米修斯　啊，澄明的天空，疾驰飞翔的风，滔滔的江河流水，滚滚波涛的欢笑，滋养一切的大地和普照万物的太阳光轮，我向你们递交我的申诉；请看我这个神仙受到了众神怎样的迫害。我将要历经万年的挣扎，来忍受这些赤裸裸的伤害。这就是天上的新王想出来对付我、束缚我、有伤我体面的禁锢。唉，唉，我为我现下命运中出现的苦难和未来不可抗拒的灾难而悲叹！解救我脱离苦难的救星，你会出现在什么地方啊？

我说的都是什么话呀？我把未来的一切事情都看得清清楚楚；绝不会再有什么意外的灾难降临到我头上。定数的力量既然不可违抗，那我就得尽可能地忍受这注定的命运。说起这些灾难痛苦，藏在心里闷着也痛苦！只因为我让人类拥有了神们特有的东西，哎呀，才受到这样的罪！我偷偷把火种藏在茴香秆里，送给人类，使人们获得了巨大的资力去创造各种技艺。因为这点过错，我被受罚在这悬崖边上，戴着脚镣手铐，忍受着万年的折磨。

啊，萦绕在我耳旁的是什么声音？鼻尖嗅到的是什么香气？这没有现形的人物是天神，是凡人，还是半神[①]？是谁千里迢迢来到这大地边缘的悬崖上，是来探视我的痛苦还是别有用心呢？你们的眼中刻着我这戴着脚镣手铐不幸的样子，只因

① 在古希腊半神指的是神与人结合而生的人，在希腊传说中半神一般都是英雄人物，像阿喀琉斯等，英语中的hero就来自古希腊，在古希腊这个词专门指半神半人的英雄人物。

为我太爱护人类，遭到宙斯的仇恨，成了在宙斯身边打转的神灵所憎恨的神。

啊，那些沙沙的声音若隐若现地在我身旁出现，到底是什么呀？是飞鸟挥动翅膀的声音吗？就连空气都随着羽翼的扑翅挥动而哗哗作响。不管来的是什么，我都害怕啊！

二　进场歌

【歌队乘飞车从观众右方进场。

歌队　（第一曲首节）不要害怕，我们这一队姐妹是你的朋友，我们好不容易才获得父亲的允许，比赛我们的翅膀，谁扑扇起来飞得快，飞到这悬崖前面来。疾驰的风携伴着我的身心而来，在石穴深处传来了叮叮当当的铁锤声，我娇羞的容颜被惊走了颜色，我赤着双脚，便乘着飞车赶来了。（本节完）

普罗米修斯　啊，啊，原来是儿女众多的忒提斯的女儿们，是那环绕大地流淌的滔滔河水的化身俄刻阿诺斯的女儿们，请看我，我身上缠绕着什么样的镣铐，被钉在这万丈悬崖上，只能睁大着双眼在这里守望啊！

歌队　（第一曲次节）我看见了，普罗米修斯，我看见你的身体戴着铜镣铐在这悬崖峭壁上经历着伤害，渐渐垮塌下去，我的眼睛便似笼罩在一片朦胧的雾里一般泪盈盈。新的舵手现在统治了奥林匹斯①；旧日的巨神们早已不见了踪影；宙斯滥用新的法令，专制横行。（本节完）

普罗米修斯　真希望他把我扔到那接待死者的冥府底下，用那解不开的镣铐残忍地把我锁在塔耳塔洛斯深渊里，免得我的苦难进入到天神或者凡人的视线。可是，现在啊，我这不幸的神就连无情的风雨也能随意吹弄；我的苦难换来的是我仇人的幸灾乐祸。

① 奥林匹斯指的是希腊北部的高山，传说希腊诸神就住在山上。

歌队　（第二曲首节）没有一位神会如此心狠地取乐你的痛苦！除了宙斯，没有一位神不愤怒，不对你的苦难充满同情！宙斯天性暴戾又心狠，他压迫着乌刺诺斯的儿女们；他绝不会轻易地放手，除非等到他称心如意，或者他那难以夺取的权力被另一位神用诡计夺了去。（本节完）

普罗米修斯　别看那众神的王现在往我身上套上结实的镣铐，尽情地侮辱我，终有一日，他会需要我来告诉他，他的王杖和权力会在一个什么样的新的企图[①]中失去。任何他的甜言蜜语都不会使我上当，任何他的凶恶恫吓都不会使我惧怕而泄露那秘密，除非他先使我摆脱这残忍的镣铐，愿意赔偿我所受的所有侮辱。

歌队　（第二曲次节）你真勇敢，遭受如此大的痛苦依然不卑不亢，说起话来放肆不羁。我的心被一种强烈的恐惧扰乱，你的命运使我担心，不知哪一个海港才是你驰航的归宿，才是你结束痛苦的终点！克洛诺斯的儿子性情顽固，他的心是劝不动的。（本节完）

普罗米修斯　他的严厉我是清楚的，而且法律被他操纵于股掌之中；可是等到那样的打击敲击他脑袋的时候，我相信他的性情是会变温和的；等到强烈的怒气从他身上平息之后，他会向我伸出双手，展示友好，同我联盟，那个时候他会热心地欢迎我，我也会热心地欢迎他的。

三　第一场

歌队队长　请让我们知晓整个故事的始末，告诉我们，你被宙斯捉起

① 此处暗指的是宙斯想娶忒提斯，并暗指忒提斯所生的儿子将比父亲宙斯强大并最后推翻宙斯。这也是本剧结尾处赫尔墨斯想问普罗米修斯的秘密。普罗米修斯从他的母亲忒弥斯那里知道了这个秘密，宙斯强迫他说出秘密但是遭到普罗米修斯拒绝。后来宙斯知道了这个秘密便把忒提斯嫁给了一个叫珀琉斯的凡人。后来她生了一个儿子，就是特洛伊战争中最伟大的希腊英雄阿喀琉斯。

来，受尽侮辱，不被尊重，是为了什么过失？如果说出来不会使你感到苦恼，请告诉我们。

普罗米修斯　这故事总是使我感到难受，痛苦到难以开口，难以把它长期藏于心中啊。

当初神们起了内讧，互相动怒，各持己见：有的想把克洛诺斯推下宝座，立宙斯为王；有的竭力反对，不让宙斯统治众神。我当时曾向天地的儿女——泰坦神们，提过最好的意见，但是劝不动他们；巧计良谋他们捂住耳朵，他们以为可以倚仗自己强大的武力轻易取胜。我母亲忒弥斯——又叫盖亚，一生中兼有许多名称，时常预先告诉我未来的事，她说这次取胜是要靠阴谋诡计而不是简单地依靠膂力或者暴力。我曾向他们详细地解释这话的意思，可他们却全然不顾，置之脑后。当时最好的办法，我似乎只好和我母亲联手起来，一同帮助宙斯，我心甘情愿，也受欢迎。由于我的计划，老克洛诺斯和他的战友们全都被囚在塔耳塔洛斯幽深的牢里。天上的暴君曾从我手里得到过如此大的帮助，现在却拿这样重的惩罚来报答我。忘恩负义是暴君的通病。

你问起他为什么侮辱我，我这样来解答你的疑问。他登基掌权之后，便把权力分配了，众神在他的赐予下也拥有了各种权力；可是可怜的人类在他面前，得到的却是他的漠不关心，甚至可能会遭受到种族完全毁灭的危险，他的目的在于另行创造新的。除了我挺身而出，谁也没出来反对，只有我有胆量拯救人类，使他们不至于完全遭受毁灭，被打进冥府。为此，在这样大的苦难之下，我屈服忍受着无尽的痛苦，看起来是如此可怜！我怜悯人类，自己却得不到怜悯，在这里，我忍受着惩罚，却没有谁怜悯着我，宙斯看到这番景象，真是感到丢脸啊！

歌队队长　普罗米修斯，你的苦难落入谁的眼中都会感觉气愤，没有谁的心是铁打的，石头做的；我的心为你遭受的苦难感到无尽的悲伤，我的眼睛万分不愿意睁开看你忍受着这一切。

普罗米修斯　在朋友们的眼中，我真是可怜啊！

歌队队长　此外，你还犯过别的过错吗？

普罗米修斯　我使人类不再预料死亡。

歌队队长　这个病，你找到了什么药来医治呢？

普罗米修斯　我在他们的心里种下了那个盲目的希望，让它生根发芽。

歌队队长　你让人类得到了多么大的恩惠啊！

普罗米修斯　此外，我把火也给了他们。

歌队队长　什么？熊熊烈火也能在那些生命短促的人类手里燃烧了吗？

普罗米修斯　是啊；火能让他们学会许多技艺。

歌队队长　为了这样的罪，宙斯是不是才……

普罗米修斯　才迫害我，让苦难紧紧跟随着我，摆脱不掉。

歌队队长　你的苦难永无止境吗？

普罗米修斯　是的，除非等到他心情高兴的时候。

歌队队长　他的高兴会出现在什么时候？你有什么希望？你看不出你有罪吗？可是说你有罪，我说起来了无趣味，你听起来也痛苦。还是不提这件事了，快想办法摆脱这苦难吧。

普罗米修斯　站在轻松的界限里规劝受苦的人，是件很容易的事。我有罪，我完全知道，我是心甘情愿地、自愿地犯罪，这一点，我并不同你争辩。人类得到了我的帮助，我自己却因此而遭受着痛苦。想不到，这样的惩罚会落在我身上：在这凌空的石头上消耗我的精力，在这荒凉的悬崖上接受着痛苦的鞭打。

现在，请停止悲叹我眼前的灾难，快下来听我讲我今后的命运，你们好从头到尾知道得清清楚楚。答应我，答应我，请给一个正在受难的神一点点同情吧！苦难的羽翼飞来飞去，会轮流落到每个人身上的。

歌队队长　普罗米修斯，我们并不是不愿意听你的呼吁。我现在迈着轻盈的脚步，离开那疾骋的车子和清澈的天空——飞鸟的行道——踏上这凹凸的地上，我愿意倾听你讲述你的整个苦难的故事。

【歌队下了飞车，进入场中。

【俄刻阿诺斯乘飞马从观众左边上。

俄刻阿诺斯　普罗米修斯，这飞快的马儿驾着我——没有缰绳的牵制，它读懂我的意思一路奔驰，到达了这旅途的终点，来到了你这里，因为我，你要相信，很同情你的不幸。我认为我们之间的血亲关系[①]使我怜悯你，即使没有亲属关系，我也深深敬重你。你知道的，这是真心话，虚情假意我从来就不擅长。我可以帮助你做点什么，你告诉我；你绝不会说，你有一个朋友比俄刻阿诺斯更加忠实。

普罗米修斯　啊，怎么回事？你也来探望我的苦难吗？你哪里来的胆子离开与你同名的河流，离开那石顶棚的天然洞穴，来到这产铁的地方？你是否来见证我的悲惨遭遇，为我的苦难竖起同情和气愤的旗帜？请看我所处的这片景象，作为曾经拥护宙斯为王的朋友，如今却遭受苦难的洗礼，被他压制着。

俄刻阿诺斯　我看见了，普罗米修斯；尽管你很聪明，但我还是要把我的最好的忠告给你。

你应该心中有数，天上已经改朝换代，拥立了一位新的王，你应该转换下你的态度。如果你的嘴里跑出这些尖酸刻薄的话，宙斯是可能会听见的，虽然他高高在天上；如此一来，你现在因这些苦难而发的气将如同儿戏一般了。啊，受苦的神，快浇熄你心中的怒火，想法从这苦难中解放出来吧！也许我这个忠告过于陈腐了，但是，普罗米修斯，这些遭遇都是你太夸口的报应。你现在还不懂得谦虚，还不向灾难低头，还想让眼前的灾难加重。你既然看见了一位严厉的、不受审查的君王握上了权力的法杖，你就得拜我为师，不要伸脚去踢刺猬。

我现在去试试，看能否让你从苦难中解脱。你要安静，不要太

---

① 俄刻阿诺斯是天和地的儿子，普罗米修斯的父亲伊阿珀托斯和母亲忒弥斯也是天和地的儿女，所以俄刻阿诺斯和普罗米修斯之间是叔侄关系。

夸口。你绝顶聪明，难道不知道太放纵的唇舌会招来惩罚吗？

普罗米修斯　你拥有同情我苦难的胆量，又没有遭罪之忧，我真是羡慕你。现在算了吧，不必麻烦你了；因为说服他是不容易的，你是绝对劝不动他的。当心这一去你会给自己惹祸上身啊！

俄刻阿诺斯　你最善于劝谏别人，却不善于劝谏自己，这是我依靠现实的根据而不是靠传闻得出的结论。我要去，请不必阻拦。我敢说，我敢说这份人情宙斯是会送我的，让你挣脱苦难的枷锁。

普罗米修斯　你如此好心，我真是感激，无尽的感激。但请你不必劳神，即使你愿意，也是浪费心力，于我而言，全无好处。你要安静，免得祸事找上你。我自己不幸，却不愿大家也受苦。不，绝不。我的兄弟阿特拉斯[①]的命运已经够让我伤心了，他向西而站，肩膀上扛着那沉重的天地之间的柱子，顶得不容易啊。当我看见暴力把那住在喀利喀亚洞里的可怕的百头怪兽——残猛的提福斯——地神的儿子摧毁了的时候，我真是对他充满了怜悯。他同众神反抗，恐怖的声音从他可怕的嘴里发出来，凶狠的光芒从他冰冷的眼里射出来，就像是要拼力推翻宙斯的统治，可是宙斯不眨眼的霹雳朝他射去，火焰从那猛扑的闪电中冒出来，在他张口的时候，使他大惊失色，他的心被伤着了，骨肉化为灰烬，他的力量被电火毁灭了。到现在海峡旁边他那无用的残尸还直挺挺地躺在那，被埃特那山压在山脚下，赫淮斯托斯坐在那山顶上提炼熔化了的铁；将有一天，火红的烈焰汇成的河流会从那里流出来，盛产好果子的西西里的宽阔田地将被那凶狠的火舌吞入熔化：那就是提福斯散出的愤怒化成的恐怖的冒火热浪，虽然宙斯的电火已经把他烧焦了。

① 传说阿特拉斯曾反抗宙斯，宙斯罚他去顶天。古希腊人望见直布罗陀海峡旁边的高山，认为那就是顶天的柱子，是阿特拉斯的化身。《荷马史诗》和赫西俄德的《神普》中均对此有记载，但稍有不同。

你阅历丰富，用不着我的教导。快保全你自己吧，你知道怎么做；而我却要在宙斯的怒火平息之前，把这眼前的命运忍受到底。

俄刻阿诺斯　普罗米修斯，难道你不知道，语言是医治恶劣心情的良药吗？

普罗米修斯　膨胀的愤怒不是依靠符合时宜的话语消散的，倒是可以使心情平静下来。

俄刻阿诺斯　告诉我吧，我如此的热心与勇敢，在你的眼中看到了什么坏处？

普罗米修斯　那是白费工夫，是至极的愚笨。

俄刻阿诺斯　那就让愚笨的病侵蚀我的身体吧，最好是大智若愚。

普罗米修斯　我让你去，就像是我愚笨。

俄刻阿诺斯　这话里的意思分明是打发我回家。

普罗米修斯　是的，免得你因悲叹我而招人仇恨。

俄刻阿诺斯　是不是那刚坐上万能宝座上的神会给我带来仇恨？

普罗米修斯　你要留心，别惹他恼怒。

俄刻阿诺斯　普罗米修斯，你的灾难是个教训。

普罗米修斯　快回家去吧，走吧，好好保留着你现在的想法。

俄刻阿诺斯　你这样说，那我就走了。我这只四脚鸟①在天空中平滑的跑道上扑展着它的羽翼；它喜欢弯着膝头在家里的厩舍里休息。

【俄刻阿诺斯乘飞马从观众右方退出。

四　第一合唱歌

歌队　（第一曲首节）普罗米修斯，我悲叹你承受着的不幸命运，泪水充盈着我的眼眶，似雨珠一般肆意地流淌，浸湿了我娇嫩的面庞。真是骇人啊，宙斯摆出一副傲慢的神情，凭着自己的法律统治，向着前朝的神示威。

（第一曲次节）现在全世界都为你的命运放声痛哭，那些远在西方的

① 此处的“四脚鸟”指飞马。

人为你那伟大而又古老的宗族曾享受过的权力不住地悲叹；那些住在神圣的亚细亚的人也传递着对你的悲惨苦难遭遇的同情。

（第二曲首节）那些勇猛战斗的科尔喀斯女子[①] 和那些远在大地边缘，迈俄提斯湖畔的斯库提亚人也为你痛哭。

（第二曲次节）那驻在高加索附近山上的敌军，盛开着阿拉伯武士之花，在激烈的刀枪剑影中、呐喊中传递着对你的同情。（本节完）

之前的我只见过一位别的泰坦神被铜镣铐禁锢着，痛苦和侮辱鞭打他的身体，那就是阿特拉斯，他拥有着不同寻常的强大体力，那天的穹窿压在他的肩上使他不时地发出呻吟。

（末节）潮起潮落，悲声漫天，海底哽咽，地下黑暗的地牢在号啕，清澈的流水也为你的不幸苦难而悲叹。

五　第二场

普罗米修斯　我沉默无语，不要认为我固执傲慢。我眼睁睁地看着这样的迫害降临到我的身上，我的心正在被愤怒一点点啃食！

这些新的神所拥有的特权是谁赋予的？除了我，还有谁？先不说这件事了；因为你们早已知晓我要说的话。先来听听人类所受的苦难吧，听听他们之前多么的愚蠢，我是怎样使他们变得聪明、变得理智。我说这话，并不是想在人类忘恩负义这方面追究什么，只不过想要展示一下我赐予他们的那番好意。

他们之前目不能视，耳不能闻；形似梦中的幻影，一辈子做事颠三倒四；不懂得沐浴阳光的砖屋怎样建造，不懂得盖屋顶应该用木材，倒像是一群小蚂蚁，蜗居在不见天日的地下洞穴里。他们不知道寒冷刺骨的冬日、天暖花开的春季和硕果累累

① 科尔喀斯在黑海东边，高加索山旁边，此处女子指阿玛宗人（意指无乳房的人），传说她们曾参加过特洛伊战争。

的夏天应该凭借怎样的征象去分辨；做起事来全是胡乱一通；后来，我慢慢教他们掌握那复杂多变的星象升沉的方法。

我发明了数学——最高的科学赐予他们，还创造了能记载一切事物的字母组合，那是工艺的主妇、文艺的母亲。我最先用轭把野兽驯服，把护肩和驮鞍搭在它们背上，使它们成为替凡人劳作重活的辅力；我又在车前拴上马儿，使缰绳控制它们的行动，让这样的排场成为富贵豪华的标志。那制造能让水手们在大海上航行的长着麻布翅膀的车也正是我，不是其他的神。

这些技艺从我的身上发明出来赠予人类，然而我自己，唉，却没有任何巧计摆脱这眼前的苦难。

歌队队长　你经历着苦难与侮辱，智慧被这些痛苦压制着，你想不出办法，像是一名庸碌的医生得了病，却开不出药来医治自己，精神渐渐萎靡下去。

普罗米修斯　等你知晓了其他一些我发明的技艺和方法，你会更加赞扬我呢。人一旦生病了，没有药医治，没有膏药敷，很快就没有救了，生命渐渐衰弱下去。后来，我慢慢教他们学会了制造能医治百病的药。我还创造了很多占卜的方法来圆他们的梦，并且告知他们哪些梦会实现；那些时而出现的难以理解的话语和在路途中碰到的征兆，我也解释给他们听；天上飞行的爪子弯曲的鸟的姿态，代表吉兆的是怎样，凶兆出现的又会是怎样，各种鸟类的栖居方式，彼此间的爱与恨、起与落、憩与止，我也为他们分辨得明明白白；它们心肝的大小，肝脏的斑点是否均匀，能讨神们喜欢的胆囊的颜色是怎样的，这些我都一一讲述与了他们，我把用网油包裹的大腿骨和细长的脊椎都用火焚烧了，这样秘密的法术我都已传授给了人类；我还使他们从眼中模糊的火焰信号看清了。这些事我已经说得很详细了。至于那些深埋于地下对人类充满好处的宝藏、金银财宝，谁能肯定他的发现在我之前？谁也不能肯定——我知道得很清楚，除非他满口雌黄。请听我最后的总结：人类所拥有的一切技艺都是普罗米修斯传授的。

歌队队长　不要太关爱人类而置自己的痛苦于不顾；我深信脱离镣铐束缚的你将同宙斯一样强大。

普罗米修斯　可是这样的事情在全能的命运面前是不被允许的；等我摆脱镣铐的时候，只有在我经历了许多苦难之后；因为定数[①]往往比技艺强大。

歌队队长　那么掌控定数的舵手是谁呢？

普罗米修斯　三位命运女神和记仇的报复女神们[②]。

歌队队长　难道她们比宙斯还要强大吗？

普罗米修斯　在注定的命运面前，他也不例外。

歌队队长　宙斯永远为王，不是命中注定的吗？

普罗米修斯　你不能探听这个，不要再追问了。

歌队队长　你一定是守护着什么重大秘密。

普罗米修斯　说说别的事吧，道破它的时机还没有到，我要好好保护这个秘密；因为只有这样，我才能挣脱掉这些捆绑在我身上有伤我体面的镣铐和苦难。

六　第二合唱歌

歌队　（第一曲首节）愿天上最高的主宰——宙斯，不要让我的心愿在武力下破碎；愿我永远能伴随在我的父亲俄刻阿诺斯的滚滚江河旁边杀

---

① 所有的神，包括宙斯在内都逃不过定数。普罗米修斯虽然自己有技艺，也不能改变这注定的命运，缩短自己受苦的期限。

② 命运女神共有三位，第一位是克罗托，是纺织命运之线的女神。第二位是拉刻西斯，是分配命运的女神，第三位是阿特洛波斯，为不可避免的命运女神。克罗托为凡人纺织命运之线，等生命告终的时候，那条线就被剪断。传说复仇女神们是命运女神们的仆从，她们负责报复那些反抗命运女神们的人。

牛祭神，为天地献上纯净的肉；愿我的言语不会犯错：我将把这条训言铭刻于心，不使它熔化。

（第一曲次节）假如一生的时光能融化在信任的希望中度过，快乐滋养着这颗期盼的心，这是件多么甜蜜动人的事啊！但是，你浑身遭受着的痛苦的折磨烙入我的双眼，引得我颤抖不安……普罗米修斯，在宙斯面前，你无所畏惧，意志坚强，但是你未免把人类看得太重了。

（第二曲首节）啊，朋友，你看，没有人感谢你的恩惠；告诉我，谁会来拯救你？哪一个生命短促的人类能救得了你？你难道看不见他们像梦中的幻影一般软弱无力，盲目的人类是没有力量的吧？凡人是无法突破宙斯的安排的。

（第二曲次节）普罗米修斯，我看见你这恐怖的命运，明白了那条法则。现在我耳边萦绕着的不同的调子啊，和上次我来给你道喜，围绕着浴室和新床所响起的调子多么的不同啊！那时节你带着聘礼来向我的姐妹赫西俄涅求婚，把她娶去做你共枕的妻子。

七　第三场

【伊娥[1]从观众左方上。

伊娥　这里是何处？什么民族？映入我眼帘的那被捆绑在悬崖上忍受狂暴风雨摧残的是谁呀？是什么样的错误让你遭受如此毁灭的惩罚？请你告诉我，我现在落脚的地方是在大地的什么地点上啊？哎呀，那牛虻又来了，我这可怜的人儿啊，又得忍受它的叮咬了，地神啊，快来把它赶走吧！我看见了地神生的阿尔戈

① 伊娥是伊那科斯的女儿，原是赫拉神庙里的女祭司，被宙斯看上了。赫拉因嫉妒前来干涉的时候，宙斯就把伊娥变成一头牛，赫拉就派一名牧人看守她，那牧人后来被赫尔墨斯杀死；赫拉就又叫一只牛虻追赶她，不让宙斯和她亲近。后来宙斯在埃及碰见了她，使她变成人形，并且生了一个儿子，这个儿子就是日后的埃及国王厄帕福斯。剧中伊娥出场的时候头上有两只牛角。

斯的鬼影，千眼的牧人[①]！他又跟来了，眼睛是多么的狡猾；甚至大地都不能埋藏他那死去的躯体，他竟从死人那里来追赶我这不幸的人，使我在这海边的沙滩上忍饥挨饿。

（抒情歌首节）那用蜡黏合的，声音嘹亮的排箫从他的嘴里传出了催眠的曲调。哎呀，这流浪，这悲惨的流浪，将要把我带去哪里啊？克洛诺斯的儿子啊，我犯了什么罪被你发现了，你要在我身上套上这苦难的轭，唉，使我这不幸的女子因为恐惧牛虻的追赶而疯狂？快让我死在熊熊的火焰中，或是用泥土深深地埋葬，或是让海里的妖怪吃了吧，主上呀，不要拒绝我的请求！我已经受够了这漫漫跋涉的流浪，要怎样才能让这灾难远离我。（向普罗米修斯）你听见这长着牛角的女子的声音没有？

普罗米修斯　我怎会没有听见这被牛虻纠缠，伊那科斯的女儿的声音？她点燃了宙斯心中爱情的火焰，招来了赫拉的嫉妒，被迫作长途的流浪。

伊娥　你怎会知晓我父亲的名字？告诉我这不幸的人吧，啊，不幸的神，你究竟是谁？你怎么能一字不误地道出我这不幸女子的来历？怎会知道这使我苦恼的突如其来的灾祸，哎呀，是我疯狂的毒刺？我蹦蹦跳跳的，心被饥饿折磨得发慌，这样疯狂地跑到这里来了，中了赫拉的毒计。唉，这世上还有谁同我这般地不幸被苦难缠身？请让我明明白白地知道，前面还有些什么苦难等着我，是否有救，是否有药医治？假如你知道，请你告诉我！快说呀，快告诉我这不幸的流浪的女子！

普罗米修斯　我会告诉你，你想知道的一切，明明白白地，我并不会让你去猜谜，而是清清楚楚地说出来，就像朋友之间对话一样。你看，我就是让人类拥有火的普罗米修斯。

伊娥　啊，可怜的普罗米修斯，造福人类的施主，你怎会遭受这样

① 赫拉曾命令阿尔戈斯看守化成牛形的伊娥，她有很多只眼睛，赫尔墨斯吹排箫使她睡觉之后，把她的头砍了下来，赫拉便把这些眼睛扔到了孔雀的翎子上。

的苦难？

普罗米修斯　我已不再悲叹我的苦难了。

伊娥　你不给我这样的恩惠吗？

普罗米修斯　你有什么要求就说吧；我可以告知你我知道的一切。

伊娥　告诉我，你是被谁绑在这悬崖边上的？

普罗米修斯　意思来自宙斯，捆绑我的那双屠夫的手长在赫淮斯托斯身上。

伊娥　是什么罪让你遭受这样的惩罚？

普罗米修斯　我刚才给你的那点解释已经足够了。

伊娥　还请告诉我，哪里是我长途漂泊的终点，还有多少罪将要降临到我这不幸的人的身上？

普罗米修斯　你还是不知道的好。

伊娥　请把我要受的苦难曝光在这天地之间吧。

普罗米修斯　这恩惠不是我不愿意给你。

伊娥　那你为什么还要犹豫，不让我知道事情的始末呢？

普罗米修斯　我没有什么不愿意，只是怕你的心被搅乱。

伊娥　请不要太可怜我，那并不是我所希望的。

普罗米修斯　你着急想要知道，那我就告诉你，请听啊！

歌队队长　（向普罗米修斯）请等一下，让我听个痛快吧。我们先聆听她的苦难，听她讲述她跋涉的漂泊流浪的经历，再让她从你那里知晓她未来的苦难。

普罗米修斯　伊娥，把这恩惠给她们吧，这是你的事，尤其因为她们是你父亲的姐妹。只要听众能为我们不幸的遭遇而悲叹并流下她们的眼泪，花费一点时间也是值得的。

伊娥　我不知怎么对你们保持沉默；凡是你们想知道的，我都可以为你们明白地讲出来；可是谈到这从天而降的苦难暴风，我相貌的改变，以及我为什么成为了这祸事的接受者，这不禁使我感到忧伤。

以前，一入夜间，我的闺房里便会出现缥缈的幻影，在我的耳旁用甜言蜜语诱惑着我，说着：“啊，被幸福包围的女郎啊，当最美好的姻缘出现在你面前的时候，你为什么还要独守闺房呢？你的爱情之箭射中了宙斯的心房，他正受伤发热，想与你热恋结合。啊，孩子，不要嫌弃宙斯的床榻，快去到浓密的勒耳涅的草地上，你父亲的牛栏和牛群中去吧，那么在宙斯眼中弥漫的欲望就可以实现了。”

我这不幸的人被这样的梦夜夜纠缠；后来我鼓足勇气，告知了我父亲这常在夜间出现在我面前的噩梦。为此，他派遣了许多使者去皮托和多多涅去问神[①]，在众神面前，应该做什么样的事，说什么样的话，才能讨得他们的喜欢。可是他们带回来的神论都难以理解、模棱两可。最后，伊那科斯获得了一个清楚的神示，那神示明明白白地告诉他，叫他把我从家门中赶出去，任凭我飘荡到天之涯地之角；如果他不愿意，那么他的家族便会在那来自宙斯的似火的霹雳中毁灭、破碎。

我父亲遵从罗克西阿斯[②]的神谕，把我从家门里赶了出来。尽管彼此都不情愿，但是在宙斯嚼铁的逼迫下，他不得不这样做。我的相貌和心情立即发生了变化，就像你看见的这样，头上长出了角；那嘴很锋利的牛虻刺得我疯狂地跳跃，跑到刻耳克涅的甜蜜河水旁边和勒耳涅泉旁边；可是那地神生的牧人，生性暴力粗俗的阿尔戈斯，却紧紧追赶着我，睁着数不尽的眼睛盯着我的足迹；幸亏他的生命在一场意外的命运中结束了。可是牛虻仍然紧紧叮刺着我，在来自女神的折磨下，仍然从一个地方被追赶到另一个地方。

我已经讲述了我的过去；如果你能预知未来的苦难，请你告诉我。不要因为可怜我就用假话来搪塞我；遮遮掩掩的话

① 皮托和多多涅都是神的圣地，古希腊人喜欢在神庙中去问神。皮托是阿波罗的神庙德尔斐的旧名。多多涅是宙斯颁放神示的地方。相传德尔斐的神示是最灵验的，古希腊人对此深信不疑。

② 罗克西阿斯是阿波罗的别名。阿波罗是宙斯和勒托的儿子，是预言之神。

语，对我来说，就似那穿肠的毒药般有害。

歌队队长　哎呀，愿天神让这灾难消弭！我从来没有想过有一天我会听见如此怪异的故事，这丑陋和难受的苦难，侮辱和恐惧会让我的心口上似插了双尖头刺棍般的疼痛！哎呀，命运呀命运，伊娥的苦难遭遇让我全身战栗。

普罗米修斯　你现在悲叹还为时过早，你惧怕得太厉害了，等你知晓了其他的苦难后再说也不迟。

歌队队长　你说吧，让我知道事情的来龙去脉吧！病人如果提前清楚知道未来存在的苦难，那他就安心了。

普罗米修斯　你们先前的要求我很容易地就满足了，因为你们是想听她讲述发生在她身上所遭遇的苦难。现在请听后半部分，这女子还要忍受来自赫拉手中的痛苦。伊那科斯的女儿啊，你把我的话牢记于心，就可以知道你长途漂泊的终点。

首先，从这里向着太阳升起的方向前进，走过尚未开垦的草原；然后去到斯库提亚的游牧民族那里，他们身背弓箭，高高住在安稳车上的柳条屋里；不要靠近他们，沿着那贯穿他们土地的被海浪拍打的海岸穿过去。

左边住着打铁器的人，名字叫卡吕柏斯，你要小心他们，因为他们是野蛮人，不让外人接近。然后你就到了那名副其实的暴河旁，切勿过河，因为那是很难渡过的。等你登上了最高的高加索山之后，你就可以看见那条河从那悬崖上勇猛地直泻而下。你翻越过那与天上的星辰咫尺之近的山顶，继续往南，就走到了憎恨男子的阿玛宗人那里，她们将来会搬家到忒耳摩冬河畔的忒弥斯库拉城去，萨尔密得索斯在那里张着那锯齿般的嘴，那是水手的恶居亭，海船的继母；好在那些女子会高高兴兴地为你指路。

然后你来到湖泊窄门旁边的铿墨里科斯海峡，鼓足勇气离开那里，再泅过迈俄提斯海峡，人们会永远夸赞你从那里泅过去的事实，那海峡将会用你的名字来命名——叫作牛津。然后你从欧罗巴离开，到达亚细亚大陆。

（向歌队队长）难道你们不认为众神的君王对谁都很残忍吗？这位天神因为想同这个凡人结合，竟逼得她四处漂泊。

（向伊娥）啊，女郎啊，你遇到了一个多么残忍的求婚者啊！你要知道，你现在所听到的话，连引子都还不算是。

伊娥　哎呀，哎呀！

普罗米修斯　你又在流眼泪，又在悲吟了，等你听到了剩下的苦难，又将会怎样呢？

歌队队长　还有别的苦难在等着她吗？

普罗米修斯　还有攸关性命的苦难，就像大海发狂一样。

伊娥　我活着还有什么好处？为什么不让我从这悬崖上跳下去，“砰”的一声，就此从苦难中解脱出来？一下子死了，比一生在苦难中度过好啊！

普罗米修斯　我这样的痛苦你更难以忍受，因为我命中注定是死不了的；死了就可以从苦难中解脱了。宙斯的王权一天不推翻，我的苦难就永无止境。

伊娥　宙斯的权力是能打倒的吗？

普罗米修斯　看见他触霉头，我想，你一定很高兴。

伊娥　既然宙斯害了我，看见他倒霉，我怎会不高兴呢？

普罗米修斯　你要相信，事实就是这样的。

伊娥　他的王权会被谁夺去呢？

普罗米修斯　他自己和他充满愚蠢的企图。

伊娥　怎么回事？如果没有关系，请你告诉我。

普罗米修斯　他会结一场使他懊悔的姻缘。

伊娥　是和仙女，还是凡人结婚？如果能说，请你告诉我。

普罗米修斯　为什么问是谁和他结婚？这件事是不能说的。

伊娥　他的妻子会把他从宝座上推翻吗？

普罗米修斯　他会被她生的一个儿子推下宝座，因为儿子比父亲强大。

伊娥　这厄运的牢笼他逃不出去吗？

普罗米修斯　逃不过，除非他解除了我身上的镣铐。

伊娥　谁敢枉顾宙斯的意愿来使你自由？

普罗米修斯　你的子孙后代。

伊娥　你说什么？我的孩子能使你从苦难中解脱出来吗？

普罗米修斯　他能解除，他是你的十代以后的第三代人。

伊娥　你的这个预言晦涩难懂。

普罗米修斯　那你的苦难，你就不要再打听了。

伊娥　你不要想收回你答应的恩惠。

普罗米修斯　我只能告诉你这两件事中的一件。

伊娥　请你把这两件事摊开来，让我选择。

普罗米修斯　我答应你，你是想要知道你未来的灾难，或是释放我的人是谁？

歌队队长　这两件恩惠，你给她一件，给我一件，请不要拒绝；告诉她未来的漂泊，告诉我你的释放者，我很想知道呢。

普罗米修斯　既然你们的愿望如此殷切，我就答应你们，把你们想知道的全都告诉你们。

我先告诉你，伊娥，在牛虻的追赶下你会怎么样，到处漂泊，我的这些话你要牢牢地刻在你的心上。

你泅过那分界两大陆的海峡之后，朝着那散着火红烈焰的旭日东升的方向走去……你泅过那澎湃的大海之后，到达戈耳弋的喀斯忒涅平原，那里住着福耳库斯的女儿们，三个模样像天鹅的老姑娘，三人共有一颗牙齿一只眼睛；白天太阳光芒不会照耀她们，夜里月亮也不会照耀她们。她们身旁还住着三个长着翅膀的姐妹，就是头发是蛇长成的戈耳戈，人类厌恨的怪物，人只要一看见她们就会死去；我嘱咐你要当心这个危险。

请记住另一种可怕的画面。你要留心宙斯身旁那不犬吠的尖嘴巴狗格律普斯，留心那些独眼人，骑马的阿里马斯波斯，他们住在普路同能冲出沙金的河流旁；不要靠近他们。然后你到达远方的黑种人的土地上，他们安家在太阳的水泉旁边，埃提俄普斯河就在那里。你顺着河岸往下行，来到瀑布旁边，尼罗河在那里从彼布利涅山下流出如蜜糖般甜蜜的神水。它会指引你到那尼罗提斯三角洲；伊娥，命运注定你和你的子孙在那里建立一个遥远的家。

（向歌队队长）如果我的话里有深奥模糊的地方，你可以问个清楚；我现在有的是空暇，比我所期望的还多。

歌队队长　关于她的长途漂泊所涉及的，如果你还有其他的或是忘掉的话要说，请你快说；若是你已说完了，请给予我们所要求的另一件恩惠，你应该还记得。

普罗米修斯　我已经讲完了她所要经历的全程路线；为了证明我的话切实可靠，我现在追溯她到达这里之前所历经的苦难，使她相信我所说的话是真实的。

（向伊娥）故事里的大半部分搁下不讲，只追溯你漂泊的最后一站。

摩罗西亚平原和被山峦重叠围绕的多多涅，都留下了你的足迹，那里有忒斯普洛提亚的宙斯的神托地和让人难以置信的树，会开口讲话的橡树，它曾字字珠玑、口齿清晰地称呼你为宙斯未来名声大噪的妻子，你还记得这件事吗？

你在牛虻的叮刺中，从那里途经海边小路到达了瑞亚的大海湾，在那里，你遭受到风暴的袭击又折了回来；你要相信，那海湾日后将会被改名为伊娥尼亚，全世界会以这样的方式来纪念你的旅程。

这段话是我的智力象征，表示它能看到比肉眼更深处的东西。

（向歌队）剩下的话我要讲给你们和她一起听，我要回头接着前面的故事讲下去。

（向伊娥）在大陆边上，尼罗河口的沙洲上，有一座城，叫作卡诺玻斯；在那里，宙斯将用他温柔的手触摸你，使你恢复本性。然后，你将会生下黑皮肤的厄帕福斯，他的名字因宙斯那样生他而获得；他将在这片用尼罗河洪水浇灌的土地上收获结实的果实。到了第五代，阿尔戈斯里将会有五十个少女被迫归来，为避免和她们的堂兄弟结婚；他们情欲满怀，就像鹞鹰锲而不舍地追逐鸽子一样，前来寻求那不该奢求的婚姻；可是在天神的指令下，他们不能占有她们的身体。铂拉斯癸亚将招待她们，在夜里，她们身上女子的勇气鼓励着她们把他们杀死。每一位新娘将在她丈夫的喉咙里刺进锋利的双刃剑，结束他们的性命——但愿库普里斯也能这样好好招待我的仇敌！可是其中一个女子陷入爱情的圈套，她锋芒的决心变得粗钝，没有在她丈夫的喉咙处刺向尖刀；她将在两种恶名之间选择其一，被人称为胆小的女人，而不被叫作凶手；她将在阿尔戈斯生一支王族。这件事说来话长，在她的种族里，将会诞生一个英雄[①]，著名的弓箭手，他将把我从苦海里解救出来。这就是我那古老的母亲，泰坦神族的忒弥斯告诉我的预言；至于详细情形说来话长，你听了也没好处。

伊娥　哎呀，哎呀！这抽搐，这疯狂又发作了！那牛虻似铁打的箭头叮刺着我；我的心因为恐惧，在我的胸膛胡乱碰撞，我的眼珠在眼眶里不停地打转。猛烈的暴风吹得我偏离了航行的轨道，我的舌头失去控制了。这些污浊的话语似那恐怖的癫狂的波浪胡乱冲撞。

【伊娥从观众左方急下。

八　第三合唱歌

歌队　（首节）那最先在内心发现这个真理的，并把它公之于众的人真是聪慧，真是聪慧！他告诫我们缔结姻缘的对象最好是门第相当，贫穷

① 这个英雄指的就是伊娥的第十三代子孙赫拉克勒斯，他后来射死那个啄食普罗米修斯肝的鹰，救了他。传说赫拉克勒斯是得到了宙斯的许可才去射的，宙斯想借这件事情使赫拉克勒斯得到不朽的名声。

的人不要去追求那骄奢的暴发户或高傲的贵族世家。

（次节）啊，命运女神们，愿你们的视线里我不会成为宙斯同床的妻子，愿我的新郎不会来自天上，因为我看见伊娥，那厌憎丈夫的女子，遭到赫拉的逼迫，受尽折磨，四处漂泊流浪，我感到恐惧万分。

（末节）我看重门当户对的姻缘，那没有什么好害怕的；但愿那些热爱爱情的伟大的神不会在我身上投来那不可逃避的目光。那于我而言，将是绝望的挣扎，是无法应付的事；将来的结果怎样，在宙斯的阴谋面前我无处可逃。

九　退场

普罗米修斯　可是宙斯是会低下他那高贵的头颅的，不论他的意志多么执拗；因为他会缔结一段姻缘，这段姻缘会使他失去宝座和王权，会使他灭亡；他父亲克洛诺斯在从宝座上被推翻时许下的诅咒，便会马上完全应验。除了我，没有哪位神能为他指明方向，能让他从这灾难中逃脱过去。只有我知道这件事会如何发生，这诅咒会如何应验。暂且让他心安理得地坐在那里，手里舞动着冒火的霹雳，信任高空那轰隆的雷声吧。可是即使有这些东西的支持，他仍然不能逃避那充满耻辱的难以忍受的失败。他现在正在寻找一个强大无敌的怪物来和他自己作对；这对手会发明一种威力强于闪电的火焰和喧声大于霹雳的声音；海神[1]那翻山倒海的三叉戟也会被他打得碎屑满地。等这场灾难来到了宙斯的面前，他就会明白做君王和奴隶之间的差异。

歌队队长　你对宙斯如此的咒骂，这不过是你心之所愿罢了。

普罗米修斯　我说的既是事实，也是我的心愿。

歌队队长　怎么？我们能把希望寄托在一位神身上，让他来控制宙斯吗？

① 海神波塞冬是宙斯的哥哥，宙斯如果真的和那个怪物作战的话，海神自然会出来帮忙，海神和宙斯都会失败，所以普罗米修斯这样说。

普罗米修斯　那些负担在他脖颈上的痛苦将比这些更难受。

歌队队长　对于你所说的话，你无所畏惧吗？

普罗米修斯　我命中注定是死不了的，有什么好怕的呢？

歌队队长　可是他将施与你更大的苦难。

普罗米修斯　随他去吧，一切的事我都心中有数。

歌队队长　那些及时向惩戒之神求饶的人才是聪明的！

普罗米修斯　那么，在你的主子面前，你就永远奉上你的敬意、祈祷，讨好他吧！宙斯在我的眼里没有一点位置！他打算怎样就怎样吧，让他好好享受这短暂的统治吧，因为他统治天庭的日子不久了。

我看见了宙斯身旁的哈巴狗，新王的小厮，他一定是来宣布什么新的命令。

【赫尔墨斯自空中降。

赫尔墨斯　你这个奸诈狡猾、怨气缠身的家伙，我说的就是你——你开罪于众神，让生命短促的人类获得了他们的特权，你是个偷火的小偷；父亲叫你坦白说出那段会夺走他权力的婚姻；告诉你，不要搪塞推托，要一字不漏地讲出来；普罗米修斯，不要使我再跑一趟；你知道，模糊不清的话浇熄不了宙斯的愤怒。

普罗米修斯　你的话说得多么动人心弦、多么傲慢，真不愧是众神的小厮。你们年纪尚轻，握权不久，难道就认为你们可以在那安乐的卫城上永久居住吗？难道我的瞳孔里没有残留那两个君王从那里被推翻的画面吗？我还会看见当今的主子，成为第三个体面无存的被推翻的君王。你以为我会像这些新得势的神胆小示弱，会向他们点头哈腰？我才不怕呢，绝对不怕。快顺着原路滚回去吧，因为你什么也问不出来。

赫尔墨斯　你先前也是因为这样的执迷不悟，才驶入了这苦难的港口。

普罗米修斯　你要相信，我是不愿拿我这悲惨的命运来与你的贱役交换。

赫尔墨斯　我认为比起做父亲宙斯的亲信使者，伺候这块石头这份差事倒是更适合你。

普罗米修斯　傲慢的使者自然可以说傲慢的话。

赫尔墨斯　你好像还很扬扬得意身处这样的境地。

普罗米修斯　我得意吗？愿我看我的仇敌这样得意，你也包括在内。

赫尔墨斯　怎么？你要怪我害你受苦吗？

普罗米修斯　一句话告诉你，凡是曾受了我恩惠、不懂知恩图报、陷害我的神，我都憎恨。

赫尔墨斯　听你说的这话，就知道你疯病不轻。

普罗米修斯　如果这疯病也包括憎恨仇敌，我倒是疯了。

赫尔墨斯　你要是逢时掌权，别人还忍受得了！

普罗米修斯　唉！

赫尔墨斯　宙斯从不认识这个“唉”字。

普罗米修斯　但是漫长的时间会教他认识。

赫尔墨斯　但是它没有教会你克己自重。

普罗米修斯　它没有教会我；否则，我根本就不会搭理你这样的小厮。

赫尔墨斯　父亲所问的事你好像拒绝回答。

普罗米修斯　我应当报答那份亏欠他的情。

赫尔墨斯　你嘲笑我像孩子一样吗？

普罗米修斯　如果你想从我这里打探些什么，你难道不是个小孩，不是比小孩更天真吗？宙斯的任何苦刑或阴谋都不能逼迫我说出关于这秘密的任何一个字，除非他让我从这充满侮辱的镣铐中解脱出来。

让他释放出火电燃烧云霄吧，让他洒出白羽似的雪片覆盖大地吧，让他放出地下的雷霆响彻天地吧，让宇宙因他那幼稚无聊的行为动荡紊乱吧；可是这一切都不能威胁我告诉他：他的王权，将会终结在谁的手里。

赫尔墨斯　你要衡量这样对你是否有益。

普罗米修斯　我早就衡量过了，并且决心已下。

赫尔墨斯　傻瓜，在眼前的苦难面前，你尽可能、尽可能放聪明一点吧。

普罗米修斯　你同我白纠缠，就似劝说那无情地拍打礁石的海浪浪子回头一般。别认为我会向宙斯的意志屈服，变成妇人女子，向着我最仇恨的敌人顶礼膜拜，求他解了我的镣铐；我绝不会那样做。

赫尔墨斯　好像白说了好多话，因为在我的请求下你的心依然强硬或坚固。你像一匹马驹刚戴上轭一样，嚼着嚼铁，桀骜不驯，和缰绳较着劲。你对你那没用的诡计太深信不疑了。一个傻子只靠着固执是成不了事的。

如果我的话你没有听进耳朵里去，你要注意，什么样的风暴和灾难的惊涛骇浪将会降临到你的身上，逃之不掉：父亲将射出霹雳的雷电劈开这峥嵘的峡谷，把你的身体埋葬，你的身体将会被岩石修长僵硬的臂膀拥抱围绕。等你不知经历多少个春夏秋冬的时候，你才能回到阳光的怀抱；到时候，宙斯身边长着翅膀的狗、凶猛的鹰，会贪婪地啃食你的身体，把你的肉撕裂成一片一片的，它是个不速之客，一天都在吃，会把你的肝啃食得血肉模糊。

不要期待这痛苦结束的限期，除非有一位神来代替你，自愿进入那幽深黑暗的冥土和漆黑的塔耳塔洛斯深坑接受苦难的折磨。

所以，你还是思量思量吧；这不是充满虚伪假话的夸口之谈，而是真实的话。因为宙斯是言出必行，口无虚言的，从他嘴里说出的话都是会实现的。你认真思考，好生想想吧，不要以为顽固强于谨慎。

歌队队长　依我们之见，赫尔墨斯这番话并不是没有道理；他劝你采取明哲保身的谨慎来代替顽固。你采纳吧，愚蠢的错误发生在聪明的神身上，是一件可耻的事情。

普罗米修斯　这家伙所说的消息我早已知晓。遭受仇敌之间的迫害算不得羞耻。让电火张扬跋扈地卷曲着劈到我身上吧，让雷霆暴风的骚动慌乱袭卷天空吧；让疯狂的飓风吹得大地根基左右摇摆，吹得海上的浪涛猛冲云霄，打乱天上星辰既定的轨道吧，让宙斯用严厉的命定的旋风卷起我的身体，把我扔进那幽深晦暗的塔耳塔洛斯吧。总之，他弄不死我。

赫尔墨斯　只有疯子才会说出这样的语言和意志。他这样的祈祷不就是精神错乱吗？怎样才能减轻这疯病呢？

你们这些心怀慈悲、同情他苦难的女子啊，赶紧离开这儿吧，免得那无情的霹雳射向你们，震得你们神志不清。

歌队队长　请你别说这样的话，劝我做你力所能及的事吧；你脱口而出的这句话，使我难以忍受！为什么指示我做卑鄙无耻的事呢？我心甘情愿与他一起忍受任何注定的苦难；我学会了憎恨叛徒，再也没有什么比卖友求荣的恶行更让我恶心厌恶了。

赫尔墨斯　可是你们把我的警告牢记于心吧；当你们深陷灾难编织的天罗地网的时候，不要抱怨你们的命运，不要责怪宙斯使你们落入先不知情的苦难。不，你们应当抱怨自己。因为你们早就知道了，你们不是后知后觉，而是由于你们的愚蠢，才会纠缠在这灾难解不开的罗网里。

【赫尔墨斯自空中退出。

普罗米修斯　看呀，话已变成真的了：大地在颤抖，雷声在地底下咆哮，闪电火焰的卷须在闪烁，旋风携卷起尘土飞扬，四处的狂风在奔腾呼啸，彼此对抗，互相斗殴；海天已混为一体了！这风暴是宙斯吹来对我赤裸裸的威胁。我的神圣英明的母亲啊，揭开那天空中阳光普照的幕帘啊，你们看见我遭受什么样的迫害啊！

【普罗米修斯在雷电中消失。

【歌队也跟着消失了。

主编序言

索福克勒斯是古希腊三大悲剧大师中生活最完美的一位。他于公元前495年出生在雅典近郊的克罗诺斯，他的父亲是一位有钱人，所以他接受了当时所能得到的最好的教育，他特别擅长于音乐。27岁的时候他开始了剧作家的工作，同年在悲剧竞赛中战胜了著名的埃斯库罗斯，并从那时起直到公元前405年逝世，一直在悲剧作家中保持着最高的地位。和一个真正的希腊人一样，他也积极参与公共事务，不管是在和平还是战争时期，他做过外交官，也做过将军。他的品格和才能都受到了当时人们的极大敬仰。他在死后被人们尊敬为英雄。他的儿子伊凡和孙子小索福克勒斯都是享有盛名的悲剧诗人。

除了抒情诗、挽诗、警句之外，索福克勒斯写过120多部作品，其中知道名字的有100部，但是保存完整的只有7部。《特拉基斯少女》，写的是赫拉克勒斯之死。此外六部为《埃阿斯》《菲洛克忒忒斯》《厄勒克拉特》《俄狄浦斯王》《俄狄浦斯在克洛诺斯》以及《安提戈涅》。

埃斯库罗斯开始的悲剧事业由索福克勒斯延续了下去，他将剧中演员增加到三个，之后到四个，合唱队的重要性也大大地降低，演员的服装也更加复杂。与埃斯库罗斯不同，他不写用三个剧本讲述一个故事的三部曲，他的每一部作品都是完整的。索福克勒斯使用的语言准确形象，是他的戏剧的显著特点之一。埃斯库罗斯剧本中的人物，更像是在图纸上描画，在人物之间的比较中表现性格；同时代的悲剧大师欧里庇得斯的剧中人物，更多的直接来源于真实生活；而索福克勒斯的戏剧人物是理想化的。他是希腊艺术家独特的完美性在文学领域的最好代表，因为他的节制、平衡，他的语言准确，风格优美。这里选取的两部剧本都能很好地展现这些特点。

查尔斯·艾略特

俄狄浦斯王

Œdipus The King

［古希腊］索福克勒斯

人物（以人物的上场先后为序）

祭司	宙斯的祭司。
一群求援者	特拜人。
俄狄浦斯	拉伊娥斯的儿子，伊娥卡斯忒的儿子与丈夫，特拜城的王，科任托斯城国王波吕玻斯的养子。
数位侍从	俄狄浦斯的侍者。
克瑞翁	伊娥卡斯忒的兄弟。
歌队	由十五位特拜长老组成。
忒瑞西阿斯	特拜城的先知。
童子	忒瑞西阿斯的带路者。
伊娥卡斯忒	俄狄浦斯的母亲与妻子。
侍女	伊娥卡斯忒的侍女。
报信者	波吕玻斯的放牧人。
数位奴仆	俄狄浦斯的仆人。
牧者	拉伊娥斯的放牧人。
传报者	特拜人。

布景

特拜王宫前院。

时代

英雄时代。

故事背景

特拜城国王拉伊娥斯没有儿子，心里很是着急，便到德尔斐神庙去问阿波罗到底自己会不会绝嗣。阿波罗答应赐给他一个儿子，但同时预言这个儿子将会杀死他。回去之后，他果然和妻子伊娥卡斯忒生了一个儿子。此时，国王拉伊娥斯想起了阿波罗的预言，在孩子出生三天的时候他便给孩子的双脚钉上钉子交给放牧人放到喀泰戎山上——这样即使孩子没有死，被别人捡到了也不至于收养这个孩子。国王拉伊娥斯亲手把孩子交给他的放牧人，吩咐把孩子弄死。但是，放牧人怜悯孩子，没有弄死，而是把孩子送给了一同放牧的科任托斯放牧人，这个放牧人把孩子带到科任托斯。科任托斯国王波吕玻斯和王后墨洛珀因为没有儿子，便把这个孩子当作自己的儿子抚养。同时给他起了名字叫俄狄浦斯（脚后跟大的），科任托斯人都称他为太子。

有一天，在宴会上有位客人喝醉了酒，说出俄狄浦斯并不是国王的亲生儿子的实情。国王和王后痛斥那个醉汉，并安慰俄狄浦斯。可是俄狄浦斯觉得处处都有人在议论这件事情，便到德尔斐向阿波罗求问。阿波罗并没有告诉他关于亲生父母的实情，只是说他会杀死父亲，娶自己的母亲为妻。他离开阿波罗神庙之后决定不再回科任托斯，而是向着东方走去。这个时候特拜城国王拉伊娥斯正从特拜城去往德尔斐，去问他从前抛弃的孩子到底还在不在人间。他只带了四个侍从，五个人走到了福喀斯境内的三岔路口遇见了俄狄浦斯，因让路发生了冲突，俄狄浦斯竟把拉伊娥斯和三个侍从打死了，剩下一个侍从逃回了特拜城，这个侍从撒谎说是一群强盗杀死了他们中的四个人。这个生还的人就是国王拉伊娥斯打发去抛婴儿的仆人。

特拜人曾经追查过这件凶杀案，但没有查出结果。国王拉伊娥斯死后不久，他们又遭遇了新的灾祸，赫拉为了向自己的情敌赛墨勒（酒神狄俄尼索斯的母亲）报复，派了一个狮身人面的妖怪来为害特拜城。这个妖怪坐在城外的山上，向过路人背诵一个谜语（问什么动物有时候四只脚、有时候两只脚、有时候三只脚，脚越多越软弱），凡是回答不出来的都要被他吃掉。正在特拜人失望之极的时候，流浪的俄狄浦斯出现了，他一下子就道破了这个谜语，他说这个动物就是人，人生下来的时候是四只脚，年老以后加上一根拐杖就是三只脚。那妖怪听后便跳崖自杀了。感恩的特拜人民便立俄狄浦斯为王，他娶了前任国王拉伊娥斯的妻子伊娥卡斯忒。

俄狄浦斯登位的时候那个仆人恰好在城里，他跑来跪求伊娥卡斯忒，求她把自己派往远方的牧场重操旧业。伊娥卡斯忒满足了一个忠心老仆人的要求。大概过了十六七年，伊娥卡斯忒和俄狄浦斯共生了二男二女。这时，特拜城发生了大的瘟疫。本剧就是从这个大瘟疫开始的。

一　开场

【祭司带领一群求援者从观众右方上场。

【俄狄浦斯带领众位侍从由宫中上。

俄狄浦斯　孩子们，先祖卡德摩斯[1]的子孙们，城中硝烟弥漫，四处都回荡着求生的哀号与痛苦的嘶鸣，你们因何手持缠羊毛的枝条[2]跪坐在我面前？孩子们，我不该听取他人的通报，我，众所周知的俄狄浦斯，亲临现场了。

（向祭司）老者，你一一道来吧，你德高望重，最适合站出来为他们诉苦。你们有什么心事，为何跪坐于此？你们在担忧什么，有什么难解之事呢？我乐意倾尽全能援助你们，我若不同情你们这些求援者，就显得太无情了。

---

① 卡德摩斯是腓尼基国王阿格诺耳的儿子。宙斯把他的姐姐欧罗巴变成一头牛拐走以后，他父亲便叫卡德摩斯去寻找。卡德摩斯寻遍了整个世界都没有找到姐姐，便去问阿波罗，阿波罗告诉他去追一头母牛，在牛累死的地方建立一座城。后来他便建立了卡德摩崖堡，即后来的特拜城的卫城。

② 古希腊的求援者都举着橄榄枝，乞求如果不成功，就把橄榄枝放在祭坛上；如果成功，便把树枝带走。

祭司　啊，俄狄浦斯，我国的君主，请细看这些跪坐在你面前的人的年龄：有的还很幼小；有的身为祭司，如同位居祭司的我，已经年事甚高；还有的是年轻力壮之人。剩余的人都手持缠羊毛的枝条跪坐在市场里，或帕拉斯[①]的神庙前，或者伊斯墨诺斯庙上神托所的祭坛旁。因了这城邦，就如你所见，正翻滚在血红的巨浪里，见不到光明；田间的麦穗蔫了，牧场的牛因牛瘟死了，妇女也流产了；那最可憎的火神来到此处，令卡德摩斯的家园成为废墟一片，狼藉满布，那幽深的冥土里到处回荡着哀叹与哭号。

我同这些孩子并不是当你是天神，才跪坐在这祭坛前求助于你的，而是把你奉为了天灾人祸的救世主；你昔日莅临卡德摩斯的境内，将我们本该敬献给那凶残的歌女[②]的捐税赦免了；在此之前我们并没有在你面前哭诉过这事，你也没有征问过任何一个人；大家都一致认定，你就是天神派来解救我们的。

而今，俄狄浦斯，万能的君主，不管是凭借天神的指示，还是凭借世人的力量，我们所有求援者乞求你，为我们寻得一线生机。就我个人而言，只要经验丰富的人，他们的意见都是最为正确的。

啊，尊贵的人，请拯救我们的城池吧！让你继续名扬四海吧！就因你先前的侠肝义胆，此地的百姓都视你为救世主；不要以后在我们回忆你的统治时，为我们留下这样一种印象：你起初解救了我们，而后却又让我们再次身陷囹圄。请快快拯救这座城市，让百姓安居乐业吧！

凭借你的好运，你昔日造福于我们，而今也请你继续这样做

① 帕拉斯是雅典娜的另一个名字，雅典娜是宙斯的女儿。

② 此处歌女指的是狮身人面的妖怪。这种妖怪在埃及人的想象中是没有翅膀的，但是在希腊经悲剧作家描写之后加上了翅膀。这妖怪在埃及为男性，在希腊为女性。他曾经吃掉了许多特拜人，这就相当于向他们征收命税。

吧。如果你还希望继续为王统率此地，那就先治理好百姓吧，总好过你将来统治一座空城；一个城堡或是一艘船，只要空无人烟，都失去了应有的价值。

俄狄浦斯　悲惨的孩子们，我了解你们此行的目的，我也清楚百姓的疾苦：但你们虽苦，若与我的苦相比，却只是沧海一粟。你们只需为自己哀怜，不必考虑他人；而我的苦痛是既要考虑城池、自己，还要顾及你们。

我并非因你们的喧嚣而失眠，你们可知我多么的伤心，反复地思量好点子。经我细细琢磨，最终想到一条挽救众生的妙计，也是唯一的一条，而且我也已经在实施了。我早已派遣克瑞翁，墨诺叩斯的儿子，我的内兄，前往福玻斯的皮托庙去征询意见[①]：应该如何才能解救这城邦于水火中。我算了算日子，非常忧虑，也不知他做什么去了，耽误如此之久，早已超过了预算日期。待他回来，我若不依据天神的指示办事，我就是丧失道义之人。

祭司　你说的真是时候，他们的手令暗示我们，克瑞翁回来了。

俄狄浦斯　阿波罗王啊，希望他的神情是暗示有获救的喜讯。

祭司　我猜测他一定带回了喜讯；否则，他不会头戴一顶果实累累的桂冠。

俄狄浦斯　我们很快就知道了；他已经听见我们所说的话了。

【克瑞翁从观众左方上场。

亲王，墨诺叩斯的儿子，我的亲人，神为你做出了什么指示呢？

克瑞翁　喜讯！跟你说吧：所有苦难之事，只要走向正途，都会朝好的方向发展。

俄狄浦斯　神的指示到底是什么呢？你说得不明不白的，既不能使我安心，也没能令我惊恐。

---

① 墨诺叩斯是彭透斯的孙子。福玻斯是阿波罗的别名，皮托是德尔斐的旧名，德尔斐在福喀斯境内。

克瑞翁　你若乐意当着他们的面说，我立刻就说；否则就回宫再告诉你。

俄狄浦斯　你就说吧！我不只担心自己，更为百姓忧虑。

克瑞翁　那我就把神的指示告诉大家：福玻斯王意在让我们清除隐藏的祸根，不要残留一丝一毫，成为我们获救的阻碍。

俄狄浦斯　该如何清除？又是什么样的祸根呢？

克瑞翁　你需得下驱逐令，或是杀一个人抵债；就是之前的一次流血事件，将城邦陷于苦难中。

俄狄浦斯　阿波罗指的是什么人的事？

克瑞翁　君主啊，就是这城邦昔日的君王，拉伊娥斯。

俄狄浦斯　我知道，听人提起过；但我没见过他。

克瑞翁　他被人杀害了，无论凶手是谁，神指示我们要对他们严惩不贷。

俄狄浦斯　但他们在什么地方？这陈年旧账的线索该往何处寻找呢？

克瑞翁　神示表明那人就在此地；若是用心寻找便能捕获，但稍不留神他便会逃脱掉。

俄狄浦斯　拉伊娥斯是在宫里、乡野，还是别国死的呢？

克瑞翁　神示说是在出国去拜神求指示时，便一去不复返。

俄狄浦斯　难道没有传话者？没有同行者亲见此事吗？若是有，我们便可以询问他，从他话中获取线索。

克瑞翁　都死了，只余一个受惊过度的人逃回来了，但也只能肯定一件事。

俄狄浦斯　何事？只要存有一丝希望，我们便有机会获取更多的线索。

克瑞翁　他说他们遇上了一伙强盗，然后被杀害了。

俄狄浦斯　若不是被人收买了，那些强盗怎会如此猖狂？

克瑞翁　我也认为是这样；但当拉伊娥斯被杀后，却没人出来查明真相报仇。

俄狄浦斯　在那之后，什么灾祸阻挠了你们调查此事呢？

克瑞翁　那猜谜的妖怪令我们不得不放下那毫无头绪的案子，先考虑当下的灾难。

俄狄浦斯　我要重新审理此案。福玻斯和你都尽力关心这死者；我会让你看到，我也会竭尽全力与你们一同为这城邦、为那神灵报仇。不仅是为了一个并不陌生的朋友，也是替我自己清除祸害；因为，不管杀害他的是何人，定会用同种方式来对待我。因此我助人也是在助己。

孩子们，快从台阶上起来将这些求助的枝条带走；快令人召集所有的卡德摩斯的百姓到这里来，我要彻查此事；凭借神明的指示，我们定会成功——但不排除会失败。

【俄狄浦斯带领众位侍者进宫，克瑞翁从观众右方下。

祭司　孩子们，快起来吧！国王已答应了我们所求之事。福玻斯带来了神的指示，希望他能做我们的救世主，为我们消灾解难。

【众求援者捧着枝条随祭司从观众右方下。

二　进场歌

【歌队从观众右方上场。

歌队　（第一曲首节）宙斯的祥和的神示啊，你从那满布黄金的皮托，带来了怎样的消息到这光耀的特拜城？我很担心、很害怕，啊，得罗斯[1]的医神啊，我很敬重你，你要我如何赎罪呢？是用新的方式，还是沿袭传承的仪式？充满希望之光的女儿，请用你圣洁的嗓音告诉我！

（第一曲次节）我先呼唤你，宙斯的女儿，圣洁的雅典娜，然后呼唤你的姊妹阿耳忒弥斯[2]——那个高高坐于此地圆形市场里的荣耀宝座上的守护神，我还要呼唤那远在天边的福玻斯：你们三位救命神，请快快显灵；曾经你们将这座城池于危难中解救出来，将瘟疫之火吹离此境，而今也快快显灵吧！

（第二曲首节）啊呀，我受尽无数的折磨，全城的人都被病魔缠身，

---

① 得罗斯是爱琴海上的小岛，是阿波罗的生长地。此处神医指的是阿波罗。

② 雅典娜是从宙斯头上生出来的，她是雅典城的守护神。阿耳忒弥斯是宙斯和勒托的女儿，同阿波罗是孪生姐弟。

找寻不到一件免灾之物来庇佑我们。这曾经遐迩闻名的土地，而今寸草不生、只果不结，也没有新生命的降临；我们只能眼睁睁地看着一条条生命，如飞鸟烈火般滑向那西方之神的岸边。

（第二曲次节）这无休止的死亡将我们的城池毁灭了，年轻力壮的男子病躺在地、任由瘟疫四散，无人悲悼，无人同情；在各处祭坛的台阶上充斥着死者的母亲和妻子的哀号，祈祷神灵免除这悲苦的祸患。伴随着凄惨哭声的求生悲歌如此的嘹亮；为了消除此次灾祸，宙斯的金色女儿啊，祈求你赐予我们最好的援助。

（第三曲首节）凶残的阿瑞斯[①]在没有持黄铜盾牌的情况下，便将愤怒的火焰烧向了我；祈求他能退居他国，让和煦之风将他吹向安菲特里忒的海上，抑或那厌客的特剌刻港口；黑夜未能完成，就让白天继续代劳。我们的父亲宙斯啊，电闪雷鸣的执掌者啊，请利用雷电劈死他。

【俄狄浦斯带领众位侍者从宫里上。

（第三曲次节）吕刻俄斯王[②]啊，希望你能自金弦射出那不败之箭助我们铲除敌人！希望阿耳忒弥斯将她的火炬点燃以照亮整座吕喀亚山。同时，我还要呼唤那金带束头的神灵，那是狂女的伴侣[③]，与这城邦同名，希望他能将枞脂火炬点亮与我们为盟，共御天神们藐视的战神。

三　第一场

俄狄浦斯　你是如此祈祷；只要你能听命于我，就可以获救，脱离苦海。对于此噩讯与祸患我不清楚，我也只能说：若没有丝毫线索，凭我一人之力是完不成任务的。我是在案发后成为特拜公民的。我将宣告全体公民：你们若有人清楚杀死拉布达科斯之子拉伊娥斯的凶手，请速速上报；即使顶着反被凶手告的风险，

① 阿瑞斯是宙斯和赫拉的儿子，他在这里不仅是战神，而且是万物的毁灭者。

② 吕刻俄斯王是阿波罗的别号之一。

③ 酒神狄俄尼索斯又叫巴克科斯，特拜城也叫巴克科亚；又特拜的卫城叫卡德墨亚，酒神也叫卡德墨亚的神，所以这里说酒神和特拜城同名。狂女是酒神的女信徒。

也应上报；这样他不仅不会遭受严惩，还能安然地逃离国土。
若有人知道那凶手是他国人，也不必隐瞒，我定会封赏他、重谢他。
但你们若有隐瞒——假如有人顾及友情或自身利益而违令知情不报，就先听听我将如何惩治：在我为王的境内，我会禁止所有人收留那罪犯——不管他是什么人——也不允许有人与他交流，更不允许有人与他祈天祭祀，或为他举办净罪礼；每个人都需遵照皮托的指示，认清那个祸源，将其逐出家门。我乐意援助天神与死者严格遵照此惩令行事。
我对天起誓，不管那位被发现的凶手是独自一人，还是与人共谋，必将一生不幸。我承诺，如若他是我自家人，我也甘愿承受这加诸于他人身上的诅咒。
为了自己，为了神灵，也为了这众神所遗弃的荒废之地，我将下达此指令与你们去执行。
即使没有神灵的逼迫，你们那尊贵的君主遇害了，你们也应尽全力消除此祸患；你们必当追根究底。而今他的权力由我执掌；并与他的妻子结了婚生了子，若是他留有子嗣，凭那些同母之子也能使我们成为一家人；但不幸降临于他；为了阿格诺耳的玄孙，老卡德摩斯的曾孙，波吕多洛斯的孙子，拉布达科斯的儿子，我定会像对待自己亲生父亲那样替他报仇，并竭尽全力将凶手缉拿归案。
对于那些违令者，我会起誓上天令他们土地只果不结，妇女无法孕育；令他们在当前的灾祸中命丧黄泉，或遭遇更悲惨的命运。
对于你们这些拥戴我指令的特拜人，祈求正义之神和其他的神灵如慈母般庇佑你们。

歌队队长　君主啊，你既下了如此的咒，我也如实告诉你吧：我未曾谋害过国王，也不知道凶手是什么人。既然福玻斯将此事提出来，他定清楚凶手是何人。

俄狄浦斯　的确如你所说；但神灵不想做的事，没人能勉强。

歌队队长　我还有第二条妙计。

俄狄浦斯　若还有第三条，也一并提出来。

歌队队长　我明白，君主啊，我们可以询问与福玻斯王有同样预知能力的忒瑞西阿斯，将此事弄清楚。

俄狄浦斯　这个我早已想到了。自克瑞翁讲明后，我已请了他两次；但令我不解的是他为何迟迟不出现。

歌队队长　这些都是些陈年旧词了，毫无价值。

俄狄浦斯　怎能这么说呢？我需将每个细节弄清楚。

歌队队长　若那凶手是怯弱鼠辈，听到你如此的咒言，也没胆留在此地了。

俄狄浦斯　他既然敢这样做，那么必然不会畏惧这言语的威胁。

歌队队长　但有个人定能将他揪出来。已有人去把那神圣的预知者请过来了，也只有他才知道实情。

【童子领着忒瑞西阿斯从观众右方上。

俄狄浦斯　啊，忒瑞西阿斯，无所不知无所不能的预知者，天地万物你都能明察秋毫，你虽未见，但你定觉出我们城邦所遭遇的灾难——瘟疫；主上啊，我们一直认为你是唯一能帮助我们的救世主。你肯定从传信人那里听到福玻斯对我们的答复，唯有找出谋害拉伊娥斯的凶手将其处死或流放，才能结束我们的祸患。而今请求你使用你的鸟声或预言术，替我们找出凶手，清除祸患，将你我甚至全城百姓从危难中解救出来吧！我们只能依靠你了。一个人的伟大之处在于尽自己所能救助他人。

忒瑞西阿斯　哎呀，睿智派不上用场时，这反而会害了自己呀！这道理我懂，但我竟一时糊涂忘记了，来到了这里。

俄狄浦斯　为何你来到这里就如此的后悔？

忒瑞西阿斯　请允许我回去吧；我相信你我都能应付过去的。

俄狄浦斯　你话中有话；你的语气有问题，这是对哺育你的城池的不敬。

忒瑞西阿斯　只因你说话的时机不对，因此我不愿说，否则会为你的灾难承担责任。

俄狄浦斯　你若知道内幕，请看在天神的面子，别离开，我们集体向你下跪求你告知我们。

忒瑞西阿斯　你们不明白。我苦于不告知你，也是为你着想——以免你痛苦。

俄狄浦斯　你在说什么？你明知此事却不告知我们，难道是故意想让我们的城邦陷于危难之中吗？

忒瑞西阿斯　我不想自己烦恼，更不想让你痛苦。为何还要苦苦相逼呢？我不会将这个秘密告知于你的。

俄狄浦斯　坏家伙，你的脾气像石头一样倔！你真不告知我们吗？你如此的铁石心肠，如此的顽固吗？

忒瑞西阿斯　你只知责备我脾气倔，挑我的毛病，却不清楚你自己的。

俄狄浦斯　不管任何人，听了你的那些不敬的话语会不生气吗？

忒瑞西阿斯　即使我保守秘密，事情也终会真相大白的。

俄狄浦斯　既会真相大白，那你何不告诉我？

忒瑞西阿斯　我绝对不会继续说下去的；你要生气就生气吧。

俄狄浦斯　你说得对，我非常生气，我现在要告诉你我的想法：我觉得你就是这事件的罪魁祸首，即使你未动手，人也是被你害死的。若你眼睛未瞎，我敢肯定是你一人所为。

忒瑞西阿斯　你真要知道吗？那你就必须遵守你自己的诺言，从此不能与这里的任何一个人说话，因为你就是那罪魁祸首。

俄狄浦斯　你口出狂言，竟然胡乱污蔑人。你会遭受惩罚的。

忒瑞西阿斯　我会逃过惩处的；事实的力量是很强大的。

俄狄浦斯　你说的什么？再说一次，我会更加清楚的。

忒瑞西阿斯　是你真不懂，还是有意逼迫我继续说？

俄狄浦斯　我不是很明白；你再讲明白些吧。

忒瑞西阿斯　我的意思是那罪人就是你。

俄狄浦斯　你多次冤枉我，会遭惩处的。

忒瑞西阿斯　还要我继续说出那让你更加恼怒的事吗？

俄狄浦斯　不管你如何说，都只是浪费唇舌。

忒瑞西阿斯　我想说的是，你在迷迷糊糊中与自己的血亲之人联结在一起，但你却未曾发现自己的灾祸。

俄狄浦斯　你认为你说出如此的话，不会遭到处罚吗？

忒瑞西阿斯　对，因为事实强于一切。

俄狄浦斯　对于别人而言很强，但对你而言无用；因为你既瞎又聋又无知。

忒瑞西阿斯　你这只会辱骂人的可怜虫，最后所有人都会这样看你的。

俄狄浦斯　你的一生都被黑暗所笼罩，你无法伤害我，也无法伤害任何一个光明正大之人。

忒瑞西阿斯　命运决定的，我没有能力令你名声大败；但阿波罗有这个能力完成此事。

俄狄浦斯　这是你和克瑞翁两人谁的阴谋？

忒瑞西阿斯　克瑞翁不会害你，你是自己害了自己。

俄狄浦斯　（自言自语）啊，财富、权力，那超越人世间竞争中所有能力的能力，如此的遭人嫉恨：为了那令人艳羡的王权，我最信任的朋友克瑞翁，竟买通了那见钱眼开诡谲狡诈的术士兼无恶不作的叫花子，将我出卖了。

（向忒瑞西阿斯）喂，回答我，你如何证明你是那无所不知的预知者？为何当那诵谜的妖怪在此处为害百姓时，你不站出来拯救百姓？他的谜语不是任何人都猜得出的，而你的法术却可以，但你并没有利用你的法术来为大家解除这个祸患。却只等到我这个胸无点墨，又不会任何法术的俄狄浦斯，只凭借一点聪明点破那谜底，解救了百姓。你想要协助克瑞翁争权夺位。你想与那主谋一同消除我这个所谓的祸患，我看恐怕要令你失望了。若不是见你年事已高，我一定命人重重处罚你，让你明白狂妄的后果。

歌队队长　俄狄浦斯啊，他说这些想必也是一时之气。我们不必放在心上；我们当下应商量如何遵照阿波罗的指令行事。

忒瑞西阿斯　虽然你贵为国王，但我们应享有同等的发言权。我是罗克西阿斯的奴仆，却不是你的；也不需要克瑞翁的保护。你辱骂我眼瞎，但我要让你知道，你即使双目明亮也看不到自己所要面临的祸患，所居住的地方，及自己与什么人住在一起。你清楚你是从何而来的吗？你不清楚，你便是你那些已死去的与尚在人世的亲人的仇人；你父母的毒誓会一直缠绕着你，令你备受打击，直至将你驱逐出境；即使你现在双目明亮，但到那时，你只会觉得眼前一片黑暗。在顺利地起航后，你会发觉你的婚姻却将你的家庭陷入了万丈深渊——到那时，任何一处都会充斥着你的哀号声。喀泰戎山任何一处都将留下你的回音；更让你意想不到的灾祸是，你会发现你和你自己的身份平等，与自己的儿女同辈。

你就尽情地训斥克瑞翁，训斥我胡说吧。总之，人世间已没有比你更凄惨的人了。

俄狄浦斯　听了他这些话，谁还能忍？（向忒瑞西阿斯）该死的家伙，还不赶快远离我的视线，滚开我的家？

忒瑞西阿斯　若不是你命我来，我绝不会来的。

俄狄浦斯　我没想到你会说这些胡话；否则，我定不会派人请你来。

忒瑞西阿斯　对你而言，我很愚昧；但对你父母而言，我却很明智。

俄狄浦斯　你说什么父母？请等一下！你说我父亲是谁？

忒瑞西阿斯　很快你的身世就会被揭发，而你也将臭名昭著。

俄狄浦斯　你总是打哑谜，说话不清不楚的。

忒瑞西阿斯　你不是最擅长猜谜吗？

俄狄浦斯　你就尽管用此事嘲讽我吧，你会发现我的伟大的。

忒瑞西阿斯　却正是因了这好运而将你陷于灾祸之中的。

俄狄浦斯　只要可以解救城池，其他一切都无所谓。

忒瑞西阿斯　我要走了，孩子，请带我走吧。

俄狄浦斯　行，我会命他带你离开；你留在这里只会碍事惹人厌！你离开还免去了我的苦恼。

忒瑞西阿斯　但我须得把话说完才离开，我不畏惧你生气；你不可以伤害我。我要告知你：你刚刚大声宣告下令要抓捕的杀人凶手就在眼前；从外表看，他是一个侨民，但细看就会发觉他是地地道道的特拜人，而他再也无法交上好运了。他将从明眼人变为瞎眼人，由富人变为穷人，并流落他国，靠着拐杖慢慢前行。他会变成他亲生儿女的父亲与兄长，他生母的儿子与丈夫，杀害他亲生父亲的凶手以及同播种的人。

我的这些话你先进去细细想想；若认为我有半句谎言，再来宣告我没有预知的能力。

【童子领着预知者从观众右边下场，俄狄浦斯带领众侍者入宫。

四　第一合唱歌

歌队　（第一曲首节）那发出神示的德尔斐石穴所道出的那罪恶的凶手是什么人？而今他定是准备逃跑了，因为宙斯之子已将霹雳之火指向了他，那快如闪电的恐怖的复仇神也正朝向他。

（第一曲次节）从帕耳那索斯雪山响起了那嘹亮的神的指令，吩咐我们四下搜捕那躲藏着的凶手。他正如凶猛的公牛般悲惨地前行，独自飘荡于荒山石坡上，只为躲避那大地中央[①]发出的指令，但神示是一直灵验的，永远都会在他身边盘绕。

（第二曲首节）那向来明智的预知者却让我非常头痛，我不赞成也不能承认他所说的；我该说什么好呢！对于现今和将来所面临的种种我非常的忧虑。从古至今，我都未曾听闻到有关拉布达科斯家族与波吕玻斯儿子之间的罅隙，以此来辱没俄狄浦斯的声名，并依据毫无线索的事件向拉布达科斯家族复仇。

（第二曲次节）只有宙斯和阿波罗的智慧才能预知世间万物；凡人中也有高智慧的人，我也承认预知者比我明智很多，但终究没有充足的证据。在他所说的话未得到证实前，我定不赞成斥责俄狄浦斯。曾经那声名远播且长有双翼的女怪靠近他时，他利用他的聪明才智忍受住了考验拯救

---

① 相传宙斯曾经派遣两只鹰从大地边缘东西相向飞行，两只鹰在德尔斐上空相遇，此地便被希腊人认为是大地的中央。

了整个城邦，他是我们的朋友；我相信他不是那个罪人。

五　第二场

【克瑞翁从观众右边上。

克瑞翁　百姓们，听闻俄狄浦斯王讲出许多可怕的言语污蔑我，我实在无法容忍，便来到这里了。若他认为眼前的事是我指使人害他，而令我背上这恶名，我无法再活下去了。若你们大家指定我是这城邦的仇人，甚至是你和我最可亲的朋友也这么认为，那我所受的伤害便不只是一小点而是许多。

歌队队长　他的斥责只是一时之气，不是故意的。

克瑞翁　他是不是认为是我指使预知者捏造事实？

歌队队长　他是这么说过，但不知为何这么说。

克瑞翁　他是在清醒的情况下指责我的吗？

歌队队长　我不清楚；我也不知国王是怎么了。他从宫里出来了。

【俄狄浦斯带领众位侍者从宫里上。

俄狄浦斯　你这种人还来这里做什么？你怎么这样不要脸？你意图加害我篡夺王位，你还胆敢来我这里吗？喂，你就面对众神灵讲清楚吧：你当我是懦夫和白痴才如此做的吗？你狡诈地靠近我，你认为我发现不了你的阴谋，还是即使发现了也不敢对你怎样吗？你的目的不是很蠢吗？你既没有同党，也没有伙伴，凭什么篡夺王位？那是需要同盟与资金的啊！

克瑞翁　那你明白该如何处理吗？请听我公正地回答你，听清楚了你再做定夺。

俄狄浦斯　你如此狡诈，我听不懂你说的；我认为你是存心与我作对。

克瑞翁　你先听我解释。

俄狄浦斯　不要告诉我你不是恶人。

克瑞翁　如若你将固执糊涂当作美德，你真是太不明智了。

俄狄浦斯　如若你觉得杀害亲人不会遭受处罚，你更加不明智。

克瑞翁　我承认你所说的很正确。但请你告知我：我如何害了你？

俄狄浦斯　难道不是你唆使我去请那虚伪的预知者吗？

克瑞翁　现在我还是会劝你这样做。

俄狄浦斯　已事隔如此之久，自那拉伊娥斯——

克瑞翁　自他如何？我不懂你说的。

俄狄浦斯　——被人谋害以后。

克瑞翁　回想起来的确很久了！

俄狄浦斯　那时那预知者显现过他的法术吗？

克瑞翁　那时他同现在一样明智，一样备受尊敬。

俄狄浦斯　那时他有说过我吗？

克瑞翁　我没听他说过。

俄狄浦斯　你们不也没有为逝者翻案吗？

克瑞翁　怎会没追查过呢？只是一直查不出来。

俄狄浦斯　那时那位智者为何不将实情讲出来呢？

克瑞翁　不清楚；我不清楚的我不会胡乱说。

俄狄浦斯　这个你却是明白的，你应一并说出来。

克瑞翁　什么？只要我清楚的，我都说了。

俄狄浦斯　若不是与你商议过，他断然不会指定我是那杀人凶手。

克瑞翁　若他真如此说了，那你自己最清楚；就如你审问我一样，我也该审问你一下了。

俄狄浦斯　你只管问，总之你没法判定我是那恶人。

克瑞翁　难道你没与我姐姐成婚？

俄狄浦斯　这个我不会否认的。

克瑞翁　你是不是与她共享权力，一同统治整座城邦？

俄狄浦斯　我全都如她所愿。

克瑞翁　我不也同你们差距不远，位居第三吗？

俄狄浦斯　正因如此，才令你变成不忠之人。

克瑞翁　如若你依据我这样考虑，你就觉得事情不是你所想的那样。首先你考虑下：谁情愿放弃那既有权又自由自在的位置，而去争夺那忧愁满布的君主之位呢？我生来就不愿为王，只想尽心替君王办事；这也是明智之人的想法。我现在顺利从你手里获得了想要的；若是成王了，便要做许多我不愿做的事。

于我而言，那无忧无虑的权力不是比王位更加美好吗？我不会傻到放弃那无上的荣耀的。而今大家都为我祝福，热烈迎接我。有求于你的人都会来求我，从我这里获得权力。我还会放弃这个，去选择其他的吗？明智的人都不会选择背叛君王的。况且我生来就讨厌这种想法，若有人意图造反，我绝不会与他同盟的。

为了证实我所说的，你可派人到皮托那去验证，再看我告知你神的指令的真伪。若你查出我与预知者意图不轨，就以我们二人的而不是你的名义将我捉来处死。但不要仅凭那不可靠的直觉与莫须有的证据就断定我是罪人。胡乱将坏人当成好人，或将好人当成坏人都是不明智的。我觉得，一个人若将最忠实的朋友背弃了，就等同于将自己珍贵的生命背弃了。毫无疑问，此事你会想明白的。因为一个正义的人需要时间来验证，而坏人则在一天就能看出来的。

歌队队长　君主啊，他担心跌倒，他说得很对。如此着急下定夺是很不明智的啊！

俄狄浦斯　那主谋已迅速站在我面前了，我需得将计就计。如若我不采取行动，等他出击，他便会功成名就，而我则一败涂地。

克瑞翁　那你要如何处置我？难道要将我流放异地？

俄狄浦斯　不会，我不会把你流放出境，我要将你杀掉，让人明白嫉妒的后果。

克瑞翁　看来你是不愿让步，不愿相信我了？

俄狄浦斯　……

克瑞翁　你真的很糊涂。

俄狄浦斯　对于自己的事我一点也不糊涂。

克瑞翁　那对我的事你也应如此。

俄狄浦斯　但你是坏人。

克瑞翁　若你很愚昧呢？

俄狄浦斯　那我也将继续治理这个国家。

克瑞翁　若治理得不好就不可以！

俄狄浦斯　城邦啊城邦！

克瑞翁　这城邦不是你一人的，我也有份儿。

歌队队长　两位君主啊，不要再说了。我瞧见伊娥卡斯忒从宫中出来了，她来得真是时候，对于你们的争吵，由她出面定能处理好的。

【伊娥卡斯忒带领众位侍女从宫中上。

伊娥卡斯忒　可悲的人啊，你们怎会如此愚蠢地在此吵闹？此地正处于瘟疫之中，你们还有心为私事争吵，难道不愧疚吗？（向俄狄浦斯）你还不赶快进去？克瑞翁，你回去吧。不要因一点不快将小事化大。

克瑞翁　姐姐，你的丈夫要对我做可怕之事，二选一，或将我流放，或将我杀害。

俄狄浦斯　是的，夫人，他要下毒手加害于我。

克瑞翁　我若做过如你所说的事，我便不得好死。

伊娥卡斯忒　俄狄浦斯啊，首先看在他已对天起誓的分儿上，其次也看在我和这些长老的分儿上，就相信他吧！

歌队　（哀歌第一曲首节）君主啊，我祈求你全心全意地听从他们的劝告吧。

俄狄浦斯　你要我如何做？

歌队　请你尊重他，他本就不可轻视，如今发了誓，就更加伟大。

俄狄浦斯　那你清楚我该如何吗？

歌队　清楚。

俄狄浦斯　那你速速道来啊。

歌队　请不要仅凭空话就指责他，而辱没了这位起誓的友人的名声。

俄狄浦斯　你可明白，你这些请求，不是将我害死便是将我流放出境。

歌队　（第二曲首节）凭了那众神中声名最望的赫利俄斯，我发誓，我保证没有这个目的。若我存有此心，我情愿人神共愤，让我不得好死。我这可怜之人只担忧满目疮痍的土地，你们之间的纠纷只会让原有的灾祸更加沉重。（本节完）

俄狄浦斯　那就由他去吧，即使命运注定我将被当场杀死，或被流放。感化我的，不是他，而是你们可怜的言语。无论他在何处，都会遭人唾弃。

克瑞翁　你愤怒时如此的狠戾，退让时也如此的阴险；这种品性只会让你自己痛苦，真是活该。

俄狄浦斯　你还不赶快滚出我的视线？

克瑞翁　我马上就走。你不清楚我的为人，但这些长老却很明白我是一个正义之人的。

【克瑞翁从观众右边下。

歌队　（第一曲次节）夫人，为何你迟迟不将他带进宫。

伊娥卡斯忒　待我将事情弄清楚再说。

歌队　一个盲目地听信谗言，起了疑；另一个觉得受委屈不公平。

伊娥卡斯忒　这场纠纷是两人引起的吗？

歌队　是的。

伊娥卡斯忒　到底发生了什么？

歌队　行了，行了，在土地正在发难时，此事应就此停歇。

俄狄浦斯　你看你说的什么话？你是我忠诚的仆人，却反过来浇灭我的怒火。

歌队　（第二曲次节）君主啊，我反复地说：我若背叛你，我便有失心疯；只是你，在我们可爱的城池发难时，能像过去一样正确地为我们领航，让我们顺利渡过难关。（本节完）

伊娥卡斯忒　君主啊，凭了天神，请向我坦白，你为何如此愤怒？

俄狄浦斯　我现在就告知你，只因我敬你胜过所有人。原因就是克瑞翁要加害于我。

伊娥卡斯忒　继续说吧，你应说清楚为何这场纠纷须得他来承担责任。

俄狄浦斯　他诬告我是杀害拉伊娥斯的凶手。

伊娥卡斯忒　是他自己知道的，还是听信旁人的谗言？

俄狄浦斯　都不是；他买通了一个道貌岸然的预知者作为传话人；他自己却是清白的，什么也不说。

伊娥卡斯忒　你所说的事，大可放心；你听我细细道来，就会明白的，没有一个普通的人会精通预知术的。有关这个，我可以给你举一个例子来证实的。

有一回，拉伊娥斯接到了神的指令——我不能保证那是福玻斯亲口说的，只能确认那是他身边的祭司所说的——他说厄运会突袭他，令他葬送在他同我所生的儿子手中。

但现今我们听闻，拉伊娥斯是在三岔路口被一伙外邦强盗所杀；我们的儿子，在出生不到三天，拉伊娥斯就将其脚跟钉住了，并命人遗弃在荒山野岭中。

因此，阿波罗并没有使那孩子成为弑父凶手，也没使拉伊娥斯死于儿子手中——这也是他所担心的事。预知者的话也不过如此，你不用放在心上。只要是天神想做的事，他必定会让它成真，是毫不费力的。

俄狄浦斯　夫人，听了你所说的，更让我忐忑不安。

伊娥卡斯忒　是什么令你惊慌失措，讲出如此的话语？

俄狄浦斯　你貌似是说，拉伊娥斯是在三岔路口被害的。

伊娥卡斯忒　传言是如此的；现在还在盛传。

俄狄浦斯　那这悲惨的事是在什么地方发生的？

伊娥卡斯忒　那地名叫福喀斯，是通往得尔福与道利亚两条岔路的会合口。

俄狄浦斯　是在什么时候发生的？

伊娥卡斯忒　这噩讯是你快要当上国王的时候宣告全城的。

俄狄浦斯　宙斯啊，你要如何对待我啊？

伊娥卡斯忒　俄狄浦斯，你为何为此事如此的忧愁？

俄狄浦斯　你先不要问我，先向我描绘下拉伊娥斯长什么样，年龄多大。

伊娥卡斯忒　他个子很高，头上有些许白发，与你有几分相像。

俄狄浦斯　哎呀，我刚刚狠狠地咒骂了自己，但自己竟不知道。

伊娥卡斯忒　你在说什么？君主啊，我看着你就直颤抖。

俄狄浦斯　我很担心那预知者的眼未瞎。你再告知我一事，事情就更加明了了。

伊娥卡斯忒　我虽然在颤抖，但会如实回答你的问题。

俄狄浦斯　他是只携带了几个侍者，还是如其他国王那样随时跟着一大班侍卫呢？

伊娥卡斯忒　一共携带了五个人，有一个是传令官，再加上一辆供他乘坐的马车。

俄狄浦斯　哎呀，真相已经水落石出了！夫人啊，这事件是什么人告诉你的。

伊娥卡斯忒　是一个奴仆，只他一人幸免于难。

俄狄浦斯　那奴仆还在这里吗？

伊娥卡斯忒　不在了；他从那里回来，见拉伊娥斯死了，而你掌权后，便拉着我的手，央求我让他远离城区返回乡下牧羊的草地处。他是一个忠心的奴仆，应得到赏赐。

俄狄浦斯　我希望他可以回来，越快越好！

伊娥卡斯忒　这个简单；但你为何希望他回来呢？

俄狄浦斯　夫人，我担心我说太多了，就想让他回来。

伊娥卡斯忒　他会回来的；但是，君主啊，你也应告诉我你到底在忧虑什么。

俄狄浦斯　你是该了解我有多么的焦虑。遇上如此的命运，除了你我还能向谁诉说呢？

我父亲名叫波吕玻斯，是科任托斯人，我母亲名叫墨洛珀，是多里斯人。在那里我一直被百姓奉为第一，直至后来发生的一件意料之外的事——虽很怪异，却不值一提。是在某一次的宴会上，有一个人喝醉了，竟说我不是我父亲的儿子。当时我很恼怒，好不容易才忍住；次日我便去询问我的父母，他们因此对那胡言乱语的人非常气愤。我虽满足了，但事情总不如人愿，谗言四下流传，让我烦闷不已。我就背着父母，去到皮托向福玻斯询问此事，他却没回答我的问题，就让我离开了；但他却说了一个更加凄惨可怕的预言，他说我注定要玷污我母亲的床榻，还会生出一些不堪的儿女，并且亲手弑父。

听了这些话，我就逃往异地，以免见到那会令神示成真的污秽土地，从那以后我便凭借天象来测定科任托斯的土地。在流浪的途中，我便来到了你所说的国王遇害的地方。夫人，我告诉你实情吧。正如你所说，我靠近三岔路口时，便遇到了一个传令官与一个坐在马车中的人。那带路的人与那年老的人态度恶劣，执意将我赶到路边。我一怒之下打了那推我之人——驾车之人；那老者见到了，趁我过去之时，便从车内用双尖头的刺棍向我头上刺来。但他却付出了惨痛的代价，马上挨了我一棍，从车里翻滚下来；我趁此将他们全部杀死了。

若我这客人还同拉伊娥斯有什么血缘关系，那还有比我更悲惨的人吗？谁还能比我更引起人神共愤呢？没有百姓或外邦人会待见我，也没人会同我谈话，人人都会对我驱而避之。这咒言不是别人加诸在我身上的，而是我自己。我用着双手侮辱了逝者的床榻，并用这双手杀害了他。难道我不是个坏蛋吗？我不是污秽不堪吗？我须得流放出境，在流放的日子里见不到亲人，也不得回国；否则，就会侮辱我母亲的床榻，杀死我那生我养我的父亲波吕玻斯。

若有人肯定这种种的事是天神所造成的，不也说得很正确吗？你们这群受人尊敬的圣洁的神灵啊，不要让我，不要让我见到那一天！在我未看到这些悲剧发生之时，让我远离尘世吧。

歌队队长　君主啊，于我们而言，这事的确很可怕；但还没向那证人证实之前，不要绝望。

俄狄浦斯　这是我唯一的希望了，只好静待那放牧人的到来。

伊娥卡斯忒　待他到来了，你想要知道些什么呢？

俄狄浦斯　跟你说吧：若他的话与你相符，便会免除我的祸患。

伊娥卡斯忒　我这话里有什么不对劲之处吗？

俄狄浦斯　你曾告知我，那放牧人说拉伊娥斯是被一伙强盗所杀的。若他所说的还是一样的人数，那人就不是我所杀的；因为一个与许多是不同的。若他说是一个孤身一人的旅客，那这罪行便是我所为。

伊娥卡斯忒　你应相信，他确实是如此说的；他不能收回他所说的话；因为全城的百姓都听到了，不止我一人。即使他所说的与之前的不符，君主啊，也不足以证明拉伊娥斯的死与神示相符；只因罗克西阿斯说过，他注定要葬送在我儿子手里，但那可怜的婴孩在未杀害他父亲之前就先死了。从此，我便没有被神示所左右了。

俄狄浦斯　你说得很正确。但还是命人将那放牧人带来吧，不要忘了。

伊娥卡斯忒　我马上命人去。我们进去吧。只要是你想做的我都会遵从。

【俄狄浦斯带领众位侍者进宫，伊娥卡斯忒带众侍女跟着进去。

六　第二合唱歌

歌队　（第一曲首节）祈求命运让我的言行依旧保持着神圣的清白，为了限制言行，天神制定了许多至高无上的条例，他们在天上诞生，他们唯一的父亲是奥林匹斯，除了凡人，谁也不能将他们忘却，让他们沉睡；凭了这些条例天神才拥有神力，才能长久存活。

（第一曲次节）暴君是由傲慢所生；它若很富足，得来也不是机缘，毫无益处，它若爬上高墙，便会落入悲惨命运之手，终身瘫痪。祈求天神不要禁止那益于城邦的竞赛；我愿永远尊天神为守护神。

（第二曲首节）若有人不惧怕正义之神，对神像不尊，言行上高傲无礼，若他贪图蝇头小利，做出对神不敬之事，蠢笨地侮辱了圣物，祈求噩运将这持有傲慢行为的不祥之人抓住。

做出如此之事，谁能大言不惭地说他能逃过天神的箭？若这些行为是可尊崇的，那我们还用得着在此歌舞吗？

（第二曲次节）若神示不灵验，不能让大家更加明白，那么我们也没必要虔诚地朝拜那大地中央不可侵犯的神殿了，也不用朝拜奥林匹亚或阿拜的庙宇。王啊——若我们可以正大光明地这样称呼你——统领万物的宙斯啊，不要让此事逃过你的法眼，躲过你的神威。

有关拉伊娥斯古老的预言早已沉寂，未受人关注了，阿波罗在四处都不被人尊敬，对神的尊崇也衰减了。

七 第三场

【伊娥卡斯忒带领众侍女从宫里上。

伊娥卡斯忒 我国的长老们啊，我想到了你们还手捧缠羊毛的枝条和香料跪在这神庙前；只因俄狄浦斯忧心忡忡，心中忐忑不安，他有点犯迷糊了，不能凭借过去的事来推断眼前的事；只要别人说出可怕的话语，便会左右他的言行。

既然我无法劝说他，便只能带着这些象征祈愿的礼物来请求你，吕刻俄斯阿波罗啊——因你最靠近我——请为我们提供一个免除祸患的方法。我们见到他像乘客见了船上的舵工那样惊慌失措，都非常的害怕。

【报信者从观众左边上场。

报信者 啊，客人们，我可以打听一下俄狄浦斯王的宫殿在什么地方吗？若你们知道，最好能够告知我他本人身处何地。

歌队 啊，客人，这里就是他的宫殿，他本人也在此；这位夫人便是他孩子的母亲。

报信者 既然她是他幸福的妻子，祈求她在温馨的家里永远幸福！

伊娥卡斯忒 啊，客人，也祈愿你幸福安康，你讲出吉利话，我也该回赠你。请告诉我，你来是需要什么帮助，还是要上报什么事情。

报信者 夫人，对你们而言是个好消息。

伊娥卡斯忒 什么消息呢？你是从何而来？

报信者 我来自科任托斯。你听到我上报的消息，定会很兴奋，怎么可能不兴奋呢？但或许还会犯愁呢。

伊娥卡斯忒　到底是什么呢？怎会是我又兴奋又忧愁呢？

报信者　那里的子民说要拥立俄狄浦斯为伊斯特摩斯的君王。

伊娥卡斯忒　怎会这样？年老的波吕玻斯不是还在掌权吗？

报信者　没掌权了；只因他被死神带进了坟墓。

伊娥卡斯忒　你说什么呢？你是说年老的波吕玻斯逝世了吗？

报信者　若有半句谎言，我情愿去死。

伊娥卡斯忒　侍女啊，还不快快去报告主人？

【侍女入宫。

啊，天神的预言，你变成什么了啊？俄狄浦斯这么多年担心的所要逃避的正是这个人，他担心自己将其杀害；而今他已寿终正寝，没有死于俄狄浦斯之手。

【俄狄浦斯带领众侍者从宫中上。

俄狄浦斯　啊，最亲爱的夫人，伊娥卡斯忒，你为何将我从屋里叫出来？

伊娥卡斯忒　请听听这人所说的，你边听边想这天神的预言变成了什么。

俄狄浦斯　他是什么人？有什么消息要上报？

伊娥卡斯忒　他是由科任托斯而来，是来上报你父亲波吕玻斯的死讯的。

俄狄浦斯　你说什么，客人？请你亲自告诉我。

报信者　若要先讲明此事，我就告诉你他死了，逝世了。

俄狄浦斯　他是因疾病而死，还是被诡计害死的？

报信者　天平稍倾斜了一点，那年老之人便与世长辞了。

俄狄浦斯　那可怜的人大概是因病而死的。

报信者　还有也因他年事已高。

俄狄浦斯　啊！夫人啊，我们为何还要在乎那发出预言的皮托的庙宇，或者空中啼鸣的鸟儿呢？它们曾经断定我会亲手弑父。而今他已逝世了，埋入了土地中；我却还在此，未动过任何刀枪。除非说他是因对我思念成疾而死的，那便可说是我害死的。这半灵不灵的神示已经随同波吕玻斯一同进入了冥府中，毫无价值了。

伊娥卡斯忒　我不是早就对你说过了吗？

俄狄浦斯　你倒是如此说过，但我因非常焦虑而迷失了自我。

伊娥卡斯忒　现在就不必将此事放心上了。

俄狄浦斯　难道我不用担心我会侮辱我母亲的床榻吗？

伊娥卡斯忒　偶然将我们控制着，未来之事不可预测，我们为何要去忧心呢？最好的便是无忧无虑地活着。不要担心侮辱了你母亲的婚姻；很多人都梦到过和母亲成婚；但那些不以为然的人仍安然地活着。

俄狄浦斯　若不是我的母亲还在世，你说的话我很赞成；但她尚在人世，即使你说的话很正确，我也会感到忧虑的啊！

伊娥卡斯忒　但你父亲的逝世总让你觉得安心了许多吧？

俄狄浦斯　我也清楚那确实让我安心了些，但我担忧那在世的妇人。

报信者　哪个妇人让你如此的畏惧呢？

俄狄浦斯　老者，就是那波吕玻斯的妻子墨洛珀。

报信者　她有什么值得你担忧的？

俄狄浦斯　啊，客人，只因那神灵所发出的恐怖的预言。

报信者　可不可以讲出来？能告知他人吗？

俄狄浦斯　自然能。罗克西阿斯曾经提起过我命里注定会与我母亲结婚，亲自将父亲杀害。所以这么久以来我都对科任托斯避而远之。在这里我过得虽快乐，但若能时刻看到父母的音容笑貌才是最大的趣事啊。

报信者　你当真是因此而忧虑，便远离那座城池的吗？

俄狄浦斯　啊，老者，还有就是我不愿成为那弑父罪人。

报信者　君主啊，我满怀热心而来却不能为你消除恐慌吗？

俄狄浦斯　你依旧可以获得一笔丰厚的酬劳。

报信者　我正是此意，待你回国后我便能获得更大的奖赏呢。

俄狄浦斯　但我坚决不会回我父母那里。

报信者　小伙子！你明显不清楚你自己在做什么。

俄狄浦斯　怎会不清楚呢，老者？凭借神灵，请你指点我吧。

报信者　你只因此缘由而怕归家。

俄狄浦斯　我担忧福玻斯的预言会在我身上实现。

报信者　是担忧自己会弑父娶母而成为罪人吗？

俄狄浦斯　对的，老者，此事一直让我心惊胆战。

报信者　难道你不知道你毫无担忧的必要吗？

俄狄浦斯　若我是他们之子，怎会没担忧的必要呢？

报信者　只因你与波吕玻斯并没有血缘关系。

俄狄浦斯　你说的什么？波吕玻斯不是我的生父吗？

报信者　就如我不是你的生父一样，他也不是。

俄狄浦斯　你我毫无关系，怎可能是我父亲呢？

报信者　他没有生你，我亦如此。

俄狄浦斯　那他为何要当我是他的儿子呢？

报信者　实话告诉你，他从我这里得到你，把你当作天赐的宝物。

俄狄浦斯　为何他对别人赠予的孩子如此的疼惜呢？

报信者　他一直未能得子，才会对你爱护有加。

俄狄浦斯　我是被你买来还是捡来赠予他的呢？

报信者　我是在喀泰戎峡谷将你捡到赠予他的。

俄狄浦斯　你因何去那里呢？

报信者　我去那里牧羊。

俄狄浦斯　你是牧者还是流浪的佣工？

报信者　小伙子，那时我可是救你一命的人。

俄狄浦斯　你抱我之时，我有没有什么不适？

报信者　你的脚跟便能说明你的不适。

俄狄浦斯　哎呀，你怎么还提及我的旧病呢？

报信者　那时是我帮你解除了钉在一起的左右脚跟。

俄狄浦斯　那是襁褓中的我所蒙受的最大的羞辱。

报信者　是的，这场不幸便是你名字的由来。

俄狄浦斯　凭了神灵，你实话告知我，此事是我父亲还是母亲所为呢？你快说。

报信者　我也不清楚；将你赠予我的那人会比我清楚。

俄狄浦斯　什么？你是从别人那里得到我的，而不是亲自捡到的吗？

报信者　是另一位牧者赠予我的，不是我亲自捡到的。

俄狄浦斯　那人是谁？你还认得吗？

报信者　他是拉伊娥斯的奴仆。

俄狄浦斯　难道是此地前任国王的奴仆？

报信者　对的，他是国王的牧者。

俄狄浦斯　他还在世吗？我能见到他吗？

报信者　（向歌队）你们这群土生土长的人应是最清楚的。

俄狄浦斯　你们这些在我面前的人中，有没有见过他所描述的那位牧者。快快讲出来吧！正是真相大白的时刻了。

歌队队长　我想他所说的那位牧者正是你刚派人寻找的那位乡下人；此事伊娥卡斯忒最清楚。

俄狄浦斯　夫人，你还记得我们刚寻找的那人吗？这老者所讲的可是他？

伊娥卡斯忒　何要问他所说的那人呢？不用在意此事。忘掉他所说的吧。

俄狄浦斯　线索已经如此清晰了，我怎么可以不查清我的血统呢？

伊娥卡斯忒　凭了神灵，若你在乎你的性命，就不要再问了；我已经非常苦恼了。

俄狄浦斯　你不必担心，即使我查出我的母亲三代为奴，我拥有三重奴隶之身，你一样很高贵。

伊娥卡斯忒　求你听我一句劝，不要问了。

俄狄浦斯　我不会听，我势必要将事情的原委弄明白。

伊娥卡斯忒　我是为你好，才劝你的。

俄狄浦斯　你的好意却令我非常的烦闷。

伊娥卡斯忒　啊，可悲的人，祈求你不要查出你的身世。

俄狄浦斯　有没有人去将那牧者找来？让这女人慢慢享受她的高贵之躯吧！

伊娥卡斯忒　哎呀，哎呀，可悲的人啊！我只说这些，之后便什么也不会说了！

【伊娥卡斯忒冲进宫中。

歌队队长　俄狄浦斯，王后为何如此悲伤地冲进去？我担心她的沉默，必定有什么不好之事。

俄狄浦斯　该来的总会来的！即使我身份卑微，我也要弄明白。那女人——女人都是傲慢的——或许因了我卑微的身份让她觉得耻辱。但我觉得我是慈悲的幸运儿，不会感觉羞耻。幸运是我的母亲；月份是我的兄弟，它们可以决定我何时渺小，何时伟大。这便是我的身世，至少能证实我不是别人，所以我定要查清我的血缘。

八　第三合唱歌

歌队　（首节）啊，喀泰戎山，我若是那拥有无上智慧的预知者，我便会指着奥林匹斯说，待到明夜月圆时，你定能感受到俄狄浦斯将你奉为他的故乡、母亲以及保姆，我们也会欢歌乐舞地赞誉你；只因你有恩于我们伟大的国王。福玻斯啊，祈求这事能让你高兴！

（次节）我的儿，哪一个，哪一个与潘——那个于山间嬉戏的父亲——接触过的仙子是你的母亲？是罗克西阿斯的妻子吗？因为他无限地喜爱那高原上的青草地。或许是库勒涅的国王，抑或是那位狂女所追随的居于山顶的神灵，从赫利孔仙女那得到你这婴孩，因为他最热衷于与那些仙女嬉笑打闹。

九　第四场

俄狄浦斯　长老们，我猜测我已见到了我们一直在寻的牧者，我虽与他不相识。但他的年龄与这位客人相仿；而且那领路的便是我自己的奴仆。（向歌队队长）或许你更能确定是不是那人，只要你见过他。

歌队队长　实话告知你，我与他相识；他属于拉伊娥斯家的一分子，身为牧者，他与别人一样值得信任。

【众奴仆领着牧者从观众右边上。

俄狄浦斯　啊，科任托斯客人，我问你，你说的是不是那人？

报信者　我说的正是他。

俄狄浦斯　喂，老头儿，看这里，如实答复我的问题。你是不是拉伊娥斯家的一分子？

牧者　我是从小在他家长大的奴仆，不是买来的。

俄狄浦斯　你的工作是什么，生活如何？

牧者　大多日子都是牧羊。

俄狄浦斯　你常常在什么地方牧羊？

牧者　有时在喀泰戎山上，有时在那周围。

俄狄浦斯　你可曾记得你在那里见过这人吗？

牧者　见过谁？你说的是什么人呢？

俄狄浦斯　我说的是你面前的人；你可曾见到过他？

牧者　我一时记不起，不能确定。

报信者　君主啊，这不足为奇。我能让他清晰地忆起往事。我想他定能想起他当时赶着两群羊，我则赶了一群羊，我们在喀泰戎山上由春至阿耳图洛斯刚升时的那段时间，一直都是朋友。直到冬季，我将羊儿赶回我的羊圈，他也将他的带回了拉伊娥斯羊圈。（向牧者）我说的可否属实？

牧者　虽过了如此之久，但确实属实。

报信者　喂，请告知我，还能想起你当时给我的一个婴孩，让我把他当亲生儿子来养吗？

牧者　你有何用意？为何提及此事？

报信者　好朋友，他就是那个婴孩。

牧者　该死的家伙！快闭嘴！

俄狄浦斯　啊，老头儿，不可训他，你这样说才该被训！

牧者　伟大的君主啊，我错在哪里呢？

俄狄浦斯　只因你未如实回答他有关那孩子之事。

牧者　他什么都不知道，还在此胡说，真是白费唇舌。

俄狄浦斯　那你还不老老实实交代，要受到苦头才会说吗！

牧者　凭了天神，不要对我一个糟老头严刑逼供。

俄狄浦斯　（向侍者）还不将他绑起来？

牧者　哎呀，为何啊？你到底要知道什么？

俄狄浦斯　他所说的那孩子是不是你给他的？

牧者　是我给的；真希望当时我就不在了！

俄狄浦斯　你会如愿的，若你不老实交代。

牧者　我若说实话，就更该死。

俄狄浦斯　你想拖延时间。

牧者　我没有拖延时间，我已交代了我把那孩子给他了。

俄狄浦斯　那孩子从何而来？是你的，还是别人的？

牧者　这孩子不是我的，是别人交给我的。

俄狄浦斯　是谁给你的？

俄狄浦斯　君主啊，凭了天神，别再继续追问了吧！

俄狄浦斯　若我再问，你就得死了。

牧者　他属于拉伊娥斯家的一分子。

俄狄浦斯　是奴隶还是亲友？

牧者　哎呀，那恐怖的事快要被揭穿了！

俄狄浦斯　我需知道那恐怖之事！那得继续听下去。

牧者　传言是他的儿子，但里面君主家的娘娘，最清楚这事了。

俄狄浦斯　她将那孩子给你的？

牧者　对的，君主。

俄狄浦斯　目的是什么？

牧者　意在将那孩子杀死。

俄狄浦斯　有如此残忍的母亲？

牧者　只因她担忧那不祥的预言。

俄狄浦斯　什么预言？

牧者　传言那孩子会成为弑父凶手。

俄狄浦斯　那你为何将他赠予那老者？

牧者　君主啊，我不忍心，满心以为他会将那孩子带往他国——那个他所住的地方；却不知他救了他一命，却惹来如此祸事。若你就是那个婴孩，依我看，你天生就是苦命之人啊！

俄狄浦斯 哎呀！哎呀！所有预言都实现了！光明啊，我看你最后一眼了！我出生在那不属于我的家庭，成了那弑父娶母的罪人了。

【俄狄浦斯冲进宫里，众侍者跟着进去。

【报信者、牧者与众奴仆从观众左边下。

十 第四合唱歌

歌队 （第一曲首节）凡人的后代啊，你们的生命对我而言不过是一场虚无！任何人的幸福不都是表象的，很快就会幻灭呢！那可怜的俄狄浦斯，你悲惨的命运，让我们明白凡人是没有幸福可言的。

（第一曲次节）宙斯啊，他智慧过人，拥有无上的荣耀，他消灭了那个弯爪猜谜的女怪，将我们的城邦于危难中解救了出来。从此，俄狄浦斯，我们便拥戴你为君王，让你治理整个特拜，享受那至高无上的权力。

（第二曲首节）而今，还有谁的身世会比你更悲惨呢？还有谁在遭遇了那残酷的人生变故后会比你更凄惨呢？

哎呀，声名远扬的俄狄浦斯！在同一处温馨的港湾内你一切享尽，既做了儿子，也做了丈夫，还做了父亲。可悲的人啊，你父亲耕耘之地怎可能，怎可能允许你悄无声息地占据了如此之久呢？

（第二曲次节）那万能的时间终究还是发现了你，它判决了你污秽的婚姻，那令儿子变成父亲的婚姻。

哎呀，拉伊娥斯之子，希望我，希望我与你从不相识！因了你，我流下了哀伤之泪！实话说，你曾令我重享生命，而今却又令我陷入黑暗。

十一 退场

【传报者从宫里上。

传报者 城邦中德高望重的长老们啊，你们将会被告知一件如此惨烈之事，亦会看到一片如此惨烈的场景，若你们依旧忠于你们的族类，在乎你们拉布达科斯的家室，那你们将会多么的忧伤。我想即使伊斯忒耳和法息斯河也无法将这家中的污秽祛净，它将一些祸种深深埋葬，又令一些揭露于世，这一切都不是偶然的，而是必然的。自己惹出的祸事，个中的苦痛也只能自尝啊！

歌队　我们所知的灾难也很悲惨了啊！除了这些，你还要告知我们什么祸难？

传报者　我要一口气将这个消息说完：尊贵的伊娥卡斯忒丧命了。

歌队队长　可悲的人啊！她如何丧命的？

传报者　她是自杀的。此事最痛彻心扉之处不是你们所能想象的，只因你们未亲眼所见。我会将我所知的都告知你们。

她失去了理智，双手抓扯着头发，冲过门廊，直奔她的床榻；她到了卧室，重重地摔门而入，拼命地呼喊那过世的拉伊娥斯，思念她曾诞下的孩儿，埋怨拉伊娥斯先行死于他手中，遗下她这孤苦伶仃的母亲为儿子诞下一群可悲的孩子。她因她的床榻而觉耻辱，她如此的可悲，在一张床榻上诞下两代人，与丈夫再诞丈夫，与儿子诞下儿女。她是如何死的，我就不得而知了；只因当时俄狄浦斯吼叫着冲入宫中，我们便无法眼见她的死因，只是转眼看见俄狄浦斯疯狂地冲撞。他到处乱窜，命令我们拿一把剑给他，还逼问他妻子在何处，又摇头说不是妻子，而是母亲，是与他儿女同胞的母亲。他在狂乱中应了神灵的指示：只因我们这些在他身边的人都没有告知他。就如有人在指引他，他怒吼了一声，直奔向那道门，一把大力地将门推开，冲进卧室。

随后我们便看到王后上吊了，那绳子将她的脖子死死缠住。君王发现了，声嘶力竭地大叫了一声，如此的悲惨！然后他将那绳子解下了。当那可悲之人躺倒于地时，更悲剧的事发生了：君王顺手取下她衣袍上别着的两枚金别针，并举起来刺向了自己的双眼，并哀号着："你们再也不能看见我所遭遇的祸难，以及我所造的孽了！你们见到了你们不该见的人，却没认出我该认识的人：你们自此便不见天日！”

他哀号之时，不断地用金别针猛刺自己的双眼：他每刺一下，鲜血便自他的双眼不断地涌出浸湿了他的胡须，那血不是一点一点地流的，而是如狂风暴雨般流得猛烈。这场灾难不是一个人的责任，需两人一同承受，夫妻共同受罚。他们昔日是多么的幸福；而今，哀号、灭亡、丧命、侮辱以及所有的祸难他们都将承受。

歌队队长　那可悲之人的苦痛现在有没有得到缓解呢？

传报者　他命令宫人打开城门，让所有特拜人观赏他这弑父凶手，以及他母亲的——那肮脏之话我无法说出口：他自愿流放异地，誓死不留，以防因为他的咒言为家庭带来祸患。但他精疲力竭，也无人为他引路：如此的苦痛非常人能承受的。他会满足你们的好奇心的：宫门即将打开，你很快就能看到那惨烈的场面，纵使不愿观看之人也不禁会泪流满面的。

【众位侍者引着俄狄浦斯从宫中上。

歌队　（哀歌）这悲剧啊，令人胆战心惊！这是我所见的最惨烈的灾难啊！可悲的人啊，你是被什么狂神缠身了吗？还是其他某位神跃级而来，将那悲惨的命运降临在你身上？

哎呀，哎呀，可悲的人啊！我还有许多事想要询问你，还有许多事需要查探，但我却不敢看你，你让我看了胆战心惊啊！

俄狄浦斯　哎呀呀，我真是凄惨啊！何处会有我这可悲之人的栖身之所呢？我的呼唤会飘向何处呢？命运啊，你奔向何处去了呢？

歌队队长　奔到那恐怖的祸难里了，让人听不到，也见不到。

俄狄浦斯　（第一曲首节）乌云啊，你太恐怖了，你犹如巨浪般顺着风突袭而来，让我无从防备。

哎呀，哎呀！这一切都伤害了我，让我沉浸于苦难的记忆中无法自拔。

歌队队长　遭受了如此巨大的精神与肉体的双重折磨，也难怪你会哀号嘶鸣。

俄狄浦斯　（第一曲次节）啊，朋友，你仍旧如此的忠诚，对我这个瞎眼之人也还悉心照料。

啊呀，啊呀！

我知道你在此，我虽眼瞎了，但我依旧能以声识人。

歌队　你这做出那可悲之事的人啊，怎能下得了狠心将自己双眼刺瞎？又是哪位神灵下达的指令呢？

俄狄浦斯　（第二曲首节）是阿波罗，朋友们，是阿波罗所预言的那些残酷的神示应验了；但双眼失明不是他人造成的，而是我自己，我如此的可悲啊！所有的一切都失去了意义，还有看的必要吗？

歌队　正如你所说。

俄狄浦斯　伙伴们，有什么值得看的，什么美好的，以及还有什么赞美之词能给我带来欢乐呢？伙伴们，快将我这该死的，人神共愤之人驱逐出境吧！

歌队　你的内心感受与你的遭遇一样值得人同情，真希望我与你从不曾相识。

俄狄浦斯　（第二曲次节）那位在草场为我解除脚钉之人，那位于凶难中拯救了我的人——不管他是什么人——才最是该受处罚的，只因他做了一件不该做的事。如若我在那时候离世了，便不会有现在悲惨的遭遇，既害了人又害了己。

歌队　我也希望这样！

俄狄浦斯　如此一来我便不会成为弑父凶手以及侮辱我母亲床榻之人了；而今，我成了神灵遗弃之人，污秽母亲之子，而且还是，哎呀，与我父亲同耕耘之人。若还有更可怕的祸难，由我俄狄浦斯一人承担吧。

歌队　对你所说的我不作评判：但你死掉会比你瞎眼活着轻松得多。（哀歌完）

俄狄浦斯　不要指责我做得不对，也不要去劝我。如若我埋入冥土之时眼未瞎，我该怎样面对我的父亲与我可悲的母亲，我对他们做出了如此大逆不道之事。对于这样出生的一对儿女，我看着会舒服吗？不，不舒服；连同这城池、望楼，以及众神膜拜的对象我看着也很不舒服；只因我，这特拜城中尊贵而又可悲之人，早已被剥夺了观赏的权利；我曾下令要将那污秽之人驱逐出境，即便他是神灵宣判的罪犯，拉伊娥斯之子。既然我的罪行已被揭发，我还有心思关注这些人吗？没有，我没有；假如有什么法子让双耳失聪，我定会将这具可悲之躯封存起来，不再过问一切；心灵不受外界干扰时，是多么的惬意啊！

啊，喀泰戎山，你何故要收留我呢？为何不让我的生命就此终结，以免让我的身世被世人所揭发？波吕玻斯啊，科任托斯啊，加上你这所谓的我的祖国啊，你们将我抚养长大，生得如此漂亮的皮肤，身下却是溃烂不堪啊！而今我成了低贱之人，由低贱之人所育。

那三条道路和深谷啊，像树林以及岔路口的窄道啊，你们自我手里将我父亲的血吸干殆尽，那也是我的血，对于我在那里与在这里所做之事，你们可还有印象？

婚姻啊，婚姻啊，你孕育了我，在此之后，又为你的孩子孕育孩子，你生成了而今的父亲、兄长、儿子，以及新娘、妻子、母亲的乱伦关系①，酿造出那备受世人唾弃的惨剧。

不可为之事也不能大肆宣扬。凭借神灵，快将我藏得远远的，或是将我杀掉，抑或将我扔进海中，在那里你们将再也见不到我。快来吧，扶一下这可悲之人吧；满足我，不要惊恐，我的罪行只我一人承担，不会牵连他人的。

歌队队长　克瑞翁来得正是时候，他能满足你，无论什么事情，抑或安

① 这婚姻使得俄狄浦斯成为他的孩子们的父亲和哥哥，他妻子的儿子，并且使得伊娥卡斯忒成为她儿子俄狄浦斯的妻子，同时又是他的母亲。

抚你，而今也只有他能庇护你了。

俄狄浦斯　啊，我该如何开口呢？我又该如何开口获得他的信任而求助于他呢？之前是我有负于他的。

【克瑞翁从观众右边上。

克瑞翁　俄狄浦斯，我来此不是嘲讽你的，也不是来指责你的过错的。（向众位侍者）即使你们对于凡人的后代不再尊重，也应尊重那主宰万物的赫利俄斯之光，因此，不要将这受大地、雨水、日光所厌弃的污秽之物暴露在外。快将他带回宫！只有亲人才可看，才可听他的苦楚，这才是礼教所规定的。

俄狄浦斯　既然你怀着高尚的情操接近我这卑劣之人，缓解了我的焦虑，那就凭了神灵，满足我一个愿望，我是为了你，而不是为我自己而提的啊。

克瑞翁　你有什么要求？

俄狄浦斯　快快将我驱逐出境，将我抛到那人迹罕至的荒地去。

克瑞翁　实话对你说，我若不请示神恩，我定会满足你。

俄狄浦斯　神的指令很清楚地表明，要将那弑父污秽之人铲除，我便是那人呢。

克瑞翁　虽然神的指令是如此，但依现在的情形看，最好还是去请示下神灵。

俄狄浦斯　你会愿意替我这可悲之人询问一下吗？

克瑞翁　我愿意；对于神的指示，你不能再质疑了。

俄狄浦斯　是。我还得请求你将屋中的人安葬了，你想怎样安葬都随你；你定会替你姐姐尽这个责任的。我活着之时，别再勉强我居住在这老城中，请允许我隐居于山中，那座因我而闻名于世的喀泰戎山，那是我父亲为我安排的葬身之所，这正好遵照了死去之人的意愿行事。但我有预感：病痛与其他的什么都不能让我丧命。

命运要将我带到哪里，就到哪里吧。关于我的女儿，克瑞翁，我的儿子们不必担忧；他们是男子，无论身在何处，吃穿都不是问题；但我那两个可怜的女儿——她们从来都没有见过我不陪她们吃饭；只要我有吃的，她们也都有——请多多照料下她们；请允许我安抚她们来哀叹我的祸难吧。满足我吧，亲王、情操高尚之人！我只有安抚着她们，我才能感觉她们依旧属于我，就如我双眼未瞎时那样。

【两位侍者入宫，带来了安提戈涅与伊斯墨涅从宫里上。

啊，发生了什么事？凭了神灵，请告知我，那哭声是不是我的宝贝女儿们在哭泣？难道是克瑞翁同情我，将我的珍宝——我的女儿们带来了？是这样吗？

克瑞翁　是的，我帮你安排的，我了解你一直以来都很喜爱她们。

俄狄浦斯　祈求你多福！为偿还你将她们带来的恩情，祈愿天神多多庇佑你。

（对两个女儿）女儿们，你们在何处，快过来，到你们血亲的手中来，这双将你们父亲双眼刺瞎的手里来，啊，孩子们，这双手是没有搞清状况，从生母那里变作你们父亲的人的。我再也见不到你们了；一想到你们往后艰苦的日子——大家会令你们过上那种日子——我便替你们难过。你们还可以参与社会活动，参与节日宴会吗？你们享受不到喜气，沮丧奔回家中。待你们到了适婚年龄，孩子们，还有人愿意冒着被唾弃的风险来娶你们吗？那些唾骂无论对于任何人的后代都是难以承受的。你们能躲过什么羞耻呢？“你们的父亲亲手弑父，还在生母那耕耘播种，然后孕育出了你们。”你们会遭世人唾弃；还有谁愿意向你们求婚呢？啊，女儿们，没人愿意；很明显你们注定终生不能嫁娶、孕育，将孤独终老而死。

墨诺叩斯的孩子啊，你既身为她们唯一的父亲——只因我们，她们的父母都没了——请不要将她们遗忘，你的外甥女，漂流在外，缺衣少食，没有夫君，不要让她们遭受与我相同的灾难。看她们如此年少，孤孤单单——在你那里，就不一样了——你须得怜悯她们。

啊，尊贵的人，请与我握手满足我吧！

（对这两个女儿）我的孩子，如若你们长大明事理了，我定会为你们出谋划策；而今我却只能教你们祈祷，机遇在何处，你们便飘向何处，愿你们比你们的父亲更快活。

克瑞翁　你也哭了很久了，快入宫吧。

俄狄浦斯　即使心里很难受，但我须得遵从。

克瑞翁　一切都需要符合时机才行。

俄狄浦斯　你觉得我应在何种情形下入宫呢？

克瑞翁　你说，我听了便明白了。

俄狄浦斯　将我驱逐出境。

克瑞翁　你的这些要求需请示神灵才可以。

俄狄浦斯　诸神厌弃我。

克瑞翁　那你的愿望很快就能达成。

俄狄浦斯　你同意了吗？

克瑞翁　不愿做的我不会浪费口舌。

俄狄浦斯　请马上带我离开吧。

克瑞翁　快走吧，将孩子们放开！

俄狄浦斯　不要将她们从我怀里夺走！

克瑞翁　不要妄想拥有一切；即使你所拥有的也不会永伴你左右。

【众位侍者引着俄狄浦斯入宫。

【克瑞翁、两个女孩与传报者一同进去。

歌队队长　特拜城的百姓啊，请看看吧，这就是我们伟大的俄狄浦斯，他将那谜底揭穿，变成举世闻名之人；谁不是挂着艳羡的目光关注他的幸运呢？而今他却卷入了惨痛祸难的风波中了！所以，在我们未见到凡人苦难结束、生命完结之时，不要妄下定论认为他是幸福的。

【歌队从观众右边退场。

安提戈涅

Antigone

［古希腊］索福克勒斯

人物（以人物的上场先后为序）

安提戈涅	俄狄浦斯的长女。
伊斯墨涅	俄狄浦斯的次女。
歌队	由特拜城长老十五人组成。
克瑞翁	特拜城的王，安提戈涅和伊斯墨涅的舅父。
守兵	
仆人两人	克瑞翁的仆人。
海蒙	克瑞翁的儿子，安提戈涅的未婚夫。
忒瑞西阿斯	特拜城的先知。
童子	忒瑞西阿斯的领路人。
报信人	
欧律狄刻	克瑞翁的妻子。
侍女数人	欧律狄刻的侍女。

布景

特拜城王宫前院。

时代

英雄时代。

一　开　场[①]

【安提戈涅和伊斯墨涅从宫中走出。

安提戈涅　啊，伊斯墨涅，我的同胞妹妹，你看我们的父亲俄狄浦斯遗留下的诅咒所蕴藏的灾难[②]，在我们心脏还在跳动的时候还有

① 神谕说特拜城的王拉伊娥斯要死在自己的亲生儿子手上，他叫一个牧人把自己刚出生三天的亲生孩子扔在山上。这孩子被波吕玻斯作为太子收养。俄狄浦斯成人之后在一次宴会上被人骂作养子，便跑到德尔斐去问神，阿波罗并没有告诉他自己的身世。但却告诉他，将来他会杀父娶母。俄狄浦斯听后很是害怕，不敢回家，便向特拜城走去，在路上与一伙人为让路起了争执，一怒之下杀死了那几个人，这其中就有他的亲生父亲拉伊娥斯。在特拜城外他制伏了人面狮身的女妖斯芬克斯，为特拜人除了一害，人们便立俄狄浦斯为特拜城的王同时把先王后（就是他的生母）嫁给他。他们生了两男两女，后来他终于知道他杀了生父娶了生母，因此刺瞎自己的双眼，俄狄浦斯退位之后，两个王子厄忒俄克勒斯和波吕涅克斯尚在幼年，便由他们的舅舅克瑞翁摄政。后来两个王子长大，为了争夺王位，相互残杀而死。

② 俄狄浦斯的生父拉伊娥斯曾拐走珀罗普斯的儿子克律西波斯，那孩子一离开家就自杀身亡。珀罗普斯诅咒拉伊娥斯没有好报，后来拉伊娥斯果然被自己的儿子俄狄浦斯杀死了。俄狄浦斯是一个杀死自己亲人的凶手，凡是他用过的器皿都受到了污染。古希腊人相信杀人犯所用过的东西是不干净的，宫中的人不让他用金银器皿，给他用铁制器皿。后来他在极度的疯狂中忘记了这一习惯，认为是两个儿子刻薄他，因此诅咒他们日后会用“铁器”（指兵器）来瓜分产业，双方都得到一块等量的土地，后来兄弟二人果然自相残杀，带来的灾难便是两人都杀死对方，且波吕涅克斯的尸首不得埋葬。

哪一件宙斯没有使它成为现实呢？在我俩苦难的帆船中，还有哪一种苦痛、灾祸、羞耻和侮辱没有踏入我们的视线？听说现在我们的将军[①]在全城颁了一道命令，是什么命令？你听说没有？可能你还对我们的朋友身上正遭受着的那如对待敌人般的灾难处于未知状态？

伊斯墨涅　安提戈涅，自从两位哥哥在他们彼此的手中结束掉他们的性命、从我们的生命中消失之后，我的耳旁还没有传来过任何关于我们朋友的事，无论好坏；自从昨夜阿尔戈斯军队撤退以后，关于我自己命运的指针是指向好还是坏，我还一片茫然。

安提戈涅　我很清楚，所以才把你一个人叫到院门外面，讲给你听。

伊斯墨涅　什么？看来你的心正在被什么坏消息苦恼着。

安提戈涅　克瑞翁认为我们的哥哥一个应该享受葬礼，另一个不应该享受。听说他已遵照公道和习俗把厄忒俄克勒斯埋葬了，使他在下界受到鬼神[②]的尊重。我还听说克瑞翁已向全城市民宣布：不允许任何人埋葬或哀悼那可怜的波吕涅克斯，使他不能在人们悲伤的泪水下安详地沉睡于坟墓中；当凶猛的飞禽犀利的瞳孔里映射出他的尸身时，对于那些冷血无情的禽兽而言，他的尸身将会是块多么美味的食物啊，品尝起来将会多么回味无穷啊！

听说这道命令是尊贵的克瑞翁专门针对你和我——特别是我宣布的；他即将来到这里，向那些还不知晓的人明白宣布；事情非同一般，谁要是违反禁令，谁就会在大街上死在群众扔出的飞石之下。你现在知道了这消息，要么立刻表示你不愧为一个出身高贵的人，要么就表示你是一个卑贱的人吧。

伊斯墨涅　不幸的姐姐，那么你需要我帮着系上什么结，还是解开什么结呀？

---

① 将军指的是克瑞翁，他曾率领军队追击阿尔戈斯人。

② 古希腊人把埋葬死者视为神圣的义务。如果死者得不到埋葬，便不能渡过冥河前的冥界，这对天上的和下界的神也是大不敬的。

安提戈涅　你愿不愿意与我携手合作，帮我这个忙？你好好地考虑考虑吧！

伊斯墨涅　需要冒什么危险吗？你这话是什么意思？

安提戈涅　你是否愿意帮助我让我用我的这双手把他的尸首抬起来？

伊斯墨涅　全城的人都不允许埋他，你要违抗命令去埋他吗？

安提戈涅　我要对哥哥尽我应尽的义务，也是替你尽义务，如果你愿意的话；我不愿在人们面前背弃他。

伊斯墨涅　你如此胆大妄为吗，在克瑞翁颁布禁令以后？

安提戈涅　他无权阻止我同我的血亲之人亲近。

伊斯墨涅　哎呀！姐姐啊，你想想我们的父亲死得多么羞辱、多么可怕呀，他发现了自己的罪孽，亲手刺瞎了眼睛；他的母亲和妻子——两个名称是同一个人——也悬梁自尽了；最后，我们的两个哥哥在同一天手足相残，命运多舛的人呀，彼此戈矛相对，造成了共同的命运。现在只剩下我们俩了，你想想，如果我们越过了法律的界限，与国王的权力或命令作对，就会死无葬身之地。首先，我们应时刻记住我们是女儿身，女人生来斗不过男人；其次，我们身处强者的统治之下，只好服从这道命令，甚至更严苛的命令。因此我祈求下界鬼神谅解我，既然受压迫，我只好服从现今掌权的人，自不量力是愚蠢的。

安提戈涅　我再也不会求你做任何事情了；即使日后你回心转意，我也不会领情的。你愿意成为什么人就成为什么人吧；我是要埋葬哥哥。即便为此失去性命，也是件无上光荣的事；我谨守神圣的天条而犯罪[①]，倒能同他躺在一起，亲爱的人之间彼此陪伴着；我将获得地下鬼魂永远的欢心，胜过讨凡人的欢喜；因为我将永远躺在那里；至于你，假如你愿意，你就继续蔑视那天神所重视的天条吧。

伊斯墨涅　我不轻视天条，只是在城邦面前，我一个弱女子无力对抗。

---

① 古希腊人认为在凡间的法律之上还有天条，比如埋葬死者被认为是天条。安提戈涅为了遵守这天条，宁愿违反克瑞翁的禁令。

安提戈涅　你自然可以这样推卸；现在我要去起个坟墓让我那亲爱的哥哥安息。

伊斯墨涅　哎呀，固执的人啊，你真是让我焦虑担忧。

安提戈涅　你不用为我操心，好好安排好你自己的命运吧。

伊斯墨涅　无论怎样，你要在心里恪守这个秘密，别让任何人知道这件事，我自己也会保守这个秘密的。

安提戈涅　呸！尽管揭发吧！你要是保持沉默，不公之于众，那么我更加恨你。

伊斯墨涅　你这是满怀热心在做令人心寒的事。

安提戈涅　可是我很清楚对于我最应当讨好的人我应该做什么。

伊斯墨涅　只要你能办到；但是你是心有余而力不足。

安提戈涅　除非我身体上的最后一丁点儿力气被用完，否则我的这双手是不会停下来的。

伊斯墨涅　我们不应当去尝试那不可能发生的事。

安提戈涅　你说这样的话，我和死者都会恨你，你是活该如此。让这可怕的风险降临在我和我的愚蠢上吧，大不了就是光荣地死去。

伊斯墨涅　你要去就去吧；你应该深信，当你的步伐不断前进的时候，虽是充满着愚蠢，但你身边的亲人，我们的哥哥们却会认为你是可爱的。

【安提戈涅自观众左方下，伊斯墨涅进宫。

二　进场歌

【歌队从观众右方进场。

歌队　（第一曲首节）太阳的光芒啊，照耀着这修筑有七座城门的特拜城[1]的最炫彩夺目的光芒啊，你终于闪闪发亮了，不断闪

① 特拜城（又译为底比斯城）在玻俄提亚（又译为比奥细亚）境内，位于雅典城西北方，相距约四十千米。

着金光的白昼的眼睛啊，你的光彩笼罩在狄耳刻[1]那流动的泉水上，给那来自阿尔戈斯的全身武装着白盾盔甲的战士套上尖锐锋利的嚼铁，催促他速速逃离。（本节完）

歌队队长　他们来到我们的土地上，为了波吕涅克斯，口中激烈地争吵，就像发出尖锐刺耳叫声的雄鹰盘旋在我们上空，身披白色羽翼，率领着众多武士，个个头戴马鬃盔缨。

歌队　（第一曲次节）他收敛着翅膀徘徊在我们房屋上空，那渴得要饮血的长矛被高高举起，围绕着我们的七座城门张开着嘴；可是在他的嘴还没有吮吸我们的血，赫淮斯托斯[2]的枞脂火炬还没有燃烧毁掉我们望楼的楼顶之前，他们撤退了。战场厮杀的声音嘹亮地响彻在他的背后，那龙化成的敌手[3]是难以抵挡的呀。（本节完）

歌队队长　宙斯对于夸口的话十分憎恨，他看见他们似潮涌般一层层席卷而来，手中黄金做成的武器发出锵锵声，多么的猖狂，他就把拿在手里的霹雳火一甩，便朝着我们城垛上那些欢呼胜利的敌人射去。

歌队　（第二曲首节）那人手里紧握着火炬，一辗转就掉落到地上，他之前在疯狂中猛烈地喷射出那仇恨的风暴。但是这些威胁都落空了；伟大的阿瑞斯[4]，我们最得力的助手，痛快打击着那些剩下的敌人，给他们造成各种不同的死伤。（本节完）

歌队队长　七个城门口守候着七员敌将，每一个门口都是一对一，都用

---

① 狄耳刻是特拜城国王吕科斯的次妻。国王为了迎娶狄耳刻把前妻抛弃，后来前妻的儿子把狄耳刻用牛拖得半死，又把她扔到水泉里，这个水泉便由她而得名。这水泉在特拜城的西边。

② 赫淮斯托斯是宙斯和赫拉的儿子，为火神。

③ 特拜城的建立者卡德摩斯当初刺杀过一条龙（蟒蛇），把龙牙种在地上，便从土中长出许多战士。那些战士自相残杀，剩下的五个便是特拜人的祖先，所以特拜人也被看作龙的子孙。

④ 战神阿瑞斯是宙斯和赫拉的儿子。

铜甲来缴税，呈献给那胜负的判决者宙斯；可怜那两个不幸的人，本是同根所生，却是例外，他们互相把那象征胜利的长矛刺向彼此的心窝里，双方同归于尽。

歌队　（第二曲次节）既然那声名远扬的胜利女神已驻足停留在我们这里，向着四周有战车围绕的特拜城散发出那迷人的微笑，就让我们暂且忘却那刚才的战争吧，去到各个神殿通宵达旦地载歌载舞吧，让那位舞动起来可以使整个特拜城的土地震颤的酒神[①]来引领这狂欢的歌舞吧！（本节完）

歌队队长　暂且停住，因为这地方的国王克瑞翁，墨诺叩斯[②]的儿子，在这神赐的机会中成就的新王来了，他已在全国范围内发出通知，建议召开临时长老会议，他这是要干什么呢？

三　第一场

【克瑞翁自宫中上。

克瑞翁　我的朋友们，我们城邦这只船在经历过无数次狂暴风浪袭击下，在众神的庇护下才使它平安妥当地稳定下来；因此我派遣使者召唤你们聚集在此，你们是我从市民之中千挑万选下选出来的，我很清楚地知道，你们永远尊重拉伊娥斯的王权；此外，在俄狄浦斯握权当王时期和在他死后，你们自始至终都怀着一颗坚贞不移的心效忠于他的后人。既然两个王子在同一天失去性命，这是他们相互酿成的命运——彼此相残，手上沾满着手足的鲜血——我现在就接过这王位，掌握着所有的权力；因为我是死者的至亲[③]。

---

① 酒神又叫巴克科斯神。巴克科斯是酒神狄俄尼索斯的别名，狄俄尼索斯是宙斯和塞墨勒的儿子，传说生在特拜城。

② 墨诺叩斯是彭透斯的孙子。

③ 俄狄浦斯的两个儿子死后，王位便没有了继承人（女儿是没有继承权的），克瑞翁便以舅父的身份继承了王位。

一个人如果没有执掌过政权、制定过法律，没有经历过这种考验，我们就会对他的品行、魄力和智慧无从知晓。无论是谁掌控着城邦的大权，假若对最好的政策不能做到坚持不懈，因为心有惧怕，就把自己的嘴锁上枷锁关闭起来，我会认为他是这个世界上最卑劣无耻之人。如果有人把朋友的地位凌驾于祖国之上，这种人在我的眼里是轻如鸿毛的。至于我自己，请那无所不在的宙斯见证，要是我的瞳孔里出现了任何的祸害——不是安乐——接近了人民，我一定发出警告；我绝不会把危害城邦的敌人当作朋友；我知道我们的安全稳定只有依靠城邦才能保证；只有等到我们这只船能够在波涛汹涌中安稳航行时，才有可能结识朋友。

我要谨遵这样的原则，让城邦繁荣富强。我已向全国人民颁布了一条与这样的原则相符的命令，这命令与俄狄浦斯的两个儿子息息相关：厄忒俄克勒斯作战英勇非常，为城邦献上了自己宝贵的生命，我们要以英雄的方式让他入土为安，在上面供奉着每一种英雄所享用的祭品随他进入冥界；至于他的弟弟，我说的是波吕涅克斯，他是个四处流亡的人，回到城邦来，想要用他手中熊熊的烈火使他的祖先的都城和本族的神殿葬身火海，想要吸吮他的族人的鲜血，使最后苟延残喘活下来的人成为奴隶，这家伙，我已向全体市民宣布，不许任何人埋葬他，也不许任何人悼念他，让他的尸体暴露于荒野之中，成为飞鸟和野狗的食物，让大家亲眼看见他的尸体被糟蹋得尸骨无存，血肉模糊！

这就是我的魄力，在我的统治之下，坏人与正直之人相比不会得到人民的尊敬；但是任何一个对城邦充满善意的人，不论生前还是死后，都是会得到我的尊敬的。

歌队队长　啊，克瑞翁，墨诺叩斯的儿子，采取这样的方式来对待城邦的敌人和朋友是与你的意思非常相符的；你有权力采用任何法令来约束死去的人和我们这些活着的人。

克瑞翁　那么这道命令就派你们负责监督执行。

歌队队长　请让比我们更年轻、更具活力的人来担当此任吧。

克瑞翁　看守尸体的人已经安排好了。

歌队队长　你还有什么别的吩咐吗？

克瑞翁　对于违抗命令的人你们不得袒护包庇。

歌队队长　没有谁会这样愚蠢，自掘坟墓。

克瑞翁　那就是惩罚；但是，常常有人难挡利益的诱惑，弄得性命难保。

【守兵从观众左方上。

守兵　啊，主上，我不能不否认我迈动的脚步轻快便捷，急促地跑步使得我上气不接下气；因为我的担忧曾经多次呼唤我停下脚步，转身往回走。我心里有一个声音，同我交谈了许多，它说："你真是个愚蠢的傻瓜，为什么主动去那里接受惩罚？你真是胆大包天，又止步不前了吗？倘若这件事情从别人的嘴里说出来传到了克瑞翁的耳朵里，你怎能从惩罚里脱身呢？"我辗转思量，这样慵懒地、缓慢地走，一段近在咫尺的短路一下子就变得绵延千里了。最后，我还是决定来到你面前；尽管我要说的消息其内容乏善可陈，可我还是不得不说出来；因为我怀着一个这样的希望前来，那就是除了遭遇命中注定的之外，别的惩罚不至于牵连我。

克瑞翁　你这样垂头丧气是因为什么事？

守兵　首先，我要对你讲讲我自己：做这件事的人不是我，我的眼睛也没有目睹是谁做了这件事，这样遭受到惩罚，不免太冤枉了些。

克瑞翁　你对于所要射取的目标瞄得很准，面对此起彼伏的攻击又会四面防范。显而易见，你即将报告的消息很奇怪。

守兵　是的，当一个人身上背负着一个骇人听闻的消息的时候，内心就会充斥着恐惧。

克瑞翁　还不快点把你要说的话讲出来，然后马上从我眼前滚开。

守兵　那我就告诉你：刚刚有人把那尸首给埋了，他在那尸体上撒上了一层干沙，举行了应有的仪式之后就跑了。

克瑞翁　你说什么？哪一个男子竟然如此胆大妄为？

守兵　我也一片茫然；那地点上没有被鹤嘴锄挖掘的痕迹，泥土也没有被双齿铲翻腾过，土地又干燥又坚硬，没有一丝破绽，没有被车轮碾过，这件事情在这个人的双手下没有遗留一点蛛丝马迹。当第一个值日班的士兵发现后让我们去看的时候，大家既称奇，又叫苦。尸体已经盖上了，不是埋下了，像是被一个防止污染的人撒上了一层很细的沙子。他的身体也没有被什么野兽或是野狗撕咬过，肉眼下看不出任何痕迹来。

我们随后互相埋怨，守兵质问守兵；我们差不多快拳脚相向，也没有人前来阻拦。每个人都被怀疑是犯人，可是谁也没有明确的证据被判明有罪；大家对这件事都说一无所知。我们准备手举烧红的铁块，身穿熊熊燃烧的烈焰，对着天神起誓，这件事的发生我们全不知晓，也没有参与这计划和行动。

这样追问下去也是白费工夫，最后，有人提出一个建议，我们大家才颤颤巍巍地同意；因为我们不知该如何反驳他，也不知依照他的建议去做是否会有好运眷顾。

他说这件事你非得知道不可，隐瞒不得。大家同意之后，我这不幸的人受到了命运的惩罚中了这支好签①。所以我来了，既不心甘情愿，也不受欢迎，这个我心知肚明，因为没有人会喜欢报告坏消息的人。

歌队队长　啊，主上，我思考了很久，莫非是天神做出了这件事？

克瑞翁　趁我还没有因为你说的话非常冒火之前，赶快闭上你的嘴巴，免得我发现你又老又糊涂。你说的这话让我难以忍受，说什么这尸首有着天神的顾佑；那是否天神把他奉为恩人，特别重视他，才把他遮盖起来？他原本是回来放火烧毁他们居住的那石柱包裹环绕的神殿、生活用的祭器和他们的土地

---

① 大家摇签（相当于我国的抓阄儿，译者按）决定谁去告诉国王这件事情，每个人把自己的陶片或石子放在一只盔里，然后摇动盔，谁的陶片或石子先跳出来就由谁去。

的，他本是回来破坏法律的。你的眼睛何时看见过天神重视坏人的？没有那回事。这城里早就有人对我心生怨恨，不能认同这禁令，偷偷地左右摇动着脑袋，不愿意心甘情愿地引颈受轭，臣服在我的权力之下。

我的眼睛洞悉得很清楚，这些人是被他们出钱买通来干这勾当的。人世间再不会有像金钱这样坏的东西四处流通，这东西可以使城邦消失，使人们从家乡里被赶出去，使善良的人被教坏，使他们踏上歪路，做些龌龊可耻的事情，甚至叫人为非作歹，干出种种恶行。

那些被金钱收买来干这种罪行的人迟早是会遭受惩罚的。（向守兵）既然我一如既往地崇敬宙斯，你就要全神贯注竖耳聆听——我以宙斯名义发誓告诉你——如果你们不能抓住那亲手埋葬的人，不能把他押解到我面前，死这样的处罚在你们身上是远远不够的，我会把你们活生生地用绳子捆绑着吊起来，要你们供出你们的罪行，好让你们知道日后应该争取的、理所应当的利益是什么；让你们懂得凡事利益当先是不行的。你会发现多数人会被那不义之财所伤害，少数人安乐享福。

守兵　你是愿意让我再说两句话，还是让我就此滚开？

克瑞翁　难道你还不知道你所说的话正似一把把利剑刺痛着我吗？

守兵　是你的耳朵被刺痛了，还是你的心？

克瑞翁　为什么要搞清楚我的痛苦在什么地方？

守兵　让你的心受伤的是罪犯，让你的耳朵受伤的是我。

克瑞翁　呸！很明显，你天生是个多嘴的人。

守兵　可能是，但是这件事绝不会是我做的。

克瑞翁　你不但是，而且还把你的灵魂贩卖给了金钱。

守兵　唉！一个人心生怀疑而又怀疑错了对象，真是太可怕了。

克瑞翁　你尽管巧舌如簧地谈论“怀疑”；你若是不能把那些罪犯给我找出来，你就必须承认肮脏的钱会引来灾祸。

【克瑞翁进宫。

守兵　最好是能找到啊！不管抓到与否——都是要靠命运来判决——反正以后你不会再看见我到这里来。这次的结果超出了我的希望与意料，居然相安无事，我真得好好磕头作揖向神明献上我最诚挚的谢意。

【守兵自观众左方下。

四　第一合唱歌

歌队　（第一曲首节）世间怪异的事情虽然多，却没有一件与人相比更怪异；他要在疯狂暴躁的南风下穿越灰色的海，在汹涌猛烈的海浪间冒险航进；那孜孜不倦的大地，最高的女神，他要去捣乱，用马的另一种形式去耕犁，犁头在田地里来来回回地运作。

（第一曲次节）他用长满许多网眼的网兜去捕捉那快乐飞翔的鸟儿，凶猛的走兽和海里的自由遨游的鱼儿——人真是聪明绝顶；他用技艺征服了居住在空旷山野里的飞禽猛兽，驯服了鬃毛蓬松的马儿，使它们引颈受轭，他还把勤劳的山牛也驯养了。

（第二曲首节）他学会了如何去使用语言和转动那流动得像风一样的思维，如何培养良好的社会生活习惯，如何在野外露宿时忽然遭遇天时地利不和的情况下去躲避风霜和雨露那似利箭般的攻击；他遇到什么事都有办法应对，对未来的事也样样胸有成竹，甚至那些难以治疗的疾病他都能设法避免，只有那注定的死亡无力反抗。

（第二曲次节）在技艺方面他天赋异禀，想不到会如此高明，这才有厄运会降临到他身上，有时候好运也会眷顾他；只要他敬畏地方的法令和遵守以天神名义发誓应主张的正义，他的城邦便会昂然挺立；如果他恣意妄为，犯下了罪行，他就会失去城邦。我不愿邀这个为非作歹的人来我家做客，不愿我头脑里的想法与他的一致。

【安提戈涅由守兵自观众左方押上场。

歌队队长　（尾声）这奇异的现象使我目瞪口呆！我认识她——这不

是那个女孩子安提戈涅吗？

啊，可怜的人，那不幸的父亲俄狄浦斯的女儿，这是怎么回事？难道是你在做什么蠢事的时候，被他们给抓住了，把你这违抗国王命令的人给押解来了？

五 第二场

守兵 这件事的主谋就是她，我们在她埋葬尸体的时候，趁机把她给抓住了。可是克瑞翁在什么地方？

【克瑞翁自宫中上。

歌队队长 他又从家里出来了，来得真是恰到好处。

克瑞翁 怎么？发生了什么事，说我来得正好？

守兵 啊，主上，人们在发出誓言不做什么事的时候真的要三思而后行；因为再深入思考一下，通常会发现原来的想法不正确。在你的威胁恐吓之下，我原本发誓不着急再踏入这里的。但是超乎预料之外所带来的快乐掩盖住其他的快乐，因此虽然我发誓不来，但还是亲自带着这个女子来了，我们抓住她的时候她正在举行葬礼。这次我们没有抽签决定谁来，这次运气就跑到了我的身上，没有落到别人手里。现在，啊，主上，只要你愿意，就对她进行审问吧，给她降罪吧；我已经平安脱身了，有权利从这场祸事中抽身出去。

克瑞翁 你说，你押解来的女子——是如何抓住的，在什么地方抓住的？

守兵 她正在埋葬尸首，这件事情你是知道的。

克瑞翁 你知道你说的这句话里表达出了什么意思？你的思想你准确无误地表达清楚了吗？

守兵 我的眼睛亲眼看见她把那不允许埋葬的尸体给埋葬了。我解释得够清楚明白了吗？

克瑞翁 是如何发现的？如何在现场抓住的？

守兵 事情的发展是这样的：我们在你的恐吓威胁之下又掉转头回

到了那里，把尸体上覆盖的那一层薄沙全部拂去，使那黏糊糊的尸体重新暴露在阳光之下；然后我们坐在那与风背道而驰的山坡上，以免尸体散发出的那难闻的味道随着风的吹动飘进我们的鼻孔里；每个人都忙碌地对他的伙伴说些充满责备的话语，以免有人擅离职守。

这样不知过了多久，一直守株待兔地坚守到太阳散发出的绚烂的光轮蔓延到了中天，炙热得如烈火烘烤一样的时候；突然间一阵回旋的风把地上的沙子卷起在空气之中，天空一下子变得晦暗了，风沙肆虐地弥漫在原野之上，呼呼的风声折断平地树林粗犷的枝丫并把树叶吹得满地都是，天空中净是飘荡着的树叶；我们紧闭着双眼忍受着天灾的肆虐侵袭。

这样不知过了多久，等风暴停下来的时候，这个女子就出现在了我们的视线里，她撕心裂肺地哭喊着，就像鸟儿回巢发现窝儿空了，雏儿不见了，在锥心般的悲痛中从喉咙里发出尖锐刺耳的声音。她就像这样：当她看见尸体光无一物地曝光在天地之间她就放声地痛哭起来，对那些把上面薄沙拂去的人发出恶毒的诅咒。她立刻用双手捧了些干沙再次撒在尸体上面，把一只做工精致的铜壶高举着倒了三次酒水以最真挚的敬意祭奠着死者。

我们一看见就冲了出去，马上把她逮住，她没有表现出一丝惶恐不安。我们控诉她之前和现在的行为，她并不否认，使我顿时感觉到心情舒畅，但又同时感觉到心里难受；因为我自己从灾难中全身而退是件极大的乐事，可是让自己的朋友深陷灾难的牢笼之中又是件无比心痛的事。好在朋友的一切事与我自身的安危相比，真是不值得一提。

克瑞翁　（向安提戈涅）你低埋着脑袋，是否承认这件事出自你手？

安提戈涅　这件事情我并不否认。

克瑞翁　（向守兵）你现在从重罪里脱身了，你愿意去哪儿就去哪儿吧。

【守兵自观众右方下。

（向安提戈涅）告诉我——内容要言简意赅——你是否知道有禁葬的命令？

安提戈涅　自然知道，怎会不知道呢？这是公之于众了的。

克瑞翁　你真敢藐视法令吗？

安提戈涅　我敢，因为这条法令的宣告者不是宙斯，那同下界神祇居住在一起的正义之神也从未向凡人下达过这样的法令；我不认为来自凡人的一道命令就能把天神制定的永恒不变的不成文的律条置之不顾，它的存在不会局限于今日和昨日，而是永久的，也无人知晓它诞生之日是什么时候。

我不会因为畏惧别人脸上的怒容而背离天条，以至于让自己深陷神的惩罚。我知道我的生命即将终结——我怎会不知道呢？——即使那道法令你没有颁布；如果在我本应存活的时间之前死去，我认为是件好事。因为像我这样在永无止境的苦难中苟活的人，死了岂不是件有百利而无一害的事吗？

所以让这悲惨的命运降临到我的身上并不是什么痛苦的事情；但是，如果我让我自己的哥哥死后不得安葬，我会痛彻心扉；可是像现在这样，我反而安心了。如果在你的眼中我所做的事愚蠢之极，或许我要说那些说我愚蠢的人才是真正的蠢笨。

歌队队长　这个女儿天生倔强不屈，是倔强的父亲所生；她不知道在灾难面前垂下她的脑袋。

克瑞翁　（向安提戈涅）可是你应该清楚，意志的根蒂过于顽强最容易遭受挫折的打击；你可以经常看见最顽固的铁在经过淬火的历练变硬之后，会在人的技艺下变得粉身碎骨，撒落成一地的碎片和破块。而且我还知道，桀骜不驯的烈马只需要一小块嚼铁便能使它俯首归顺。当一个人成为了别人的奴隶，便不能再自高自大立于人前了。

（向歌队队长）这女孩子刚才违抗那颁布的法令的时候，神情高傲；事后还是这样傲慢不逊，为这事而欢乐，为这行为感到喜悦。

要是她举起了胜利的高杆，而不受到任何惩罚，那么我就变成了女人，她倒成了男子汉。无论她是我姐姐的女儿，还是比任何一个崇敬我的家神宙斯的人与我体内流动的血液更亲近，她本人和她的妹妹都难以从那最悲惨的命运的牢笼中逃脱出来，因为我指控另外的那个女子是帮助她埋葬尸体的帮凶。

去把她叫来，我刚才看见她在家；她疯了，精神错乱。那私下里心怀不轨的人的内心往往会事先招供自己的罪行。与此同时，我也憎恨那个做了坏事被人当场抓住，却反过来想要赞扬自己罪行的人。

安提戈涅　除了捉住我把我杀掉之外，你接下来还想要做什么呢？

克瑞翁　我并不想做什么其他的，杀掉你就足够了。

安提戈涅　那么你为什么还不动手，拖延时间？你嘴里吐出的任何话都不能使我感到半分的欢喜——但愿不会使我喜欢啊！我所说的话你自然也听不进去。

我除了把自己的哥哥埋葬了之后获得殊荣之外，还能从哪里获得更大的殊荣呢？这些人全都会赞扬我的行为，如果不是恐惧塞满了他们的嘴。但是不行，因为君王除了能享受诸多特权之外，还能凭自己的喜好做喜欢做的事，说喜欢说的话。

克瑞翁　在这些卡德墨亚[①]人当中，只有你才会有这样的想法。

安提戈涅　他们也是有这种想法的，只是因为畏惧你的王权才缄默不语的。

克瑞翁　但是，假若你的行为与他们迥然不同，你不会感到可耻吗？

安提戈涅　对于一母所生的同胞兄弟献上我最诚挚的敬意，并没有什么可耻的。

克瑞翁　那对方不也是你的兄弟吗？

安提戈涅　他是我同父同母所生的兄弟。

① 卡德墨亚是特拜的卫城，这个名字可以代表特拜城。卡德墨亚是由卡德摩斯而得名的。

克瑞翁　那么你尊敬他的仇人，不就代表着你不尊敬他吗?

安提戈涅　那位死者是不会赞成你这句话的。

克瑞翁　他会赞成，假如你对他献上的敬意与对那坏人献上的同样多。

安提戈涅　他不会赞成，因为死去的不是他的奴隶，而是他的亲弟兄。

克瑞翁　他们一个是来毁灭城邦，而另一个是在保卫城邦。

安提戈涅　可是在冥王的要求下，葬礼是依然要举行的。

克瑞翁　可是与坏人享受同样的葬礼，好人是不愿意的。

安提戈涅　谁会知晓这件事在下界的鬼神那里是否是可告无罪呢?

克瑞翁　仇人之间是断不会发展成为朋友的，即使是在死去之后。

安提戈涅　可是我天生不喜欢跟着别人仇恨，而喜欢跟着别人爱。

克瑞翁　那么你就去到冥土里吧，你要爱就去尽情爱他们吧。只要我还有一口气在，任何一个女人都不要妄想管得了我。

【伊斯墨涅由两个仆人自宫中押上。

歌队队长　看呀，伊斯墨涅出来了，那双清澈动人的眼睛里不停地流出那蕴藏着姐妹情谊的晶莹的泪水，那眉宇间萦绕的愁云遮住了红艳的面容，随即化为泪水，浸湿了那娇嫩美丽的面颊。

克瑞翁　（向伊斯墨涅）你就像一条蝮蛇化身藏匿在我的家，不动声色地吸取着我的血，我竟然茫然不知我亲手养了两个叛徒要来把我从宝座上推下来。喂，告诉我，你是招供这葬礼有你的参与，还是发誓你全不知情?

伊斯墨涅　做这件事情的人是我，只要她不反对，我愿意分担这罪过。

安提戈涅　可是正义拒绝你的分担；因为你既不愿意，我也没有让你参与其中。

伊斯墨涅　如今你身处祸乱的旋涡之中，我愿与你共渡这片波涛汹涌的灾难之海，并不觉得羞耻。

安提戈涅　做这件事的双手来自谁，冥王和下界的死者都是见证，嘴上说说的朋友我不喜欢。

伊斯墨涅　不，姐姐呀，不要把我拒之在外，让我同你一起死，让死者成为干净的鬼魂吧[①]！

安提戈涅　不要同我一起死，不要把你没有亲身经历过的事情当成你自己的，我一个人死就足够了。

伊斯墨涅　如果我的生命里没有了你，那活着还有什么意义呢？

安提戈涅　你问克瑞翁吧，既然你对他百分孝顺。

伊斯墨涅　这样对你有什么好处呢，你为什么要如此刺痛我的心？

安提戈涅　倘若我的言语嘲弄了你，我心里也是苦涩的。

伊斯墨涅　现在我还能给你提供什么帮助呢？

安提戈涅　救救你自己吧，即使你能从这一关里逃出去，我也不会对你心生羡慕的。

伊斯墨涅　哎呀呀，我就不能用我的身躯分走一点你的厄运吗？

安提戈涅　你愿意让生命之树继续开花结果，而我愿意让它枯萎凋零。

伊斯墨涅　我并不是没有劝告过你。

安提戈涅　你的行为在某些人的眼里是聪明的表现，可是在某些人的眼里，聪明的人却是我。

伊斯墨涅　可是在这件事情上我们俩同样有罪。

安提戈涅　请放宽你的心，你的生命是会继续下去的，我却是早已在为死者服务而死了。

克瑞翁　在我看来，这两个女孩中有一个刚刚变愚蠢了，而另一个是生来就愚蠢不堪。

伊斯墨涅　啊，主上，你沾染上了霉运，就连天生的理智也难以保持，也会神志错乱。

克瑞翁　你的神志在你愿意与坏人同流合污的时候，确实是错乱了。

伊斯墨涅　我的身边没有她的陪伴，我如何能在这条漫长的道路上存活下去？

克瑞翁　别再说她还陪在你身边，她已经消失在这世界上了。

---

① 死者要经过埋葬才能成为清洁的灵魂。伊斯墨涅的意思是，她如果分担了埋葬之罪而死的话，就等于她对死者尽埋葬之礼。

伊斯墨涅　你要把你儿子的未婚妻给杀了吗？

克瑞翁　他还可以去耕种其他的土地。

伊斯墨涅　如此情投意合的姻缘不会再出现了。

克瑞翁　我讨厌给我儿子娶这样的坏女人。

伊斯墨涅　啊，最亲爱的海蒙，你在你父亲的心里多么的无足轻重啊！

克瑞翁　你这个人和你口中所提起的婚姻够使我恼火了！

伊斯墨涅　你真要你的儿子与他的未婚妻从此分离吗？

克瑞翁　死亡的踏足会让这婚姻出现裂缝的。

歌队队长　似乎她的死刑已经判定了。

克瑞翁　（向歌队队长）是你与我一同判定的。仆人们，别再耽误时间了，快把她们拖进去吧！从今以后，她们应该乖乖地当女人，不准随便走动；甚至那些胆大如牛的人，看见死亡的脚步一步步接近的时候，也会落荒而逃的。

【安提戈涅和伊斯墨涅由两个仆人押进宫。

六　第二合唱歌

歌队　（第一曲首节）没有品尝过苦难滋味的人是有福气的。一个人的家若是被上天推翻，各种各样的灾难都会降落在他的头上，还会对着他的子孙，像气势汹涌的波浪一样，在来自特剌刻的疯狂海风的鼓动下，向着海水的深暗处涌去，把深藏在海底的黑色泥沙袭卷起来，那海角在呼啸的风和那狂浪的拍打下，发出悲惨的呜咽之声。

（第一曲次节）从拉布达喀代[①]家里的死者那里传下来的灾难是很古老的，我看见它们一个接着一个地掉落，没有一代人能救得起另一代人，它们的拯救之路在一位神的控制下备受打击，简直就没有任何办法能挽救这个家脱离苦海。如今，俄狄浦斯家中所剩下的根苗上所散发出的希望的光芒，又在下界神祇无情的砍刀下——语言上的愚蠢、心里的疯狂——夭折了。

① 拉布达喀代意思是拉布达科斯的子孙，拉布达科斯是拉伊娥斯的父亲，俄狄浦斯的祖父。

（第二曲首节）啊，宙斯，哪一个凡人侵犯得了你，能在你的权力面前竖立起阻挠的城墙，你的权力即使是捕获众生的睡眠或是众神所安排的不眠不休的岁月时光也不能压制；你这位在时光的催眠里始终永葆青春的住在奥林匹斯山上绚烂夺目的光里的神。在最近和遥不可知的未来里，正像在过去一样，这规律一定生效：人们行为尺度过大必会招惹灾祸的光临。

（第二曲次节）对许多人而言，那虚无缥缈的希望虽带来益处，但是对许多别的人却是骗局，他们在浮夸的欲望里被欺骗得团团转，到脚上露在鞋子外面的皮肤被灼热的烈火烧烤得疼痛的时候，他们才知道自己上当受骗了。是谁很聪明地说了这样出名的话：一个人的心一旦被天神迷惑，踏上迷途，他早晚会把坏事当作好事，只不过灾难暂时还没有降临罢了。（本节完）

歌队队长（尾声）看呀，你最小的儿子海蒙来了。他是否是为了他未婚妻安提戈涅悲惨的命运而悲痛，是否对他的婚姻感觉失望伤心到了极点？

七　第三场

【海蒙自观众右方上。

克瑞翁　（向歌队队长）我们很快就会知晓，并且比先知知道的还清楚得多。啊，孩儿，莫非你的耳朵传进了你的未婚妻最后判决的消息，来同父亲赌气的吗？还是不管我如何做，你都会支持我？

海蒙　啊，父亲，我是你的孩子，凡是你的好界尺给我划出的规矩，我都遵循。在我的心里，婚姻远没有你的善良教导更重要。

克瑞翁　啊，孩儿，你应该在你记事的心板上烙刻上这句话：凡是应遵从父亲的劝告。当父亲的总是希望家里培养出孝顺的儿子，向对父亲怀有敌意的仇人报仇，给父亲的朋友献上最真挚的敬意，像父亲那样尊重他的朋友。那些养了没有作为的儿子，你会说他们生了什么呢？只不过是给自己平添了苦恼，给仇人增添了笑料罢了。啊，孩儿，不要贪图享乐，为了一个女人把你的理智抛诸脑后；要知道一个要和你同居生活的坏女人会在你的怀抱中成为冷冰冰的东西。世间还有什么脓疮比不忠诚的朋友更加令人胆战心惊呢？你应该向这女子射出你仇恨的目光，把她当作深恶痛绝的仇人，让她到冥土嫁给别人做妻子。既然她被我当场抓住，全城只有她一个人敢公然与我作对，我不能欺骗人民，一定要把她处死。

让她对氏族之神宙斯提出申诉吧。如果我把生来与我有血亲的亲人养成了叛徒，那么来自外族的人在我手中也会被养成叛徒。只有在治理家园的方面有着强大的优势的时候才会成为城邦的真正领袖。若是有人触犯法律，犯下罪行，或是妄想对当今掌权的人指指点点，那他就不会得到我的称赞。凡是城邦所授予权力的人，人们必须对他言听计从，无论事情大小，是否公正；我坚信这样的人不仅是一个好人民，而且未来可能会发展成好领袖，会在战争的风暴中恪尽职守，成为一个既忠心耿耿又勇猛无惧的好战士。

背叛是万恶灾难的根源，它会使城邦遭受灭顶之灾，使家庭变得支离破碎，使携手作战的将士节节败退。只有服从才是拯救多数人、正直人性命的唯一途径。所以我们必须维持秩序，万不可对一个女人心慈手软。如果有一天我们必然会被人赶走，那最好是在男人的手中，免得在别人的口中我们会被耻笑连女人都不如。

歌队队长　在我们看来，你的这些话似乎说得很对，除非我们老得头脑糊涂了。

海蒙　啊，父亲，天神让凡人享有理智的情感，这是一切金银珠宝中最尊贵的财宝。我不能说，也不愿意说，你说的话是不正确的；可是别的人或许也会提出好的建议。因此我帮你观察市民的一举一动、一言一行，这些是我应尽的职责。人们对你眉头深锁心生恐惧，对于让你所不快乐的事他们不敢大胆进言；反而在私底下我倒能听见他们的心里话，听见他们悲叹这女子的遭遇，他们说："她的那双手做了世上最荣耀的事情，她是所有女人里面最不应当以如此悲惨的方式死去的人！当她看见她的哥哥悲惨地倒在鲜红的血泊中没有入土为安的时候，她拒绝让那些啃食血淋淋生肉的野狗或猛禽侵犯他的身体，她这样的人难道不应该享受那似黄金般璀璨的光荣吗？”这些就是私下里悄悄流动的秘密话。

啊，父亲，在我的眼中你的幸福比世上任何一种宝物都难能可贵。真的，对儿女来说，最大的光荣不就是来自幸福的父亲的名誉吗？对于父亲来说，子女的名誉不也是一样的吗？

你不要总是在心里死守着这唯一的想法，认为世间对的话只出自你口，别人说的话都不对。因为尽管有人认为聪明的人只有自己，对的话只有自己说的，对的想法只有自己想的，别人的都不行，可是一旦把他们揭开曝光在正直的太阳光下，里面全是空洞一片。

一个人即使聪明绝顶，并且明白许多其他的道理，但是抛弃自己的偏见，也算不上可耻啊。试看那些存活于汹涌洪流中的树木是怎样俯身低头保全自己的，那些昂头抗拒的树木却是被摧毁得树骨无存。那些把帆船的帆脚索紧拉着不肯松手的人，也是把船弄了个底朝天，到了后来，划桨的人们把凳子也翻过来弄了个底朝天，船才开始像那样的航行。

请你平息你心中的怒火，多释放一点温和吧！如果我，一个年纪尚轻的人，也能献上什么建议的话，我就说一个人最好天赋异禀，聪明绝世，如若不然——因为通常不是那么回事——就听聪明的劝告也是好的啊。

歌队队长　啊，主上，如果他说得合乎情理，你应当听他的话；（向海蒙）你也应当听从你父亲的话，因为双方都言之有理。

克瑞翁　我们这样大的年纪，还需要他这样的一个乳臭未干的小子来教导我们变聪明一点吗？

海蒙　不是教你去做不正当的事，尽管我年轻；你也不应只关注我的年龄，而不注重我的言行。

克瑞翁　你对违法犯纪的人献上你的尊重，这也算得上是好的行为吗？

海蒙　我并不劝诫人对坏人也同样尊重。

克瑞翁　这女子身上不是染上了坏人的传染病吗？

海蒙　特拜全城的子民都不这样认为。

克瑞翁　难道市民要插足我政令的进行吗？

海蒙　你看，你说这样的话，不就像个很年轻的人吗？

克瑞翁　难道我治理这片国土的意愿应该依照别人的意思，而不是根据我自己的吗？

海蒙　只属于一个人的城邦算不上真正的城邦。

克瑞翁　难道统治者对城邦没有所有权吗？

海蒙　你这样的王可以在荒无人烟的沙漠中独自享受。

克瑞翁　这孩子好像变成了那个女人的盟友了。

海蒙　不，除非你就是那个女人，事实上，我真正关心的人是你。

克瑞翁　从里到外都变坏了的东西，你竟然和你的父亲争吵了起来！

海蒙　这都是缘于我看见了你做错了事，做事不公正。

克瑞翁　我尊重我的王权也犯了过错吗？

海蒙　你把众神的权力踩在了脚下，就算不尊重你的王权。

克瑞翁　啊，下作的东西，你是女人的追随者。

海蒙　可是你断不会发现我是一个可耻的人。

克瑞翁　你说的这些话都是为了她的利益。

海蒙　是为你我和下界神祇的利益而言的。

克瑞翁　你与她的婚姻，是绝不会在她还活着的时候缔结的。

海蒙　那么她是一定会死的了；可是她这一死，会有另一个人追随而去。

克瑞翁　你居然敢威胁我？

海蒙　我反对你这不明智的决定，算得上是什么威胁呢？

克瑞翁　你自己愚蠢笨拙，反倒来教训我，你会后悔的。

海蒙　你是我父亲，我不能说你不聪明。

克瑞翁　你是对女人献殷勤的人，不必奉承我。

海蒙　你只是想用你的嘴巴说，却不想让你的耳朵听。

克瑞翁　真的吗？我以奥林匹斯起誓，你不能只骂我而不接受惩罚。（向两个仆人）快把那可恨的东西押上来，让她马上当着她未婚夫的面，结束掉她的生命，倒在他的身旁。

海蒙　不，别以为她会死在我的身边；你的瞳孔里再也不会出现我的面容了，你就去那些愿意忍受你的朋友面前发你的脾气吧！

【海蒙自观众右方下。

歌队队长　啊，主上，这人满面怒容，急匆匆地走了，他这样的年轻人遭受了刺激的鞭打，是很凶恶的啊！

克瑞翁　随便他说什么，随便他想做的事是凡人没有做过的，总而言之，他绝不能使这两个女子从死亡的旋涡中安全抽身。

歌队队长　她们姐妹俩，你都要处死吗？

克瑞翁　这句话问得好，那在这罪行里没有出现的人不被处死。

歌队队长　那另一个你想采取什么方式处死？

克瑞翁　我要把她带到了无人烟的地方去，把她活生生地关在石窟里忏悔，每天给她一点只够我们赎罪用的食物，使整个城邦远离污染[①]。在那里，她可以每天作揖祷告，向她唯一信奉的神明——冥王祈求，保佑她不至于死去；但也许到那时候，虽为时已晚，但她会明白，对死去的人致上敬意是徒劳无功的。

八　第三合唱歌

歌队　（首节）美好的爱情啊，你的舌尖从未浅尝过失败的滋味，爱

---

① 克瑞翁原打算把罪犯用石头砸死，后来在盛怒之下便想把安提戈涅立刻杀死。这时他觉得不能杀死一个与自己具有血亲关系的人，便想着改变方法，把她饿死，但同时只给她一点点吃的，表示罪犯的死不是人为的，而是天然的。在古希腊氏族社会时代，人们不得杀害自己的亲属，那将是一件严重的罪行，会受到天神的惩罚。俄狄浦斯就是由于杀死自己的亲生父亲，在十年后带来一场瘟疫。如果安提戈涅是自然饿死的，特拜城就不会有什么灾祸。在这种处罚下，被囚禁的人往往自杀，那也可以使城邦避免杀人的污染。

情啊，你美丽的外表下有多少钱财白白耗费了，你藏在少女娇美的脸颊上等候着太阳的初光，你轻盈的身影掠过了广阔的海洋，把脚步停落在了荒野人家；无论是天上的天神，还是地上朝生暮死的人类都会对你毫无招架之力，躲避不了你的到来；谁遇上你，谁就会疯狂。

（次节）你在正直人的心房上拴上了一根线，牵引着它踏上了不正直的路，使毁灭降临到了他们身上：这血浓于水的亲人间的争执是在你的诱惑下挑起来的；那美丽的新娘眼中发出的炙热的火焰摇起了胜利的旗帜；爱情啊，在你的面前，就连那些伟大的神律都拜倒在你的石榴裙下，那无法抗拒的女神阿佛洛狄忒[①]也发出尖锐的笑声嘲笑他们。（本节完）

歌队队长　（尾声）此刻我亲眼目睹了这现象，自己也跳跃出了法律的界限；我看见安提戈涅的脚正一步步迈向那让众生安息的新房，我的眼泪再也不能自抑地夺眶而出。

九　第四场

【安提戈涅由两个仆人自宫中押上。

安提戈涅　（哀歌第一曲首节）啊，祖国的人民，请目送我走向这最后的路程，这如钻石般璀璨的太阳光将会是我眼睛里最后的光亮，从今往后我再也看不见了。那使众生安息的冥王把我活生生地带到了冥河边上，我还没有在充满祝福的迎亲歌中感受幸福的痕迹，也没有听见有人为我唱起悦耳的洞房歌，就这样带着遗憾与不舍嫁给冥河之神。（本节完）

歌队队长　不，你这样去到死者的地下是很光荣的，很受人歌颂赞扬的；那使身体变得瘦骨嶙峋的折磨躯体的疾病没有藏在你的身体里，使你枯萎凋零，刀剑交错迸发出的血淋淋的火花也没有溅到你的身上，使你受伤流血；这人世间只有你一个人由自己主宰你的生命，活着走向冥府。

① 阿佛洛狄忒是宙斯和狄俄涅的女儿，是爱与美之神，是小爱神厄诺斯的母亲。

安提戈涅　（第一曲次节）可是我曾听说过坦塔洛斯[1]的女儿，那佛律癸亚的客人，也是很凄惨地死在了西皮罗斯山上，她的周身上下都被那似纠缠不休的常春藤的石头紧紧地包围着；冰冷的雨和雪，像人们述说的那样，不断地落在她消瘦的身体上，隐藏着苦痛的泪水不停地从她那水汪汪的眼眶中涌出来，浸湿了她的胸脯；我这次在天神的催眠下渐渐入睡的情形，和她的遭遇非常相像。（本节完）

歌队队长　但是她是天上的神，是在神的孕育下诞生的[2]，而我们却是普通的人，是在人的孕养中降生的。好在你死后，人们会说你生前和死时都与天神的命运相同，那也是无上的荣耀啊！

安提戈涅　（第二曲首节）哎呀，你是在嘲讽我！以我祖先的神明起誓，请你告诉我，你为什么在我最后残存人世的时候出言挖苦我，而不等到我死去了之后再说？城邦啊，在城邦中富裕生活的人儿啊，狄耳刻水泉啊，有美好战车的特拜的圣林呀，请你们做证没有朋友哀悼我的离开，做证我遭受了怎样的法律处分，去到那石牢，我的怪异的坟墓里；哎呀，我既不是生活在人间，也不是生活在冥间，既不是同活人在一起，也不是同死人在一起。（本节完）

歌队队长　孩儿呀，你大胆地到了鲁莽的极端，勇猛地撞着法律的最高宝座，遍体鳞伤地倒在地上，以这样的方式救赎你祖先传下来的罪孽。

安提戈涅　（第二曲次节）你的言语让我感受到愁苦万分，你把我那深藏在内心里的为我的父亲和我们闻名的拉布达喀代所承受的

---

① 坦塔洛斯是佛律癸亚的西皮罗斯山中的国王。佛律癸亚在小亚细亚。女儿指的是尼俄柏，尼俄柏是特拜国王安菲翁的妻子，因为她是个外国人，所以这里称作客人。她大概生了十四个儿女，她曾向只生了两个儿女的勒托炫耀此事。勒托便叫自己的儿子阿波罗和女儿阿尔忒弥斯把尼俄柏的女儿全部射死了。尼俄柏后来化身成石头。西皮罗斯山上有一个坐着哭的女人像，据说就是尼俄柏后来回到老家的时候变成的。

② 尼俄柏的父亲坦塔洛斯是宙斯的儿子，她的母亲是巨神伊阿珀托斯的孙女塔宇革忒。

厄运而不时发出的悲叹再次呼唤醒来。我母亲所缔结的姻缘而带来的灾难啊！我的父亲啊！我那不幸的母亲与她亲生儿子的结合啊！我这不幸的命运到底来自怎样的父母啊！此时此刻，在别人的诅咒下，我还没有品尝到婚姻的滋味就得到他们那里去安家定所。哥哥呀，你的婚姻也充满着不幸[①]，你这一死也连累着你这还尚存于世的妹妹走向死亡。

歌队队长　充满着虔诚敬意的行为虽然算得上是虔敬的，但是权力，在当下掌权人的眼里，就如同神明般神圣不可侵犯。你现在所承受的结果都是你顽固执着的性格造成的。（本节完）

安提戈涅　（末节）眼前的这条道路，没有哀悼的乐曲，没有忠诚的朋友，没有喜庆的婚歌，我将一个人孤寂不幸地走下去。我的瞳孔里将再也映照不出太阳圣洁光辉的影子了，我这悲惨的命运没有人为之哀悼，也没有朋友为之怜惜。

【克瑞翁偕众人自宫中上。

克瑞翁　（向众仆人）假若有什么好处会从哭哭唱唱的腔调中飞腾出来，那一个人在快要死去的时候是绝不会把从他喉咙里发出来的悲叹和歌声停下来的——难道连这个你们都一无所知？还不速速带她离开这儿？你们依照我的吩咐行事，把她关押在那拱形坟墓里之后，就把她扔下让她孤零零地待在那儿，随便她想结束自己的生命，或是居住在那样的家里过着坟墓生活。无论怎样，在处理这女子的事情上我们是毫无罪责可言的；总而言之，在这世间生活的权利，这女子是被剥夺了。

安提戈涅　坟墓呀，新房呀，那将永久禁锢我自由的石窟呀！我就要去到那里去寻找我的亲人，他们许多人早已死去了，在冥后的接待下去了死人那里，我是最后一个，也是命运最悲惨的一个，在我生命的旅程还未走完之前便要下去。非常希望我这次的前往，会受到我父亲的欢迎，母亲呀，也会受到你的欢

① 哥哥指的是波吕涅克斯，他娶了阿德剌托斯的女儿阿耳革亚，借岳父的力量回来攻打祖国。

迎，哥哥呀，也会受到你的欢迎；你们死去之后，我曾亲手洗净装扮你们的身体，曾在你们的坟前献上酒水祭奠你们的灵魂；波吕涅克斯呀，只因为埋葬了你暴露的尸首，我现在便遭受到了这样的惩罚。

可是，在聪明人的眼中，我以这样的方式尊敬你是很正确的。如果有一天是我自己的孩子死了，或是我的丈夫死了，尸首腐烂发臭了，我也不会走上和城邦作对这一步，去做这件事。我说这样的话是出自怎样的原则呢？丈夫死了，我可以另嫁他人，孩子死了，我可以与别的男人结合再生一个；但此时此刻，我的父母早已入土安息，再也不可能会有哥哥出生了。

我对你致上最诚挚的敬礼就是出自这个原则，可是，哥哥呀，克瑞翁却认为我竟然胆大包天做出这样的事情去触碰了法律的界限，给我定下了罪。我现在被他捉住，要把我带走，我还没有听过充满着喜悦与祝福的婚歌，没有感受过有红帐装扮的新房，没有尝到过婚姻幸福的滋味和子女承欢膝下的快乐；我如此孤立无援，无亲无友，在不幸的陪伴下，人还活着就要去到死者的石窟中去。

我究竟在哪一条神律上失足犯法呢？我这不幸的人为什么要依靠神明？为什么要祈求神明的庇佑，既然我这充满虔诚敬意的行为被戴上了不虔敬的帽子？即使在神们的眼中，以这样的方式死去是罪有应得，我也要死后才会画押认罪；假若他们是有罪的，愿他们所品尝到的苦难的滋味与他们施加在我身上的不公平的惩罚恰好相等。

歌队队长　那同一个风暴所刮起的旋风依然在她的心里咆哮。

克瑞翁　那些押送她的人做事太拖拉不负责了，他们会后悔莫及的。

安提戈涅　哎呀，这句话象征着死亡的期限正在一步步地逼近了。

克瑞翁　我不能鼓励你去相信，我这样的批准表示着判决不是这样的。

安提戈涅　特拜境内我先人的都城呀，众神明，我的祖先[①]呀，他们要把我带走了，再也不在时间的转轴上拖沓了！特拜长老们呀，请看你们王室最后唯一残存的后裔，请看看我因为重视虔敬的行为，我在什么人的手中遭受到了怎样的迫害啊！

【安提戈涅由两个仆人自观众左方押下。

十　第四合唱歌

歌队（第一曲首节）那美艳动人的达娜厄也是在密闭的铜屋里看不见太阳可爱的容貌，她被人囚禁[②]在那似坟墓般凄凉的屋子里；可是，孩儿呀孩儿，她有着贵族般高贵的出身，她为宙斯生了个儿子，是金雨的化身。命运的威力真是令人胆战心惊，不是万能的金钱所能收买、残暴的武力所能征服、坚固的城墙所能阻挡、乘风破浪的黑船所能躲避开的。

（第一曲次节）德律阿斯的狂暴急躁的儿子，额多涅斯人的国王，也因为怒火中烧辱骂狄俄尼索斯，被他下令关押在石牢里，他是在这样的惩罚下被制伏的。等到他体内那股可怕的猛烈的疯狂火焰渐渐平息下去的时候，他才知晓他在疯狂中辱骂的是一位神[③]。他曾妄图阻止那些在神的指示下收获灵感的妇女和她们高呼对酒神崇拜的时候挥舞跳跃的火炬，并且把那些爱好箫管乐器的文艺女神给惹怒了。

---

① 特指战神阿瑞斯、阿芙洛狄忒和酒神狄俄尼索斯。阿瑞斯和阿芙洛狄忒是特拜城的建立者卡德摩斯的妻子哈耳摩尼亚的父母，狄俄尼索斯是宙斯和哈耳摩尼亚的女儿塞墨勒的儿子。

② 达娜厄是阿尔戈斯国王阿克里西俄斯的女儿。神谕曾说阿克西里俄斯会死在外孙手中，他因此把这个女儿囚禁在铜屋中。宙斯后来化作金雨和达娜厄来往，她因此生了珀耳修斯。珀耳修斯后来扔铁饼，误伤了自己的外祖父阿克里西俄斯，阿克里西俄斯就这样死在自己的外孙手里了。这支歌里面唱的几个人物都和安提戈涅一样遭受了相似的命运，被人囚禁。

③ 德律阿斯的儿子叫吕枯耳戈斯。有一次酒神狄俄尼索斯在吕枯耳戈斯的国土上经过时，吕枯耳戈斯狂暴地攻击酒神，逼着酒神跳河。酒神因此向吕枯耳戈斯报复，使他在疯狂中用斧头砍死了自己的儿子，这杀死亲属的罪行使得他们的城邦发生了瘟疫。后来神示说要把国王处死，城邦才能恢复安宁。但是额多涅斯人不能杀死自己的国王，只好把国王囚禁在一个石洞中，据说国王后来在那里被野兽吃了。

（第二曲首节）那片海的蓝色水边的牛峡岸旁是特剌刻的萨尔密得索斯城……阿瑞斯，那都城的邻居，曾在那里看见过菲纽斯的两个儿子在发出的诅咒中所遭遇的创伤，他们的双眼被他那狠毒的后妻刺瞎了①：她用沾满血渍的双手，紧握着梭尖刺破了那要求报仇的眼球，那创伤使它们永远远离光亮，深陷黑暗的深渊。

（第二曲次节）这两个可怜的孩子在囚禁中被关押得消瘦了，他们悲叹他们所遭受的不幸的苦难；他们是出嫁后不幸的母亲所生，这母亲的世系可以追溯到遥远的厄瑞克透斯的古老家族，她的成长是在那遥远的洞穴里面，同她父亲的风暴在一起，玻瑞阿斯这孩子，神们的女儿，她同姐妹们一起扬起她们的翅膀飞向那险峻的山岭；可是，孩儿呀，她也遭受到了那三位古老的命运女神的打击。

十一　第五场

【忒瑞西阿斯由童子带领，自观众右方上。

忒瑞西阿斯　啊，特拜长老们，我们携手一同来了，两个人的行走要依靠一双眼睛的指引；因为瞎子要有人带领，才能行走。

克瑞翁　啊，德高望重的忒瑞西阿斯，有什么消息要告知我们吗？

忒瑞西阿斯　我就告诉你，你必须唯先知的话是从。

克瑞翁　在此之前，我并没有违背过你的意思。

忒瑞西阿斯　因此你掌舵这城邦的时候它平稳地行驶着。

克瑞翁　我能够证实我曾经得到过你的帮助。

忒瑞西阿斯　你要留心，现在的你又站在了厄运锋利的刀口下了。

克瑞翁　你这话是什么意思？我听了之后被吓得浑身颤抖！

忒瑞西阿斯　等你听了在我法术的发现下所预示的征兆，你就会明白了。

---

① 在上文中提到，菲纽斯因受后妻挑唆，弄瞎了前妻所生的两个儿子的眼睛。他也因此被神惩罚。索福克乐斯艺术处理了这个希腊神话的故事，将弄瞎儿子眼睛的人改成后妻，使艺术效果更好。

当我一坐上那古老而神圣的占卜座位——那是各种各样的飞鸟所聚集的地方——就听见鸟儿细小的喉咙里发出的捉摸不透的叫声和不祥的愤怒声，诡异的叫噪；我知道它们之间正在用长着锋利指甲的爪子互相撕抓着；我从它们鼓动羽翼的振翅声中就听明白了。

为此，我心生恐惧，马上在燃烧着高高火焰的祭坛上试试燔祭；可是烈火并没有穿透祭肉的间隙燃烧[1]起来，那浓稠的汁液从髀肉里不断地流出来掉落在火炭上，冒出缕缕黑烟就爆炸了，胆汁飞溅了出去，散落在空气中，那滴油的大腿曝露了出来，那覆罩在上面的网油已经融化开来。

没有任何预兆从这祭礼中显露出来，我依靠它来占卜，就这样以失败告终，是这个孩子告知我这件事的，他指示我，就像我指示别人一样。因为你所持的错误意见，才让污染染指了城邦。我们的祭坛和炉灶全都被猛禽和野狗用那锋利的尖齿从俄狄浦斯可怜的儿子身上撕咬下来的肉给弄脏了；因此众神拒绝接受来自我们祭献的祈祷和从大腿骨发出的火焰；连鸟儿也不愿意发出预示吉兆的叫声，因为它们把被杀者的血肉吞咽下肚了。

孩子，你细想看看，人人都会犯错，一个人即使走上了错误的道路，只要能浪子回头，痛改前非，这样的人就是聪明而有福气的人。

顽固不化的性情是会招惹来愚蠢的恶名的。你对死者退让一步吧，不要刺杀那已经被杀死的人。再对那个死者使上杀戮算得上什么英明勇敢呢？我对你心怀好意，为你好而劝告你；假若忠言有好处，那听信忠言是件快乐至极的事。

克瑞翁　老头儿，你们全体像是弓箭手射靶子一样，对我射出利箭，

① 古希腊祭奠的祭祀肉通常是带一点肉的牛羊肉大腿骨，上面裹着网油，堆着内脏和胆囊。如果祭肉立刻着火，火焰清明，就是吉兆。如果只是冒烟，或者火焰不旺，便是凶兆。

我并不是没有在你们的预言上栽过跟头，而是早就被同族的预言者贩卖，像货物一样被装上了船。你们尽管去赚钱吧，只要你们心甘情愿，你们就把萨尔得斯白金、印度黄金装进口袋拿去贩卖吧；但是你们不能让那人进入坟墓安葬；不，即使宙斯的飞鹰把那人的肉抓着带到了他的宝座上，不，就算那样，我也绝不会因为害怕污染，就答应你们埋葬他，因为我知道，没有任何一个凡人有能耐让天神沾染上污染。啊，老头忒瑞西阿斯，就算是聪明绝世的人，只要他们为了贪图利益，从嘴里说出一些漂亮而又不知羞耻的话，也会很可耻地摔倒。

忒瑞西阿斯　啊，谁会知道，谁会去考虑？

克瑞翁　什么？你有什么废话要说？

忒瑞西阿斯　谨慎与财富相比，价值贵重多少？

克瑞翁　我认为像愚蠢一样，是最有害的东西。

忒瑞西阿斯　你正是染上了那愚蠢的传染病。

克瑞翁　对于先知的辱骂，我是不愿意回骂的。

忒瑞西阿斯　可是你已经骂了，说什么我的预言是欺骗人的。

克瑞翁　你们那一族的预言者都对钱财特别地钟爱。

忒瑞西阿斯　暴君所生的一族人却对卑鄙的利益独爱有加。

克瑞翁　你是否知道此刻与你对话的人是国王？

忒瑞西阿斯　我知道，因为你是在我的帮助下才拯救了这城邦，当上了国王。

克瑞翁　你是个聪明的先知，只是喜欢做不正派的事情。

忒瑞西阿斯　你的行为会让我把深藏的秘密给说出来。

克瑞翁　尽管说出来吧，只要所说的话不是因利益而发出的。

忒瑞西阿斯　我也不会为了你的利益而说话。

克瑞翁　我告诉你，你绝不能为了钱财拿我的决心去贩卖。

忒瑞西阿斯　我告诉你，你能看见太阳光的日子没有几天了，就在剩下的这些日子之内，作为赔偿，你将失去你的儿子，拿尸首赔偿尸首；因为你曾用卑劣的手法，把一个还尚存于世的人扔到了下界，使一个身体里面还流动着鲜活血液的人住在坟墓里，还因为你曾把一个属于下界神祇的尸体，一个没有泥土埋葬、没有酒水祭奠、完全污秽的尸体扣留在人间，这件事你不能插手干涉，上界的神明也不能过问；你采用这样的方式，相反地，你冒犯了他们。为此，冥王和众神手下的复仇之神，那三位姗姗来迟的毁灭之神①，正隐藏在暗处等候着你的大驾光临，要把同样的灾难圈套在你的身上。

你想想，我所说的这番话是不是在利欲熏心的催眠下。过不了多久，男男女女凄惨的哭声将会冲破你的房顶；所有的邻邦都会由于恨你感到心潮澎湃、热血沸腾，因为他们战士的破碎的尸体被凶猛的野狗、野兽或是飞鸟当作食物填进了肚子，那些鸟儿还把污秽的臭气带到了他们城邦的炉灶上，挥之不去。

既然你刺激我，我就像是一个愤怒的弓箭手一样向你的心射出这样的箭，你一定躲避不了箭的伤害啊！

孩子，带我回家吧；让他的怒火向那些比我年轻的人喷发吧，让他明白怎样使他的舌头变得柔和一点，怎样使他的胸中跳动着一颗比他现在所拥有的更好的心。

【忒瑞西阿斯由童子带领，自观众右方下。

歌队队长　啊，主上，这人说了些令人心惊肉跳的预言就走了。自从我的青丝变成白发以来，我一直知道他对城邦所说的话没有一句掺杂着任何虚假情意。

克瑞翁　这个我也知晓得一清二楚，所以现在心里如杂草疯长般混乱不已。要我退让一步自然是为难，可是再反抗命运的安排，使我的精神因为惹出祸事而备受打击，也是件可怕至极的事啊！

① 复仇女神厄里倪厄斯，是地神（也有说法认为是天神乌拉纳斯）的女儿，一共有三位，她们头缠毒蛇，眼冒鲜血，专门为被杀死的亲人报仇。她们虽然迟迟而来，但是必定会来。

歌队队长　啊，墨诺叩斯的儿子，你应当接受我的忠告。

克瑞翁　我应该怎么办呢？你说啊，我一定听从。

歌队队长　快把那女孩从石窟里面释放出来，给那曝露的尸体起个坟墓。

克瑞翁　你劝我就是这样的吗？你认为我应该让步？

歌队队长　啊，主上，请尽量快些；因为来自众神的报应会如射出的箭一般疾驰着追上坏人。

克瑞翁　哎呀，多么为难啊！可是我仍然得回心转意——我答应让步。我们不能与命运拼斗。

歌队队长　这些事还是你亲自去做吧，不要委托他人。

克瑞翁　我这就去。喂，喂，全体仆人啊，快手拿着斧头往那遥遥在望的地方飞奔而去！既然我回心转意，我亲手用绳子把她捆绑起来，就得亲手让她从那捆绑中自由起来。我现在相信，一个人一生最好是遵守众神制定的律例。

【克瑞翁偕众仆人自观众左方急下。

十二　第五合唱歌

歌队　（第一曲首节）啊，你这位多名多号的神[1]，卡德墨亚新娘捧在掌上呵护的珍贵宝贝，鸣雷掣电的宙斯的儿子，你守护着闻名的意大利亚守护着厄琉西斯女神得俄的迎接客人的盆地；啊，巴克科斯，你居住在特拜城——你的女信徒的国家，居住在伊斯墨诺思流水附近，曾经孕育过毒龙的牙齿生长的土地上。

（第一曲次节）那双峰上耀眼闪烁的火光常常眷顾着你，科律喀斯的仙女们，你的女信徒，在那里举着火焰游行；卡斯塔利亚水泉也时常倒映着你的身影。你从常春藤繁茂围绕的倪萨山岭踏足而来，你从葡萄遍地的绿色海边涉水而来，你在神圣的歌声和欢送声中来到了特拜城。

（第二曲首节）在所有的城邦中，你最喜欢特拜，你那遭受雷火与霹

---

① 神在这里指的是酒神狄俄尼索斯。酒神共有六十多个名字。

雳的母亲也是如此；如今啊，既然巨大的灾难袭卷了全城的人，请你抬起你尊贵的脚越过帕耳那索斯山岭或怒吼咆哮的海峡前来消除污染啊！

（第二曲次节）喷出炙热火焰的星宿的领队啊，彻夜放声高歌的指挥者啊，宙斯的儿子，我的主啊，快带着仙女们，你的侣伴们，现身呀，她们总是出现在你的前面，在你伊阿科斯赐予快乐的恩赐者面前，通宵疯狂，歌舞达旦。

十三　退场

【报信人自观众左方上。

报信人　居住在卡德摩斯和安菲翁宫旁的邻居啊，人的生活无论是哪一种，我都不能对它献上溢美之词或一成不变的恶意的咒骂，因为那些幸福的人和不幸的人经常遭到运气的捉弄，时而被抬举，时而被压制；人们能维持生活现状到多久，没有任何人能对他们做出预示。克瑞翁，在我看来，曾经享受过短暂的幸福，让敌人溃不成军，落败而逃，把卡德摩斯的国土从战火缭绕的烟雾中拯救了出来，掌握了这地方的最高权力，并且在福气的庇佑下，他生下了许多高贵的儿子；但是此刻他把他们全都失去了。一个人若是把他自身的快乐葬身在自己的过错里，我就认为他不再是个活着的人，而是一个一息尚存的尸体。只要你乐此不疲，尽管在家里把金银财宝累积得像山一样高，阔绰地摆着国王的排场生活下去，但是，如果快乐的身影没有出现在其中，我就不愿意用烟下面获得的荫凉来与你的那种奢华富贵的生活进行交换，那与快乐的生活比起来太索然无味了。

【欧律狄刻自内稍启宫门。

歌队队长　你的到来是有什么要报告的吗？难道又有什么灾难要降临到我们王室吗？

报信人　他们都死了！那尚存于世的人应该肩负起对死者的责任。

歌队队长　凶手是谁，被杀死的人又是谁？你快说呀！

报信人　海蒙死了；他的死不是外人造成的。

歌队队长　他死于父亲的手，还是自己的手？

报信人　他因为那杀人的事生他父亲的气，为此自杀了。

歌队队长　先知呀，你的话多么灵验啊！

报信人　既然如此，其他剩下的事你也应该细细想想！

歌队队长　我看见了不幸的欧律狄刻——克瑞翁的妻子来了，她的到来是偶然的，抑或是她儿子的消息传到了她的耳朵里。

【欧律狄刻由众侍女扶着自宫中上。

欧律狄刻　啊，全体百姓们，我正打算去雅典娜①女神庙祈福，脚步刚迈出大门，便听见了你们的谈话。当我正要把横杠在门上的门杠取下来打开门的时候，家庭灾难的消息便跑进了我的耳朵里，我心里一下子被恐惧缠绕着，就向身后仆女们的怀里倒了下去，昏了过去。不管是什么样的消息，请你再说一遍；我并不是个没有在苦难中生活过的人，我要再听听。

报信人　亲爱的主母，我既然去过那里，我一定一字不漏地如实地向你报告。我为什么要说些安慰你的话而使你后来发现我所说的是假话呢？最好的话永远是最真实的话。

我为你的丈夫指路，跟随着他来到那平原上，波吕涅克斯的尸体依然躺在那里，他身上的肉被野狗撕咬着，血肉模糊，没有任何人对他心生怜悯。我们对着道路之神和冥王叩拜平息他的愤怒的火焰，请他大发慈悲；之后我们赶紧用洁净的水把他的尸体清洗干净，采集一些新的树枝把他的残尸给火化了，还用他家乡的泥土为他建了一座新坟。然后我们到那嫁给死神的女子的新房，底部是用石头铺垫的洞穴。有人远远地听见凄惨号啕的哭声从那尚未举行丧礼的洞穴里飘荡出来，特地跑来向我们的主人克瑞翁告知此事。

国王走得近一点，那模糊不真切的充满着凄厉悲惨的呼声就

① 雅典娜是智慧女神。特拜城有两所雅典娜的神庙，一所在卫城之上，另一所在城外。

在他的耳边萦绕不去；他叫喊一声，说出这悲惨的话：“哎呀，难道我的预料成了现实吗？难道我踏上了最不幸的道路？在我耳中回响的是我儿子的声音，要我辨识！仆人们，赶快上前！你们从坟墓前面被人弄破的石壁那里钻进去，走到墓室门口，伸出脑袋向里望望，然后告诉我我辨识出的声音是海蒙的还是众神欺骗了我。”

我们遵照着懊恼的主人的命令，前去察看，看见那女子的脖子套在了那细纱挽成的活套里，身体悬空吊在墓室的最里边，那年轻的男子抱着她的腰，放声悲叹着她未婚妻的死亡、他父亲所犯下的罪行和他充满着不幸的婚姻。

他父亲一看见他，喉咙里便发出了一种惨绝人寰的声音，他跟着进去，大声痛哭着，呼喊着他的儿子：“不幸的儿啊，你做的是什么事？你打算怎么样？你如此发疯是为了什么事呀？儿呀，快出来，我求你，我求你！”那孩子却用充满着仇恨的目光恶狠狠地瞪着他，脸上显现着厌恶的表情；他对他父亲的哀求置若罔闻，随手便把那身旁的十字柄短剑拔了出来。他父亲掉头就跑，那短剑没有如愿以偿；那不幸的人对自己生起气来，立即扑身向剑，鲜红的血液从他肋间刺入的短剑所造成的伤口处源源不断地流出来。当他还残留着最后一点知觉的时候，他用那健硕的手臂把那女子圈在怀里；他一喘气，一股急涌的血流渗到了她那惨白的脸上。

他躺在那里，尸体抱着尸体；这不幸的人最终在死神的屋里举行了他的婚礼。他以这样的方式向人们证明，充满着愚蠢的行为是人们所遭受的最大祸难的根源。

【欧律狄刻进宫，众侍女随入。

歌队队长　你猜这是什么意思？我们的主母没有张嘴说一句话就走了。

报信人　我也大吃一惊；我想她是听见了孩子的灾难，在众人面前不好悲伤痛苦；但是，在家里，她可以在侍女的陪伴下哀悼家庭的不幸。她为人谨慎小心，不会有什么过错。

歌队队长　或许是的；但是，从我的角度来说，这种蕴涵着勉强的沉默和哭哭啼啼都是不祥的象征。

报信人　我进宫去打探一下是否有什么不愿告知众人的决心，隐藏在她那充满愤怒的心里。你说得对，故作坚强的沉默是不祥之兆。

【报信人进宫。

歌队队长　看呀，国王回来了，他的身旁还带回来了一件记录他行为的纪念品——假若我们可以这样说——这件祸事的主导者不是别人，正是他自己。

【众人抬着海蒙的尸体自观众左方上，克瑞翁随上。

克瑞翁　（哀歌第一曲首节）哎呀，这被邪恶侵蚀的心灵的罪过啊，这被顽固所污染的性情的罪过啊，害死人啊！唉，你们看见这杀人的人和被杀的人是一家人！唉，这些事情都是我的决心惹的祸啊！我的儿啊，你的生命之花还在含苞待放就夭折在了暴风雪雨的摧残下，哎呀呀，你死了，离开了，怪只怪我太粗心大意，怪不着你啊！（本节完）

歌队队长　哎呀，你似乎把这些是是非非看清楚了，只可惜明白得太迟了。

克瑞翁　（第二曲首节）唉，我这不幸的人已经懂得了；仿佛我的脑袋被一位神明重重地敲打了一下，让我踏上了残忍行为的道路上，哎呀，推翻了，践踏了我的幸福！唉！唉！人们的辛苦多么沉重啊！（本节完）

【报信人自宫中上。

报信人　啊，主上，你来了，你的手里已经有东西了，除此之外还有别的东西等着你呢；这一个你用手抬着，那一个在家里，很快就可以出现在你的视线里了。

克瑞翁　除了这些之外，还有什么更大的灾难等着我呢？

报信人　你的妻子，死者的亲生母亲已经死了，哎呀，那致命的创伤还残留着新鲜的痕迹呢！

克瑞翁　（第一曲次节）哎呀，死神那填不满的收容所啊，为什么，为什么害我？你这个传递着灾难的坏消息的使者啊，对我你还有什么话要说呢？哎呀，你又在我这已死的人的身上填上了致命的创伤！年轻人，你说什么？你带来的是什么消息呀？哎呀呀，是不是与我妻子的死亡有关，尸首重叠着尸首的消息？（本节完）

【活动台自景后推出来，上面停放着欧律狄刻的尸首。

歌队队长　你看见了，不再是停放在里面了。

克瑞翁　（第二曲次节）哎呀，我的瞳孔里面映现出了另一件祸事！等待着我的命运还有什么，还有什么呢？刚才儿子的尸体还躺在我的怀里，哎呀，现在又看见了眼前的这具尸体！唉，不幸的母亲呀！唉，我的儿呀！（本节完）

报信人　她最先追悼那先前死去的墨伽柔斯的闪着荣耀光芒的命运，再哀悼这孩子的命运，最后诅咒，让厄运降临到你这残杀亲子的父亲的身上；她随即站上了祭坛，手拿着祭祀用的锋利的祭刀自杀，从此闭上了她的眼睛，进入了另一个昏暗的地方。

克瑞翁　（第三曲首节）哎呀呀，你的话惊吓得我浑身颤抖啊！怎么没有人在我的胸口上用锋利的双刃剑刺一下？唉，唉，我多么的不幸，我陷入了苦难的旋涡中难以脱身而出！（本节完）

报信人　是呀，你的妻子在临死前指控你应当对这孩子和那孩子的死承担责任。

克瑞翁　她是怎样自杀的？

报信人　我们大声悼念她儿子的死亡传到了她的耳朵里，她就对着自己跳动的心插进了那锐利的刀。

克瑞翁　（第四曲首节）哎呀呀，这罪孽不能从我的肩上嫁祸到别人的身上！是我，哎呀，结束了你生命的人是我，我说的是事实。啊，仆人，赶紧把我这与死人没什么不同的人带走吧！带走吧！（本节完）

歌队队长　如果还有什么好事隐藏在灾难中，你的吩咐倒也算是好事一件；大难临头，时间越短越好。

克瑞翁　（第三曲次节）最美、最好的命运，加快你的步伐，快来呀，

快来呀，快揭开你神秘的面纱出现吧，给我把末日带来！来呀！来呀，别再让明朝的太阳出现在我的眼里。（本节完）

歌队队长　那些事还处于未来之中；赶快办好摊在眼前的事情；剩下的自有那些职责相应的神来照管。

克瑞翁　这句话里包含了我所希望的一切，我同你一起祈祷。

歌队队长　不必祈祷了，命运的枷锁是任何凡人都逃脱不掉的。

克瑞翁　（第四曲次节）把我这不谨慎的人带走吧！儿呀，我不知不觉地就把你杀死了，（向欧律狄刻）还把你也杀死了，哎呀呀！我不知道看你们中的哪一个好，此后我不知该依靠谁；我弄糟了我手中的一切，我的头上还顶着一种难以招架的命运。（本节完）

【众仆人把海蒙的尸首抬进宫。

【克瑞翁和报信人随入；活动台退到景后。

歌队队长　最有福气的人必定是谨慎的；千万不要犯下对神不敬的罪过；傲慢无理的人的狂妄言语会招惹来惩罚的风暴的袭击，这告诫我们年老时做事要特别小心谨慎。

【歌队自观众右方退场。

主编序言

欧里庇得斯是希腊三大悲剧大师中最年轻的一位，他出生于公元前480年的萨拉米斯。他出生的那天，希腊在对波斯的战役中取得了萨拉米斯海战的重大胜利。欧里庇得斯的父母究竟属于哪个社会阶层我们不得而知，但是毋庸置疑他接受了当时良好的教育。早期的欧里庇得斯还是一位杰出的运动员，并且在绘画和诡辩术上都展现出一定的才能。

欧里庇得斯与古希腊政治家伯里克利是同学。他的戏剧受到了阿那克萨哥拉和苏格拉底哲学观念的影响。他与苏格拉底私交很好，并且和他一样都被人指责不敬神。因为家庭的不幸，最终，他离开了雅典。离开雅典后，他首先到了萨利亚地区的美格尼西亚，之后到了马其顿的阿克劳斯，直到公元前406年逝世。

欧里庇得斯在他25岁的时候写出了第一部悲剧，并且几次赢得了悲剧比赛的桂冠。尽管有很多人敌对他，也有很多针对他的批评，比如喜剧诗人阿里斯托芬，但是他仍然赢得了极大的欢迎。希腊历史学家普鲁塔克认为，如果公元前413年损失惨重的希腊远征西西里中被俘的希腊人，能够背诵欧里庇得斯的作品，他们便会得到自由。欧里庇得斯大致写了120部作品，完整流传下来的只有18部悲剧和1部羊人剧《独目巨怪》。

欧里庇得斯的作品被广泛认为是希腊悲剧衰亡的开始。在他之前的剧作家的作品中命运的观点占有主导地位，但是在他看来，命运仅仅只是巧合而已。他作品中的人物也不再过于理想化，即使是他作品中的神和英雄，也都被赋予了普通人的琐碎和软弱。欧里庇得斯戏剧中的合唱经常是和情节分开的，语言绚丽，情节常常会让人觉得有哗众取宠的感觉。

除此之外，欧里庇得斯还是一位伟大的诗人，他的诗歌语言栩栩如生，风格非常趋向我们现在所称的现实主义和浪漫主义。与索福克勒斯的朴素的古典主义相比，他的不足更容易使他在普通读者中产生共鸣。

查尔斯·艾略特

希波吕托斯

Hippolytus

［古希腊］欧里庇得斯

人物（以上场的先后为序）

阿佛洛狄忒	恋爱女神，又称库普里斯。
希波吕托斯	忒修斯与希波吕忒之子。
猎人的歌队	
奴仆	
歌队	由十五个特洛曾女人组成。
淮德拉	克瑞忒王弥洛斯之女，忒修斯的后妻。
乳母	淮德拉的乳母
忒修斯	雅典与特洛曾的君王。
报信人	
阿尔忒弥斯	狩猎女神。

地点

特洛曾王宫前。

时代

英雄时代。

一　开场

【阿佛洛狄忒上场。

阿佛洛狄忒　我就是天上人间皆知的、人称库普里斯的女神。凡是那些在大海[①]与阿特拉斯[②]的边界享受阳光的人们，只要他们敬重我的权威，我就会善待他们；而对于那些对我无礼的不敬之人，我将会惩处。因为即使身为天神，也是渴求被人敬重的。此话非虚，很快我就会证明出来。

只因那阿玛宗女人与忒修斯所育之子希波吕托斯，那位生长在特洛曾的清净贞静的庇透斯的学生，并且他是唯一的一个造谣说我是神灵中生性恶劣的女神，他对那卧榻[③]强烈反对，拒绝婚姻。但对于那位宙斯之女也就是福玻斯的姐妹阿尔忒

① 这里的大海指如今的黑海，古希腊人称它为好客海，认为它是世界的东端，它以东就属于蛮荒之地，不是人类的居住地了。

② 阿特拉斯在古希腊神话中属于天地所生的第二代神，属于泰坦神族。泰坦神被宙斯打败之后多被拘禁地下。阿特拉斯被罚去顶天，后世就用他的名字来命名地理图册。古代希腊人相信世界的西端就在直布罗陀海峡。

③ 卧榻也叫床榻，这里比喻婚姻或配偶。

弥斯却是无限崇敬，经常与那位少女神牵着迅猛的猎狗，穿梭在绿树成荫的森林中，消灭那些害人的兽群，获得了无上的荣耀。

但是我并不因此而心生嫉恨——我这样做的原因是什么呢？原因是他触犯了我的神威，我将在今天对他施加处罚。一切事情早就预谋好了，不会太费我的心神。只等他从庇透斯家中赶到潘狄翁来，参加那庄重的秘宗仪式之时，我便施计让他父亲尊贵的妻子淮德拉爱上他。在她来特洛曾之前，因了对那离家情人的爱恋，她便在那帕拉斯的岩石上看见了此地所造的库普里斯的庙宇。又渴望将来能与那情人相遇，便将所造女神之庙改名为希波吕托斯。此时，忒修斯为了躲避那杀害帕拉斯孩子们的罪责，便逃离了刻克洛普斯与妻子航海到达这个地方，隐忍了一年的流放时间，那淮德拉便被恋爱女神所刺伤，于忧愁烦闷中默默地消沉下去了。身边没有人了解她的苦痛。但是这段爱恋不会就此消亡。我会令此事暴露出来，叫忒修斯知道。那身为我仇人的青年将会被他的父亲凭借诅咒给杀死，因为大海之王波塞冬曾许给忒修斯三个诺言，定会应验。但对于淮德拉，虽是有了声名，但依旧得死。只因我不能在顾及她的灾祸之时，而对我的敌人仁慈。

此时，我瞧见忒修斯之子希波吕托斯在辛劳地捕猎之后，朝这里走来了，我需得马上离开此地。他随行的众多奴仆们，正高唱着曲子歌颂女神阿尔忒弥斯。他却丝毫未察觉冥府之门已向他敞开，这是他最后一次享受阳光了。

【阿佛洛狄忒下场。希波吕托斯与猎人及其随从一起上场。

希波吕托斯　大家跟我一起来，大家跟我一起来，颂扬那居于天上的宙斯之女，那位庇护我们狩猎的女神阿尔忒弥斯！

猎人的歌队　女王啊，最高雅的女王，宙斯之女，我崇敬你，崇敬你！啊，勒托与宙斯所育之女，阿尔忒弥斯，你是众女神中最高贵优雅的，你居住在你尊贵父亲所居的宽广天宫中，就是宙斯那遍布黄金的家里。我崇敬你，那位在奥林匹斯少女中最为优雅的，阿尔忒弥斯啊！

希波吕托斯　啊，女王啊，我为你带来了我在纯净山野中亲手编织的花冠，那山野中没有牧人放过牧，也不曾有镰刀的身影，有的只是蜜蜂们在这春意盎然的山野中穿梭的身影。敬畏或羞耻也将被清澈的河水所洗净，对于那些生性受教而意志健全之人，必能够随手采摘花叶，但对于那些性恶之人便没有资格。敬爱的女王，请从我虔敬的双手中接受这花冠，以此来修饰你美丽的金发吧。只因我是凡人中唯一拥有单独与你相处交谈的殊荣之人，虽未见你貌，却已闻你声。希望我能如初生时一样一生清净到生命的终结。

奴仆　王啊，只因神灵才有资格成为主人，对于我的告诫你能够接受吗？

希波吕托斯　当然能够。否则我便成了愚钝之人。

奴仆　对于人世的规律你了解吗？

希波吕托斯　我不懂你的意思，你怎会这样问呢？

奴仆　对于那些傲慢与不近人情之人是众所厌恶的。

希波吕托斯　你说得很有道理，傲慢之人谁不厌恶呢？

奴仆　那平易近人之人是否拥有令人欢喜之处呢？

希波吕托斯　的确如此，而且还会不费吹灰之力便会获得利益。

奴仆　难道你不觉得神灵中也是如此吗？

希波吕托斯　若凡人是依据神灵的规律而生存，那么应该是相同的。

奴仆　那为何对于那位庄重的女神你不去敬拜呢？

希波吕托斯　哪位女神？你可要当心，祸从口出！

奴仆　那位立在你宫门旁的库普里斯。

希波吕托斯　我会在远处敬拜她，只因我是纯洁贞静的。

奴仆　但在凡人中，她是很庄重的、很有神威的。

希波吕托斯　在夜晚才接受敬拜的神灵不合我的胃口。

奴仆　啊，孩子啊！对于神灵的威严人们都应当敬拜。

希波吕托斯　无论是神灵还是人类，都应当可以互选的。

奴仆　我祈求你幸福快乐，也祈求你拥有所该有的智慧。

希波吕托斯　快走吧，仆人们，你们快回屋准备食物，在捕猎之后享用一桌美味的饮食是最幸福的。你们去将那马清洗，待我享尽美食之后便将他们套上车子，它还需接受更多的训练。对于你的那位库普里斯我只能与她再会了。

【希波吕托斯下场。

奴仆　但我们却很清醒，只因我们不能如青年人那样傲慢，因此以奴隶的言语向你恳求啊，女王库普里斯啊！你应当宽恕，若是有人因为年轻气盛，而胡言乱语，恳求你原谅他的无知吧！因为天神的智慧是高于凡人的啊！

【奴仆下场。

二　进场歌

【特洛曾女人的歌队上场。

歌队　（第一曲首节）那儿有山岩，大河之水的源头便源于此，在那崖边涌出汩汩清泉，人们顶着水瓶在此舀取清水，我有一个女伴居住在那里，常用河水清洗紫衣，并且晾晒在阳光充足的岩石之上。我便是从她那里得知我主母的生活。

（第一曲次节）她将自己锁在屋中，用一条薄的衣巾遮住自己的金发，任由病痛折磨自己瘦削的躯体。据说已经有三天了，她不曾从她优雅的口中进食过一粒地母的谷物到纯洁的躯体内。她对于自己苦痛的缘由掩口不说，任由自己默默地走向死亡的边缘。

（第二曲首节）呀，女儿啊！难道你被神附身了吗？是潘还是赫卡忒呢？是庄重的科律班忒斯还是那山母呢，令你有如此的言行举止？也或许是与那野兽的主母狄克廷那之间的过节，只因你不敬献神饼，对于故乡的神灵缺乏敬拜，所以遭遇此磨难的吗？因为无论在江水湖面上，还是海外陆地里，抑或那盐海波浪中，都有她游走的身影。

（第二曲次节）也或许是你那出身名门贵为厄瑞克透斯后代的头领的丈夫听从了他人的怂恿，侮辱了你的床榻？抑或是从克瑞忒岛航海到达船员们最爱的港口的某个水手，为王后带来了什么噩讯，才令你悲痛不已，从而卧病在床的吗？

（第二曲末节）因为生育的煎熬与折磨，对于虚弱不调的女人来说，这是莫大的苦难。我也曾被那种痛彻心扉之感所袭击，但我竭力呼唤那位拿弓女王、助产女神阿尔忒弥斯，游走在神灵之间前来解救我，这便是我所希冀的。

三　第一场

歌队　现在那年迈的乳母将她从房中抬到了屋外。她脸上的忧虑却丝毫未减反而更深了！我心中很是疑惑，到底是什么侵蚀了王后的躯体令它改变了颜色？

【淮德拉被使女们抬上场，乳母同上。

乳母　啊，凡人的祸难，可恶的苦楚啊！我应当为你做什么呢？又不该为你做什么呢？这边是温暖光亮的阳光，那边是澄澈的天空，你的病榻已移在了屋外。只因你的要求我将你带出来了，但不到一瞬间你又着急着回屋。你对于任何物事都失去了兴趣，没有一样东西合你的胃口，但你对于那不存在的物事又存有希望。

生病之人比侍疾之人容易得多，生病只需遭受一点折磨，侍疾却是既费心又费神的。人生充满了痛苦。而那些苦痛之源却是没有终结的。死后若是有什么乐趣，也被那黑暗之云所掩埋了。对于这充满阳光的人生我们过于眷恋，只因有关其他的生活方式以及生活以外的事件我们一无所知，我们便只有任意地听信传说了。

淮德拉　将我的身子扶起来，把我的头抬起来吧！朋友，我的四肢都要散架了。侍女们，将我这双优美的胳膊扶起来吧。把我头上沉重的束发带取下来吧，就让我的头发披在肩头。

乳母　我的儿啊，你放宽你的心吧，不要过于折磨你的身子。你需保持平静，鼓足勇气面临病痛，你便不会觉得如此的痛苦了。只因身为凡人苦痛是必然的。

淮德拉　唉，唉！我希望能饮上一口甘露般的泉水，躺在那绿野遍地的草原的白杨树下休息一番。

乳母　啊，孩儿啊！你怎么可以如此地叫唤呢？不要在众人面前说那些语无伦次的话。

淮德拉　将我带到山野中去吧！我将穿梭于那猎狗四处追逐梅花鹿的松林之中。我对神起誓，我渴望去命令猎狗追逐猎物，双手握住那尖锐的投枪，将那忒萨利亚的矛子从我的金发旁射出去啊！

乳母　啊，我的儿啊！你怎会渴求这些事呢？捕猎与你有什么关联啊？你为何想饮那流动的泉水呢？你望楼附近便有那水流的山坡，你且饮那里的水就可以了。

淮德拉　阿尔忒弥斯，那近海森林与马蹄声遍野的跑马场的女神啊，我祈求能够在你的草原上，驯服那些厄涅托人的马驹啊！

乳母　你怎会又意识不清地胡言乱语呢？刚刚你还一心想要到山里追捕小兽，现在又转而渴望去那空旷的沙地上驯养马驹了！这个需要拥有占卜术的人才可洞悉，孩子啊，到底是哪位神灵蛊惑了你，让你神志不清了！

淮德拉　可悲的我啊，我到底在做什么啊？我意识不清，思绪到底游荡到哪里去了啊？我发疯了，因为遭到神灵的惩处而一蹶不振。啊啊，可悲的人啊！母亲啊，你把我的头盖起来吧！只因我对于我所说的话语，我觉得很羞耻呢。快帮我盖上吧，眼泪从我的双眼涌了出来，害羞令我的脸色都改变了。神志清醒了便是非常痛苦的，疯狂虽是一场祸患，但相比而言却是更美好的，只因这样才不会察觉自己所面临的消亡。

乳母　那我帮你盖上——但到何时，死亡才会将我的躯体掩埋呢？漫漫人生让我从中吸取了许多经验教训。凡人之间须得拥有恰当的友谊，不必深入人心，这样的情感的交合便是最轻松自在的，拿得起，也放得下。但一个人心的苦痛两个人来承担，这真是沉重的担子啊，就好比我因她的烦闷而忧愁。俗话说，人生对于某一事物的执着总是失望大于希望的，同时也是有损身心健康的。因此我对于“凡事勿过多”这句格言很是赞同，对于一切不要要求过度，贤者与我的想法是相同的。

歌队 老奶奶啊！王后淮德拉忠诚的乳母，我们已瞧见了她那悲惨的境遇，但是对于她病痛的根源我们一无所知。我们希望你能告知我们一些。

乳母 我也不清楚，我早已询问过她，但她只字不提。

歌队 对于这苦痛的根源一点也不清楚吗?

乳母 和刚才的回答相同，她对我一个字都未曾提起。

歌队 她的身子是如此的孱弱瘦削了啊!

乳母 怎会不这样呢? 她已经三天没有进食了。

歌队 她是因为昏迷不醒，还是因为想要自尽而未进食的呢?

乳母 她想要自尽，她靠拒绝饮食来结束自己的性命。

歌队 你说得还真是奇怪——她的丈夫就任由她如此吗?

乳母 因为她未曾告知她丈夫有关她的病痛。

歌队 但他应从她脸色就能观察出来啊?

乳母 恰逢他不在国内。

歌队 那你就不采取点措施去探寻她病痛的根源吗?

乳母 我采取了一切方式都未有结果，但我的热忱依旧未减，现场的你们可以替我证明，我对我可怜的主人是多么的忠诚。

啊，亲爱的孩儿，让我们一同忘掉之前所说的。你应当舒展你紧皱的眉头，转变你的思绪，让自己变得开心起来，如若我没有跟随着你，就先放下那些，我会努力跟上你朝着更好的方向前进。假如你所得之病是难以启齿的，那在场的女人们是可以帮助你的，但如若这病是可以告知他人的，你就应当说出来让医生替你诊断。快来吧！怎么不说话了呢? 我的孩儿，你不能够一句话都不说，若我有不对之处，你应当对我进行责罚，抑或我所说的是受用的话语，你就应当接受的。你看着这边，说句话吧！——唉，我真是可悲啊！朋友们，我们千辛万苦所付出的努力全是徒劳，她依旧如前只字不说，一句话也不肯听。但你须得了解——纵使你对于我所说的无动于衷——你若是死了，你的孩子们便会受苦，享受不到他们父亲的宠幸。不仅如此，就凭那马背上的阿玛宗女人为你的孩儿们所生了一位君王，庶出的身份却充满嫡出的气质，你应当清楚，那人便是希波吕托斯——

淮德拉　啊啊！

乳母　这触动你的心弦了吧？

淮德拉　天哪，你是要害死我啊！看在神灵的分儿上，不要再提及那人了吧！

乳母　看吧！你神志如此的清醒，但你在清醒时却不愿意救助你的孩儿们，保全他们。

淮德拉　我非常爱我的孩儿们，但我已沦陷到别人命运的风波中了。

乳母　啊，孩子啊！你双手不是未染血腥，很纯净的啊？

淮德拉　我的双手很纯净，但我的心却染有污秽。

乳母　难道是有仇家报复你吗？

淮德拉　一个朋友在不知不觉中害了我。

乳母　忒修斯未对你做过任何错事啊？

淮德拉　我祈求不会被他发现我对他所做的错事！

乳母　那到底出了什么事，令你想要寻死呢？

淮德拉　让我独自忍受我的过错吧！总之我的过错与你无关。

乳母　你的过错与我确实没关系，但如若你死了，我将被你抛弃，那么我也会受到很大的伤害啊！

【乳母紧紧抓住淮德拉的双手。

淮德拉　你在做什么呢？你怎么如此用力地抓紧我的手？

乳母　是的，我还要抱住你的膝盖，我不可以将你放开！

淮德拉　啊，可怜的人啊，如若你了解了我的祸患，那祸难啊，便也会跟着你了！

乳母　不会的，如若不能保全你的性命，我才会遭受巨大灾难。

淮德拉　如若你知道了你也会忍受不了的，但若我死了这样会保留住我的名声的。

乳母　你将此事道出来，难道不是显露你更加有名声吗？

淮德拉　我在筹划如何让丑事化为好事。

乳母　那么我求你之时，你还要将好事隐藏起来吗？

淮德拉　看在神灵的分儿上，你松开我的手走吧！

乳母　不，在你未给我恩泽之前我不会走的！

淮德拉　那我给你吧，作为你那些真诚请求的奖赏。

乳母　我将不再说话了，以后须得你来说。

淮德拉　啊，可悲的人啊，我的母亲，你到底喜欢上了什么——

乳母　她喜欢上了那公牛，我的孩子，你还要问什么呢？

淮德拉　还有你，我不幸的姐姐，狄俄尼索斯的妻子啊！

乳母　我的孩子，你到底怎么了？为何要讲些不好的话中伤你的同胞呢？

淮德拉　接下来就轮到我了，可悲的人，很快就要消亡了。

乳母　这让我很胆战心惊，你又说到哪里去了呢？

淮德拉　从那时起，不光是现在，我们一直都是很悲惨的。

乳母　我很糊涂，你到底要说什么。

淮德拉　唉，我真希望能从你口中说出我要说的呢。

乳母　我不是预言家，不知道你的秘密。

淮德拉　那到底是怎么回事呢，大家都说人要——恋爱？

乳母　呀，孩子啊，那是既温馨甜美又是痛苦难耐的。

淮德拉　那我们所遭受的便是后者。

乳母　你在说些什么？孩子，你爱上什么人了吗？到底是谁呢？

淮德拉　无论他是什么人——那阿玛宗人的——

乳母　你指的是希波吕托斯吗？

淮德拉　是你说出来的，不是我说的。

乳母　哎呀！我的孩子，你在说些什么呢？——呀，你真的是害了我了！朋友们，我无法忍受，我不想活了！这样的生活真的很可憎，享受这样的阳光也让我觉得很可憎！我将要放弃我的生命，以死来了结此生。永别了，我已经结束了！贞静的人总是在不情不愿之下爱上那不该爱的人。明显库普里斯不只是一个小小的女神，甚至比神灵的威力还要大，因为她将我们整个家庭都毁了。

歌队　（首节）啊，你清楚了，你已经了解了那事了，清楚王后所面临的苦痛了吧！敬爱的主母啊，在你达到愿望之先，我也甘愿早点死去！啊啊！遭受这些折磨，你真的很可悲啊！唉，凡人所面临的种种苦难啊！你是完了，你的过错已经曝光了！在以后的每天里将会有什么在等候着你呢？将会有什么奇怪的事出现在这家里呢！唉，克瑞忒可怜的女儿，库普里斯为你决定的命运是很明显地朝着那边倾斜了！

淮德拉　特洛曾的女人们，你们居住在珀罗普斯境内的人啊！我曾经失眠之时，于漫漫长夜中，思考过人生将会如何被灭亡。我觉得人们行恶并非生性如此，只因那里存在许多理性之人，因此此事才被如此看待。对于那好的事情我们很明白也很清楚，却不采取任何行动。一半的原因是由于我们的惰性，还有就是因了有其他的乐事代替了那件好事。在那里我们可以享受到人生许多的欢乐。（闲聊与散漫加上羞耻都是很快乐的，却不是好事。这是两种不同的类型，一类并非很坏的，一类却是家庭的祸源，如果二者可以界限分明，那么二者就不会同名了。）我再次将我所想的告知你们吧。当我被恋爱刺伤之时，我就考虑好了应当如何忍受下去。从那时起我便开始默默地忍受苦痛的折磨。只因人们的嘴是不可靠的，他们只一心对别人的想法进行责罚，但他们自己也存有许多的过错。然后我便一直好好地压抑自己迷乱的情感，凭着自制力来应付它。接下来便是，我无法凭借这些制住库普里斯，我便下定决心去死，这便是我最好的抉择——没有任何人可以制止我。在那时我便早已想好了，没有任何药物可以救助我，可以改变我的思绪想法了。只因我祈愿我的美德不会被隐没，我的羞耻不会被人所知晓。

我很清楚那种行径，那种苦痛是不光彩的，而且我也很明白作为一个女人，是最令世人所憎恶的！那种女人是很该死的，她们主动同其他男人一起玷污了自己的婚姻。是由富贵的家庭中起始，这种坏事才会在女人中盛行。只因富贵人家认可了这种事情，那在平常百姓家中便会觉得此事是很合乎情理的。我对于那些表面很贞静，而背地里却经常做些难以想象的事情的女人很是憎恶！啊，海中诞生的女神库普里斯啊！她们是如何面对她们同床共枕的丈夫的，难道她们不担心见证她们做坏事的黑夜与卧室开口说话吗？

我却要以死来了结，女人们，让我不至于侮辱了我的丈夫与我的孩子们，让他们不会因为他们的母亲而觉得耻辱，这样他们还可以任意地言论与行动，安心地住在雅典城中。因为不管一个人有多么的勇猛大胆，一旦了解了他的父母的过错后，他们便会降为奴隶。大家都认为只有一样可以止住人们的忧虑，那便是拥有一颗正直纯良的心，无论他是谁。但人是心存恶念之人，在时光拿出镜子犹如面对一位年轻少女般之时，所有的邪恶都会暴露出来。在她们那里应该不会察觉到我了吧！

歌队　啊啊！清净纯洁在任何地方都是很美好的，在凡人中是值得赞颂的。

乳母　王后啊，你刚刚所说的祸难确实让我受到了始料未及的惊吓，但现在我意识到了自己的愚笨。人们的第二个想法总是更为理智些。只因你所遭受的苦难并不是很怪异的，那都是人之常情。那只是女神对你过于热情罢了。你恋爱——有什么可以惊奇的呢？许多人都会如此的。你就仅凭这一次爱恋而结束自己的性命吗？这于现今或是以后恋爱之人不会带来好的影响，假如他们也是必死无疑。只因库普里斯来得过于猛烈，势不可当，但于那些心甘情愿之人她便悄悄地就到来了，她只是对于那些高傲无礼之人才会紧缠不放——你还想不到她会如何对付他们，去惩治他们。

库普里斯游走于空中与海上，所有的一切都在她的掌控之中，她四处播撒爱恋的种子，让它生根发芽，而我们居住在陆地上的人类都只是它的子孙后代。只要那些阅读过古书与专注过文艺之人，他们都清楚宙斯曾经对塞墨勒是多么的迷恋，他们也会了解赫俄斯是怎样地为了爱不顾一切强行将刻法罗斯带到神灵中去的。据我推想，他们虽然居住在天上，但他们依然逃不过那位神灵，因此也就甘愿向爱恋屈服。

你竟然不愿意接受这一切吗？如若你不愿意顺应这一安排，除非你的父亲是在什么特定的情形下生育了你，抑或是在有另外的神灵支持的情况下生育你的。你可知有多少人其实是很明智的，当他们知道自己的卧榻被玷污之后，他们却能够做到视而不见？又有多少的父亲会救助他犯了过错的孩子，来成全他们的爱恋？只因这一切都是人世间贤者的作风，不会去计较那些不美好之事。凡人对于世间的一切不应该期望十全十美，只因即使是房上的屋顶也不会完美无疵。你掉进了如此巨大的厄运之间，还能奢求游走出来吗？但如若你身为一个凡人，你行了很多的善事，那你便可以将此事做得很完美了啊。啊，可亲的孩子啊！你就先将你那些坏的念头搁置一边，收住你的高傲自大吧，只因这一切是你的高傲自大，欲战胜那些神灵罢了。你既然爱上了，就承受下去吧，只因这都是神灵的安排。你患了病，你应当想法让病情好转。那儿存有一些歌诀和咒语，兴许能够有医治这病的法子吧。如若我们女人不亲自想法，男人们是会很晚才能寻到的。

歌队　淮德拉，她所说的对于你现在所承受的祸难虽是很受用的，但是我赞同你的想法。我赞同的观点相对于她所说的听了让人更是伤心，更是煎熬吧。

淮德拉　就是这些美丽的言辞，让人间幸福美满的城市与家庭招致灭亡的。不要再说一些令耳朵听了很舒服的话语，且说一些能令它行一些荣耀之事来。

乳母　还说什么庄重的话呢？而今那些高雅的话语不适用于你，适用于你的是那个男人。你必须行动，将你所想之事坦白告诉他。只因如若不是危及你的性命，你也会是一个自制力很强的女人，那么我也不会担忧你的床榻与乐趣，将你引到这里来。但据目前的情况来看，最大的挣扎便是解救你的性命，因此已没什么危难的了。

淮德拉　你说的话真是可怕啊！你还不快快住口，不要再讲一些羞耻的言语了。

乳母　这些言语确实很令人羞耻，但于你而言这些却是比那些好的名声有用得多呢！你依照我所说的做了之后，便可以解救你的性命，但你若执意高傲地保住你的名声，换来的便只有死亡。

淮德拉　看在神灵的分儿上，你不要再说了，即使你说的话很动听，但也是些令人觉得羞耻的话语。在我的心还没完全被爱恋所征服时，如果你一直为那些羞耻之事讲好话，那我便只能躲进我所选择的坑中去直至死亡。

乳母　假如你真是如此想的，那你就不应当去犯那个过错吧。既然如此，你就听听我的劝吧——至于答谢还是其次的。我家中存有一些能成全你爱恋的相思药，我是刚刚才想起的，这并不令人觉得羞耻，也不会令你难过，只要你不再胆小怯懦，便可以将你的病治好。但这须得在你思念之人身上取下一点标志性的东西，或者是一绺头发，或者衣服装饰，然后在二者之中合成一个爱情。

淮德拉　你那药是哪一种，膏油还是汤药呢？

乳母　我也不清楚。我的孩子，只要能够解救你就可以，其他的你不要再过问了。

淮德拉　我只是很担心，你会聪明过头。

乳母　你要明白，如若你一直都这么担心，你将会对一切事情都很忧虑的。但你在担心什么呢?

淮德拉　我担心你会将此事告知忒修斯的那个儿子。

乳母　啊，孩子啊！不要顾虑这么多。我会妥善安排此事的。我只会祈求你，海中所诞生的女神库普里斯，请你协助我吧！而对于别的事情，我只需要去告知里边的朋友就可以了。

【乳母下场。

四　第一合唱歌

歌队　（第一曲首节）厄洛斯啊，厄洛斯，在你进驻人们的心里时便抛弃了甜蜜的幸福，自他眼中滑落出了相思之泪，你千万不要将这些不利之处射向我，也不要过渡到我面前来啊！只因一切火之箭或者星之箭都比不上阿佛洛狄忒自宙斯之子厄洛斯手中射出的箭。

（第一曲次节）徒劳啊，徒劳啊，希腊在阿尔斐斯河边，福玻斯的皮托庙宇中敬献了许多的牲口，但对于人们的君王，替阿佛洛狄忒管理内房钥匙之人厄洛斯却从不敬拜，因此他降临人间，带来了所有的祸难，将他们一毁殆尽。

（第二曲首节）那俄卡利亚的少年郎，在过去不曾被婚姻所束缚，没有什么丈夫，也没有新郎，这一切都是那库普里斯，将那犹如水泉神女与酒神伴侣般逃跑的女儿，在那场残忍的杀戮中，凭借血与火，引出了欧律托斯的家中，带给了阿尔克墨涅的儿子。啊，多么可悲的婚歌啊！

（第二曲次节）啊，圣洁的特拜城墙，啊，那著名的狄耳刻泉啊！你们说说那库普里斯是如何将灾难施到人身上的啊。那因为宙斯雷电而着火并诞下那再生的酒神的塞墨勒，也是因了她去向那死神做媒，才让她从此长眠于床。那邪恶的女神将爱恋到处散播，就如同那漫天飞舞的蜜蜂一样。

五　第二场

【从里面发出一些声音。

淮德拉　啊，女人们，千万不要出声啊！我真的没救了！

歌队　淮德拉，你家中到底发生了什么不祥之事啊？

淮德拉　住口！我先听一下那声音。

歌队　我安静了。这确实不是个好兆头。

淮德拉　（哀歌一）哎呀，啊啊！可怜的人，我遭到了如此的祸难啊！

歌队　你叫得如此之大声，你想要说什么呢？夫人，你就告诉我吧，是什么样的声音冲撞了你的心灵，让你如此心慌意乱的呢？

淮德拉　我真的是完了。你们到这门口来，仔细听听那里面的争论啊。

歌队　（哀歌二）你就在那门口，屋中所说你听得一清二楚，你快告知我们，快告知我们，到底发生了什么不祥之事？

淮德拉　那爱马的阿玛宗女人之子希波吕托斯在叫嚣，他对我的女仆恶语相向。

歌队　（哀歌三）我听到了那声音，但我不能确定那声音是从哪边传来的。这叫声是从门内发出的，正朝着你那里来了啊！

淮德拉　而今很确切的是他在叫喊那坏事的媒人，那个背叛了她主子的妻室中人。

歌队　（哀歌四）啊，可悲啊！敬爱的主母，你是被欺骗了！我能够为你想点什么法子呢？只因你的秘密被泄露，你已经被毁了！

淮德拉　啊啊！

歌队　你被朋友背叛了。（哀歌完）

淮德拉　她害惨了我，她是好意将我的痛苦说出来的，但是却让不好的结果来医治我的病痛。

歌队　现在该怎么办？遭遇这种祸难，你该如何做？

淮德拉　我也不清楚了，除了唯一的出路——尽快地死掉，便是唯一能解除我忧虑的良药了。

【希波吕托斯上场，乳母跟着上场。

希波吕托斯　啊！大地之母啊，太阳的一片光明啊！我听到了怎样的难以启齿的话语啊！

乳母　闭嘴，孩子啊，不要让其他人听到你的叫嚷！

希波吕托斯　听到如此吓人的话语，我怎会一声不响啊！

乳母　凭借你美丽的手，我求你不要高声急嚷！

希波吕托斯　放开我的手，不要触碰我的衣服！

乳母　呀，还要看在你膝头的分儿上，不要害了我啊。

希波吕托斯　为何要这样，若依你所言，并没有讲出不好之事啊？

乳母　呀，孩子啊！这种事不是什么光明正大的。

希波吕托斯　那向众多的人说出许多美丽的话语便是很值得赞赏的。

乳母　唉，我的孩子，你可不能违背你的承诺啊！

希波吕托斯　我只是嘴上承诺了，但我心里并没有承诺。

乳母　呀，孩子啊！你要做什么，你想将你的朋友逼上死路吗？

希波吕托斯　呸！我没有这么坏的朋友！

乳母　你就谅解吧！我的孩子，犯错是人之常情啊！

希波吕托斯　啊，宙斯啊！你怎会让女人那种东西，作为男人们的祸水，人类的赝品生活在阳光之下呢？如果你想让凡人繁衍不息，也不必从女人那里获得，只需叫人们拿上金子或是铁或者若干青铜到你的庙宇去换取子女的种子，每一类都依据估算好的价格来买卖，然后在没有女人的情形下种在自由的家庭里。

但如今我们还得拿出一笔资财来将这祸种带到家中来。依据此事，便可以看清女人就是祸水，那生养她的父亲还要拿出一份嫁资将她送出去，以解除一个祸难。但那收受了这份恶资之人却非常乐意为这恶的偶像穿上优美的服装并装饰起来，可怜的人啊，如此地浪费他的家财。他将自己陷入两难的境地，因此他就像获得了一个好的亲家，便欣喜地将他恶性的妻子留在家中，否则便是得到了好的妻子但是遇上了没有利用价值的丈人，他也只能为这些好的方面去忍受那些不好之处。

那种人才是最轻松自在的，他的家中奉养着一个妻子，是那种愚蠢不成器的。对于聪慧的女人我很讨厌，我绝不赞成我的家中存在这样的女人，她的思绪已超过了一般的女人。只因那库普里斯总喜欢对心思聪慧的女人下手，在她们心中种下祸端，而那些庸俗愚蠢的女人因为智慧短浅，也避免了生出祸端来。千万不能让使女靠近女人们，她们只配与野兽同居，因为它见到人只需咬，不必出声讲话，既然她们没人愿意开口，那在她们那里也问不出什么来。如今住在里面的坏女人想出诡计，令使女们传到外面来。就像你，坏家伙啊，你竟然让我去玷污我父亲那神圣不可侵的卧榻，我需得以清水洗净我耳中的污垢尘秽。当我听到这样的消息我就已感到备受侮辱，又怎会再去明知不可为而为之呢？你须得清楚地明白，女人啊！这全都是凭借我的虔诚纯净，才让你幸免于难。假如不是由于我于不经意间对神起过誓，我定会毫不犹豫地将此事告知我的父亲。而今在我父亲忒修斯在外期间，我需得远离我的家，同时我也会对此事闭口不说的。但我会与我的父亲一同归来，到时候看你同你的主人该如何去面对他。对你大胆的行径，我算是领略到了！真该去死啊！

纵使别人说我这话我已说过无数次了，但我对于女人的憎恶同样是不会停歇的。只因她们本就很恶劣。除非有人来证实她们的贞静贤淑，不然我会永远都唾弃她们。

【希波吕托斯下场。

淮德拉　（次节）啊，苦难的可悲女人的命运啊！如今对于那无心的过错该如何做解释，才能将那心结解开啊？

啊，大地和阳光啊！我遭到了厄运的报复了！对于我苦难的命运我该如何去躲避呢？女人们，对于我的祸难我还能如何去隐匿呢？有没有哪位神灵愿意救助我，有没有哪位凡人对于我的过失给我一些建议啊！ 如今我面临的祸难，即使是放弃性命也难以逃脱。在所有女人之中，我真是最可悲的那个啊！

歌队　啊啊，你真的完全没希望了！主母啊，你使女的计谋完全没用，反而将事情搞得更糟糕。

淮德拉　啊，恶劣的家伙，陷害朋友的人，你把我害惨了！我祈愿我的先祖宙斯以霹雳火惩处你，将你连根一起毁灭。我难道没有说，没猜到你所想，让你不要将那些毁坏我名声之事告知别人吗？而你却不愿听从，而今令我死后也不会落个好名声了——如今我须得想个万全之策。只因那人会因为气愤而坚定决心，将我的过失告诉他的父亲将我的情形告诉那个年老的庇透斯，让这件可耻之事响彻全国。你和你那热情之心为不情愿的朋友帮忙行恶之人去死吧！

乳母　主母啊，对于我做错之事，你可以为难我，只因你已经被伤悲蒙蔽了双眼，失去了判断力，但对于此事我需得解释，希望你能听一听。我抚育你成长，我对你的爱是不可言说的，但我去寻求医治你病痛的药物，却获得我预料之外的结果。如若我成功了，那我便称得上是智者，只因依据事情的功绩我也配得上明智这个誉词了。

淮德拉　你这样做对吗？就令我很高兴了吗？你害惨了我，尔后就以言辞辩解？

乳母　我们扯得太远了。我这一做法很不明智，但我的孩子，我们还有挽回的余地。

淮德拉　闭上你的嘴吧！你的全是些坏主意，只因你之前的计谋害苦了我。你管好你自己的事吧！我需得好好谋划我自己将行之路。

【乳母下场。

你们这些特洛曾富贵的女人们，请答应我这一要求，对于你们在此所闻的事件保持沉默吧！

歌队　我对着宙斯之女庄重的阿尔忒弥斯起誓，绝对不会将你的可悲之事泄露出去！

淮德拉　谢谢你。我曾说过在此祸难中我只有唯一的一条出路，这样既可以为我的孩子们保留一个好的名声，也能让我在现今的境况下获益。只因在这羞耻之事发生之后，因了我一人的性命，我不想让我克瑞忒家族蒙羞，也不想面对忒修斯。

歌队　那你将做出何种无法挽回的祸事呢？

淮德拉　结束自己的性命啊。该如何做，都得靠我自己来想办法。

歌队队长　不要说这种话！

淮德拉　你们也要像那乳母那样劝阻我吗？在今天我就会结束我的性命，这样就会令那欲置我于死地的库普里斯满意了。我即将被那辛酸痛苦的恋爱征服。但是我的死亡会给另一个人带来祸难，我要以此来提醒他不要为我的死而幸灾乐祸，同时让他与我分享同样的苦痛，让他了解何谓真正的贞静贤淑！

【淮德拉下场。

六　第二合唱歌

歌队　（第一曲首节）我甘愿隐匿于陡峭的岩窟之下，在那里神灵会将我化为飞鸟，让我与带翼的族群生活在一起。我甘愿漂浮在那阿德里亚海岸的海波中与厄里达诺斯的河水之上，那里居住着三重不幸的女人们，她们为悼念法厄同而将那琥珀光的泪珠滴落在那河流的紫波之中。

（第一曲次节）我甘愿到那有歌手之称的黄昏女儿们栽种苹果树的海边去，在那儿海王禁止水手们游走于紫色的海波上，她们居住在那阿特拉斯与天相接的庄重的边界上，那儿有溢满仙酒的水泉，是从宙斯的房中榻上涌出来的，在那片赋予生命神圣的土地上为神灵带来了无限的乐趣。

（第二曲首节）啊，克瑞忒那悬挂白帆的船啊！你穿过咸海中汹涌的海波，将我们的王后从她幸福的家中带到这不幸的婚姻中来。抑或是在那两边，抑或是从克瑞忒飞来的不吉之鸟，当时她是很荣耀地来到雅典，并在穆倪喀亚海岸结好缆索登上陆地。

（第二曲次节）所以在阿佛洛狄忒以那不圣洁的爱恋攻占她的心，让她遭受病痛折磨之时，她便如进水的难船般承受着沉痛的祸难，直至她在新房中将那绳索套在脖颈上结束了自己的性命，只因她对于那可恶的女神很是崇敬畏惧，因此她选择此种方式保住自己的名声并结束那苦痛的爱恋。

七　第三场

乳母　（在里面）喂，喂！附近有人没有，快来救命啊！我们的王后，忒修斯的妻子上吊了！

歌队　啊啊！事情闹大了！那王后上吊死了！

乳母　（在里面）快来人啊！有没有人去取一把利刃来，将这颈项上的绳索割掉啊！

歌队甲　朋友们，我们该如何是好啊？我们要不要进屋帮忙取下王后颈项上扣紧的绳索呢？

歌队乙　为什么要呢？不是有很多年少的使女在里面吗？多管闲事容易惹事端。

乳母　（在里面）将这可悲之人躯体伸直放到榻上去。这真是我的主人们的一次悲惨的看家啊[①]！

歌队　那可悲的夫人的生命是结束了，我已经听到她们所说的了，她们都已将她当作一具尸体放在卧榻上了！

【忒修斯上场。

忒修斯　女人们，你们可以告诉我家中为何如此的喧嚣？我隐约听见了佣人们凄惨的哭声。家中没人来为我开门，来迎接我这从神庙归来之人吗？莫不是那年事已高的庇透斯发生了什么事情？虽然他年岁很高，但如若他真的逝世了，我还是会感到悲痛不已。

歌队　忒修斯，你命运中沉重的打击，不是那年老者，而是年轻者之死，会令你悲痛。

忒修斯　哎呀！难道是我的哪位孩子的性命被剥夺了吗？

歌队　他们还在呢，不在的是那位母亲，这将是令你最悲伤的。

忒修斯　你在说什么？我的妻子逝世了？到底出了什么事啊？

① 忒修斯不在期间淮德拉就是看家人。

歌队　她上吊了。

忒修斯　是忧伤过度，还是其他的祸因呢？

歌队　我只清楚这些，忒修斯，我也是才到你家中来，便成了这祸难的吊客了。

忒修斯　啊啊！我为何还要将这编织好的花冠戴在头上啊，我只是一个从神庙中归来的可悲之人！——仆人们，将门打开吧，让我看看我妻子的悲惨的形象，她将自己结束了，却将我害苦了。

【宫门打开，淮德拉的尸首显现出来。

歌队　（哀歌一）啊啊！你真是这些祸难中的不幸者啊！你做出如此之事，会让你的家庭遭到巨变的。

（哀歌二）啊，你真是胆大啊！你强行采取不圣洁的方式结束性命，你真是倒在了你自己的手中啊！可悲之人，到底是什么人掩盖了你生命中的阳光呢？

忒修斯　（哀歌三）哎呀，我所遭受的祸难啊！城中的百姓啊，我所面临的祸难，是我所遇到的最沉重的祸难啊！啊，命运啊，你将我与我的家践踏在脚下，到底出自哪位恶鬼之手才带来了如此意想不到的污秽啊！

（哀歌四）这真是一场巨大的灭亡，让生活不再有意义。啊，可悲之人，我只见到前面是一片充满苦难的海洋，我无法游过去，也没有办法渡过这场满是苦楚的风波。

（哀歌五）我还能说些什么呢，我的妻子，对于你残酷的命运我该如何定义呢？就如我手中的一只视如珍宝的鸟儿一下消失了，只迅速地奔向冥王那里去了。

（哀歌六）啊啊，这悲惨的祸难啊！很久以前我便因了某人的过错，忍受着神灵所设下的厄运。

歌队　君王啊，这不仅仅是针对你，对于那场祸难，其他也有许多人失去了自己贤淑的妻子。

忒修斯　（哀歌七）我想要到冥土中去，我愿死去与黑暗同住，失去了你这可亲的伴侣，我是多么可悲之人，因了你的死亡却让更多的人遭受苦痛的折磨。

（哀歌八）有谁能告知我啊，我的妻子，这可怜之人啊，到底是什么让你心灰意懒而选择死亡的？难道没人能将此事告知我吗？难道我这王宫白白养了一群没用的奴仆吗？

（哀歌九）哎呀，因了你我是如此的可怜！眼见家中的这一切苦难，我无法忍受，也无法用言语来形容！我全完了：家破人亡，孩子们成了无母的孤儿！

（哀歌十）啊啊，你离开了，你离开了，唉，你是最可爱的，你是那日月星辰中所见的最美好的女人。

歌队　（哀歌十一）唉，可悲之人啊！你的家庭真是不幸啊！我的双眼因了你的祸难已被泪水所浸湿。但一想到接下来的灾祸我就心惊胆战啊！

忒修斯　（哀歌十二）啊啊！她可爱的手中所握住的书简是什么呢？上面将要显现出什么她无法言说的内容来啊？难道她写这封信是对我的婚姻与孩子们的将来做出的何种要求吗？你且安心吧，可怜之人！因为不会再有任何女人会上得了忒修斯的卧榻，或者进到他的家门。看那逝去之人金环上的印文，正在向我招手呢！我要先将这带印的包封拆开，看一看书简中到底写了些什么。

歌队　（哀歌十三）啊啊！神灵又接二连三地为这家庭带来了新的祸难！这一连串的祸难让我们的人生已失去了活下去的意义了。我情愿那所发生之事降在我的身上啊！啊啊！我的主人们的家庭算是毁灭了，我想，甚至是不在了。唉，神明啊！如若可以，请不要将这个家庭毁灭了吧！请你听听我的祷告吧，只因我就如那预言家一般已看到了将要发生的祸难了。

忒修斯　哎呀！这真是祸中之祸，难以忍受，难以形容！啊，可悲的我啊！

歌队　到底是什么呢？若是可以让我知道的，你就说出来吧。

忒修斯　（哀歌十四）这书简很高声地，高声地告知了我一个难以述说之事。我该如何逃避这场祸难的压力啊？我算是完蛋了，结束了！在这字里行间我看到了怎样的，怎样的话语啊，我这可悲之人！

歌队　啊啊！你说的这些话预示了将有祸难发生。

忒修斯　（哀歌十五）对于那难以形容的丑事，我实在是不能再将它保留在我的口中了——喂，城邦啊！

希波吕托斯竟敢强行玷污我的卧榻，蔑视宙斯那神圣的双眼。啊，我的父亲波塞冬[1]啊！你曾许诺我三个咒愿，若是应验的话，而今我便许下一个，将我那卑劣的孩子灭亡了，让他活不过今日。

歌队　君王啊！看在神灵的分儿上，请将你刚才所说之话收回去吧，以后你便会了解你犯下了多么大的过错。请听听我的劝吧！

忒修斯　不可能！我还得让他流亡他国。他的命运将只能在这二者中择一，也许波塞冬应了我的许诺，让他灭亡，去同冥王同住，或者将他驱逐出境流放他国，一生都过着那悲惨的生活吧。

歌队　看到你的孩子希波吕托斯正朝这里走来。忒修斯君王啊！请将你的怒气止住，来好好应付你家中的祸事吧！

【希波吕托斯上场。

希波吕托斯　父亲，听到你的召唤，我便迅速赶来了。我不清楚你现在为何事而恼怒，还须得我来告知你的。啊，到底发生了什么事？父亲，我看见你妻子的尸体了！真是怪事。我刚刚离开她不久，那时她还享受着阳光呢！她发生了什么事？为何会死？父亲，这些是我想要询问你的——你怎么不说话呢？于苦难之中，沉默不是好的选择。只因一颗好奇心即使是在危难之中，也急于寻求到他想要知道的事情。更何况，父亲，向朋友或比朋友更

① 忒修斯的父亲是埃勾斯，另外一种说法说他的父亲实际上是海神波塞冬，因此他不但在和克里特国王米诺陶诺斯打赌在海底取指环的时候胜利返回。后来也能杀死米诺陶诺斯怪牛，他得到克里特国王的女王阿里阿德涅的帮助，得以出入迷宫。但那些都是海神波塞冬的安排。

为亲近之人，将你的祸难隐匿起来也是不合情理的啊。

忒修斯　啊！你们经常徒劳犯错的人们啊！为何你将各种各样的技术、计谋以及发明的方法都授予了人们，却唯独不去研究如何将一个毫无思想之人变成明智之人？

希波吕托斯　你指的是那优秀的贤者，他才能够将毫无想法之人变成思想丰富之人。但，父亲，如今你所说的很不符合时宜，我担心你会因为这场祸难扰乱你的思绪。

忒修斯　啧！人们须得对于自己的朋友来一场确切的考验，来断定哪些是真诚的朋友，哪些不是。所有人都有两种心声，一是真诚，另一便是依据时局而定的，所以正义当前，那歪邪的便得以识破，我们也不容易被蒙骗了。

希波吕托斯　难道你是听信了什么朋友谗毁我的言辞，我，虽然无罪，但却觉得有哪里不对劲？只因你那一通无理无据的胡话，让我觉得可怕。

忒修斯　啊！人心，你飘到何处去了啊？何处才能使这胆大与刚愎停歇呢？因为若是这一代将此延续下去，那么后面便会一代代地将恶习沿袭下去，那么神灵就须得再造出一片天地，以此来接纳那些邪恶不正之人呢。

快瞧瞧此人吧！他是我所生养的，却将我的卧榻玷污了，而今这逝去之人明确地将此坏人的恶习揭发出来了，真是可恶至极。（希波吕托斯震惊地用双手掩盖自己的脸）将你的脸露出来吧！因为我已被这污秽所污染了，你就面对着你的父亲吧。你不是凡人中唯一与神灵交往的恩荣之人吗？你不是很有节制的，不会被罪恶所污染的吗？你所说的那些夸耀之词我再也不会相信了，从而将这愚蠢的责任推卸给神灵。而今你尽可能去四处夸耀，用素食当饭去要把戏，敬奉那位俄耳甫斯作为你的祖师，尽可能地胡言乱语，尊崇那众多典籍中的缥缈虚空吧，而此时你将会被捕获了！我告诫大家对于这样的人应当避而远之，只因他们擅长以那庄重的言语俘获人心，但另一面却在谋害他人。

而今她失去了生命。你觉得你还能够解救你自己吗？她的死便是最有力的证据证明你的罪行，你这个可恶之人！你还可以用什么样的誓言与辩论来战胜这有力的证据，让你自己可以逃过此劫呢？你肯定会辩解说，她很憎恶你，以及那嫡出之子与庶出之子生来就是仇人吧。那你会说她真是做了一件傻事，因了对你的憎恨而放弃那最可贵的东西，以自己的生命作交易。或许你还会说，男人是不会发生这种不可节制的情欲之事，而女人生性就是如此的吧？我清楚年少之人并不比女人更加坚定，尤其是在库普里斯的煽动之下，但是男子身份却为他们解除了此祸难——但现在我为何还要说这么多来与你抗衡呢？那死去之人不是最有力的证据吗？你快快远离这里，流亡他国去吧，永远不能踏入这神灵所造的雅典，也不能进入我的权势所管辖的范围内。只因我遭到了你的陷害，若是就此服软，那么那伊斯特摩斯的西尼斯便不会承认是我将他杀害了，会指责我是夸夸其谈，以及那海边的斯克戎岩壁也不会承认我是那些坏人们中具有威严之人了。

歌队　我也不清楚凡人到底哪些才是最幸福的，因为那之前最是幸福之人而今却成了最不幸的了。

希波吕托斯　父亲，你的愤怒与焦虑的心情是很有影响力的，固然对于此事你说得很有道理，但若是有人将它拆开细看便会觉得那些话都是不正确的。我不擅长在众人面前讲话，但对着这些同辈之人或者人少之时，我还是会好很多。这些都是必需的，因为那些明理之人被认为是无聊之人，当着众人说一通是很有必要的。而今事已至此，我也必须得说些什么。我先得从这说起，你一直在用言辞攻击诬陷我，让我无法对你做出任何回应。

你看看那大地与阳光吧，在那些当中，再没有人比我更为纯洁的了，即便你否认这个事实。因为我明白，首先要敬拜神灵，然后在交朋友上，我会让那些人不去行恶，即使做出可耻之事我也不会让他们行恶，甚至不会将这些可耻之事加诸在他们的伙伴身上。父亲，我不是一个会玩弄友情之人，对已经不存在的和还存在的朋友我都同等对待。还有一点证明我的纯洁——当你认为抓我正着之时——直至今日我的身子对于床榻之事依旧是纯净无瑕的。我对于这些事情一无所知，除了在别人的谈话中听过，图画中见过，更何况我对这事毫无兴趣，只因我一直都拥有一颗纯净的少女心灵。

对于有关我节制的言语或许无法劝服你，那你应当说出我何至于要自甘沉沦堕落。难道是她的身材优于众多的女人？又或者是我妄图从婚姻中获得财产继承家业呢？若是如此，我便真的是一个愚傻之人，并且完全是疯了！但你或许又会回应有自制的人们虽然不看重女色，但对于政治却是很有兴趣的吧？而这一切对于有自制之人是毫无吸引力的，只因这些只能让那些爱好专制独裁之人更加的迂腐。我只希望能成为希腊第一的竞技得胜之人，同与我志趣相投的朋友永远快乐地生活下去，至于城邦内的国王在我心里只占第二位罢了。因为那样既能享受幸福快乐的生活又少危机，与王位相比更加自由轻松。

与我相关之事除了一件，其余的你都已说明：那就是若是有一个与我一样的知情人做证，若是她还活着，那你便可以根据事实查出真相，便可以明白谁才是那罪人。但而今，我只能对着咒誓的神灵宙斯与大地起誓，我从未冒犯过你的妻子，我也不会想要做这件事，也从来就没有这种想法。如若我真的是你所说的那种可恶之人，那么我就成为大地之上四处飘荡的亡命之徒，最后无家无国无荣光无名声地走向消亡，即使死后也不会有一片海洋一片天地容纳我的尸身！而她是否因为担忧而选择结束性命，这我就不得而知了，只因除了这些话其他都是我不能说出来的。她本不是贞静纯洁之人，却要装得如此贞静纯洁，而我是一直保持着那种品德之人，最终却害了我。

歌队　你对神灵起过誓，而且这个誓言如此的狠毒，足以免除你的祸难了。

忒修斯　这难道不是一个会念咒语的与变戏法的人吗，先是侮辱了他的亲生父亲，而后又采用语言来平复我的心情？

希波吕托斯　父亲，我很讶异你对于此事的态度。如若你是我的儿子，我是你的父亲，而你侵犯了我的妻子，我定会将你杀掉，而不只让你流放他国。

忒修斯　你说得很正确，我的确不会如你所说的就那样让你死去。因为让你直接见冥王，对于一个不敬神的壮年是很容易的，我要将你逐出境内流放异乡，一辈子过着那惨淡的生活。只因这些是不敬神的青年应得的惩罚啊！

希波吕托斯　啊！那你要如何处置呢？你不愿意给我时间去证明我的清白，就要将我驱逐出境吗？

忒修斯　如果可以，我会让你流亡到海外或阿特拉斯边境之地去，只因很厌恶见到你！

希波吕托斯　难道对于我的咒誓、证据以及预知者的言辞你都不加证实，就执意将我驱逐出境吗？

忒修斯　这书简中并没有预知者的任何占卜记录，里面记载的全是足已反驳你的证据。而那些在头顶盘旋飞舞的鸟儿，我也早就将它抛却了！

希波吕托斯　（侧白）啊，神灵啊！为何我还不将实情说出来呢？我对你们很是敬重，而今却要因了你们而被毁。但是我不能！我不可以去为了劝服我有能力劝服之人而打破我的誓言。

忒修斯　啊，看你那副庄严与高傲的模样，真的快将我气死了！你还不赶紧远离我这国土吗？

希波吕托斯　可悲的我啊，我该往何处去呢？我背负着如此的罪名流放异乡，还有怎样的朋友愿意收留我呢？

忒修斯　有谁愿意待见那侵犯人妻的客人，愿意与他在一个屋檐下生活呢？

希波吕托斯　唉唉！这真是伤透了我的心，让我眼泪欲滴，如若我确实这么的可恶，你竟也信，不觉得奇怪的？

忒修斯　当你胆敢冒犯你父亲之妻时，你就应当深思熟虑悲叹一番的。

希波吕托斯　唉，这家堂啊！祈求你开口为我做证，说出我是否是一个如此险恶之人吧！

忒修斯　你真是狡猾，让那些无法说话的证人为你做证。而这些事实虽无法开口，却足以证实你的可恶之处。

希波吕托斯　唉，我希望可以与自己对视，看清楚自己所遭受的磨难，为自己掉下伤心之泪啊！

忒修斯　你就是太过于以自我为中心，执意依照自己的意愿回敬你的亲生父亲。

希波吕托斯　啊，我可怜的母亲，啊，我悲苦的身世啊！我祈求我再不会有庶出的亲人啊！

忒修斯　仆人们，你们还不赶紧将他拖出去吗？难道没听到我将他流放出境的命令吗？

希波吕托斯　谁敢碰我我就让他后悔！若是你执意赶我出境，那你就亲自动手。

忒修斯　若你违抗我的命令，我就会亲自动手，只因我对于让你流放异乡一点也不觉得同情。

【忒修斯下场。

希波吕托斯　看来你对我的惩处是不会改变了。唉，可悲的我啊！我了解实情，却不知该如何开口了。啊，我在神灵中最可亲的勒托之女啊，我的伴侣，伴我狩猎之人啊，如今这荣盛的雅典再没有我的容身之处了！永别了，啊，厄瑞克透斯的疆土！啊，伴我度过青春年华的幸福之乡特洛曾平原，永别了！只因这是我最后一次与你相见，最后一次呼唤你了。啊，城中与我年龄相仿的壮年们啊，同我作别送我出境吧！你们再也见不到比我更为有节制的男子了，即使我的父亲不承认。

【希波吕托斯下场。

八　第三合唱歌

歌队　（第一曲首节）神灵眷顾着人类，这个想法在我的心中，为我消除重重忧虑。我虽心存信仰，认为那里蕴含着治理世界的智慧，但当我见到凡人的命运与行为善恶不相符之时，这些信仰便离我远去了，只因人事的变化无常，人的一生都处于流转无定之中。

（第一曲次节）我祈愿神灵应允我的祈求，让我的命运充满幸运少点内心的煎熬。让我的心思不要太过缜密，也不要太过愚昧，只需每日能够随意调整我的习性，过着轻快自由的生活。

（第二曲首节）我再不能以一颗纯澈之心，面对那些出人意料之事，只因我亲眼见了，亲眼见了那希城中，那雅典城中最明亮的一颗星只凭了他父亲的一时之气，便被驱逐出境了！啊，我们国土海岸的沙石啊！山中的栎树林啊！他曾在那里引领着那迅猛的猎狗与庄重的狄克廷一同猎杀猛兽的。

（第二曲次节）他再也不会乘坐那厄涅托马驹驾着的马车，让那马蹄声响彻整个林附近的跑马场了。那未曾停歇过的琴弦的横档之下发出的音乐将止于他父亲的家中，那绿荫林中的勒托之女的歇脚之处也不再有美丽的花环，只因你的流放，少女们对于你的爱恋以及婚姻的渴望也就此幻灭了！

（第二曲末节）我因了你要承受那那悲惨的命运，不禁滴下伤心之泪。啊，可悲的母亲，你白白生养了一个儿子啊！唉！唉！我对于神灵非常恼怒！喂喂，你们这一群优美聪慧的女神啊！你们为何要将这从未犯过任何罪行的不幸之人，从这家中驱逐到异地去呢？

九　退场

歌队　呀，我瞧见希波吕托斯的一个侍从满脸愁容地往这家中赶来了！

【报信人上场。

报信人　朋友们，我该往何处才能寻到这里的君王忒修斯呢？如若你们知道，就请告知我。他在这个家里吗？

歌队　看那里，他正好从家里出来了。

报信人　忒修斯，我带来了一个令你和这雅典城与特洛曾的百姓们万分沉痛的噩讯。

忒修斯　又发生了什么事？难道还有什么新的祸难降临在这两个相邻的城市吗？

报信人　就一句话，希波吕托斯死了。但他现在还可以享受到一点点阳光。

忒修斯　谁杀害了他？是他像对待他父亲那样玷污了什么人的妻子与那人结下的仇恨吗？

报信人　是他自己所驾之马，加上你向你父亲海王对你儿子所下的诅咒害死了他。

忒修斯　啊，神灵啊，还有你波塞冬，你听从了我的咒誓，说明你的确是我的父亲——他是如何死的？你描述下吧，那正义女神是如何使用棒子敲打那玷污我之人的？

报信人　那时我们正在卷起风浪的海岸边边哭边用梳子梳理马毛，因为早有人前来告知我们，说希波吕托斯因了你的命令被流放出境，永远不能再踏入国土了。随后他自己也来了，将他的悲惨之事告知了海边的我们，他的身边跟着许多同辈之友。最后他止住哀叹，道："我为何要在此胡闹大喊呢？我必须听从父亲的命令。仆人们，为我备马车吧！因为我已不属于这座城市了。"

因此每个人都行动起来。我们就好比一个人说话的速度迅速地就将马备好，交给了我们的主人。他在车辕上执起缰绳，连同他的猎靴在车上站稳了脚。他先是高举双手对这神灵呐喊："宙斯啊，若我真是一个十恶不赦之人就让我死掉吧，但是请应允我，在我享受到阳光之时，或者在我死后，能够让我的父亲明白他是真的冤枉了我。"说完后，他便一下挥起刺棍，击打那几匹马。他的车子辔头旁有一些奴仆，跟随着他往阿尔戈斯与厄庇道洛斯交界的道路奔去。

我们行到一片荒芜之地时，那儿有一处海岸，从此地的边界一直延伸到萨洛尼科斯海。从那儿发出阵阵如宙斯雷鸣般沉闷的让人不禁颤抖的声响。那时那些马儿便高昂着头与耳朵朝着天空嘶鸣，我们也很恐慌这声响从何而来。我们便看向海水拍打的海岸，却见一个巨大的风浪凭空而起，遮挡了伊斯特摩斯与阿斯克勒庇俄斯的岩石，让我们无法瞧见斯克戎海岸。很快它便膨胀起来，朝四周喷射出泡沫与浪花，直击四马驾驭的马车所站之处。突然那波涛汹涌之间，便奔出了一头凶猛狠绝的公牛，它的吼声响彻大地，复而回声想起，令人听了毛骨悚然，它立在我们的面前，让我们看着都觉得恐怖。

那些马儿们便慌乱起来了，尽管主人是一位驭马好手，他紧握缰绳，将皮带缠在腰间，如水手扳桨般将那些马儿用力往后拉，但它们却发疯般地咬断嚼铁，丝毫不理会主人挥舞的手势以及车辆与羁勒，直奔前方而去。他握紧缰绳欲将它们引上平坦大道，而公牛突地却出现在了前面，那驾车的四马便恐慌起来，疯狂地掉转了方向。但即使它们疯狂地奔向岩石，他依旧沉默着靠近车衡，跟着它们一同奔去，直至车轮撞向石头，车子才彻底被毁了。因此四处一片狼藉，车轴与车辖也被撞飞到空中去了。他这可怜之人因为缰绳缠身解脱不了因此一同被拖走，他的头部撞击在岩石上，全身被摔得皮开肉绽，并且发出声声惊恐的喊声。“啊，快停下，你们这些在我那里长大的马啊！不要让我丧命！啊，父亲的可悲的咒誓啊！谁愿意来拯救我这无辜之人呢？”大家都想要去解救他，但我们都被他抛得很远了。最后他终于解开了缰绳的束缚，却不明原因地昏倒在地，只有一丁点呼吸延续着生命了。此刻那些马儿消失了，以及那可怕的公牛也隐没在那些岩石间不知去向了。

君王啊，我即使身为你家中的奴仆，我也不会相信你儿子是一个可恶之人，不，纵使那些女人们全都上吊而死，或者某些人在伊得山的书简上写满了字句，我也依旧相信他的清白无辜。

歌队　啊啊！又是一件新的可悲之事发生了，对于命运与必然的结果都是无法逃脱的。

忒修斯　我对于遭受此祸难的人的恨意令我听到此消息理应非常的高兴，但顾及神灵与凡人之间的某些既定的关系，只因他是我的儿子，因此对于这场祸难我不喜也不悲。

报信人　那现在该如何是好呢？我们是应当把那遇祸之人送到此地来，还是依你的意愿来处置他呢？请考虑清楚。你若是听我的劝说，请不要对你已遭不测的孩子如此的残酷吧！

忒修斯　你们就将他送到这里来吧，我便能够亲见那之前对于玷污我的卧榻抵死不认之人，而今可以凭借言语以及上天的处罚证实他所犯的过错了吧。

【报信人下场。

歌队　（哀歌一）库普里斯啊！是你控制着凡人与神灵那颗坚韧的心灵。同时还有那丰美羽翼的人与你同在，盘旋着四处翱翔。他在陆地上以及那喧闹的咸海之上高飞。

（哀歌二）他敞开闪耀的羽翼，向那狂乱的心袭击而来，他让那山中兽仔以及海中或是那阳光普照的大地之上的所有生物或是人类都受了他的迷惑。库普里斯啊，在这所有当中，唯独你一直保持着那女王的神威。

【阿尔忒弥斯凭空而出。

阿尔忒弥斯　我召唤你，名门出生的埃勾斯之子，你听听我所说的吧！是我，勒托之女阿尔忒弥斯在呼唤你。忒修斯，你这可悲之人为何听到如此的噩讯会如此的兴奋呢，你听信你妻子毫无根据的谎话，采取非正当的方式害死了你的儿子，让他获得如此的祸难？你为何不因受辱而让自己的身子钻到冥土中去，抑或改变你的命运，飞往高空，以免除此次祸患呢？你在善人之中再没有生存的余地了。

忒修斯，你仔细听听你祸难的实情吧。但我无法帮你任何忙，只能让你更加的悲痛而已。我来此的目的，只是想要证实你儿子那纯正的心，这样他即便是死也保有名声，同时也要让你看清你妻子那份猛烈的爱恋或也可算是高洁之处。只因她被神灵之中被我们喜欢独身的神灵所最为唾弃的那位女神所射中，便狂热地爱恋你的儿子。但她欲用理智克服爱欲，却败在了她意料之外的计策中，便是她的乳母在让你的儿子立誓的情况下将她对他的爱恋说了出来。而他一直都是如此有节制的人，他从未听取她的言语，即便你如此地责罚他，他也不愿意打破誓言，只因他是一个如此虔敬之人。她担心你会发现她的丑事，便写了一份满是谎言的书信，施计陷害你的儿子，而你竟然听信了她的话。

忒修斯　啊，啊！

阿尔忒弥斯　忒修斯，我所说的刺痛了你的心吗？你先冷静，听我把话说完，你会更加的悲伤。你可曾记得你父亲应允了你三个誓言吧？你竟乱用了其中之一，你真是可恶至极，居然将此咒誓加诸自己的儿子身上，而不用于对付那些敌人。你那海神的父亲为了显示对你的真心，因此应允了你的便一定要为你做到，可对他而言，于我也是一样的，对待此事你实在太可恨了，你竟然不待查证预知者的话语，也不细察审理此事，不花时间来考证，便急于将那咒誓加诸你儿子身上，将他害死了。

忒修斯　女神，我真是该死啊！

阿尔忒弥斯　你的罪责很深重，但即便这样你还是可以原谅的，只因那一切都是库普里斯施的计，以此来泄她的心头之恨。神灵之间一直保有此规定，谁都不可以去违反他人的意愿，只能作为一个旁观者。否则，你就会知道，若不是畏惧宙斯的威严，我也不会容忍遭受这样的侮辱，令那在凡人中最亲近我的人丧失性命。至于你的过错，首先你不了解实情，这便足已免除你的罪责，然后便是你的妻子死了，死无对证，便赢得了你的信任。而今这一切的祸难都降临在了你的身上，而我也非常的伤痛，即使那些坏人以及他的家庭后代都不会有好下场，但神灵也不乐意见到虔敬之人的死。

歌队　呀，那可悲之人到了，娇嫩的皮肉与金发已被毁之殆尽了。唉，这家堂的祸患啊！神灵降下了何种双倍的祸难在这家庭中啊！

【希波吕托斯被仆人们抬着上场。

希波吕托斯　哎呀！可悲的我啊，因为父亲那不公平的咒誓而将我害惨了！唉唉，悲苦的我全都结束了！苦痛袭上了我的头，脑袋里传来阵阵剧痛。你们先歇一下，让我这孱弱的躯体缓解一下。啊啊！

啊，这群可恶的驾车之马啊！你们是被我养大的，却反过来谋害我毁了我的性命。啊，看在神灵的分儿上，仆人们，你们对我毁损的肌肤轻柔些吧！是谁在我右方？轻轻地扶我起来，稳当地搀扶着我这凄惨的，因了父亲的过失而被降咒之人吧。

宙斯啊宙斯！你瞧见这一切了吗？我这庄严又对神灵如此崇敬的，且贞静纯正胜过所有男子之人，竟如此地失掉了性命，步入了冥土之中，看来我在人世保有的虔敬都是徒劳的。

啊啊！而今这苦痛，这苦痛又蔓延开来了——让我这可悲之人躺下吧——我祈愿死神的医生来到我身边吧！

（哀歌一）请将我这可悲之人灭亡了，灭亡了吧，我渴求有一把双刃剑把我劈死，让我能够就此安息吧！啊，我父亲的可怕的咒誓啊！我那血染的族类，古老先祖的罪孽为何越了界，毫不保留地尽数降临在了我这清白无辜之人的身上啊？

（哀歌二）啊啊，我还能说些什么呢？我如何才能摆脱我命中这残酷的苦痛啊？我真的期盼那黑暗的冥土让我这可悲之人就此长眠啊！（哀歌完）

阿尔忒弥斯　啊，你这不幸之人，遭受了如此巨大的祸难啊！你那贞静纯正的心灵，将你领上了毁灭的道路。

希波吕托斯　啊！是神灵散发的灵气！虽然身陷图圄，但我也能感受到你的到来，让我身心顿时舒适了许多。难道是女神阿尔忒弥斯来到了此地吗？

阿尔忒弥斯　呀，可悲之人，她确实在这里，那神灵中与你最是亲近的。

希波吕托斯　女神，你能看到我这如此悲惨之人吗？

阿尔忒弥斯　我看得到，但我们是不能从眼里滑下眼泪的。

希波吕托斯　如今再不会有侍奉之人，也再没有人替你引领猎狗了。

阿尔忒弥斯　永远也不会有了，但你虽丧命了，对我而言你确实同我最亲近的。

希波吕托斯　既不会有驯马的，也不会有人看守你的神像了。

阿尔忒弥斯　只因这一切全是那十恶不赦的库普里斯所为。

希波吕托斯　啊啊！我终于清楚那置我于死地的女神了！

阿尔忒弥斯　她因为你对她的不敬而羞愤，因为你的节制而觉得恼怒。

希波吕托斯　我明白了，她算是一箭三雕，施了一计便让三人身陷祸难。

阿尔忒弥斯　你父亲与你，以及你父亲的妻子。

希波吕托斯　所以我也为我父亲的祸难而感到伤悲。

阿尔忒弥斯　他也是被那神灵陷害的。

希波吕托斯　唉，父亲啊，遭受了如此的祸难真是可悲啊！

忒修斯　我的孩子，我一切都结束了，我也会永远生活在愁苦之中了。

希波吕托斯　因了这一过错，我为你感到难过远远超过了为我自己哀伤。

忒修斯　若是可以，我的孩子，我祈愿替你成为死尸啊！

希波吕托斯　啊，你父亲波塞冬那苦痛的允诺啊！

忒修斯　真希望我从没有起过誓！

希波吕托斯　为何啊？当时你如此的愤怒，恨不得让我丧命。

忒修斯　唉，只因我被神灵控制得意识不清了。

希波吕托斯　啊，我期盼凡人也可以将咒誓加诸神灵身上啊！

阿尔忒弥斯　随他去吧！即便是到了黑暗的冥土中，凭借你纯正与虔敬的心灵，那女神库普里斯因了怒气加在你身上的祸难定会让她遭到报应的。因为我将使用这一射即中的弓箭，将这一切报偿在那库普里斯所最亲近的凡人身上。而对于你，唉，可悲之人啊，凭了那些祸难，我会让你在特洛曾内享受无上的荣耀，我会让那些少女们在出嫁以前都要将头发剪给你，令你在长时间内都能受到她们哀伤之泪的报酬。少女们将会永远沉浸在怀念你的歌曲中，而淮德拉对于你的爱恋也将永久流传。至于你，啊，老埃勾斯的孩子啊！将你的孩子紧紧地拥在怀中吧，只因你也不是蓄意谋害他的，神灵所策划的中介者通常都会犯过失的。我要劝服你，希波吕托斯，你也不要因此憎恨你的父亲，只因你所遭受的一切都是你命运所安排的。现在我需与你道别了，只因我不可以见到死尸，也不能够让那临终的气息玷污了我的双眼，因为我已察觉你快接近死亡了。

【阿尔忒弥斯下场。

希波吕托斯　永别了，美好的少女，你走吧！你倒是很轻易地就能抛下我们如此深厚的友谊就这样离开了！我会听取你的话语，不会记恨我的父亲，因为对于你所说的我一直都言听计从——唉唉，黑暗已渐渐袭上了我的双眼。父亲，抱紧我，将我扶起来吧。

忒修斯　哎呀，我的孩子！你让这可悲的我该如何是好啊？

希波吕托斯　我的性命将终结了，我已看到那冥土的门了！

忒修斯　你要将我这不洁净之人撇下吗？

希波吕托斯　不，我早已宽恕了你杀人的罪责了。

忒修斯　你说什么？你是饶恕了我这染有血污之人吗？

希波吕托斯　我对着持弓的阿尔忒弥斯发誓。

忒修斯　啊，最可亲的，你对你的父亲竟是如此的宽容！

希波吕托斯　你渴望有如此度量的嫡出之子吧！

忒修斯　啊，你的心灵多么的虔敬与纯正啊！

希波吕托斯　啊，父亲啊，我也要与你道别了，永别了！

忒修斯　我的孩子，不要将我抛弃！你要撑住啊！

希波吕托斯　我已经撑不下去了！父亲，因为我将要死了。你快拿衣巾将我的头遮住吧。

【希波吕托斯死了。

忒修斯　啊，繁盛的雅典，珀罗普斯的疆土啊！你失去了如此智勇的一个男子啊！可悲的我啊！库普里斯，我会永远记住你的所作所为！

歌队　这个大家共有的悲剧出人意料地降临到城中所有百姓的身上，众人都滑下了哀伤之泪，因为英雄的凄惨事迹已俘获了所有人的内心。

【一同下场。

酒神的伴侣

The Bacchae

［古希腊］欧里庇得斯

人物（以人物的上场先后为序）

狄俄尼索斯	宙斯与塞墨勒之子，为草木动物之神。
歌队	由十五个吕狄亚妇女组成，是狄俄尼索斯的伴侣和信徒。
忒瑞西阿斯	特拜城的预知者。
卡德摩斯	腓尼基国王阿格诺耳之子，特拜城的创立者。
彭透斯	特拜国王，卡德摩斯的外孙，厄喀翁与阿高厄之子。
卫队	彭透斯的卫队，一人为队长。
报信人甲	彭透斯的牧人。
报信人乙	彭透斯的侍者。
阿高厄	卡德摩斯与哈耳摩尼亚之女。
数名特拜人	

布景

特拜王宫前院，塞墨勒的坟墓旁。

时代

英雄时代。

一　开　场[①]

【狄俄尼索斯从观众左边上场。

狄俄尼索斯　我——宙斯的儿子狄俄尼索斯，诞生于卡德摩斯之女塞墨勒的霹雳火中，并降临在这特拜境内。现在我作为神化身为凡人，现身于伊斯墨诺河畔的狄耳刻泉旁。我看到了我那被雷劈[②]的母亲的立于宫旁的坟茔，她的卧房虽已经倒塌，却依旧余烟袅袅，宙斯的火光依然闪耀——这是赫拉[③]加害我母亲不可磨灭的罪证。

---

① 宙斯曾与特拜城的创立者卡德摩斯的女儿塞墨勒相好，宙斯的妻子赫拉从天而降，变成一个凡人，怂恿塞墨勒让宙斯以带着光彩的形象出现在她的面前。因为宙斯曾发过誓答应塞墨勒的任何请求，他不得已以雷电之神的形象出现，塞墨勒因此遭到雷劈，临死前诞下一个未足月份的婴儿。宙斯把婴儿放进自己的髀里，后来从自己的髀里生下狄俄尼索斯，把孩子交给山林女神抚养。孩子长大以后，赫拉使他发狂，到处奔走。曾经到过埃及和亚细亚各地，最后带着他的伴侣回到特拜城。

② 古希腊人认为被雷劈是一件好事。

③ 赫拉是克洛诺斯与瑞亚的女儿，宙斯的姐姐和妻子。

我称赞卡德摩斯，他将此地变为了圣地[①]——他为女儿所立的坟冢；我要用硕果累累的葡萄藤将其团团围住。

离开佛律癸亚以及那遍布黄金的吕狄亚之后，我穿过了骄阳似火的波斯平原，巴克特里亚城关，冰冷的墨狄亚高原，富饶的阿拉伯，还穿过了希腊人与外国人混居的亚细亚沿岸许多有着美丽望楼的城市。每到一个地方，我都会建立教仪，授人歌舞，以示我的神威，只是我化作了凡人形象。而今我首选到希腊的特拜城，带动人们歌舞狂欢，令她们腰系鹿皮，手拿神杖[②]——那被常春藤缠绕着的武器。可恨的是我母亲的那些姐妹——她们千不该万不该说我并非宙斯之子，还污蔑塞墨勒与凡人有了私情，却将罪过指向宙斯，又直言卡德摩斯撒谎；她们还大言不惭地说，宙斯是因为塞墨勒撒谎隐瞒实情，才将她处死。

所以为了惩罚她们，我让她们变得疯疯癫癫神志不清，又将她们逐出家门，安顿在山上；而且我让她们换上了敬拜我的教仪服装。我还令卡德墨俄斯族的全部女人都发了疯，离弃了她们的家。现在她们与卡德摩斯的女儿们混居一起，在绿枞树下空阔的石头上坐着。即使这座城市很不情愿，也需得为藐视狂欢节而遭受处罚；我要以此来告诫凡人，我母亲塞墨勒为宙斯诞下了一位天神。

卡德摩斯将他的宝座与君权授予了他的外孙彭透斯，这人拒绝我的神道，不为我祭酒，祈祷时也未曾提及我的名讳，只为了这个，我便会向他和所有特拜人，证实我的神威。待此地之事处理得当后，我便去别处展现我的神威。如若特拜人敢凭借武力将我的信徒驱逐下山，我便领着那些狂女们与他

---

① 古希腊人把被雷击过的地点视为圣地，把被雷劈死的人就地埋葬。特拜城的这块圣地一直保存到公元2世纪。

② 神杖是用大茴香杆做的短矛，尖端缠绕着常春藤，象征活力，冬季也能生长。

们战斗到底。也是因此我才会化身为凡人。

啊，你们这些来自特摩罗斯山——吕狄亚屏障的妇女们，我的歌舞队，我从别处将你们带来做侍从与伴侣，快快高举那佛律癸亚故乡的手鼓——诸神的母亲瑞亚[①]同我一起发明的乐器，围着彭透斯的王宫拍击作响吧，让卡德摩斯城的百姓全都见到这一幕。我也要去喀泰戎峡谷，同那里的信徒们歌舞作乐。

【狄俄尼索斯从观众左边下场。

二　进场歌

【歌队腰系鹿皮从观众左边上场。

【一些手执神杖，一些手举手鼓。

歌队　（序曲）为了布洛弥俄斯，我离开圣洁的特摩罗斯，从亚细亚赶来，这番艰辛是幸福的，这番苦痛是愉悦的，我向巴克科斯[②]高呼欧嗬！什么人在街上？什么人在街上？那是什么人？让他回屋，别阻挡我的去路。所有人安静，我要以我们的习俗，赞颂狄俄尼索斯。

（第一曲首节）那种人是幸福的，他有幸了解神道，享受洁净的生活，真诚参加狂欢队，并带着那一尘不染的圣品上山敬献巴克科斯；他遵照诸神伟大的母亲瑞亚的神道，手执神杖，头戴常春藤，来敬拜狄俄尼索斯。信徒们，前行吧，信徒们，前行吧，将神之子，狄俄尼索斯，由佛律癸亚山送到希腊广阔的街道上，并将他迎接回家吧！

（第一曲次节）他母亲身怀六甲，宙斯飞来霹雳火，让她在孕育的痛楚中提早诞下婴孩，自己却葬身于电击之中；幸得那克洛诺斯之子宙

① 瑞亚是天与地的女儿，克洛诺斯的姐姐和妻子。预言说克洛诺斯将被自己的孩子打败，所以他要吃掉自己的孩子，瑞亚便包了一块石头，交给克洛诺斯，克洛诺斯以为是婴儿便吞下肚去。后来瑞亚在克瑞忒岛上生下宙斯，她特地制造了一种手鼓，敲出声音来掩盖这个婴儿的哭声。

② 巴克科斯是狄俄尼索斯的别名。

斯，及时将婴孩塞进另一个可孕育的腹腔内，并藏在自己的髀肉中，用金针缝好，才瞒住了赫拉。而后命运女神让这长有牛角的神茁壮成长，宙斯将他诞下，并将蛇缠于他头顶，为此狂女们捕到吃野味的蛇，也缠于头顶。

（第二曲首节）啊，特拜城，塞墨勒的养育者，快将常春藤缠于头顶，让它绽放出，绽放出孕育丰硕果实的绿色旋花，快将橡树或枞树的枝叶插上，快将缀有一条白羊毛球带子的梅花鹿皮披上一起来狂欢；但你要小心舞动你手中的大茴香杆；此地全体人民都将很快欢腾起来，当布洛弥俄斯领着歌队上山去的时候，那里有一群被他弄得疯癫的并将机杼与压线板抛在家的女人们在等着他。

（第二曲次节）啊，枯瑞忒斯的洞府，克瑞忒岛上的神圣住屋，宙斯所降之地，在一旁洞穴中那头戴三道盔饰的科律班忒斯曾为我发明了这皮手鼓；他们在狂欢时让鼓声与那高昂的佛律癸亚笛声共同协奏；又将手鼓交与诸神之母瑞亚，让鼓声与信徒们的欢声相呼应；那癫狂的羊人又在诸神之母瑞亚手中获得了手鼓，敲打着那狄俄尼索斯的最爱，去参加了两年一度的歌舞。

（末节）最高兴的莫过于他，他在山上兴奋过度，掉在了欢腾的舞队之后，随即昏倒，他曾经披着圣洁的鹿皮，奔到佛律癸亚或吕狄亚山上，捕杀羊群，让它们血流待尽，享受着那美味①的野食啊！布洛弥俄斯是我们的头领，欧嗬！遍野溢满乳汁，溢满酒浆，溢满那蜂群酿造出的蜂蜜。那狂欢队的头领高举着熊熊燃烧的飘出叙利亚乳香般香烟的枞脂火炬，那火炬在大茴香杆上闪出了一道光亮；他狂奔着，那漂亮的卷发随风飘拂，并在狂欢中大声呼喊，鼓舞着散开的队伍。他在哦嗬声中叫嚣着："信徒们，前行吧！信徒们，前行吧！快举起那源于沙金满布的特摩罗斯的闪耀手鼓，在砰砰的敲打声中赞颂狄俄尼索斯，快凭借佛律癸亚的高呼，欧

① 古希腊人相信，这野羊是狄俄尼索斯的化身，他们认为狄俄尼索斯的精神寄托在这野羊身上，吃了野羊的肉可以与狄俄尼索斯精神相通，或者和酒神化为一体，可以使自己得到新生的力量。

嗬，称赞欧伊娥斯神！赶在那音色悦耳的神圣笛子奏出的清脆愉悦的曲调结束前，奔上山去，奔上山去！”狂女们听后如随母啃草的快乐马驹突举轻盈的马蹄般欢声鼓舞起来。

三　第一场

【忒瑞西阿斯头戴常春藤，腰系鹿皮，手拄拐杖，从观众右边上场。

忒瑞西阿斯　什么人在门内？快将阿格诺耳之子，那由西顿来到此地创立了特拜城的卡德摩斯①唤出来。你们谁去通传一声，说我忒瑞西阿斯到访。他清楚我因何而来，我们两位耄耋老人——他老于我——早已约好，要手执神杖，身披鹿皮，还要头缠常春藤。

【卡德摩斯从宫里上场。

卡德摩斯　啊，亲爱的朋友，我在屋中未见你人已听到你的声音了，真是一位行家在说话。我来了，我早已备好了，身着归属于那位天神的服饰；我定当竭尽全力赞颂我的这位外孙。我该往何处歌舞？在何处选定位置，摇摇头活动活动筋骨？忒瑞西阿斯，你来引导我，老头子指导老头子，只因你精通这个。我会不舍昼夜用神杖敲击地面歌舞。让我们在歌舞作乐中忘记我们的年龄吧！

忒瑞西阿斯　我现在与你一样心潮澎湃，感觉自己活力四射，想要雀跃歌舞。

卡德摩斯　我们坐车到山上去吗？

忒瑞西阿斯　坐车是对神的大不敬。

卡德摩斯　我也是年迈者，竟也要来搀扶带领你这个年迈者。

忒瑞西阿斯　我们将不费吹灰之力，在神的指引下到达那里。

---

① 阿格诺耳是海神波塞冬的儿子，为腓尼基国王。宙斯曾经变成一头牛将阿格诺耳的女儿欧罗巴拐走，阿格诺耳叫卡德摩斯去寻找，找不到不许回家。卡德摩斯按照阿波罗的神示去追一头母牛，在牛倒下的地方建立了一座城。这座城就叫作卡德墨亚，就是后来特拜城的卫城。

卡德摩斯　城中只有我们去欢歌乐舞，敬拜巴克科斯吗？

忒瑞西阿斯　对，因为唯有我们是明智的，其他人都很愚钝。

卡德摩斯　我们在此逗留了很久了，你握紧我的手吧。

忒瑞西阿斯　好，你且抓紧，让我们手拉着手一同前行。

卡德摩斯　我只是凡人，不能对神不敬。

忒瑞西阿斯　对于神之事，我们不能故作聪明。我们传承了祖先的一切，那些历史悠久的信仰，所有的舆论，即便是来自心底的心计，也无法阻挡它。像我这样头戴常春藤去歌舞，或许别人会嘲笑我不顾虑自己的年龄。不是这样的，只因这位神灵并没有表明哪一类人才可以歌舞；他希望所有人都敬拜他，他不排斥任何人，也不会拒绝他们的敬拜。

卡德摩斯　（看看远方的大山）忒瑞西阿斯，既然你见不到光明，就由我替你做预知者，帮你说话。厄喀翁[①]之子彭透斯，此地君权的拥有者，慌慌张张朝王宫奔来了。他如此着急，难道有什么恶讯要告知我们？

【忒瑞西阿斯和卡德摩斯站在一边。

【彭透斯从观众左边上场，卫队紧随其后。

彭透斯　我还未到国境内，就听到传闻说城中出现了怪事，传言城中的女人们都离开了家，去参加巴克科斯那虚假的教仪，并在林中四出飘荡，狂舞高歌，敬拜那才出现的神狄俄尼索斯，也不去过问他是什么人；每组狂欢队都享有溢满酒浆的调缸，而后那些女人躲到幽静之处，解除男人无尽的欲望，那些狂女假借敬献神灵而做那些事，实际上是对阿佛洛狄忒[②]的不敬。

---

① 厄喀翁是龙牙变成的，据传说卡德摩斯要把那头倒地的牛杀来祭奠神，派人去取泉水作献祭用。派去的那个人被旁边的一条龙杀死，卡德摩斯为了给自己的属下报仇便杀死了那条龙。把龙牙种在地里面，后来地里面长出一群武士。卡德摩斯给他们中间扔了一块石头，武士们便开始自相残杀，后来剩下了五个人，这五个人就是特拜城的祖先。

② 阿佛洛狄忒是宙斯与狄俄涅的女儿，是爱与美之神，罗马人称她为维纳斯。

那些被我逮捕的女人已被铐了手铐，监禁了起来，我的奴仆在那里看管着；而那些漏网之鱼，我也即将去将她们驱逐下山。我需用镣铐将她们锁起来，尽快制止这败坏风俗的狂歌欢舞。

传言有个来自吕狄亚的客人，他有着一头金色卷发，眼睛晶亮如水，如阿佛洛狄忒般妖娆魅人，还是位会巫术的男巫。一旦他被我逮捕监禁起来，我便会对他处以斩首之刑，让他再也不能用木棍敲打地面，甩动他的金色卷发。

那家伙还说，狄俄尼索斯是位神灵，曾经被掩藏在宙斯的髀肉中。实际上那婴孩早已同他母亲一起葬身于火海之中，只因那女人谎称宙斯很爱她。这个客人，无论他是什么人，如此地狂妄行事，都应该受到那恐怖的绞刑！

快看啊，这是多么的奇怪！我瞧见那预知者忒瑞西阿斯与我的外祖父都是身缠梅花鹿皮——真是荒谬——还手持大茴香杆狂歌乱舞。

啊，外祖父，你如此大的年纪，竟如此的不明智，我看了真是揪心。快快将那常春藤摘下来！外祖父，快将手中的木棍扔掉！

忒瑞西阿斯，这是你蛊惑他做的，你还想向百姓举荐一位新的神灵，好借此获得更多观鸟的机会，然后从祭祀中得到酬劳。假如不是看在你白发苍苍的分儿上，就凭你介绍这邪门歪道，我定给你戴上镣铐，与那些女信徒们关在一起。只要那些女人的聚会上出现了透亮的葡萄酒，我便会认为她们的仪式是不正规的。

歌队队长　多么的无礼啊！啊，朋友，你对神如此的不敬，难道你要对这位将龙牙种在这块土地的卡德摩斯不敬吗？作为厄喀翁之子，你是多么的丧辱家门！

忒瑞西阿斯　健谈之人总有许多辩解之词，而且也会将其说得栩栩如生。但你只是伶牙俐齿，无论你说得多么有理有据，你的话语确实没有道理。凭借厚颜无耻而获权之人是很可憎的，只因他狂妄自大。

这位你嘲讽的新的神灵，我预测不出他将来在希腊会是多么的伟大受人爱戴。啊，小伙子，人世有两位神很重要，一位是女神得墨忒耳，大地之母——随你怎么称呼她——她用那固体之食哺育了凡人；随后便是塞墨勒之子，他发明出美味的葡萄酒赠与人类，为人们补充缺乏的营养，那些不幸之人饮酒之后，便减除了忧虑；他还给予他们足够的睡眠，让他们遗忘每日的苦痛，没有其他任何药物可缓解苦痛。他身为天神，却被弃在大地敬献其他的神，让人们得到快乐。

你不是嘲讽他被掩藏在宙斯的髀肉中吗？你且听我说，这是一个很动听的故事。只因这位婴孩是天神，宙斯从雷击电火中将其拯救出来，带到了奥林匹斯；那时赫拉欲将他从天上丢弃下来，幸得宙斯英明，将计就计，将包绕大地的埃忒耳扯掉一块交给她，以作为凭证……狄俄尼索斯才得以获救，从赫拉的嫉恨中幸免于难。以后人们便传言宙斯将其缝在“髀肉”中——他们没有分清名词，便编出了如此的传言，只因他曾作为一个“凭证”交与了赫拉，从一位神的手中交到了另一位女神的手中。

而且他还是一位预知神，巴克科斯带来的沉睡最易引发预言，只要这位天神将其所有精力传达给他人之时，那位疯癫的信徒便会预知未来。他还享有阿瑞斯的权力：那些装备精良的战士还未开始上战厮杀，便会被吓得没胆了，这便是因为狄俄尼索斯让他们乱了心神。总会有一天你能瞧见他在德尔斐山上高举枞脂火炬，挥舞着神杖，欢快地跃过那两峰间的平原——那在整个希腊是最伟大的。彭透斯，请听我的劝告吧！不要一味地想凭借武力征服人世间的所有；即便你暂时犯傻，生出这种想法，也不要认为这想法是明智的。你需得全力迎接这位天神的到来！快快祭酒，快快将这常春藤戴上歌舞狂欢吧！狄俄尼索斯没办法逼迫那些妇女保持爱情的忠贞，那些是须由她们自己的天性决定的。试想一下，一个忠贞的妇女即使狂欢歌舞也没必要侮辱自己的贞节。

你看看，你很乐意瞧见众人集中你的门前，高声赞扬彭透斯的声名；我想他也是如此的。所以我将与这位被嘲笑的卡德摩斯一同戴起常春藤，去歌舞狂欢，即使我们白发苍苍，我们也要尽情歌舞啊！我不会遵照你的意愿违背天神。你的疯癫之病真是严重，已没有法术可以根治了，只因那就是法术令你变成这样的。

歌队队长　老年人，你讲出如此的话语，真是没有辱没福玻斯的名声；你对布洛弥俄斯，这位伟大的神，如此的崇敬，那便证明你是很明智的。

卡德摩斯　孩子啊，忒瑞西阿斯的劝告是很有道理的。你与我们一起来遵照这个法则吧！现在你如此的浮躁，你的聪明也变得不聪明了。即便他如你所说并非天神，但你也该承认他是。你只需说一个美丽的谎言，塞墨勒便会被奉为神的母亲，那便是我们整个家族的荣耀。

【卡德摩斯向彭透斯走近。

过去你曾亲见阿泰翁的悲惨遭遇，只因他狂妄自大地声称他自己比阿尔忒弥斯更精通狩猎，他才被自己所养的野狗咬碎在草原上。你可千万不要碰上这样的事情。来吧，让我替你将这常春藤戴上；你也同我们一块儿敬拜这位神灵吧！

彭透斯　不要拉我！走远点，你自己发疯去吧！万不能将你的愚钝传给了我。对于这个怂恿你犯傻的家伙我要让他受到惩罚。（向卫队）你们中来一个人到他那观鸟的座位前，用杆子将其撬倒，把一切都给我砸烂，并将他的羊毛带也抛弃在风暴里！这样做最能让他难过。

剩余的人到城中各个地点，查一下那长得像女人的客人，是他将这怪病播撒在妇女身上，而且还将我们的床榻玷污了。如果抓捕到了，就拿镣铐将其锁起，带到此地来，我要让他遭受那石击之刑，让他尝尝他在特拜歌舞狂欢的凄惨后果。

【众位士兵一些从观众右边下场，一些从左边下场。

【彭透斯回到宫中。

忒瑞西阿斯　悲惨的人啊，你不知道胡说些什么呀！之前你是不清醒，现在你更加的疯癫了。

卡德摩斯，我们快走吧。就让我们替他——即使他如此的残暴——替这城池祈祷求饶，祈求神灵不要因此做出惩罚。快握住你缠满常春藤的拐杖与我互相搀扶，一同前行；两位年迈者摔倒是很难堪的！嗯，摔倒就摔倒吧，只因我们需得伺候宙斯之子巴克科斯。但是，卡德摩斯，你得小心，以免彭透斯给家里带来“烦心事”。我所说的这些不是预知的，而是依据事实推断的，只因一个笨蛋在说笨话。

【忒瑞西阿斯与卡德摩斯从观众左边下场。

四　第一合唱歌

歌队　（第一曲首节）啊，尊贵的神灵，神灵之后，你闪着金色的羽翼跃过大地，是否听闻了彭透斯所说的话？是否听闻到他以那不敬的无礼话语斥责塞墨勒之子布洛弥俄斯，斥责那位在聚会上头戴漂亮花冠的位居首位的神灵？这位天神的职责是引导人们伴着欢歌笑语和悠扬笛声尽情歌舞，在敬拜神灵的聚会上放有美味晶亮的葡萄酒或调酒缸，在那头戴常春藤的节日里给人们催眠，替人们消除烦忧。

（第一曲次节）傲慢无礼的话语和目中无法的狂妄只会惹祸上身；平静的生活和谨言慎行能够带来安宁，让家庭和谐。神灵虽身居天宫，却能细察和知晓天下大事。玩小计谋，想凡人所不该想的问题之人是很糊涂的。生命很短暂，因此，一个人目标放的过远，便会抓不住眼前的利益。我觉得这是疯子与傻子的行为。

（第二曲首节）我甘愿到库普洛斯，阿佛洛狄忒的岛国，那儿有厄洛特斯安抚凡人的心灵，或者去那无雨之地，那儿有一条利比亚河流，众多的河口使那里沃野遍里。布洛弥俄斯，布洛弥俄斯，神灵啊，信徒们的头领啊，请将我们引到奥林匹斯的圣洁山坡上，那个庇厄里亚的缪斯们最幽静的住地。那儿有欢乐之神，有欲望之神，在那儿信徒们能够任意敬拜你。

（第二曲次节）我们的天神，宙斯之子，喜爱节日的聚会，热爱天赐的祥和——那抚育年轻者的女神。不管人的贫富贵贱，他都让他们一同享受那饮酒之乐，为他们排忧解难；他厌恶那些无论白昼都不愿享受幸福生活之人。一个人最好不要与傲慢之人靠得太近；我很认同一般人的信仰。

五　第二场

【队长带着卫兵从观众右边上场。

【其他的卫兵从观众左边上场。

【挟持着装扮成吕狄亚客人的狄俄尼索斯上场。

【彭透斯从宫里上场。

队长　彭透斯，我们来了，你命我们逮捕的猎物已经到手了，我们此行没有白费工夫。我们觉得这猎物非常的温顺，他并没有趁机溜走，而是心甘情愿地让我们将他绑起来。他面不改色，绯红的脸未有一丝泛白；他满面笑容的让我们将他绑着抓走，他站在那里处变不惊，没有给我们带来麻烦。所以我觉得非常地抱歉，便告诉他："啊，客人，我并不是自愿来抓捕你，而是彭透斯派遣我们来捕获你的。"

而那些被你绑着逮捕进监狱的女信徒们，早已松绑出狱，逃到了草原处，在那里尽情歌舞，大声呼喊他们的神灵布洛弥俄斯。那些镣铐是自动解开的，钥匙都没有碰过，监狱门也自动开了。从这人到特拜城以来，便怪事连连。往后该如何行事就看你了。

彭透斯　松开他吧！他已陷进天罗地网了，不管他跑得多么快也没法逃走。

【众卫士松开狄俄尼索斯被绑着的双手。彭透斯仔细地打量着他，后大声说。

啊，客人，你长得很漂亮，可以魅惑女人，你是因为这个而到特拜来的。你长长的头发——看得出你并非摔跤能手——轻轻掠过你的脸颊，充满了无限情欲。你刻意保养你娇嫩的皮肤，你待在树荫下，躲过日晒，凭借你的美颜勾引阿佛洛狄忒。唉，先回答我，你是什么族的人？

狄俄尼索斯　我毫不犹豫地回答你。你可知那遍山花海的特摩罗斯。

彭透斯　我清楚，那山脉环绕着萨耳得斯城。

狄俄尼索斯　我来自那里，我的家乡是吕狄亚。

彭透斯　你因何要将这神道引到希腊？

狄俄尼索斯　是宙斯之子狄俄尼索斯派遣我引来的。

彭透斯　那儿还生活着一个养育新的神灵的宙斯吗？

狄俄尼索斯　不是另外一个，那位宙斯就是在此与塞墨勒结婚生子的那位神灵。

彭透斯　你是在睡梦中还是在醒来时接到他的差使的。

狄俄尼索斯　他是当面将这些神道授予我的。

彭透斯　怎样的神道？

狄俄尼索斯　对于未入教之人，没有权利知道。

彭透斯　对于敬献之人有什么好处？

狄俄尼索斯　虽然很有趣，但不能让你知道。

彭透斯　你所说真的很诱人，我倒很有兴趣知道。

狄俄尼索斯　这个教仪厌恶对神无礼之人。

彭透斯　你曾说你亲眼见过这神的样貌，那他长什么样？

狄俄尼索斯　他可以任意变换模样，不由我决定。

彭透斯　你真会狡辩，所说的一切都很虚，毫无依据。

狄俄尼索斯　对着笨蛋讲明话之人通常会被当成笨蛋。

彭透斯　你是先将这位神灵带到此地来的吗？

狄俄尼索斯　开始是在国外，全部的外国人都虔诚地举办这个教仪。

彭透斯　只因他们没有希腊人明智。

狄俄尼索斯　对于这个他们十分明智，虽然他们的习俗不一样。

彭透斯　你举办教仪是在夜晚还是白昼？

狄俄尼索斯　大多时候是在夜晚，只因黑夜更庄重。

彭透斯　便可以魅惑妇女，败坏习俗。

狄俄尼索斯　即使在白昼欲做坏事之人也会做。

彭透斯　你强词夺理，该当受罚！

狄俄尼索斯　你昏庸无能，对神无礼，最该受罚！

彭透斯　这位巴克科斯的信徒态度如此的冲动无礼，很会狡辩！

狄俄尼索斯　让我听听，你将让我承受什么苦痛，将受到何种恐怖之刑？

彭透斯　我打算先剪掉你的美发。

狄俄尼索斯　我的卷发是圣洁的，那是为神而生长的。

彭透斯　然后我会让你上交你的木棍。

狄俄尼索斯　你亲手从我这里夺走吧；这是属于狄俄尼索斯的神杖。

彭透斯　我还会将你监禁起来。

狄俄尼索斯　当我祈求天神解救我之时，天神会将我释放出来的。

彭透斯　当你立于那些女信徒之间呼唤他之时！

狄俄尼索斯　他现在就在我身边，看着我遭遇磨难。

彭透斯　他在何处？我没看到他。

狄俄尼索斯　在我所站之地；你目中无神，当然看不到。

彭透斯　（向卫队）快快将他抓住！这个家伙羞辱我，羞辱特拜。

【卫兵将狄俄尼索斯抓住。

狄俄尼索斯　我先提醒你，不要将我绑起来——一个智者告诫一个愚者。

彭透斯　我的话比你更有威信，我下令将你“绑起来”。

【卫兵们将狄俄尼索斯绑了起来。

狄俄尼索斯　你不清楚你这个凡人在天神面前所处的地位，不清楚你现在所做之事，也不清楚你自己是什么人！

彭透斯　我叫彭透斯，是阿高厄与厄喀翁所生之子。

狄俄尼索斯　因为你这个名字，你就该遭受折磨。

彭透斯　胡言乱语！（向卫队）快快将他锁进马棚里，令他看不见光明。（向狄俄尼索斯）你就一人在里面慢慢歌舞吧！对于你引来的那些与你共同作恶的女人，我会将她们卖掉，或者让她们手中永远不会有砰砰的鼓响声，再让她们乖乖地在机杼边做我的奴隶任我差遣。

【彭透斯回宫。

狄俄尼索斯　我一定要去；我不应该受到命里所没有的祸难。狄俄尼索斯，便是你口中所说的不存在的神灵，将要报复你，对于你的恶行严惩不贷；只因你将我监禁起来，这便是对他最大的羞辱。

【卫兵们挟持着狄俄尼索斯进入宫中。

六　第二合唱歌

歌队　（首节）啊，阿刻罗俄斯美丽的闺女，受人尊敬的狄耳刻，你之前曾招待过宙斯的婴孩在你的水泉中洗浴。当宙斯将那婴孩从熊熊烈焰中解救出来、藏进他的髀肉中时，他便大呼：“狄堤然玻斯，快进去吧，到你父亲的腹胎中去吧！啊，巴克科斯，我要宣告所有的特拜人，他们需得尊称你为狄堤然玻斯。”但是，幸运的狄耳刻，在我头戴常春藤冠在你水泉边欢歌乐舞之时，却将我拒之门外。 你是因了什么拒绝我的好意？你为何如此厌弃我？我就仅凭那硕果累累的葡萄藤——狄俄尼索斯所赠予的物品发誓，总会有一天你会很怀念布洛弥俄斯的。

（次节）很明显那彭透斯是地生的种类，龙的传人，地生的厄喀翁之子，并非人类，只是个残暴的怪胎，就与那凶残的蛇人般——与神作对。他很快就要用镣铐将我——布洛弥俄斯的婢铐起来；他早已将我的伴侣，那狂欢节的头领，监禁在他宫中的幽暗牢房中了。啊，狄俄尼索斯，宙斯之子，你难道还没瞧见你的传道之人在折磨下挣扎的身影吗？王者啊，快快将你手中的黄金神杖挥动起来吧，快快从奥林匹斯来到这里阻止这场恶行吧！

（末节）啊，狄俄尼索斯，你到底在何处，是在那野兽满布的倪萨山呢，还是正在科律科斯峰上凭借神杖引领你的狂欢队呢？或许在那奥林匹斯的山林深处吧，那里曾飘荡着俄耳甫斯的琴音，那琴音魅惑着树木与野兽。啊，幸福的庇厄里亚，欧伊娥斯敬重你，他会去你那里，引领着歌队在那里歌舞狂欢，他会带着擅长旋舞的狂女们，越过奔流的阿克西俄斯，跨过吕狄阿斯，那位以清泉为出产名马的地方浇灌土地，赠予人们无尽的财富，令那里沃野遍里的河流之父。

七　第三场

狄俄尼索斯　（抒情歌）（自内）喂，信徒们，喂，信徒们，你们听听我的呼唤！

歌队　什么人在呼喊？这是从何而来的声音？是欧伊娥斯在呼唤我啊！

狄俄尼索斯　（自内）喂，喂！我再次呼唤你，我便是塞墨勒与宙斯之子。

歌队　喂，喂，神啊，主啊！快快降临到我们的歌队中，布洛弥俄斯啊，布洛弥俄斯！

狄俄尼索斯　（自内）庄重的地震之神啊，快快摇动大地吧！

【大地在震动。

歌队　哇，哇，彭透斯的宫殿即将倒塌。

歌队队长　狄俄尼索斯在此，快快敬拜他吧！

歌队　我们敬拜他。

歌队队长　你们有没有瞧见那房顶的楣石已裂开？屋中将会传出布洛弥俄斯高呼胜利之音。

狄俄尼索斯　快让霹雳之火燃烧起来，将彭透斯的房屋通通毁掉，毁掉！

歌队　你们有没有看到那烈焰？有没有看到塞墨勒的圣洁的坟冢周边布满宙斯的霹雳之火？那便是她曾经所受雷击时残存的。

歌队队长　狂女们，快将你们发抖的身子趴下，快快趴下！只因我们的主，宙斯之子，要毁掉这间房屋，要将此地弄得震天动地。

（抒情歌完）

【歌队趴在地上。

【狄俄尼索斯依然假扮成客人从宫里上场。

狄俄尼索斯　亚细亚的女人们啊，你们是否已经胆战心惊地趴伏在地呢？

你们或许已经见到了巴克科斯是如何摇撼彭透斯的这所房屋的；但你们快快站起来吧！将胆子拿出来，不能被吓倒！

歌队队长　欧伊娥斯狂欢节中的光明啊，我非常的孤独，看到你我非常的兴奋！

狄俄尼索斯　当我被关押，身陷彭透斯的幽暗牢狱中时，你们是否很哀伤？

歌队队长　怎会不是啊？若你有不测，有什么人来庇佑我呢？但你遇着这对神无礼之人，是如何脱离险境的呢？

狄俄尼索斯　我是自救的，不费吹灰之力。

歌队队长　他不是拿铁链绑住了你的双手吗？

狄俄尼索斯　他觉得将我绑住了，实际上他丝毫没有触碰到我，更别提将我逮捕——这一切只是我在捉弄他，让他空欢喜而已。他看到了马房中只有一头公牛——他将我关押在那里——用链条将牛腿与牛蹄绑了起来，他当时怒发冲冠，汗流浃背，直用牙齿撕咬他的嘴唇。我却只是待在一旁，冷眼旁观。恰巧那时巴克科斯降临了，他令整个房屋摇撼起来，而且还让火焰在他母亲坟上燃烧起来。彭透斯瞧见后，认为是屋子燃烧了起来，便四处奔跑，命奴仆们将水打来；全部的奴仆都手忙脚乱的，徒劳无功。他认为我会逃掉，便丢开手中的事，抽出一把剑，往宫中冲了进去。因此布洛弥俄斯——我觉得是他，但只是猜测而已——弄了一个埃忒耳在院内；那家伙一把冲上前将那埃忒耳刺中了，他便认为是将我刺死了。巴克科斯又采取其他的方式谋害他；他将厅堂震倒塌了，一片残垣废墟，让他见到，这便是监禁我的下场。之后他累了，将剑摔在地上，昏了过去。他只是凡人，竟要与神灵作对！我便悄无声息地逃离了王宫，到你们这里来，完全不将彭透斯放在眼里。

但屋子里响起了靴子踏地之声，我预计他会马上冲到宫外的。发生这些事后，他还要怎么来狡辩呢？总而言之，即使他怒发冲冠，我也会很平静地承受；一个智者是应当克制住自己的情绪的。

【彭透斯从宫里上场，卫队跟着一同上场。

彭透斯　我遇到了惊人的事情！刚刚被我绑住的客人已经逃脱了。啊，啊，那家伙居然在那里！这到底是怎么了？你如何逃出来的，还出现在我的宫门外？

狄俄尼索斯　止住你的步伐！即使很愤怒也该保持冷静。

彭透斯　你是如何解开链条，逃出来的？

狄俄尼索斯　我不是早已知会了你，神灵会将我解救出来的吗？你不会没听到吧？

彭透斯　哪一位神灵会解救你？你一直在说那些奇怪的话。

狄俄尼索斯　正是那一位赠予人们硕果累累的葡萄藤的神灵。

彭透斯　……

狄俄尼索斯　你咒骂狄俄尼索斯，更加表明了他的荣耀。

彭透斯　（向卫队）我下令你们将整座城池封锁起来，以免狄俄尼索斯逃跑。

狄俄尼索斯　为何？你觉得神灵会穿不过城墙？

彭透斯　你虽然很明智，但当你须得明智之时，你却糊涂了。

狄俄尼索斯　当你最需要明智之时，我便是那生性明智之人。但你先听一下那人所要报告的消息，他特意下山来告诉你的；我会乖乖站在此地，不会逃掉。

【报信人甲从观众左边上场。

报信人甲　彭透斯，特拜国境的统领者，我来自那白雪皑皑的喀泰戎。

彭透斯　你将要向我上报什么紧迫的消息？

报信人甲　啊，君王，我看见一些疯癫的妇女，她们遭受了什么打击，赤裸着白皙的脚丫奔出城外，我特意来此向你与全城人上报她们所做的那些不可思议的事情。但我须得先征求你的意见：你是希望我将实情完整地说出来，还是希望我只说一部分？因为，君王啊，我对你那火爆的脾性，突起的愤怒，严肃的表情十分的惧怕。

彭透斯　你就如实地说吧，我不会处罚你的；只因我不会将无辜的人牵扯进来的。关于那些狂女们的所作所为，你说得越离奇，我便越会对那个唆使女人们行恶之人严惩不贷。

报信人甲　太阳刚升起温暖大地之时，我正把放牧的牛群赶上山坡，那时我便瞧见分成三组歌舞的女人们，一组是奥托诺厄领头，一组是你母亲阿高厄领头，另外一组是伊诺领头。她们所有人都懒懒散散的在那里睡觉，有的依靠着枞树干枝，有的枕着橡树叶，任意躺倒在地，却不失体面；她们并不是如你所说那样沉迷于饮酒作乐，在幽静的山林中疯狂地追求库普洛斯。

当你母亲听到那长角的牛吼叫之时，她便突地从狂女们中站立起来高喊，让她们从睡梦中醒过来。她们马上站起来，迅速地将睡意从眼中赶走——优雅整齐，多么的奇特，有年老的，有年少的，还有一些未婚的。她们先将头发披散在肩头，后又将松散的鹿皮绑好，并将那舔舐自己脸颊的蛇系在梅花鹿皮上。有的将鹿崽或狼崽拥在怀中，用乳白的奶液哺育它们——她们是刚生育过的母亲，抛弃了自己的婴孩，乳房还在发胀。她们头上戴着常春藤冠，或者橡树叶，或者那绽放的旋花。有一人手持神杖敲击石头，一股清泉便从石孔里喷涌出来；另一人将大茴香杆插入地里，一股酒泉便被神从那里赠送出来；若有人想饮白色饮料，只要在泥土中一刮，一股奶浆便涌出来；还有甘甜的蜜汁自每根神杖中滴落下来。现在你为难着神灵，如果亲眼看见了那些事情，你便会敬拜他。

那时我们这些放牧之人围在一起，激烈地争讨着她们这些惊人之事。我们其中有一人，经常在城中游荡，非常健谈，他对我们说道："你们这群居于圣山上之人啊，我们是否应将彭透斯的母亲阿高厄，自狂欢队中驱赶出去替国王办事？"我们都赞同他所说的，便躲在一边，隐藏在深林处。她们在指定的时间共同舞动木棍歌舞狂欢，齐声呐喊伊阿科斯，布洛弥俄斯，宙斯之子，甚至整片森林以及林中的虫鸟兽类都跟着欢歌起舞，大自然也因她们的欢跑变得活力四射。

正巧阿高厄舞到我的身边，我就从隐藏的地点一下跳出来，欲将她擒住。她却大声喊道："擅长跑步的猎狗们啊，有群男人想要逮捕我们，快随我走，随我走，手持那堤耳索斯作为兵器！"

我们迅速地跑掉，才躲过狂女们的撕扯；她们手中没有任何兵器，却徒手追击我们那群啃草的牛。那时你便能瞧见，一个妇女凭借手将一头奶子发胀的正在吼叫的小母牛撕扯开，其他的妇女则将一些老母牛撕扯成碎片；你能够瞧见四处都弃置有撕扯开的肋骨及牛蹄，鲜红的肉悬挂在枞树枝上，还不停地流下血来。那些公牛前一刻还怒气冲冲地用角尖准备还击，下一秒便被那些年轻女子空手将其击倒，躺倒在地。它们黏合骨头的肉，一瞬间不到，便被撕成了碎片。

接着，她们便如飞鸟般，腾空飞奔起来，奔过了那宽广的平原——那平原在阿索波斯河附近，为特拜人孕育了许多丰硕的果实。她们闯进坐落在喀泰戎山下的许西埃和厄律特赖村庄，跟土匪一样，将一切都搅得乱七八糟的，还将孩子们从别人家中夺走；她们将抢来的东西全都扛在肩上，并没有用绳子系，却也没有一点掉落在黑色土地上；她们没有使用坚固的武器，只有头发上冒着火焰，却没将自己燃烧起来。村庄之人为狂女们的豪取强夺十分气愤，便去拿自己的兵器。啊，君王，那场景是如此的恐怖！他们以枪尖刺向她们，却没有血流出来。狂女只是将木棍刺向他们却血流不止，他们便断臂逃开了，女人们追逐着男人们，这难道不是有神相助吗？

之后她们又回到出发的地方，就是神灵助她们喷出清泉的地方，在那里洗净血污，那些蛇还以舌尖为她们舔净脸颊上的血渍。

啊，君主，你还是将这位神灵迎接到城中吧，无论他是什么人。从任何方面看，他都是伟大的，我还听闻，他赠予凡人以排忧解难的葡萄。没有酒，便不会有库普洛斯，人世所有的欢乐便不存在了。

歌队队长　我虽然很害怕，担心在君王面前说错话，但我还是得提出我的建议：狄俄尼索斯是和其他的神灵一样神。

彭透斯　狂女们的残暴行径已经如火般蔓延开来，对于整个希腊而言，这是件十分耻辱之事。我们应该毫不犹豫！（向卫队长）快去厄勒克特赖城门口，传我口令将所有手持重盾的士兵，驾着快马的队伍，手拿轻盾的步军，以及挽弓的射手召集起来；我们要去攻击那些狂女。在女人手里承受如此大的灾难，让人无法忍受！

【报信人甲从观众右边下场。

狄俄尼索斯　彭透斯，对于我所说，你全然不接受。虽然我在你手里受尽了折磨，但我还是得劝说你不用带兵器去攻击神灵，你先冷静下吧！布洛弥俄斯不会让你将狂女人们从溢满快乐的山上驱逐下来的。

彭透斯　不要指责我！你千辛万苦解开了链条，难道不要考虑考虑该如何留住自由吗？是还想让我惩处你吗？

狄俄尼索斯　最明智的做法便是祭拜那位神灵，不要愤怒，也不要用脚踹刺棍[①]，作为凡人不要想着与神灵作对。

彭透斯　我将会在喀泰戎峡谷来场大屠杀，以那些可恶女人的血液来祭拜那位神灵。

狄俄尼索斯　你会败得很惨，当狂女们持着神杖攻击你时，你便会丢掉盾牌逃跑，那才是最丢脸的！

彭透斯　这客人真的很烦人，不管怎样他都不闭嘴。

狄俄尼索斯　好伙伴，对于此事还有更好的解决办法。

---

① 刺棍是赶马用的两头尖的棍子。马用脚去踢刺棍只是徒劳，这里是比喻的用法。

彭透斯　有什么好方法？你是要我听取一个身为我的阶下囚的人的意见吗？
狄俄尼索斯　我有办法在不动武的情况下，便将那些妇女引到此地来。
彭透斯　啊，你要要什么诡计。
狄俄尼索斯　哪算什么诡计？我只是采用计谋拯救你。
彭透斯　你与她们是一伙的，你们都想着一直享受狂欢节。
狄俄尼索斯　对，我与这位天神是一伙的。
彭透斯　（向卫队）快将我的兵器呈上来！（向狄俄尼索斯）快住口！
狄俄尼索斯　不要急！你希望见到她们在山上挤在一堆吗？
彭透斯　当然，要我拿一缸金子来换这个我也很乐意。
狄俄尼索斯　为何？难道你就有如此强烈的欲望？
彭透斯　我看那些妇女喝醉了便会很伤心。
狄俄尼索斯　看到会很伤心，为什么还会很快乐呢？
彭透斯　最大的快乐莫过于躲在枞树下偷看。
狄俄尼索斯　但即使你悄悄地去看，她们也会发现你的。
彭透斯　你这句话很有道理；那么我就光明正大地去。
狄俄尼索斯　需要我带路吗？你决定要去了吗？
彭透斯　快快带我去吧，不要浪费我的时间。
狄俄尼索斯　那你先穿上细麻布长袍。
彭透斯　为何？我是男的，还要将我化为女人吗？
狄俄尼索斯　以防她们一见你是男的，就将你杀掉。
彭透斯　你的话的确有道理；你总是如此的明智！
狄俄尼索斯　这些明智是狄俄尼索斯授予我的。
彭透斯　你的这些建议要如何实施呢？
狄俄尼索斯　我要先进屋子内，替你换上衣服。
彭透斯　换什么衣服？是要穿那些女人的服饰吗？我害羞呢。
狄俄尼索斯　你是不想去参观那些狂女了吗？
彭透斯　那你说，你要为我穿上哪种服饰？
狄俄尼索斯　我要先让你的头发变长。
彭透斯　那接下来还需装饰什么呢？

狄俄尼索斯　还要为你套上一件及脚边的长袍；再在头上系上一条带子。

彭透斯　除此之外，你还要为我添置什么呢？

狄俄尼索斯　让你手持一根神杖，再披上一张鹿皮。

彭透斯　但我不可以穿上女人的服饰。

狄俄尼索斯　但你如若同狂女们战斗时，你便会受伤流血。

彭透斯　你说得很有道理；我需得先去探查探查。

狄俄尼索斯　总好过害人不成反害己。

彭透斯　但我装扮成这样，在我走过城市时，那些卡德墨俄斯人不会看到吗？

狄俄尼索斯　我会带你从那幽静小道穿过。

彭透斯　最好是别让我被那些狂女们嘲笑。我们快进屋吧！我得仔细想下对策？

狄俄尼索斯　是的；不管你如何做，我都会助你一臂之力。

彭透斯　我需到里面去；不是选择拿起兵器去，而是选择采纳你的计谋。

【彭透斯进宫，卫队跟着进去。

狄俄尼索斯　女人们，此人很快便要陷入天罗地网中了，他将在狂女们那里受到应有的惩处，并在那里丧命。

啊，狄俄尼索斯，下面就看你的了，你就在我旁边，让我们一同报复他吧！开始要先让他神志不清，迷乱癫狂；如若他神志清醒，便不会同意穿上女人的服饰；但只要他心智慌乱，他便会穿上女人的服饰。他态度如此恶劣，还恐吓我，待他将女人的服饰换上时，我便带他从城市中经过，让他成为全特拜百姓的笑柄。现在我到里面去帮他换上衣服，等他换好以后，他便会成为自己母亲手下的亡魂，到冥府中去。这样，他便会明白宙斯之子狄俄尼索斯是很有权威的天神，对人类可以很亲和也会很狠戾。

【狄俄尼索斯进宫。

八　第三合唱歌

歌队　（首节）什么时候我才可以赤裸着白皙的双脚整夜的歌舞狂欢，在新鲜的空气里尽情地伸展肢体？那时我便可以如一只快活的梅花鹿沉浸在草原绿色的快乐中——它能任意避过那凶残的捕杀，逃过猎杀它的人，越过那精细网子，即使猎人竭力鼓动猎狗追逐，它也能拼尽全力迅速地飞跃，奔到那杳无人烟的僻静的河边平原上树荫下的丛林内，躲过一次劫难生存下来。

（叠唱曲）聪明是什么？天神赐予的光荣礼物除了能在敌人那里占据上位，在人们眼中还有什么价值呢？荣耀一直以来都是最吸引人的。

（次节）天网恢恢，疏而不漏，那些傲慢无礼之人是会受到应有的惩处的。天神潜伏在一边，等时机一到，他们便会将那无礼之人抓住。人的主观意识万不能违背自然习俗。认同神圣事物存有的力量，认同那亘古不变的自然规律以及长久以来的信念没有什么困难。

（叠唱曲）聪明是什么？天神赐予的光荣礼物除了能在敌人那里占据上位，在人们眼中还有什么价值呢？荣耀一直以来都是最吸引人的。

（末节）那躲过了狂风巨浪，避在港湾中的人是很幸福的，那克服了艰难困苦之人也是很幸福的；一个人所拥有的财富与权力在任何一方面都是胜过他人的，但所有人的愿望都是不一样的，有些被凡人们实现成真了，有些却消亡了；我觉得永远欢乐之人才是最幸福的。

九　第四场

【狄俄尼索斯继续装扮成客人从宫里上场。

狄俄尼索斯　你欲参看那不应该参看的场景，迫不及待要做那不重要之事，我指的就是你——彭透斯，快快出来到宫门外来，快让我参观你穿上那属于女人们的服饰，狂女们的衣服，巴克科斯信徒们的服装，去探查你母亲以及她的歌舞队。

【彭透斯领着一个侍者从宫里上场。

你与卡德摩斯的女儿长得真像！

彭透斯　啊，我好似看到了两个太阳，两个特拜——有七个城门的都城；我看到你就像一头长了犄角的牛在我前面引领着我。你原本就是一只野兽吗？现在你真的化为了一头牛了。

狄俄尼索斯　只因神一直与我们在一起，他之前对我们很仇视，现在与我们交好了。如今你只是看到你本应见到的景象。

彭透斯　我的样貌像什么？我的容貌举止与伊诺或我的母亲阿高厄像不像呢？

狄俄尼索斯　我看你，就似见到她们一样，但你这样一直捋你的卷发使它有些凌乱，与我刚刚为你系上带子时差远了。

彭透斯　我在屋子里歌舞狂欢，摇头晃脑地将它甩了下来。

狄俄尼索斯　我来伺候你，替你理一理；你将头放平！

彭透斯　请给我装饰下，我现在完全在你的掌握中了。

【狄俄尼索斯为彭透斯整理卷发。

狄俄尼索斯　你的腰带也松开了，长袍上的折皱也掉落到了脚下，很凌乱。

彭透斯　右脚有些乱，但左边的长袍直及脚跟了。

【狄俄尼索斯为彭透斯系上腰带理好长袍。

狄俄尼索斯　当你见到狂女们出人意料地庄严时，你一定会将我看作你最要好的朋友。

彭透斯　这神杖是该握在左手还是右手，才与女信徒很相像？

狄俄尼索斯　握在右手，同右脚一同抬起来；我赞扬你的心思已经开始转变了。

彭透斯　我能将喀泰戎峡谷与那些女信徒们都举在肩上吗？

狄俄尼索斯　当然可以，只要你愿意；之前你神志不清醒，如今你完全清醒了。

彭透斯　是用杠杆，还是凭借双手将山峰拔起来放在我的肩膀与胳膊上呢？

狄俄尼索斯　不行，不能毁掉山峰女神的神龛与潘吹箫的地盘。

彭透斯　你说的很有道理；我们不可以凭借暴力控制那些女人，我需得隐藏在枞树下。

狄俄尼索斯　你是该隐藏在你该隐藏之地，悄悄地观察那些女人。

彭透斯　啊，我期待与她们一样，如鸟儿般待在丛林中堕入美丽的情网中。

狄俄尼索斯　确实是如此，因此你得先去观察下；或许你还能够将她们抓捕——（旁白）前提是不要被她们先捕获了。

彭透斯　快领着我穿过特拜城中心吧。所有人中只有我最有勇气做此事。

狄俄尼索斯　只有你，只有你能够肩负起城邦的重任，因此才会需要你付出更多的努力。随我走吧，我会将你平安护送到那里，之后会有人将你从那里护送回来的。

彭透斯　那是我的母亲吧。

狄俄尼索斯　让大家都来看看。

彭透斯　这就是我到那里的目的。

狄俄尼索斯　你会被抬回来——

彭透斯　你说我的生活很奢华。

狄俄尼索斯　——躺在你母亲的怀里。

彭透斯　你故意宠坏我。

狄俄尼索斯　如此地将你宠坏。

彭透斯　这一切都是我该得到的回报。

【彭透斯从观众左边下场，侍者跟着一起下场。

狄俄尼索斯　恐怖的人啊，恐怖的人啊，你将会陷入那惨重的祸难中，你将会发觉你的声名响彻云霄。

阿高厄，快将手伸出来吧，还有你的姐妹们，卡德摩斯的女儿们，也将手伸出来吧！现在我将这个轻狂的年轻人带到了这场强大战斗中，胜利的曙光是属于我与布洛弥俄斯的；其他的事很快就会知道结果的。

【狄俄尼索斯从观众左边下场。

十　第四合唱歌

歌队　（首节）癫狂之神的那迅猛的猎狗啊，快快奔跑，奔到山上去——卡德摩斯的女儿们正在那里歌舞狂欢，快快让她们癫狂，通知她们攻击这个披着女人服饰来探查狂女的疯子。他的母亲会最先发现他躲在那枞树枝上或者光洁的石头上打探，然后她会叫嚣道：“啊，巴克科斯的信徒们，这人来山上了，来山上意在探查我们这群在山上歌舞的卡德墨俄斯妇女，他是什么人呢？由什么怪兽养育的？很明显不是从女人胎中养育出来的，也许是狮子或者利比亚的戈耳戈的根。”

（叠唱曲）就让正义之神显灵，抽出利剑刺向这目无法纪，天理不容之人，厄喀翁之子，地生人的喉咙吧。

（次节）只怪他心思邪恶，性格古怪，神志不清，胆量超人，妄图反抗巴克科斯与你母亲的神道，欲采取暴力控制那不可能控制的力量，他坚定的信念将会为他引来灭亡，只有虔心敬拜神灵之人，才可以获得自由自在快活的生活。我对于别人的小计谋一点也不羡慕，我只向往其他伟大而光亮的愿望，它将会为我带来最幸福的日子，让我摒弃那邪恶的习性，令我日夜都干净真诚，使我更加仰慕神灵。

（叠唱曲）就让正义之神显灵，抽出利剑刺向这目无法纪，天理不容之人，厄喀翁之子，地生人的喉咙吧。

（末节）啊，巴克科斯，请化为一头牛或多头的蛇现身吧，或化作一头烈火燃身的狮子，那将多么的吓人。快出现吧，当那抓捕你的女信徒攻击狂女们时，笑着用那索命的绳索勒在他的脖颈上。

十一　第五场

【报信人乙从观众左边急急忙忙地上场。

报信人乙　这个在所有希腊人眼中曾是多么鼎盛的家庭，那个西顿老人——那位将地生的龙牙播种在这片土地上的老人的家庭啊，即使我身为奴隶，也会替你感到悲哀啊！

歌队队长　发生了什么事？你是要上报一些有关巴克科斯女信徒的消息吗？

报信人乙　伟大的父亲厄喀翁之子彭透斯已丧命了。

歌队队长　（唱）布洛弥俄斯王啊，你是多么伟大的神啊！

报信人乙　你说的什么话？怎能这样说呢？女人，对于我主人的死讯你反而很幸灾乐祸呢？

歌队队长　（唱）我是来自外地的人，凭借外地的口音高呼欧嗬！我再也不必担心那链条会令我瑟瑟发抖了。

报信人乙　你认为特拜没有人可以惩罚你了吗？

歌队队长　（唱）除了狄俄尼索斯，谁也不能把我怎样。

报信人乙　女人，一切我都可以饶恕你，只有幸灾乐祸这件事情不可以饶恕。

歌队队长　（唱）你快快讲出来啊，那位行恶的坏蛋是如何丧命的？

报信人乙　我们走出特拜城之后，没多久便越过了阿索波斯河，然后便往喀泰戎山坡上爬去——彭透斯与我——我是跟着去侍奉主人的，以及那位客人，他是为我们带路的。

刚开始我们坐在一片绿野遍里的空地上，悄无声息，在那里尽情观察别人，而别人却见不到我们。空地之下便是一块悬崖峭岩包绕的峡谷，那里被溪水润泽，枞林繁茂，狂女们欢坐在那里，各自找一些事来欢娱。有些女人重新叠好神杖上散开的常春藤，并将其编成花球，有些女人一个接一个地高唱着巴克科斯的歌曲，就如那脱了缰的快乐的小马驹似的。

那可怜的彭透斯因看不太清那些女人，便道："呀，客人，在我们所待的地方，我看不太清那群装模作样的狂女；我站到那悬崖边或者爬上那挺拔的枞树上去，或许能够将她们的可耻行径一览无余。"

然后那客人便做了一件令我很惊奇的事情：他将一支高耸的枞树枝狠狠地往下拽，一直到拽到了黑土地之上，那树枝已被拽得如一把弯弓，又如一个在半径线描出圆周之时正在转动的圆木饼；客人仅凭双手就将那树枝拽到地面了，那并非人可以办到的。他将彭透斯安放在枞树枝上，然后便小心翼翼地让它从手里轻轻滑落出去，以免他会掉落下来。我的主人架在枞树枝上，枞树枝直冲高处，他确实看到了狂女们，与此同时他也被狂女们发现了。他在上面刚刚坐稳，便被狂女们看清楚了，而此时那客人也消失了，霎时一道声音划破长空——我猜测那便是狄俄尼索斯的声音：“啊，女人们，我将这个嘲讽你们与我以及不尊重我的教仪之人带来了；报复他的时候到了！”那声音正响起之时，一道神光便从天地间闪过。顿时天地安静了，树林中没有了树叶摩挲之声，也没有野兽吼叫之声了。她们似乎没有听清那呼唤之声，站起来到处张望。

那声音便再次响起。卡德摩斯的女儿听清了那是巴克科斯下达的命令，她们立时便如斑鸠一样向上飞奔——我指的是他的母亲阿高厄与她的姐妹加上所有的女信徒。她们因神的刺激而发狂，迅速奔过溪流湍急的峡谷，爬上了高耸的悬崖。她们一眼见到我的主人坐在高高的枞树枝上，便向对面高耸的石头上爬去，先用石子抛向他，又用枞树枝击向他；有些人甚至还将神杖抛向他——多么可怜的目标啊；幸好都没有击中，只因那可悲之人虽落入陷阱中没法逃难，但因坐在高处，她们拼尽全力也无法击中他。最终她们如雷电般劈下了一些橡树枝，凭借这些并非铁制的杠杆来撬起那树根。但依然徒劳无功，阿高厄便喊道：“来，狂女们，我们围着这棵树，抓紧树枝，一定要将这躲在树上的野兽抓到，以免他将神的隐秘歌舞教仪泄露出去。”她们全都用双手紧紧抓住枞树，一把将它从地里拔了起来，安坐在高处的彭透斯便跌落了下来，他清楚厄运即将降临，便在那里高声哀号大哭。

彭透斯的母亲，第一个扑向了他，以表达对神灵的尊敬；他便将头上的带子解掉，想让可怜的阿高厄认出他，以免除祸难。他轻抚她的下巴道：“母亲啊，是我啊，我是你的孩子彭透斯，那个你在厄喀翁家里诞下的孩子啊！啊，母亲，怜悯怜悯我吧，不要因为我的罪行，便将我，你的这个儿子杀掉！”

但她此时口吐白沫，眼光迷离，神志不清，她早已被巴克科斯迷惑了，对于儿子的话语她丝毫不听。她拽过他的左膀，一脚踹在他的胸前，顺势扯下了他的胳膊，单凭人力是做不到的，那是借助了神力才使她如此轻而易举地将这事一气呵成。伊诺在另一边如拔河般将他的肉撕扯开来，奥托诺厄与全部的女信徒见状也一拥而上。那声响是如此的吵闹！他在哀号嘶鸣，她们却在欢呼呐喊。有的女信徒举着他的胳膊，有的拿着还套有皮靴的脚；全身的肉已被撕碎；她们将彭透斯的肉四处抛散，每一双手都沾满了鲜血。

他早已尸骨遍野，一些砸在了大块的石头之下，一些抛进了深林之处——极其难寻。他的母亲将他的头颅拎在手中，并当成一只山中狮王的头插在神杖的尖处，高举着穿过喀泰戎峡谷，她的姐妹们跳着狂女舞尾随其后。她正朝着城里奔去，为了这可悲的打猎而兴奋不已，不时地高呼着巴克科斯，她的狩猎伙伴，猎杀帮手，成功的授予者——凭借他的帮忙，她最终获得的只有哀伤之泪。

我要在阿高厄回宫前，尽快离开，只因我没法面对那惨不忍睹的场面。在我看来，自我控制与敬拜神灵是最美好的品德，对于那些有着这些美德之人，那算是一笔巨大的财富。

【报信人乙从观众右边下场。

十二　抒情歌

歌队　我们快来为巴克科斯狂舞，为那龙的后裔彭透斯[1]的惨痛境遇欢呼雀跃吧，他身着女子服饰，手持大茴香杆制的优美神杖，自己葬送了自己，还在一头公牛的指引下走进那祸难中。卡德墨俄斯的女信徒们呀，你们获得了光荣的胜利，而实际上你们获得的却是哀伤之泪。将那嗜血之手染在自己儿子的血液中，这是一场“如此壮丽”的搏斗啊！

十三　退场

歌队队长　快看，彭透斯的母亲阿高厄眼光迷离地到宫前来了；快去欢迎我们的神灵欧伊娥斯狂欢队的到来吧！

【阿高厄高举着彭透斯的头颅从观众左边上场。

阿高厄　（哀歌首节）亚细亚女信徒们呀——

歌队队长　啊，是什么原因让你呼唤我？

阿高厄　看我从山上带着新采的卷须——胜利的猎物回家来了。

歌队　我已看到了，快同我们一块儿来狂欢。

阿高厄　我没有采用任何工具就将这个……野兽抓捕到了，快快来瞧瞧吧。

歌队　你是在哪处山野抓捕到的？

阿高厄　就在喀泰戎。

歌队　怎会提起喀泰戎呢？

阿高厄　——在那里将它猎杀的。

歌队　被谁猎杀的？

---

① 彭透斯的父亲厄喀翁是龙牙变成的，所以这里称呼他为龙的后人。

阿高厄　首先这荣耀得归于我。她们在歌舞中欢颂我是那最幸运的阿高厄。

歌队　还有哪些人呢？

阿高厄　还有卡德摩斯的——

歌队　怎会提到卡德摩斯？

阿高厄　——卡德摩斯之女是继我之后，继我之后将这小兽猎杀的。这场猎杀非常的顺畅。（本节完）

歌队队长　……

阿高厄　（次节）你来同我们一起享用这美食吧。

歌队　啊呀，享用什么呢？

阿高厄　这头公牛看起来还比较幼小，它的长发掩盖住了它刚长出绒毛的下巴。

歌队　从毛发来看，确实很像小兽。

阿高厄　最厉害的是巴克科斯，那位狩猎高手，很适时地激励狂女们抓捕这头野兽。

歌队　我们的王确实是一位狩猎高手啊！

阿高厄　你也这样认为吗？

歌队　怎会不这么认为呢？

阿高厄　卡德墨俄斯很快便会——

歌队　你的儿子彭透斯同样会。

阿高厄　同样会赞扬他母亲，只因她猎杀了这只猎物———头小狮子。

歌队　很怪异的猎物！

阿高厄　很神奇的猎杀！

歌队　你非常兴奋吗？

阿高厄　我当然很兴奋，只因我这次的猎杀非常的顺利，将会获得无上的荣耀。（哀歌结束）

歌队队长　可悲之人啊，快将你所带的猎物展现给百姓们看看吧。

阿高厄　被美丽望楼环绕的特拜城的百姓啊，你们快来瞧瞧这猎物，这由卡德摩斯的女儿们所猎杀的猎物，我们没有借助忒萨利亚那包着皮带的标枪，也没有采用网子，而是凭借娇嫩的双手赤手空拳将这猎物捕获到了。从今以后，那些狩猎之人，在打造枪械的工匠那里获得多余的兵器，还好意思在此炫耀吗？我们不就是仅凭双手就将这野兽给猎杀了，并撕扯掉了它的四肢吗？

我那年迈的父亲在何处呢？快让他来吧。我的孩子彭透斯在何处呢？快让他拿一架牢实的梯子放在房边，我要将这猎杀回来的狮子头，固定在那三线槽石块上面。

【卡德摩斯从观众左边上场。

【许多特拜人抬着彭透斯的尸体上场。

卡德摩斯　奴仆们，快将彭透斯那惨烈的尸体抬着，随我一同，随我一同到这宫前来——这尸体是我费尽千辛万苦在喀泰戎峡谷中搜寻到的，早已被人撕扯得粉碎，抛在林中随处都是，如此地难寻啊，并且每一块都不是在同一处拾得的，所能寻到的已被我带回来了。

我与年迈的忒瑞西阿斯从巴克科斯女信徒那里赶回来，脚刚迈入城中，便听闻我的女儿肆意妄为；然后我又赶到山上，将我那丧命于狂女手中的孩子的尸体寻觅回来了。我在那里还瞧见了阿里斯泰之妻阿克泰翁之母奥托诺厄，以及伊诺，她们依旧疯疯癫癫地在橡树林中狂舞，真是可悲啊！我听闻，阿高厄已踏着癫狂的脚步回城了，看来这个消息是真的；因为我已看到她了——真是一片惨景啊！

阿高厄　啊，父亲，你如今可以大肆夸耀，夸赞你养育了人类最勇猛的女儿们，我指的是我们全部，尤其是我，我曾经将压线板一把甩在机杼旁边，去追求一番作为，而今赤手空拳捕获了这只野兽。快看，我获得了这个——属于勇士的奖励，我将它拥在怀中带来，正好可以挂在你宫墙之上。啊，父亲，快接住吧！你需得称赞我的战利品，大摆筵席邀约四方好友。我们做出了如此成绩，你多么的幸福，多么的幸福啊！

卡德摩斯　这无比惨痛之事，真的是惨不忍睹，你们凶残的双手行的可是杀人之事啊！你们敬拜神灵的祭品真是“宝贵”啊，还要大摆筵席邀约特拜百姓与我！啊呀，对于你与我的祸难我只能哀叹了。这位神灵，布洛弥俄斯，真是把我们害惨了！虽然他没有错，但也太残酷了，彭透斯也是我们的族类啊。

阿高厄　上了年纪的人忧愁真多，一直烦闷不已。希望我的孩子与他的母亲一样在与同城青年同去捕猎之时，狩猎顺畅；但他却是与神在作对。呀，父亲，你需得告诫他。有没有人去将他叫来，让他看看我的荣耀！

卡德摩斯　啊呀呀！你若清楚你的所作所为，你一定伤心至极。但如若你一直就这样神志不清，虽然谈不上快乐，但也谈不上不快乐。

阿高厄　有什么事情不妥，什么可伤心的呢？

卡德摩斯　你先仰头看看吧。

阿高厄　我看到了；但为何要让我看天呢？

卡德摩斯　还与之前一样吗？或许有些已经不一样了？

阿高厄　比之前更澄澈清明了。

卡德摩斯　你的心智还混乱吗？

阿高厄　我不明白你所说的，但我已经清醒一些了，我的心智也不那么混乱了。

卡德摩斯　你听得到我所说的吗？能够清晰地回答我所说的吗？

阿高厄　呀，父亲，对于之前我们所谈的我已忘得一干二净了。

卡德摩斯　你曾经是嫁入谁的家里的？

阿高厄　你将我嫁与了厄喀翁，听闻他是龙牙所幻化而来的。

卡德摩斯　你为你丈夫所生之子是谁呢？

阿高厄　就是彭透斯，我与他父亲共同生育的。

卡德摩斯　那你怀中所抱的头颅属于谁的呢？

阿高厄　属于狮子的——那些狩猎女人所说的。

卡德摩斯　你看清楚，看仔细点。

阿高厄　啊呀，我看到了凄惨的一幕！

卡德摩斯　还同狮子头一样吗？

阿高厄　不一样了；啊呀，我居然拥着彭透斯的头颅！

卡德摩斯　在你认清之前，我已经为他哀悼了。

阿高厄　是谁对他痛下毒手的？怎么会在我的手中呢？

卡德摩斯　呀，惨烈的实情，你真不该这时候出现！

阿高厄　快告知我吧！你的迟疑让我心惊胆战。

卡德摩斯　他是被你与你的姐妹们亲手杀掉的。

阿高厄　他是在什么地方丧命的？在家中还是在外面？

卡德摩斯　是在阿克泰翁曾经命丧于猎狗之下的地方。

阿高厄　这可悲之人怎会去喀泰戎呢？

卡德摩斯　他是去嘲笑这位天神，嘲笑你们欢度狂欢节。

阿高厄　我们怎会去那里？

卡德摩斯　只因你们发疯了，全城的人都发了疯。

阿高厄　是狄俄尼索斯陷害了我们！我清楚了。

卡德摩斯　只因你们羞辱他，不承认他是神灵。

阿高厄　父亲啊，我这可怜孩儿的尸身现在何处？

卡德摩斯　我费尽千辛万苦才寻到，运了回来。

阿高厄　他的四肢是否完好无损？

卡德摩斯　……

阿高厄　彭透斯与我所犯的罪孽有什么关系呢？

卡德摩斯　他与你一样对这位神灵不敬，所以神灵将你们与他一同卷进了一场祸难中，以此来灭掉这个家也将我灭掉——我既没有儿子，而今又亲眼看见你的儿子，在羞辱中惨遭毒手而丧命啊，可悲的女人。啊，孩子，我的女儿的骨肉，我的家就仰仗你，被城邦百姓所敬仰；没人胆敢在你面前羞辱我这年迈者，只因会因此而遭到惩处。而今我却会被流放出境，真是莫大的耻辱啊——我原是人人所敬仰的卡德摩斯，曾创造了特拜人，荣获最幸福的丰收。啊，最可亲之人——你虽丧命了，孩子啊，你仍旧是我最可亲的孙儿——你永远不能够，孩子啊，以你的手来抚摸我的下巴，拥着我喊一声“祖父”，然后说道：“老年人，有没有人虐待你、羞辱你？你讨厌哪些人，哪些人令你烦闷？啊，祖父，你告诉我，我会让那些对你不敬之人尝到苦头。”而今我很不幸，你很可悲，你的母亲更加的惨痛，你的姑母们也非常的伤心！如若再有人对神不敬，这人的死便是最好的下场。

歌队队长　啊，卡德摩斯，我替你难过。你的孙儿所遭的祸难虽是应得的，但于你而言，这却是很悲惨的。

阿高厄　啊，父亲，我的命运竟变得如此的凄惨……

歌队队长　……

【狄俄尼索斯从屋顶现身。

狄俄尼索斯　（向卡德摩斯）你将化身为一条龙，你为人时所娶之妻哈耳摩尼亚，阿瑞斯之女，也会幻化成蛇形野物。

依照宙斯的指示，你会与她一同驾着牛车统领外族。你会率领大军消灭很多城池；但军队在掠夺罗克西阿斯神托所以后，返途中会遇不测，幸得阿瑞斯的解救，你与哈耳摩尼亚将会居住在极乐岛上。

我狄俄尼索斯——我并非凡人所育，而是宙斯之子——告知你们。如若你们在不情愿之时，变明智了，那么你们现在便与我——宙斯之子交好，幸福美满地度过每一天。

阿高厄　狄俄尼索斯，是我们的不对，希望你饶恕我们。

狄俄尼索斯　你们明白得太迟了；在你们应该明白之时，你们却没有。

阿高厄　我们承认我们犯了罪，但你也太残忍了。

狄俄尼索斯　因为我这位天神，遭遇了你们的羞辱。

阿高厄　但神灵不应与凡人一样轻易动怒。

狄俄尼索斯　此事是我父亲早就预定到的。

阿高厄　（向卡德摩斯）唉，唉，老年人，我们悲惨的流放是注定的。

狄俄尼索斯　注定这样，为何还要耽搁？

【狄俄尼索斯从屋顶下场。

卡德摩斯　女儿啊，我们所有人都卷进了这场祸难中，你与你的姐妹们很凄惨，我也很可悲；我如此的年老，还要流落外邦；另外还有神的指示，预言我将会率领外邦联军攻击希腊；我还会幻化成一条龙，携带我那蛇形妻子，阿瑞斯之女哈耳摩尼亚，率领军队来攻打希腊人的神托所。啊呀，我无法停止我的祸难，也无法越过那涌入下界的阿克戎河，就此长眠于地。

阿高厄　父亲啊，我与你将就此分离，流放于外地。

卡德摩斯　可悲的女儿啊，为何要像一只天鹅般双手抱着我，是要保护我这年老的白羽鸟儿吗?

阿高厄　我将被流放于何地呢?

卡德摩斯　孩子啊，我也不清楚；你的父亲已没有能力助你了。

阿高厄　（哀歌首节）永别了，我的家园！永别了，我的城邦！我在惨烈中与你分离，从我的新房中流放到外邦。

卡德摩斯　孩子啊，你去阿里斯泰俄斯的……

阿高厄　父亲啊，我替你感到哀伤!

卡德摩斯　孩子啊，我也替你难过，也替你的姐妹们感到伤心!

阿高厄　（次节）狄俄尼索斯王竟是如此残忍地羞辱了你的家!

卡德摩斯　只怪他在你们那里遭到了莫大的耻辱，他的名声在特拜城里被毁。

阿高厄　永别了，父亲!

卡德摩斯　希望你幸福，我可怜的女儿；但你却没机会过上那样的日子！（哀歌完）

阿高厄　（唱）啊，朋友们，欢送我到我姐妹那里，让我们同行出外漂荡。我该到何处，让血渍满天的喀泰戎见不到我，我也见不到喀泰戎，在那个地方没有百姓立神杖来纪念我的灾难，即使其他的女信徒们敬仰神杖与喀泰戎。

【阿高厄从观众左边上场。

【众多特拜人抬着尸体进入宫里，卡德摩斯也一同进去。

歌队　天神的行为举止是不可预知的，他们会做出许多超乎我们想象之事。通常我们所向往的事很难成真，而我们预想不到的，天神却能做到。此事就是如此的结局。

【歌队从观众右边退场。

主编序言

阿里斯托芬是希腊最伟大的戏剧作家，他也是语种众多的阿提卡旧喜剧作家中唯一有完整作品流传至今的。大约于公元前5世纪中期出生在雅典，他写出第一部喜剧作品的时候还因为过于年轻而不能署名。他一生共创作了大约四十部剧本，流传下来的有11部，约有26部我们能知道名字和一些不完整的片段。他的作品主题都是讽刺政治和宗教，剧本所展现出来的幽默以及想象力无疑都是他坚定的信念以及真正爱国的表现。阿提卡旧喜剧起源于雅典酒神节，而这一庆祝活动开始的标志是许可令的颁布。也正因此，旧喜剧的产生更多的要归功于由此产生的大量的原始笑话，而不是作者的个人品位。阿里斯托芬也被他同时代的人认为是一个有着高尚品格的人。公元前388年他出版了《普鲁特斯》，不久之后就去世了。

阿里斯托芬认为欧里庇得斯造成了希腊悲剧的衰退，在欧里庇得斯死后的第二年他创作出了《蛙》，为希腊悲剧的衰退唱响了挽歌。《蛙》也是他独特的写作风格的绝佳例子，同样也体现了他作品中有着智慧以及能让人感到欢乐的诗歌。他作品主要的特色是擅长讽刺。此外，他代表着传统，与一切形式的变革做斗争，不管是政治、宗教还是艺术。他对欧里庇得斯的敌意不仅在这个剧本中，也同时在他的其他剧本中表现了出来，包括他对苏格拉底的攻击，都是他保守态度的体现。如果不是对伟大诗人的过于严肃的文学评论，《蛙》这出剧本可以称得上是喜剧中的精品。

查尔斯·艾略特

蛙

The Frogs

［古希腊］阿里斯托芬

人物（以进场先后为序）

克桑西阿斯
狄俄尼索斯
赫拉克勒斯
死者
卡戎
蛙
歌队一　　由蛙组成。
女奴
女店主甲
女店主乙
埃阿科斯
奴隶
仆人
欧里庇得斯
埃斯库罗斯
普路同

歌队二　　由祭祀厄琉西斯祕仪的妇女组成。

布景

两座房子，一座是赫拉克勒斯[①]的，一座是普路同的。

狄俄尼索斯[②]身着女装，戴着赫拉克勒斯的狮子头[③]，手里拿着他的短棒。在狄俄尼索斯的身边，克桑西阿斯骑在驴背上，肩上背着包袱。他们正走在去赫拉克勒斯家的路上。

---

① 赫拉克勒斯是宙斯和阿尔克墨涅的儿子，传说中希腊的著名英雄，以力气大而著名。在他出生8个月的时候就杀死了天后赫拉派来谋害他的两条巨蛇。18岁的时候杀死了一头狮子，用狮子皮做了一个头盔和一件披篷。传说他曾经立下12件大功，其中一件便是从冥府中活捉了狗头龙尾巴的地狱看门狗刻耳柏洛斯。

② 狄俄尼索斯是宙斯与塞墨勒之子，酒神与狂欢之神，同时也兼管艺术。在古希腊每一年春秋两季都要举行盛大的集会，人们尽情地欢歌载舞，同时举行各种竞技和诗歌、戏剧比赛，用来祭祀酒神。狄俄尼索斯经常头戴葡萄藤制作的环饰，手拿着常春藤的酒神神杖，带领着一群快活的随从们环游世界。

③ 赫拉克勒斯年轻时杀死了一头巨大的狮子，剥了狮子皮当作衣服穿，把狮子头戴在自己的头上当头盔，拔了一根坚硬的树木制成一根短棒。因此狮子头和短棒就成了赫拉克勒斯的标志。

一　开场

克桑西阿斯　主人！请允许我讲一个观众一听就会发笑的笑话，怎么样？

狄俄尼索斯　你想说什么就说吧，只是不要让人感觉到："啊！说的都是些什么啊？这是多么的乏味无趣呀！"如果这样的话我可实在是受不了。

克桑西阿斯　那，给大家说段妙语怎么样？

狄俄尼索斯　只是不要让人觉得："多么无聊呀！"

克桑西阿斯　那么，让我讲个——趣味十足的？

狄俄尼索斯　你就放心大胆地说吧，只是那个你不要说。

克桑西阿斯　那个是哪个？

狄俄尼索斯　那个什么你快要憋不住了，要拉屎啦，所以你要把压在你肩膀上的东西放一下啦什么的。

克桑西阿斯　这是不可能的！因为，你瞧，这么重的东西压在我的身上，如果再没有人来把我从这苦役中解救出去，我肚子里的气便要一涌而出了。

狄俄尼索斯　别！我求你可千万别！你赶紧去吧，不然我真是难以忍受了。

克桑西阿斯　那为什么我还要让这些包袱这么舒坦地搭在我的身上呢，我又不能像佛律尼科斯、里基斯和阿墨普西阿斯那样去创作？

狄俄尼索斯　不，你这么做是万万使不得的。如果我是观众，坐在座位上看见这么蹩脚的噱头儿也能在剧台上演，那我离开时就会比进场时老一百岁，提前走进暮年的。

克桑西阿斯　我这不幸的脖子呀，它得承载着这沉重的担子，还不可以讲个笑话。

狄俄尼索斯　你们看看，这是多么的不要脸面，多么的懒惰成性！当我，狄俄尼索斯，宙斯的儿子，为了不让他因为肩上那沉重的东西而受累，让他轻轻松松地坐在驴背上，而我自己却在不顾艰辛地用脚走路。

克桑西阿斯　难道我没有扛着重东西吗？

狄俄尼索斯　怎么可能呢，明明是驴扛着你嘛！

克桑西阿斯　可事实是这东西确实是压在我的身上的呀！

狄俄尼索斯　那你的痛是怎样的？

克桑西阿斯　非常辛苦的痛着呀！

狄俄尼索斯　驴身上驮着的不是压在你身上的重物吗？

克桑西阿斯　当然不是，我以宙斯的名义发誓，当然不是！这重物仍然在我身上，是我扛着的。

狄俄尼索斯　重物怎么可能还是你在背着呢，你是被驴扛着的，这是显而易见的。

克桑西阿斯　我也不知道。反正，我这肩膀已经忍受不了了。

狄俄尼索斯　既然你觉得这头驴对你毫无作用，那么，你就扛起东西，自己走路吧。

克桑西阿斯　啊呀！可怜的人，打海战[1]的时候我怎么就没去参加呢？那时候我看你还怎么对我呼来唤去。

狄俄尼索斯　无赖，从上面给我下来！我已经到达了我要去的地方。伙计，伙计，我说伙计。

① 这里指的是阿尔伊努萨海战，凡是参加那次战役的奴隶，战后都获得了自由身。

【上前去敲赫拉克勒斯的屋门。

赫拉克勒斯　（在里面）谁在外面敲门？像只疯牛乱撞似的，谁呀？

【赫拉克勒斯打开门，看见狄俄尼索斯。

狄俄尼索斯　嘻，（向克桑西阿斯）这位伙计。

克桑西阿斯　怎么了？

狄俄尼索斯　你没有发现吗？

克桑西阿斯　什么呀？

狄俄尼索斯　他对我很恐惧。

克桑西阿斯　那当然……你是不是发了疯？

赫拉克勒斯　得墨忒耳呀，我简直不能抑制住我的笑意，尽管我咬紧着我的牙关，但还是忍不住要发笑。

狄俄尼索斯　我的朋友，过来，我……

赫拉克勒斯　看到我的狮子头在这橘黄色的袍子上抖动着，我实在是不能阻止我的笑声从我的喉咙里跑出来。这到底是什么意思呀？厚底靴和我的短棒怎么弄到一起去了？你去哪儿了呀？

狄俄尼索斯　我来自克里斯塞尼斯的船上。

赫拉克勒斯　打海战的时候你也去参加啦？

狄俄尼索斯　敌人乘坐的十二三艘战船都被我们打得沉入海底了。

赫拉克勒斯　就你们俩？

狄俄尼索斯　对，我以阿波罗的名义起誓！

克桑西阿斯　然后我醒了。

狄俄尼索斯　然后，就在那条船上我把《安德罗墨达》读过之后，一种突如其来的愿望把我的心给紧紧地收住了。

赫拉克勒斯　愿望？有多大呀？

狄俄尼索斯　没有多大，小得就和墨罗那斯一样。

赫拉克勒斯　给女人的那种吗？

狄俄尼索斯　当然不是。

赫拉克勒斯　给男孩的？

狄俄尼索斯　你说的是什么呢，伙计？

赫拉克勒斯　那么是给男人的啦。

狄俄尼索斯　啊呀，呀，呀……

赫拉克勒斯　克里斯塞尼斯把你搞过啦？

狄俄尼索斯　别开我的玩笑，兄弟。一个愿望把我折磨得已经很不舒服了。

赫拉克勒斯　这个愿望长的是什么样的呀，小兄弟？

狄俄尼索斯　我无法向你解释。我打个比方吧给你，你可曾体会过突然一下子嘴巴吃到炒豌豆的滋味？

赫拉克勒斯　炒豌豆？这辈子我吃过上千次了。

狄俄尼索斯　那么，我的意思你理解了呢，还是需要我进一步解释下去？

赫拉克勒斯　不用再说豌豆了，这个我明白了。

狄俄尼索斯　你瞧，我对欧里庇得斯就有这种愿望。

赫拉克勒斯　对那个已经死了的人？

狄俄尼索斯　但是谁也不能阻止我去找他。

赫拉克勒斯　上哪儿找去？去到哈得斯①的地府里吗？

狄俄尼索斯　甚至比那里还深的地方都行，我以宙斯的名义起誓。

赫拉克勒斯　那你去到那里是要干什么呢？

狄俄尼索斯　我想要获得作诗的灵感。诗人里面好的都死了，剩下活着的都不怎么样。

赫拉克勒斯　什么？伊娥丰②不是还活在世上吗？

狄俄尼索斯　这是给我们留下的仅有的一点点好东西了，如果可以这样说的话。因为对于他的渔网下能捕获到什么样的鱼我也并不清楚。

赫拉克勒斯　假如你想把谁从那里带回来重新得到阳光的照耀的话，那么你为什么不让索福克勒斯取代欧里庇得斯呢？

狄俄尼索斯　不，让我再试试，伊娥丰在没有索福克勒斯的帮助下，自己能干的还有什么；不，除非欧里庇得斯自认为聪明一世，想

---

① 哈得斯是第二代天神克洛诺斯与盖亚的儿子，宙斯的兄弟，是地狱之神，地下王国塔耳塔洛斯的主宰。他的罗马名字叫普路同，译文中也有用到此名。

② 伊娥丰是索福克勒斯的儿子，他也是一位悲剧家。他的父亲曾在自己的作品中给他以帮助。

同我耍起性子；至于索福克勒斯嘛，他在哪儿的作用都是一样的，无论是这儿还是那儿。

赫拉克勒斯　阿伽同在哪里？

狄俄尼索斯　他把我当包袱一样抛弃后就离开了。这是个好诗人，也是个好朋友。

赫拉克勒斯　这个可怜的人去到哪个国家里了？

狄俄尼索斯　到理想国里寻乐子去了。

赫拉克勒斯　克赛诺克里斯呢？

狄俄尼索斯　让他去与鬼碰面吧。

赫拉克勒斯　那毕萨格罗斯呢？

克桑西阿斯　（自言自语）他们对我什么都不说，我肩膀的骨头都快要被磨得从肉里凸出来了。

赫拉克勒斯　不是有许多的毛头小伙子雨后春笋般冒出来写出比欧里庇得斯长得多的悲剧吗？

狄俄尼索斯　那都是些冗长乏味的废话，就像燕子发出的叫声一样难听。简直就像是在艺术那圣洁的灵魂上踩上污秽的脚印。他们只要获得了允许能去公演，便会马上让悲剧的名声沾上污垢。你再也不会找到名副其实的诗人了，那些流传于世的佳作不知到哪里才能听到了。

赫拉克勒斯　你到底是什么意思呀？

狄俄尼索斯　到底是什么意思？你用你的耳朵仔细听听这些厚颜无耻的句子是怎么说的："天空啊，宙斯的家园。"或是这句："时间的脚。"或是："神圣的思想不用发誓言；只有那些没头没脑的舌头，才去发虚伪的誓言。"

赫拉克勒斯　你喜欢的就是这些？

狄俄尼索斯　什么呀，这些是他们硬塞给我的。

赫拉克勒斯　这些话都是愚蠢至极，你应该知道的。

狄俄尼索斯　你别往我的脑袋里钻行不行，你有你自己的。

赫拉克勒斯　那些二流的艺术真让我感到恶心。

狄俄尼索斯　你还是来谈谈我该吃点什么吧。

克桑西阿斯　（自言自语）他们对于我什么都不谈。

狄俄尼索斯　我来到这里，装扮得像你一样，目的是要让你告诉我，当你捕捉刻耳柏洛斯[1]的时候，那些曾经助你一臂之力的朋友，是否能为我派上用途。把他们的名字告诉我，他们所居住的港口、做面包的铺房、窑子、街道、十字路口、泉水、旅店店主、住家、小酒馆，还有那臭虫不太多的地方。

克桑西阿斯　（自言自语）对于我，他们什么都不谈。

赫拉克勒斯　可怜的人，你真有胆子去那儿吗？

狄俄尼索斯　唉，别啰啰唆唆的，快点告诉我，通向哈得斯那儿最快的一条捷径是在哪儿，最好是不冷不热。

赫拉克勒斯　那么，我要先说哪个呢？哪个？有一条路，你的身子得用绳子和凳子绑着吊起来。

狄俄尼索斯　行了，这是上吊。

赫拉克勒斯　还有一条路，是能用脚走的，经过的时候得需要从药捣子那里穿过去。

狄俄尼索斯　你说的是毒芹吗？

赫拉克勒斯　完全正确。

狄俄尼索斯　可那条路上到处都弥漫着冰冷的寒意，我的腿会立刻被冻得僵硬的。

赫拉克勒斯　那我就告诉你一条快捷的路，而且下去的时候是顺着坡度向下滑的。

狄俄尼索斯　行，我不适合需要用脚走路的路。

赫拉克勒斯　你得去到陶工区。

狄俄尼索斯　然后呢？

赫拉克勒斯　当你征服了一座高耸挺立的城墙后——

---

① 刻耳柏洛斯是守卫冥府入口的恶狗，长着龙一样的尾巴，尾巴后面又长有各种各样的蛇头。它的职责是防止活人进入冥府，赫拉克勒斯十二件大功的第十件就是活捉了这个怪物。

狄俄尼索斯　我怎么做?

赫拉克勒斯　你先在那看看火炬接力赛。当它开始的时候，当你的耳朵听见观众喊出：“开始啦！”你也开始跑。

狄俄尼索斯　跑去哪儿呀?

赫拉克勒斯　下面啊。

狄俄尼索斯　那我的脑袋不会被摔得血肉四溅！这条路我才不会选呢。

赫拉克勒斯　那哪条路究竟你要选啊?

狄俄尼索斯　就选你原来说的那条。

赫拉克勒斯　那可是条路程很长的道路。最先，你要去到一个庞大的、深不见底、不可预测的湖边。

狄俄尼索斯　我要到对岸应该怎么去呢?

赫拉克勒斯　你得从你的兜里摸出一两个小钱给一位老船夫，他会把你带上一条小船。

狄俄尼索斯　啊！一点小钱发挥的作用总是很大的；它们怎么也跑到那下边去了?

赫拉克勒斯　它们是在西塞阿斯的手中弄下去的。然后，还会有数不尽的体形巨大的恶龙和可怕的怪兽出现在你的面前。

狄俄尼索斯　你别来吓唬我，我下去是势在必行的，你不可能阻止的。

赫拉克勒斯　然后，你会看到大摊大摊的淤泥和成堆的不时散发出恶臭的粪便。在这些淤泥和粪便中，有些人对待新来的人采取着偏见和不公平方式；有些人对男童实施残忍的强暴；有的人对着自己的母亲拳打脚踢；有的人面对着父亲用恶语诅咒着，用拳头捶打着父亲的下颌。

狄俄尼索斯　与这些人在一起相处你得把库尼西阿斯的出征舞学会，或者是能把墨尔西摩斯的段子抄录下来。

赫拉克勒斯　再往前行，你会听见一阵一阵的笛声若隐若现地飘绕在你的耳边。然后，一丝光亮会充盈着你的瞳孔。就像这里的光亮一样，非常美丽；你还会看到那些洋溢着快乐的男女成群结队地舞动着和听见许多充满着喜悦的喝彩之声。

狄俄尼索斯　这些人是谁呀?

赫拉克勒斯　代奉祕仪的人。

克桑西阿斯　（自言自语）我这是一头把难题驮在身上的驴。唉，我再也不干了。

【他开始从身上卸下包袱。

赫拉克勒斯　你想问的问题那些人都会为你解答。他们的家居住得离你的路段很近，也离普路同[1]的家很近。好了，我的兄弟，祈祷好运一路伴随着你。

【赫拉克勒斯进屋。

狄俄尼索斯　太感谢了你！嘻，（向克桑西阿斯）把包袱再背起来。

克桑西阿斯　我还没来得及把它们放下来呢。

狄俄尼索斯　快点儿，快点儿!

克桑西阿斯　我求你别了，你是否能从这儿经过的送葬的队伍里，租个死人过来。

狄俄尼索斯　那我要是找不着呢?

克桑西阿斯　那就只好我自己扛着了。

狄俄尼索斯　这才对呢。瞧，有人在送葬了。嘿！我叫的就是你呢，死鬼。你是否愿意帮我把这点东西驮到哈得斯那儿去呀?

死者　东西有多少?

狄俄尼索斯　就这儿这些。

死者　你能给我两块钱作为报酬吗?

狄俄尼索斯　以宙斯的名义，不能便宜点吗?

死者　（对抬棺材的人）走吧，走吧。

狄俄尼索斯　等等，可怜的人，咱们再商量商量。

死者　两块钱，不然就各走各的。

狄俄尼索斯　一块五。

死者　那还不如让我再活过来呢。

---

① 普路同是地狱之王哈得斯或地狱本身的另一个名字。

克桑西阿斯　你瞧瞧这该死的！还挺傲慢无理的，死的时候能好着吗？还是我来背吧。

狄俄尼索斯　我就知道你是个好小伙子。咱们去船上吧。

卡戎[①]　坐好！

克桑西阿斯　这是什么呀？

狄俄尼索斯　这个？就是他口中的冥河。我还看到了那只小船。

克桑西阿斯　还有这个人，以波塞冬的名义起誓，这不是卡戎吗？

狄俄尼索斯　卡戎，你好啊。卡戎，你好。

卡戎　是谁想要到那罪恶的触角蔓延不到的宁静中去啊？到那忘川之水所浇灌的麦田去；到那剪驴毛的地方去；到刻尔柏罗斯的那儿去；到科拉基亚和台那罗斯去呀？

狄俄尼索斯　是我。

卡戎　那你快到船上来吧。

狄俄尼索斯　科拉基亚，你真的会去吗？

卡戎　为了不让你这高兴的劲给淹没了，是的。快上船吧。

狄俄尼索斯　奴隶，快到这来。

卡戎　我可不让奴隶乘坐我的船，除非他参加过海战，从而使他一身的牛皮肤在那海水里浸泡洗净。

克桑西阿斯　我没有参加过海战，因为一颗麦粒跑进了我的眼睛里。

卡戎　那你就得自己沿着河边走过去。

克桑西阿斯　我在哪儿等着你们呢？

卡戎　在距离平静不远的干石场那儿。

狄俄尼索斯　你听清楚了吗？

克桑西阿斯　清楚得不能再清楚了。唉，真倒霉，我出门前是沾染上什么晦气了！

---

① 卡戎是地狱的一个小神，专门在冥河上为死人摆渡。平时扮作一位老者，身穿破衣，手持木橹，只让人过去，不放人回来。希腊传说中只要在举行葬礼时将一枚小钱放入死者口中，他才会将死者的灵魂摆渡到冥府，而那些没有举行葬礼的死者，往往要在冥河岸边流浪几百年才会被允许登上他的渡船。

【克桑西阿斯下场。

卡戎　谁要走，快上船了，坐在放桨的这儿。唉，你！你做什么呢？

狄俄尼索斯　我做什么呢？我按照你说的那样，在桨的这儿坐着呢？

卡戎　我说的是让你坐在这儿，肚子烂了的家伙。

狄俄尼索斯　是。

卡戎　别废话那么多，撑稳了，然后开始划桨。

狄俄尼索斯　这怎么可能呢，我对大海和萨拉米斯可是一点也不了解。让我怎么划呀？

卡戎　很简单。你慢慢地把桨放下去，它与水一接触，便会有悦耳动听的声音传到你的耳朵里。

狄俄尼索斯　是谁在唱歌？

卡戎　是鹅蛙在做好事。

狄俄尼索斯　那好，发号子吧。

卡戎　唉，奥吧；唉，奥吧。

【船开动，传来阵阵蛙声。

蛙　哇呵，呱，呱，
哇呵，呱，呱，
沼泽和小溪的孩子们，
让我们用甜美的音色唱起哦哦的歌儿，
哇呵，呱，呱，
我们歌声中颂美着莫奈的狄俄尼索斯，尼塞亚的天神，宙斯的儿子。
这来自欢乐的酒神抵达了我们人口富裕的国度，
来参与这壶罐的节日。
哇呵，呱，呱。

狄俄尼索斯　我的屁股都疼起来了，呱，呱。

蛙　哇呵，呱，呱。

狄俄尼索斯　你们倒是不用从兜里掏小钱出来。

蛙　哇呵，呱，呱。

狄俄尼索斯　让你们的呱，呱，离我远点，你们除了会呱呱呱的叫之外，就没有什么其他的吗？

蛙　当然有，我那对艺术无不知晓的神仙。
怀里拥抱着奏出动听琴声的七弦琴的缪斯们，
和下身长着羊蹄子脚的吹着芦笛的潘[①]，
都对我非常疼爱；
还有那用竖琴演奏的阿波罗，
也同我们一起无拘无束地欢乐，
因为是我们，滋养了他竖琴的苇子。
哇呵，呱，呱。

狄俄尼索斯　现在我的肚子里正有许多气徘徊着，我的屁股也热出了不少的汗，如果我此刻把屁股撅起来的话，它可会告诉你们——

蛙　哇呵，呱，呱。

狄俄尼索斯　够了！快把你们的嘴巴给我闭上吧，你们这些不停翻动了唇舌的家伙。

蛙　我们有更多的要唱呢，
比休息在晴朗的天气下的野草里唱得更热情。
我们要在灯芯草上快乐地翻腾，
我们要享受游泳和歌唱，
还有，在沼泽的最下面，
当阵阵的雨水在宙斯的指挥下淅沥沥地落下来的时候，
充满着快乐的歌谣从我们的嗓子里跑出来，
在雨水的滋润下噗噗地冒着水泡。

狄俄尼索斯　噗呵，噗，噗。（大声的放屁）瞧，这就是我从你们那学来的。

蛙　这下我们可有罪受了。

---

① 潘是神的使者赫尔墨斯和律德俄珀的儿子，是畜牧神，也是牛羊、森林、野外生活和繁殖神，牧人和猎人的守护神。下身是羊身，头上长着角，上身为人身。他喜欢音乐和舞蹈，常常吹奏自制的芦苇笛子，音乐听起来很优美，这也是排箫的来源。

狄俄尼索斯　更难受的是我呢，我划着桨都快要爆炸了。

蛙　哇呵，呱，呱。

狄俄尼索斯　把你们熏死才好，和我有什么关系呢。

蛙　我们要没日没夜地喊叫，只要我们的喉咙允许。

狄俄尼索斯　噗呵，噗，噗，要是和这个比较，你们可没有这本事。

蛙　你也赢不了我们。

狄俄尼索斯　要是想要把我压下去，你们也是妄想，那是不可能的。如果需要的话，我的屁股会一整天不间歇地放。我一定要在呱呱，噗噗上赢过你们的，噗，噗。我就知道，我能够成功地让你们的嘴巴闭上不再发出那些呱呱呱。

卡戎　噢！闭嘴，闭嘴吧！快点把你手中的桨放在一旁。下去，把船费付给我。

狄俄尼索斯　把这两个小钱拿走吧。克桑西阿斯，克桑西阿斯你在哪儿？

克桑西阿斯　在这儿呢。

狄俄尼索斯　过去。

【克桑西阿斯上。

克桑西阿斯　你好啊，主子！

狄俄尼索斯　你那儿都有些什么？

克桑西阿斯　黑暗和泥潭。

狄俄尼索斯　他口中描述的那些怪物，你看见过了吗？

克桑西阿斯　你没看见吗？

狄俄尼索斯　我以波塞冬的名义起誓，当然看见了。（对观众）现在我还看得见你们。唉，咱们此刻应该做些什么？

克桑西阿斯　咱们最好还是继续前进吧，因为这个地方会出现那个人和我们说过的恐怖吓人的怪兽。

狄俄尼索斯　啊！他妈的，他那是故意吓唬我呢。他心里清楚得很我是个什么样的勇士，所以他心里不是滋味；赫拉克勒斯比这世上的任何谁都骄傲自大。但愿那个怪物会出现在我的视线里，别让我这次的旅程白白糟蹋了。

克桑西阿斯　啊，有一些声音的响动在我的耳旁回响。

狄俄尼索斯　哪里，在哪里？

克桑西阿斯　从后面传来的。

狄俄尼索斯　到我的身后去。

克桑西阿斯　不，声音在前面。

狄俄尼索斯　到我的身前来。

克桑西阿斯　以宙斯的名义起誓，一个体形庞大的怪物出现在我的瞳孔里。

狄俄尼索斯　什么样子的？

克桑西阿斯　可怕至极，它的模样每一秒中都在变化着；一会儿是头公牛，一会儿是头骡子，一会儿又变成了美艳动人的女人。

狄俄尼索斯　在哪儿？在哪儿？快让我去。

克桑西阿斯　现在女人的模样已经不见了，它变成了一只狗。

狄俄尼索斯　哎呀！那是安普萨。

克桑西阿斯　她的脸就如火焰般明亮。

狄俄尼索斯　她的脚是否是用铜做成的？

克桑西阿斯　不是的，你要知道，以波塞冬的名义起誓，她的脚是用驴粪堆积成的。

狄俄尼索斯　到哪儿才能把我自己给藏起来呀？

克桑西阿斯　我呢？我又能藏在哪儿去？

【狄俄尼索斯跑到一个坐在观众席中显赫的位子上的祭司的身旁。

狄俄尼索斯　祭司呀，请展开你圣洁的翅膀把我庇佑在你的羽翼下，让我们一起一醉解千愁吧！

克桑西阿斯　我们这条路走错了，赫拉克勒斯。

狄俄尼索斯　别这么喊我，伙计，咱们快别把这个名字挂在嘴上叫出来。

克桑西阿斯　那好，狄俄尼索斯。

狄俄尼索斯　这个名字更加糟糕。

克桑西阿斯　往前走，主子，就是这样，这里，从这里。

狄俄尼索斯　什么，什么？

克桑西阿斯　别把你自己紧绷起来，咱们所遇见的没什么特别的。咱们还可以就如同耶罗霍斯一样说：“暴风雨过后，我看见了猫。”瞧，安普萨从这里走开了。

狄俄尼索斯　你得发誓。

克桑西阿斯　以宙斯的名义起誓。

狄俄尼索斯　你再发誓。

克桑西阿斯　以宙斯的名义起誓。

狄俄尼索斯　发誓。

克桑西阿斯　以宙斯的名义起誓。

狄俄尼索斯　她怎么一出现在我的视线里，我的脸色不就自觉地变成了绿色。

克桑西阿斯　还有这位，因为恐惧，脸变得比以前更红了。

狄俄尼索斯　唉！我究竟是从哪儿把这么些磨难招惹来的？究竟是哪一位天神想要把我置之不顾的呢？是“天空，宙斯的家园”还是“时间的脚”？

克桑西阿斯　嘿！

狄俄尼索斯　怎么啦？

克桑西阿斯　你的耳朵没听见什么吗？

狄俄尼索斯　听见什么？

克桑西阿斯　从笛子里传出来的声音。

狄俄尼索斯　可不是吗。我的鼻子还闻到了一种在充满神秘色彩的仪式中熊熊燃烧的火把里飘散出来的味道；咱们快悄悄地把身子蹲下，好让耳朵听个真切。

歌队　伊阿科斯，奥！伊阿科斯。
伊阿科斯，奥！伊阿科斯。

克桑西阿斯　就是这个，主子。他曾对咱们说起过的，那些祭祀的人，她们正在这里庆典。她们用歌声颂扬着伊阿科斯，就像在市场上一样。

狄俄尼索斯　我的看法与你一样。我们最好还是保持安静点，以便传进耳朵的声音更加清楚。

二 进场

【由祭祀司厄琉西斯祕仪的妇女们组成的歌队进场。

歌队 伊阿科斯，在这里安家落户，最受尊敬的人，
伊阿科斯，伊阿科斯，快点灵验，
好在这片绿油油的草毯上与你诚挚的信徒们翩然舞动，
你的头顶，将会戴上枝繁叶茂，硕果累累的花冠；
再愉快自由地舞动你的双脚，
让信仰你的崇拜者的神殿里，
充满着动人心弦的乐章和热情的舞蹈。

克桑西阿斯 受世人尊敬的、高贵典雅的得墨忒耳的女儿，那炙热的火焰穿透那娇嫩的乳猪所熏烤出来的香味亲吻着我的鼻尖，多么让人垂涎欲滴啊！

狄俄尼索斯 假若你的嘴巴再不闭拢的话，就连猪肠子你也休想得到。

歌队 快睁开你的双眼，伊阿科斯，
那午夜祭奠的充满着神秘色彩的火焰在他的手心跳动，
草地在火光的照耀下显得绿意盎然，
年迈老人的双膝上也长出了翅膀扑哧着，
在这洋溢着圣洁与神圣的节日里，
他们把折磨他们多年的伤痛抛弃在记忆的长廊里，
而你，
用你手心跳动的烛火，
指引道路吧，
领着这些新来的信徒们，
去到那百花齐放的平原上快乐舞动。

歌队队长 我应该在一些上面保持神圣的沉默，
并同我们的歌队拉开一定的距离，
对我所说的话全都理解不了的人，

或是头脑污秽的人，
还有那既没有用眼睛观看过，
也没有亲身参与过敬爱的缪斯的疯狂舞蹈的人，
和那些未曾感受到吃牛的克拉提诺斯的节奏的人；
或是喜欢用耳朵听淫色污秽的词赋，
又不选择适当的时间的人，
所以那些与他们的乡亲相处难以融为一体，
又不致力于在分裂的裂痕上助一臂之力，
反而是为了自己的一己私利而挑弄得是非漫天飞的人，
还有当城邦在狂烈的暴风雨中摇摇欲坠之时，
身为一城君王，却沉沦在不仁不义的贿赂的人，
还有那为了将埃伊那的非法者驱赶出去，
而背弃了城邦，把战船出卖给了敌人的人——
就像那些将精美的皮革，精致的布匹和罕见的柏油带到了埃皮达夫洛斯的可怜的收税官索里基奥那斯，
或是那提议拱手把百姓的血汗钱送给我们的敌方的船只，
或者是那些低声吟唱着虚假的歌颂歌，
使赫卡忒的祭坛沾染上污垢的人，
或是那打扮得如同雄辩家一样，去判定诗人的赏金，
只因为那诗人在酒神的节日里用言语讥讽了属于他的人，
对这些所有的人，
我要一而再，再而三地强调：
请离我们的这信徒的歌队远远的，
而你们，快快唱响颂扬的歌谣，
做起午夜典礼的活动。
每个人都迈着脚步来到着鲜花满地的草地上，
忘情地跳动，舞蹈，
彼此间嬉闹，玩笑，
勇气充满着整个胸膛。

快走，快让那音乐的旋律飞扬起来，
大声唱着总是庇佑着我们家园的女神——
索忒伊拉的赞歌，
才不去理索里基奥那斯是否愿意。
你们要对水果丰登的女神唱起另外的赞歌，
王冠戴在头上的得墨忒耳；
将她装扮起来，
让美妙的歌曲从喉咙里面飘逸出来，褪去她的衣衫；
得墨忒耳，庇佑我们这神圣仪式的女神，
帮助你的歌队吧，
让我就这样在整天的欢娱中度过，
并快乐无误地翩然舞动，
让我开很多的玩笑，
口若悬河的妙语连珠；
当你的节日的宴席终将曲终人散的时候，
就让那宣告着胜利的花环落到我的手中。
现在，你们快用我们歌队的鲜花，
来邀请那美丽的天神，
伊阿科斯，受人尊敬的神，
你对我们这仪式的美好的愿望了然于心；
请跟随着我们的脚步，
一起去到女神那里；
快指引我们踏上一条轻松的小路；
伊阿科斯，热衷跳舞的天神，
请同我们在一起，
你为了节约，把这碎步和草鞋再分成碎片，
好让观众们笑得牙齿都掉了；
你找寻到了这办法，
既不让我们受损，又有好的歌舞和娱乐，

伊阿科斯，爱跳舞的天神，
请与我们同在，
看，此刻
就在我不经意的斜眼一瞟里，
我看到了一个笑容满面的美丽小姑娘那如葡萄般的乳头从她那皱褶的衣服里裸露出来。

狄俄尼索斯　我从来都是个对凑热闹情有独钟的一个人，此刻我也真想和她们一起舞动，玩乐。

克桑西阿斯　我也是，我也是。

歌队　你们是否愿意一起来跟阿尔海提摩斯开一个玩笑？
他在我们的故乡已经定居整七年了，
但他的亲戚却一个也找不到，
现在他是那些在地面上失去灵魂的人的头领，
也是坏蛋当中数一数二的一个，
我的耳旁传来克里斯塞尼斯的儿子俯首在这坟头上怎样痛彻心扉地以泪洗面；
他双膝跪地捶打着地面，痛哭流涕着，
还从“马拉卡活里”请来了那位“塞阿密”，
他说，“阿洛赫波尔洛斯”的卡利阿斯，
曾经把狮子头戴在脑袋上，
还同女人的阴部打过海战。

狄俄尼索斯　你们能否告诉我，普路同家在哪里？我们来自离这里很远的异乡人，刚刚抵达这里。

歌队　你的双脚不用再迈上更长的旅途，也用不着来询问我。
要知道，你此刻脚下所站的这片地面就是他的大门前。

狄俄尼索斯　再把包袱扛在你的肩上，小伙子。

克桑西阿斯　究竟要怎样呀？咱们怎么总是在同一件事情上面周而复始地循环重复呢？

歌队　此时此刻，参与这圣典的全部人儿，

快迈起你们的脚步从这遍野鲜花的树林里面穿过去
去到女神的圣地。
而我，
却要去到那姑娘们和妇女们彻夜娱乐的地方，
去负责把这圣火传接给她们。
在那满地野花装饰的草地上，
玫瑰娇艳着绽放着它们美丽的容颜；
来吧，
把我们的脚步挥动出最美的舞步，
翩然起舞；
平易近人的摩拉伊[①]们早已这样开始，
对我们这群狂欢的信徒，
炙热的太阳也散开了的阳光，
我们的一言一行，
获得了外乡人和本地人的一致的尊敬。

三　第一场

【狄俄尼索斯和克桑西阿斯来到了普路同的门前。

狄俄尼索斯　现在，我该以什么样的方式来敲响这扇门呢？怎么敲？在这里居住的人都是以怎样的方式敲门的？

克桑西阿斯　别啰里啰唆，用上你的最大力气去敲。你把自己装扮成赫拉克勒斯的模样，那就也该有他那么大的力气。

狄俄尼索斯　伙计，伙计！

---

① 摩拉伊：是三位命运女神的合称，分别是：克罗托、拉克西斯和阿特洛波斯；克罗托纺织人类的生命线，决定生命的长短；拉克西斯掌管人的命运是繁荣还是枯竭；阿特洛波斯则负责剪短人的生命线。摩拉伊权力很大，连宙斯都无法逃脱她们的摆布，三位复仇女神是她们的伙伴和随从。

埃阿科斯[1]　打开门。

埃阿科斯　是谁呀！

狄俄尼索斯　是勇猛无畏的赫拉克勒斯！

埃阿科斯　嘿，是你呀！你这个恬不知耻、令人反胃的、颜面无存的东西！臭家伙，浑身臭气熏天的家伙。就是你，把我家的看家狗——刻耳柏洛斯给捉住了。你用你那肮脏的双手牵着它的脑袋，把它给掠夺走了。

现在你可是掉进了这陷阱里来了。
隐藏在斯提伽斯河里巨大的黑石礁，
阿哈隆达斯那血淋淋直流的石块，
和在革基多斯四周奔跑着的恶狗，
都恶狠狠地盯着你；
还有那长着一百个脑袋的毒蛇，
也将会把你的血肉撕裂成一块块碎片，
那塔尔狄西亚的水藻会包裹着你的肺，
里维斯的荷耳活洛斯们，
会把你体内的肠子和肾脏，
一点一点地通通吃掉。

克桑西阿斯　嘿，你在做什么呀？

狄俄尼索斯　我吓得裤子都快要湿了，你还不赶紧呼喊天神！

克桑西阿斯　快站起来，傻瓜！别让外人把你这猥琐的样子刻在眼睛里。

狄俄尼索斯　他走了，我真的头晕目眩地快要晕倒了。给我拿块湿海绵来，让我平静慢慢地安慰我的心。

克桑西阿斯　拿去，擦吧。唉，你擦哪儿去呢？

【狄俄尼索斯擦后背。

克桑西阿斯　奥！高高在上的天神啊！你的心是在那儿生根发芽的吗？

---

① 埃阿科斯是宙斯和埃葵娜的儿子，为人十分诚实正直。他参加过特洛伊战争，死后被宙斯安排到冥府任那里的司法判官。

狄俄尼索斯　因为恐惧，我的心都从我的脚底下溜走了。

克桑西阿斯　你的胆子可真是神和凡人中最小的一个。

狄俄尼索斯　我吗？我怎么会是胆小鬼，我不是向你要海绵了吗？要是别人是不会这样做的。

克桑西阿斯　那他会是什么样子？

狄俄尼索斯　他会一动不动地坐在那里，并且会腐烂发臭起来，如果他是胆小鬼的话。而我呢，我站了起来，还把自己给洗涮干净了。

克桑西阿斯　不错嘛，小伙子。

狄俄尼索斯　我认为是这样的。难道你就没有因为他那恐怖的言语和恐吓而瑟瑟发抖吗？

克桑西阿斯　我根本就没有放在心上。

狄俄尼索斯　那好，既然你如此勇敢，你的心也宣告着从不对恐惧点头哈腰，那干脆你把这狮子头和短棒拿去，装扮成我算了；这包袱呢，就由我来扛着。

克桑西阿斯　那就赶紧给我吧，好让我向你证明我的话。

【他们互换行头。

克桑西阿斯　看看我，赫拉克勒斯克桑西阿斯，看看我到底是否是个胆小鬼，看看我的心是否也像你的那样瑟瑟发抖。

狄俄尼索斯　我以宙斯的名义起誓，你简直就和那迈里底的那个浑蛋如出一辙。等一下，等一下，让我把这些包袱背起来。

【从普路同的家里走出来一女奴。

女奴　你来啦，亲爱的赫拉克勒斯，赶快进来！

珀耳塞福涅一听到你要来，便马上跑去和面做面包了。她在锅里放上了两三个碎豌豆荚子和豆子，把它们放在那热情的火焰上烹煮着，并在整头公牛上撒上美味的调料在炙热的火炭上熏烤着，还忙碌地烘烤着甜点儿和薄饼。因此，你还是快把你那尊贵的脚迈进来吧。

克桑西阿斯　谢谢，这些并不是我想要的。

女奴　啊，我可不会让你从我的手里溜走！她已经在开始煮鸡了，还把那些鹰嘴豆给烤上了，又备好了烈性十足的葡萄酒。你快跟着我来吧。

克桑西阿斯　就不！

女奴　来来，别再说笑了，我自然是不会放你走的。在里面有一个女笛子，像一只聪明伶俐的小鸟；还有两三个舞女——

克桑西阿斯　你说什么？舞女？

女奴　她们可都是些妙龄少女，不久之前才褪去了那稚嫩的毛儿，你知道是哪儿。来吧，大师傅已经把那烈焰上的烤鱼端了下来，还安放好了餐桌。

克桑西阿斯　好，好！你先进去，快去告诉舞女们我亲自来了。嗳，伙计！快扛起包袱，跟着我来。

狄俄尼索斯　等等，等等。你是否把我让你扮演赫拉克勒斯的这事给当真了啊？别在这满嘴的胡言乱语，还不快点把这身行头给我脱下来！

克桑西阿斯　这是怎么回事啦？你是说，你想把给了我的东西又拿回去呀？

狄俄尼索斯　我可不只是说说，我还用行动表示，快把狮子头取下来。

克桑西阿斯　我反对！我要让天神来判决。

狄俄尼索斯　你想要哪位天神来判决呢？就凭你？一个平凡的人，一个卑下的奴隶，也痴心妄想变成阿尔克墨涅[①]的儿子，这是不是愚蠢至极，荒谬之至吗？

克桑西阿斯　好，好，拿去吧。但是，如果天神愿意，总会有一天你会需要我的帮助的。

【克桑西阿斯把狮子头和短棒还给狄俄尼索斯。

歌队　看来，谁有头脑和主见，
谁才是名副其实的旅行行家；
他总是能在船舱里最稳妥的部位立稳脚步，
也绝不会在同一个地方驻足停留，
他打着精细的算盘，

① 阿尔克墨涅是宙斯的最后一个情妇，他们生了大英雄赫拉克勒斯。

总能把最佳的利益挖掘出来，
就像希拉迈尼斯一样。

狄俄尼索斯　允许一个奴隶——克桑西阿斯，躺在舒适柔软的床上，与一个舞女翻云覆雨，还让我来为他提供服务，甚至于还得让我自己把玩着我的那个东西，来满足他的观淫癖，让这浑蛋的虚荣心得到满足了，然后再让他用他的臭脚一脚把我踢开，踢碎了我的门牙，这不是可笑至极吗！

【一个女店主走出来，看见狄俄尼索斯装扮得像赫拉克勒斯一样，便又叫另一个女旅店主出来。

女店主甲　普拉萨尼，普拉萨尼！来到这儿！这不是那个曾经在咱们店里住过，还一口气把十六根面包囫囵吞下的那个愚蠢的家伙吗？

女店主乙　啊！不就是他吗，以宙斯的名义起誓。

克桑西阿斯　（自言自语）肯定她被谁欺负过。

女店主甲　还吃了二十份煮鱼，一份的价格是半块钱。

克桑西阿斯　（自言自语）肯定她的这些损失需要人来赔偿。

女店主甲　还有不计其数的大蒜。

狄俄尼索斯　我的女士，你感染了疯病吗？你完全不知道自己在说些什么吗？

女店主甲　你以为你把厚底靴穿上，我就认不出你来了吗？还有，我还没有把那些你喝进肚子的牛肚汤给提出来呢？

女店主乙　还有那些从他喉咙里面吞进去的鲜奶酪。

女店主甲　后来，只要我一开口要他付钱，他便把他的眼珠睁得比牛还大，恶狠狠地瞪着我，对着我大口大口地喘着粗气。

克桑西阿斯　他一向是如此的，这是他的习惯。

女店主甲　他把剑拔出来，像个疯子一样。

女店主乙　对，我可怜的人，以宙斯的名义起誓。

女店主甲　我们因为恐惧，便马上逃到阁楼上去躲着。结果，他呢，却就此一去不回了，还顺手牵羊地裹走了草席。

克桑西阿斯　这些事也是他能做得出的。

女店主甲　我们得赶紧行动起来；快去，把我的保护人克瑞翁叫来。

女店主乙　还有你，也赶紧去。看见我的主子依波尔乌罗，也叫他快来。

女店主甲　把他弄残废了！你这张令人憎恨的臭嘴，但愿我能像商人一样，用一块巨大的石头把你的嘴巴砸得稀巴烂；让你把我的货物吃得一点不留。

克桑西阿斯　让我也来把你从这悬崖上推下去。

女店主乙　我要去找把镰刀，一刀把你那吞掉我许多香肠的气管给割下来。

女店主甲　我到克瑞翁那儿去，今天他就会把你送上法庭，让你对你的债务负责。

狄俄尼索斯　假使我对克桑西阿斯不宠爱的话，那我可真是死得罪有应得。

克桑西阿斯　我清楚，我清楚你脑袋里在盘算着什么。把你嘴巴给闭上吧，少来这一套，我说什么也不会再去装扮赫拉克勒斯了。

狄俄尼索斯　啊，你千万别这样说，我的克桑——

克桑西阿斯　就凭我？一个平凡的人，一个卑下的奴隶，也痴心妄想变成阿尔克墨涅的儿子？

狄俄尼索斯　我知道，我知道，是我惹你生气了，是你有理，你用你那强劲有力的拳头捶打我吧，我是不会反抗的。如果这次我再反悔的话，就让我，我的妻子和孩子，还有那眼睛烂了的阿尔海提摩斯都一起去与鬼碰面吧。

克桑西阿斯　有了这些誓言嘛，我才会对你的誓言欣然接受。

【他们再次互换行头。

歌队　现在，既然你又把你刚才穿过的服饰笼在了你身上，
再次以那惊骇的样子重新出现在众人的面前，
并维持着你所扮演的这个神的样子，
那么，你就应该做点正经的事儿了，
因为，如果从你的嘴里吐出什么愚蠢的话语，
或是懦弱胆怯的词语，
我敢保证，
你会注定去再次把那些沉重的包袱压在你的身上的。

克桑西阿斯　好朋友，你们的建议非常的正确。其实，此刻我的心里也是这样想的。我很清楚，当好运气再次降临的时候，他肯定还会把我脱光的。但是我会让勇气充满着我的身体，我的目光也会变得如野艾的味道一般尖锐凶狠。我已经准备好了，我的耳旁传来了大门打开的吱呀声。

【普路同的宫门打开。

【埃阿科斯和两个奴隶从里面出来。

埃阿科斯　快把那偷狗的人给捆绑起来，让他接受惩罚的眷顾；快，别拖延时间。

狄俄尼索斯　（自言自语）肯定他被谁欺辱过。

克桑西阿斯　嘿，去他的！看谁敢靠过来半分。

埃阿科斯　嗬，还执拗起来啦？提提拉斯，斯凯福利阿斯和帕尔多卡斯，来人啊！把他往死里打。

狄俄尼索斯　啊，去偷窃别人的财产，再把它们毁掉，这真的是太恐怖了！

埃阿科斯　简直难以置信。

狄俄尼索斯　真是太可恨，行为太恶劣了。

克桑西阿斯　以天神的名义起誓，如果我曾几何时踏入过这里，或是我的双手偷窃过什么价值分毫的东西，就让我的生命在这里终结吧。来，让我来助你们一臂之力，把这个奴隶给抓住，拷问他，如果你们能找出什么来，证明我哪儿做得不对，就把我带去杀了吧。

埃阿科斯　那我怎么拷问他呢？

克桑西阿斯　无论用什么方式都行。用绳索把他吊在树上，用拳头揍他，用鞭子抽他、扭他，把笨重的石头放在他的背上让他去背，把酸溜溜的醋灌进他的鼻孔里，干什么都行，只是打他的时候别用韭菜和鲜蒜。

埃阿科斯　你说得对。但是假若我把你的奴隶给打成了残疾，我是否还得对你这方面的损失进行赔偿呢？

克桑西阿斯　用不着，让他去见鬼吧。在他的身体上踏上亿万只脚吧，让他永世翻不了身。

埃阿科斯　就在这里吧，让他当着你的面说出来。快把你肩上的包袱卸下来，小心点，别从嘴巴里面吐出谎言。

狄俄尼索斯　我反对你让他们来对我进行拷问，因为我是不会死的；如若不然的话，你将会把你出生的时辰给泄露出来。

埃阿科斯　你说什么？

狄俄尼索斯　我说我是不会死的，因为我是狄俄尼索斯，是宙斯的儿子；而他，才是真正的奴隶。

埃阿科斯　你听见了他所说的话了吗？

克桑西阿斯　我听见了，这才应该让你揍他的时候揍得狠劲点儿。如果他是真的天神的话，那他是不会感觉到疼痛的。

狄俄尼索斯　好，既然如此，那你自称你是神，是否也应当让他揍揍你呢？

克桑西阿斯　对，对，你看我们两个，谁先经受不住拷打，谁先哭着求饶，你就别把那个当作天神对待。

埃阿科斯　这些是你的心里话，你自然是有道理的。都把衣服褪下！

克桑西阿斯　你要采取什么样的方式才能把人打得很公平呢？

埃阿科斯　这很简单，一人挨一棒。

克桑西阿斯　可以，让你见识下我的身体会不会颤抖。

埃阿科斯　我的棒子落在你的身上了，你有感觉啊？

克桑西阿斯　以宙斯的名义，我什么都没感觉吗。

埃阿科斯　我去揍另一个。

狄俄尼索斯　什么时候？

埃阿科斯　嗳，我已经打了你啊。

狄俄尼索斯　可我怎么连一个喷嚏也没打呢？

埃阿科斯　我不知道，我再去试下这个。

克桑西阿斯　你怎么还不开始呀？啊，啊嗬！

埃阿科斯　什么啊嗬呜嗬的，你感觉到痛了吗？

克桑西阿斯　当然没有，我在想狄欧米亚庆祝赫拉克勒斯的节日是在什么时候呢？

埃阿科斯　真是虔诚。咱们再去试试另外一个。

狄俄尼索斯　噢，噢。

埃阿科斯　怎么啦？

狄俄尼索斯　我的眼前出现了有人骑着马在我面前晃来晃去。

埃阿科斯　那你为什么流眼泪？

狄俄尼索斯　是被洋葱那冲人的味儿给熏的。

埃阿科斯　你没感觉到其他的什么吗？

狄俄尼索斯　我根本不在乎。

埃阿科斯　再去看看另一个。

克桑西阿斯　噢喃。

埃阿科斯　怎么啦？

克桑西阿斯　还不赶紧让这个小木片儿从我的身上拿开。

埃阿科斯　这是怎么回事呀？让我再去另外一个面前。

狄俄尼索斯　阿波罗啊！……得罗斯和德尔菲的主人！

克桑西阿斯　他感觉到疼了，难道你的耳朵没听见他的惨叫了吗？

狄俄尼索斯　我吗？当然没有，我只是脑子里突然浮现出了希波那克达斯的诗句而已。

克桑西阿斯　你脑子里什么也没想到。对着他的屁股狠狠地打。

埃阿科斯　对，以宙斯的名义，快把肚子翻过来朝上。

狄俄尼索斯　波塞冬啊！……

克桑西阿斯　这回总有人疼了。

狄俄尼索斯　统治那蓝色的深渊和爱琴海上的洞穴的天神啊！

埃阿科斯　以得墨忒耳的名义，我实在是被你们两个当中到底谁是神给搞糊涂了。到里边来，我们的主子——普路同和珀耳塞福涅，他们自己便是天神，他们的眼睛会辨识出你们真实的身份。

狄俄尼索斯　你说得对，我真希望这样的想法能在我挨棒子之前就能从你的脑子里冒出来。

【全部进去。

四　插曲

歌队　缪斯啊！请把我们这神圣的歌队庇佑在你的胸怀中，
请与我们一起来，让我们的歌声更加动人心弦。
看看这坐在下面席位上大片的群众，
他们智慧超群，胸怀抱负，
比克莱奥丰还要了不起，
那个人不停张合着他那能飙出两种口音的嘴唇，
放着令人作呕的嘶哑的臭屁，
就好似那把尖细的双脚立在野花上的特拉斯的燕子，
唱响着夜莺的哀曲，
因为他心知肚明，
如果真的会出现公正平等的竞争权的话，
他的资格是注定会被取剥夺的。

神圣的歌队应当发出对的教导，
并把有用的建议提供给城邦选择，
首先，我们建议：
全部的人都应当具有合格的公民身份，
并终止一切恐怖吓人的恶劣行为，
即便是有人，
沉迷在了孚里尼赫斯小聪明的诱惑中，
做了错事，我认为，
也应该对他们的行为进行宽容理解；
因为，这些人的双脚虽然踏上象征着错误路标的道路，
但却已经感觉到了悔不当初，
我们就应当原谅他们；
这样，

公民权就会遍布在城邦里的每一个人身上；
对于那些只参与过一次海战，
身份就变得如同普拉戴埃斯人一般荣耀，
从卑下的奴隶转变成了合格的公民[①]的人，
他们真该感到自惭形秽，
但我却不能对你们的行为横加指责，
相反，我对你们的做法持赞成的态度，
这是你们所能做的
行为中唯一的明智的选择。
并且，你们还应当更加倍地去宽容饶恕，
饶恕那些就算是你们的亲人所犯下的过错，
因为，正是他们，以及他们的父亲们，
曾经无数次的
与你们在海上并肩作战，
请你们，
把恼怒抛之脑后，
你们最初的性情，
本是聪慧非常，
让我们甘心情愿地
用平等的权力，
去同所有那些
曾与我们一起在海战中奋勇杀敌的人，
结交成朋友，变化成伙伴，
假若我们高傲自大，
而挺起那圆滚滚的肚子，
扮演成老爷，

① 奴隶们参加了阿尔伊努萨海战后，获释成了自由公民。同样普拉戴埃斯人也获得了很高的荣誉，他们在波斯战争中曾大力支持雅典人。

那么，
当我们的城邦，
在狂风巨浪的怀抱里挣扎呼救的时候，
我们才会恍然大悟，
先前我们所做出的抉择是多么的不理智。

如果危难当头的时候，
我能在与人相处的时候采用正确的方法，
那么，过不了多久，
这正使我们感到麻烦的人，
就算他是个粗野汉子，
也会归顺过来，
停在我们的身边守护着，
对于那个矮子克里耶尼斯，
我想说：像他这样的浑蛋，
任何地方都不会再有了，
那洗澡堂子里出售着白垩，
黑漆漆的煤渣和散发着臭味的肥皂，
这些臭东西落进他的眼里，
他也会担心，
别在他手中刚好没有棍棒的时候，
它们会把他一下子敲晕，再剥去他的衣服。

在我看来，
我们的城邦曾经多少次与好人和品行高尚的人遇见，
我们往昔的，
和新铸造的钱币也经历过相同的情形，
先前的钱币不是假冒伪劣的，
人们也付出汗水与精力去计算它，

好似那是世上东西里最好的，
切割精确、声音倍儿清脆通响，
无论是居住在希腊的人，
还是来自异地的外乡人，都把它使之有道；
这些在昨天和昨天的昨天还流通使用的、
肮脏的、造型上毫无艺术质感的铜币，
是一种时尚。
对于市民，也是如此，
那些我们众所周知的，是出身在家教好的家庭、
品行高尚的、名声威望的、
通理明事、道德高尚的人，
那些成长在跳动的音符、翩然的舞蹈和强健体魄的体育所织造成的氛围中的人，
我们对他们不去尊重；
而对那些刚迁居到这儿的、
浑身铜臭的、异乡的、头发是红色的，
和那些自以为是的聪明人，
我们却给他们提供了一切；
而在以前呢，
就连垃圾这城邦都是不曾那么轻易接受的。
你们应该转变下你们的方式了！
你们这些心里只想着自己私利的人，
要把脚重新走回正道才是；
如果你们改好了，
你们才会得到高尚的人的赞同；
如果你们改不好，
那你们将会品尝到不受人尊敬的滋味。

五　第二场

【克桑西阿斯和一个仆人自普路同的宫中上。

仆人　以伟大的天神的宙斯的名义起誓，你的主子真是个了不起的棒小伙。

克桑西阿斯　他怎能不是呢，虽然在他的脑袋里只对喝酒和搞女人这两样很熟。

仆人　尽管最后证明出来了，你才是假扮成主子的奴隶，可是他对你没有鞭打任何一下来表示惩罚。

克桑西阿斯　如果他像你说的那样做了的话，他会后悔得死掉的。

仆人　奴隶们惯常做的事里面就有你做的这事，其实我也喜欢做这样的事。

克桑西阿斯　请问一下，你喜欢做的事是什么呢？

仆人　我想，当在祈祷的时候，在背地里偷偷地诅咒着自己主人的这事，在新手儿里，我算得上是成绩显著的。

克桑西阿斯　你怎么不提，你吃的、穿的、用的是他们的，却在你临走的时候嘴里还碎碎念的这种事呢？

仆人　这事我也喜欢干。

克桑西阿斯　当你混淆许多东西并把它们搞在一起，事情被弄得一塌糊涂的时候呢？

仆人　嗯，那我也很喜欢，简直喜欢至极。

克桑西阿斯　噢，把全部奴隶庇佑在身下的天神宙斯啊！那么，当你对你的主人侧耳偷听的时候呢？

仆人　那我可会疯的。

克桑西阿斯　还有，当你在外面轻咬你老婆的舌头的时候呢？

仆人　我吗？我在做那样的事时，就好像有种射精似的快感。

克桑西阿斯　噢，太阳神阿波罗啊！快走进让我们互相亲吻彼此的脸颊寒暄问候；然后告诉我，以我们的保护神宙斯的名义，从那里面传出来的吵闹和喊叫是什么呀？是谁在互相咒骂着？

仆人　是埃斯库罗斯和欧里庇得斯。

克桑西阿斯　哦！

仆人　在这个死人飘荡的国度里，可出现了大问题，引发了大的骚动。

克桑西阿斯　是因为什么缘故呢？

仆人　在这里，针对那些伟大的和地位重要的艺术制定了一条法律，就是与他的同行相比，只要谁做的超越了他们，谁就可以被推举坐上那高高在上的宝座，还可以再次把桂冠带在头上，荣耀地生活在普路同的国度里。

克桑西阿斯　我明白了。

仆人　等到另一个在艺术的造诣上有着更加出色的人，他就得拱手把这尊贵的宝座让给那个人。

克桑西阿斯　那埃斯库罗斯的地位在谁的影响下摇摇欲坠了呢？

仆人　他一直在悲剧的桂冠上当仁不让，像一个艺术上的杰出贡献者。

克桑西阿斯　此刻，是谁要取他而代之呢？

仆人　当欧里庇得斯来到这里之后，他就让小偷儿、窃贼和杀死自己父亲的凶手——这些人都是哈得斯这里的常客，表演他的艺术。他们的耳朵一听到他的狡辩，他的对驳场和他的那些双关语，简直快要受不了疯掉了；立刻就把他定义为世界上最智慧卓著的人。因此，就这样，埃斯库罗斯的宝座就这样落进了他的手中。

克桑西阿斯　他们没有把那些石头扔向他吗？

仆人　没有，以宙斯的名义起誓。但是，人们高呼着对此做出判决，选出谁是最好的一个。

克桑西阿斯　就是那些愚蠢的笨蛋吗？

仆人　是呀，他们的呼喊声都震喧到天上去了呢。

克桑西阿斯　埃斯库罗斯就没有属于自己的信徒吗？

仆人　好人总是占少数的，这里也不例外。

克桑西阿斯　那普路同到底打算怎么处理这件事呢？

仆人　他马上就会宣布举办一场戏剧比赛，来对他们的艺术进行裁判和审查。

克桑西阿斯　索福克勒斯怎么没为自己去争取这宝座呢？

仆人　以宙斯的名义起誓，他没有。那个人一来到这里，就加快他的脚步走到埃斯库罗斯的身边，亲吻了他，还抓着他的右手紧紧不放，连要求没有要求就把那争取宝座的机会给放弃了。现在，就像克里狄米狄斯说的，他在等着第二轮的到来呢；假若埃斯库罗斯得了优胜，他就在原地待着不踏出一步；如果不是，他就要去与欧里庇得斯一决高低。

克桑西阿斯　会是这样吗？

仆人　还有一会儿就开始了。肯定会有重大的事情爆发，他们将把承载着诗的天平给打开——

克桑西阿斯　什么意思？他们会采取称量祭祀时的贡羊一样，来对悲剧进行称斤论两吗？

仆人　他们将会取来尺子和皮希，来对诗句和模子的四联句进行测量——

克桑西阿斯　他们是在做砖头呐？

仆人　是对界限和楔子进行测量。因为，欧里庇得斯说，他们要对悲剧进行逐字逐句地审查。

克桑西阿斯　我想，埃斯库罗斯可能会感到气愤的。

仆人　他把他的头低低地埋着，他的眼睛瞪得如同牛眼一般。

克桑西阿斯　那裁判的位置是谁来担任呢？

仆人　这才是个难题，因为他们两个同样身为智者，都有不足之处。而且，如果让雅典人担任裁判，埃斯库罗斯是不愿意的——

克桑西阿斯　他在心里肯定认为他们中的大多数都是小偷儿。

仆人　剩下的在他看来都是一群在对诗的理解价值上就如同傻瓜一样的人。最后，他只好把裁判的权力交付到了你的主人的手上，因为他对这种艺术很是擅长精通。咱们快进去吧，因为如果有什么麻烦纠缠上主子的话，最终还是咱们倒霉。

歌队　那从喉咙里迸发出的如同雷声般震撼的诗人的心房呀，
将把怎样的怒火点燃呀，
他目不转睛地盯着自己的对手，
牙齿间的摩擦发出咯咯的声音，
他的眼睛在疯狂的折磨下变得扭曲不堪；
身披着锃亮的盔甲和轻盈羽毛的词语，
在莽撞的文章里，
将彼此胡乱碰撞，
对着激进的诗人火力全开地对他的言辞狂轰滥炸，
进行着对自己的捍卫。
他用他粗大的拳头猛烈地捶着他多毛的前胸，
那浓郁的毛发，
粗狂豪野地把眉头扭在了一起。

他将对那个人，
把言辞捆绑成把地抛过去，
那言辞，
就像是屋上的房梁被巨人口中吹出的气袭卷得漫天乱飞，
那时候，那口若悬河的、出口成章的、
一直能绵延不断地飞出诗句的舌头，
不停翻动这妒忌的嘴唇，
胸膛不停起伏着大口喘着粗气，
将诗句通通抨击得粉身碎骨。

六　第三场

【欧里庇得斯、狄俄尼索斯和埃斯库罗斯自宫中上。

欧里庇得斯　（向狄俄尼索斯）不要再劝说我了，对于这个位置，我是决不会放手的，我敢说，与他相比，我才是这行中的佼佼者。

七　对驳

狄俄尼索斯　埃斯库罗斯，听了他的话，你为什么保持沉默？

欧里庇得斯　他出场的表现都带着装腔作势的调子，这是在他的每一出悲剧里面都会上演的一个段子。

狄俄尼索斯　好朋友，你说话的口气不要大得太厉害了。

欧里庇得斯　我对他了若指掌，早就把他从里到外地看得通透明了了，他是个顽固不化的专门写怪物的诗人，巧舌如簧，放荡不羁，说话毫无尺度，嘴上没有门锁，擅长单刀直入，毫无顾忌，从嘴里吐出来的都是一大把一大把夸大其词的言论。

埃斯库罗斯　种植蔬菜园的女神的儿子啊，这是真的吗？你这个收罗闲言碎语的爱好者，制造乞丐的始作俑者，缝补破衣的织补者，你好意思这样说我吗？别高兴的过早了。

狄俄尼索斯　闭上嘴巴吧，埃斯库罗斯，你别对往事怀恨在心而怒发冲冠。

埃斯库罗斯　不，我要清楚明白地把这些给揭示出来，这制造瘸子的破坏者，肆无忌惮的是个什么东西。

狄俄尼索斯　诸位小厮，速去牵一头羊来，一头毛发黑色的羊来，因为猛烈的飓风就要漫卷过来了。

埃斯库罗斯　（向欧里庇得斯）你曾经搜寻并把克里特独唱曲集合起来，让诗句沾染上了污秽婚姻的气息。

狄俄尼索斯　最受人敬爱的埃斯库罗斯，你暂且忍耐忍耐吧。不幸的欧里庇得斯，你要是头脑清楚一点，就赶紧从这里脱身而出，躲避着无情冰雹的袭击，以免他在怒火中烧的情况下从他的嘴里喷射出如你脑袋般大的字眼儿，击中你的太阳穴，打出另一个忒勒福斯来！你呢，埃斯库罗斯，也不要再怒发冲冠，平心静气地对他进行批评，同时也把他的批判听进耳朵里去。诗人不应该像那街上卖面包的妇人那般毫无教养，恶言相向，你确像是在火中燃烧的冬青槲那样噼里啪啦地乱吼乱叫。

欧里庇得斯　我已经准备就绪了，永不后退，我先啄他，或是随他的意愿，他先啄我。这儿是我的对话、歌曲、悲剧成长的筋骨，这儿是——宙斯庇佑我——我的《珀琉斯》、《埃俄罗斯》、《墨勒阿格洛斯》，还有《忒勒福斯》。

狄俄尼索斯　埃斯库罗斯，把你的打算告诉我，你想怎么做？

埃斯库罗斯　我愿意比赛的场地选在别处，在这儿举行比赛的条件不公平。

狄俄尼索斯　为什么不公平？

埃斯库罗斯　因为我的诗并没有追随着我的死亡而消失殆尽，而他的诗却随着他生命的结束而形如枯槁了，他可以从他的嘴里把这些诗念出来。但是既然你认为合适，就按你的意思办吧！

狄俄尼索斯　谁愿意去把焚献的乳香、祭祀的火种取来，我要在这场属于他们之间的真实的雄辩敲响开始的罗钵之前，祈求神助我一臂之力使这场比赛评判得最与艺术精神相匹配。（向歌队）用你们动听的嗓音为文艺女神唱响一支歌吧。

歌队　宙斯的女儿们，清纯美丽的处女们，九位缪斯；
立足于巍峨的高峰俯瞰着诗人们头脑中跳动着的慎重的准确的思维的女神；
当他们陷入了那精致复杂的论辩和晦涩难懂的对驳
所交错形成的旋涡的时候，
请你睁大你美丽的眼睛，
那充满着严厉的、完美措辞的诗句在他们之间来回徘徊，
唇舌的碰撞是多么的厉害。
艺术的伟大竞赛开始了。

狄俄尼索斯　在你们俩开始念诗之前，也对神进行焚香祈祷吧。

【埃斯库罗斯焚献乳香。

埃斯库罗斯　滋养着我心灵的得墨忒耳啊，但愿你的密教在我的身上会不负众望。

狄俄尼索斯　（向欧里庇得斯）你也来焚献乳香吧。

欧里庇得斯　不，谢谢你的好意，我要向一些别的神进行祈求。

狄俄尼索斯　是你的私有货物——新铸造的钱币吗？

欧里庇得斯　所言正是。

狄俄尼索斯　那么就向你私有的神提出你的祈愿吧。

【欧里庇得斯焚献乳香。

欧里庇得斯　养育我成长的空气啊，灵活舌头的枢纽啊，与生俱来的聪慧和灵敏的嗅觉啊，保佑我在驳倒传入我耳朵的论调的竞赛上一帆风顺。

歌队　（短歌首节）在你们两位聪明人之间进行对话讨论和歌曲争辩的时候，我们想要知道你们的双脚将会踏在哪一条敌对的道路上。（向观众）那关闭在他们那牙齿的牢笼中的舌头很狠辣，那隐藏在他们体格中的精神很勇猛，那跳动在他们胸膛中的心在呼之欲出。我们预告其中一位会从嘴里说出一系列的美语连珠，另外一位会把词儿掘地三尺，握在手中连根带蒂向对方扑身前去，抛出许多飞来飞去的诗句。

狄俄尼索斯　现在你们赶紧念，把一些美妙的诗句念出来，不要使用比喻，也不要夹带俚语。

欧里庇得斯　有关我本人，我的诗是什么样子，稍后再说，我此刻要先指出来，这家伙就是个闯荡江湖的骗子，他变着戏法把佛律尼克斯培养出来的观众哄得团团转，把他们一个个地当傻子似的对待。他经常把一个角色——一个阿喀琉斯或者尼俄柏——用东西掩藏起来，叫他坐在那里不露面——这是悲剧里的哑戏——不说一句话。

狄俄尼索斯　是的，不说一句话。

欧里庇得斯　接连四首曲子由他的歌队演唱出来，而演员们确实闷着不哼声。

狄俄尼索斯　对于这种沉默不语我倒是很喜欢，与你们今天的喋喋不休比起来，更是称合我心意。

欧里庇得斯　你要有自知之明，这是缘于你思维简单。

狄俄尼索斯　事实如此。但是这样做，某某人是为了什么呢？

欧里庇得斯　说来不就是走江湖惯用的伎俩，让观众的思维陷入混乱的局面，去猜想尼俄柏究竟说不说话，才能让这戏继续进行下去。

狄俄尼索斯　这个坏到骨头里的东西，我上了他的当了！（向埃斯库罗斯）你不停地跺你的脚干什么，急急躁躁的要做什么？

欧里庇得斯　因为我对他进行了批判。这样胡乱闹了一阵之后，戏已经上演了一半了，而他才从他的嘴里断断续续地吐出了十二个体形如公牛般大小的字样，一副怪头怪脑的模样，眉毛和冠毛都直直地竖立起来了，没有一个人听得明白。

埃斯库罗斯　哎呀！

狄俄尼索斯　（向埃斯库罗斯）闭上你的嘴巴！

欧里庇得斯　没有一个字能让人清楚明白。

狄俄尼索斯　（向埃斯库罗斯）你别把你的牙齿咬得咯咯响！

欧里庇得斯　全部是些什么"斯卡曼德洛斯呀""城壕呀""铜打的格律普斯在盾牌上呀？"似悬崖一般的字眼儿，猜不出来究竟要表达什么意思。

狄俄尼索斯　可不是，我曾经也在漆黑漫长的夜晚彻夜难眠，一边猜一边想着"黄褐色的马鸡"是种什么鸟儿。

埃斯库罗斯　那是画在船头上的标志，你这个大笨蛋！

狄俄尼索斯　我还以为是菲罗克赛诺思的儿子厄律克西斯呢！

欧里庇得斯　那你就应该让公鸡的身影介绍进悲剧里吗？

埃斯库罗斯　惹怒众神的仇敌啊，你又把些什么介绍进去了呢？

欧里庇得斯　我敢对着宙斯起誓，反正与你介绍的马鸡或羊鹿——织在波斯花毡上的怪物完全不同。当你的悲剧艺术由我的双手接过来的时候，她那正被夸大的言辞和笨拙的字句塞填得膨胀的肢体，首先，我要把它变苗条，用简短的句子、散步闲谈和清淡的白甜菜来使她的体重减轻，给她调配一些从书里过滤出来的饶舌汁液让她喝，再烹饪一些抒情独唱给她吃——

狄俄尼索斯　（旁白）在把刻菲索丰加上做拌料。

欧里庇得斯　我从不信口雌黄，从不毫无计划就往故事里胡冲乱撞。那最先出场的演员立刻就向观众把剧中的人物和家庭背景介绍得清清楚楚。

狄俄尼索斯　（旁白）我敢对着宙斯起誓，这安排比交代你自己的身家背景好。

欧里庇得斯　戏一开始上演，就没有人闲晾在一边，我的女主角开始说话，奴隶也有着许多的话说，还有主人、闺女、老太婆，大家都有话说。

埃斯库罗斯　你如此胡搞乱弄，不是应该判处死刑吗？

欧里庇得斯　我敢当着阿波罗起誓，不应该，我是依照民主原则行事的。

狄俄尼索斯　算了吧，好朋友，在这上面你是立足不稳的①。

欧里庇得斯　除此之外我还教会（指着观众）他们侃侃而谈。

埃斯库罗斯　你教过他们，可是我希望在他们还没有接受你的荼毒之前，你的肚子就迸裂出个口子死掉。

欧里庇得斯　我向他们介绍灵巧的规则、诗行的标准，教他们用脑想、用眼睛看，教他们去领悟、去思考、去恋爱，玩弄阴谋诡计，起疑心，思虑周到——

埃斯库罗斯　这是事实。

欧里庇得斯　我向大家讲述生活琐事、大家熟悉和经历过的事情，我说得不对的话，大家可以进行批评，因为这些事情大家都是知晓于心的，可以对我的艺术进行评价。我一向都是实事求是，一向都不把（指着观众）他们搞得晕头转向，一向不描述什么库克诺斯、门农和他们马具上装饰用的铃铛，（指着观众）让他们处于惊恐之中。你可以先把他的徒弟的拿来看看，然后再来看看我的。他的是福耳弥西俄斯和马格涅斯人墨该涅托斯、胡子、枪手兼号兵，一边讲着冷笑话，一边用手扳着松树的强盗。而我的却是克勒托丰和聪明伶俐的忒剌墨涅斯。

---

① 意指辩论赢不了

狄俄尼索斯　忒刺墨涅斯吗？他是个聪明人，处事面面俱圆，无论在什么时候陷入了祸事的泥坑，他总能全身而退，从一个开俄斯人转变成了一个刻俄斯人。

欧里庇得斯　我把这样的智慧如提壶掺茶灌注给他们（指着观众），让推论和思索的脚步迈进艺术的殿堂，所以此刻他们能对一切进行观察和辨识，把他们的家务事和其他的事管理得更加出色，观察得更加周全。他们老是问："这件事是怎么一回事？让我去到哪里去寻找呢？是谁拿走了？"

狄俄尼索斯　这倒是所言不虚，所以现今每个雅典人一回到家里，总是开始质问仆人："水壶跑去什么地方了？鲱鱼头是谁啃掉的？我去年买的碗不见踪影了！昨天买的大蒜又去哪儿了？厄莱亚果子缺了一口是谁的牙齿乱咬的？"要是在以前，他们就只是张着嘴巴呆坐着什么也不做，是一些傻小子——一些墨利提得斯。

歌队　（短歌次节）（向埃斯库罗斯）啊，充满荣耀的阿喀琉斯，你的眼睛目睹了这情形，会怎样回答呢？只是……未免因怒气而使自己疯癫，向厄莱亚树外面的地方奔跑过去。他嘴里跑出的话语势如破竹。尊贵的人啊，你回答的时候，切勿动气，暂且把帆蓬收卷起来，只用顶上的边缘，等到风浪平静之后，再一点一点地加速起来，伺机攻击。

狄俄尼索斯　你这位孕育崇高的诗句诞生的，为悲剧披上美丽衣衫的废物的希腊诗人啊，你要无所畏惧地喷射出如滔滔不绝的洪流一般的言语。

埃斯库罗斯　对于我所处的形式，我感到无比的愤怒，只要我的脑袋一出现我必须同这样的家伙对驳，我就感到恶心作呕。但是以防他小人得志说我无言以对，（突然转向欧里庇得斯）你回答我，人们为什么对诗人称赞有加？

欧里庇得斯　因为我们智慧超群，通情达理，能使他们在我们的训练下成为更好的公民。

埃斯库罗斯　如若你不但没有让这一点成为现实，反倒把尊贵善良的人训练成了流氓地痞，你说你该遭受什么样的惩罚？

狄俄尼索斯　必受死刑无疑，无须问他。

埃斯库罗斯　你仔细回想一下，他先前从我手里接过去的人是些什么样子？他们是尊贵的人物，身长四腕尺，不是那些面对着公共义务一味东躲西藏的懦夫，不是像今天这些在市场上闲逛无所事事的懒汉、歹徒、无赖，而是一些手持枪杆、矛头，头戴白鬃盔、铜帽，散发着胫甲气味的英勇之士，胸膛里跳动着一个热情的七重牛皮的心。

狄俄尼索斯　气势汹汹，照此看来他要打造铜盔，把我吓死。

欧里庇得斯　（向埃斯库罗斯）你是采取什么样的方式把他们训练成尊贵的人物的？

狄俄尼索斯　埃斯库罗斯，回答吧，别总是甩着脸子生气。

埃斯库罗斯　我曾写出一部弥漫着战斗精神的悲剧。

狄俄尼索斯　剧名叫什么？

埃斯库罗斯　《七将攻特拜》，凡是看过那部戏的人，没有一个不想着参军打仗的。

狄俄尼索斯　这是你做的好事，激励特拜人在作战方面英勇无惧，你应该挨打。

埃斯库罗斯　你们原本也是可以如此训练的，却把心思用在了别的事情上。此外，我还上演过《波斯人》，颂扬一件最崇高的功业，使你们永远想要打败你们的敌人。

狄俄尼索斯　当听到大流士的鬼魂谈论起我们的胜利的时候，我确实感到十分欢喜，那时候歌队马上一拍双手，嘴里叫出一声“哎哟”。

埃斯库罗斯　作为一名诗人就理应如此地训练人才对。试回首自古以来，那些尊贵的诗人是多么的功绩卓越啊！俄耳甫斯把神秘的教义授予我们，教导我们切勿杀生，穆赛俄斯传授医术和神示；赫西俄德传授农耕术、种植的时令、丰收的季节；而神圣的荷马之所以收获荣耀，受人敬仰，难道不是因为他赐予了我们有益的教诲，教导我们如何布阵列对，如何激励士气，如何武装我们的军队吗？

狄俄尼索斯 可是他没有教会潘塔克勒斯那个大笨蛋，那家伙几天前带领雅典娜节游行队的时候，先把盔戴在头上，然后才去束鬃毛。

埃斯库罗斯 可是还有许多别的勇士是在他的教诲下诞生的，其中包括英雄拉马科斯。我在模仿荷马这方面是故意为之，我的笔下创造出一些帕特洛克罗斯和如狮子般英勇无畏的透克洛斯的各种英雄事迹，鼓励公民们当号声响彻耳畔的时候就学他们的榜样。可是我以宙斯的名义起誓，我从来没有让淮德拉和斯忒涅波亚这类的妓女在我的笔下诞生，也没有谁能指出哪一个满嘴情爱的女人是我创造的。

欧里庇得斯 确实没有，因为你的身上就没有散发出一丝一缕爱情的芬芳。

埃斯库罗斯 最好是没有。可是在你和你朋友们的身上，阿佛洛狄忒的身躯却狠狠地压在上面，把你推翻在地了。

狄俄尼索斯 （向欧里庇得斯）是呀，事实如此，你写的是别人妻子的私情，也正是这种私情让你深陷困境。

欧里庇得斯 你这不幸的傻瓜，我所创造的这些斯忒涅波亚对城邦会惹来什么不好的影响吗？

埃斯库罗斯 你让那些尊贵的妇人、尊贵的公民的妻子在看了你创造的这些柏勒洛丰忒斯感到羞愧万分，服用毒物结束了生命。

欧里庇得斯 难道我描写的淮德拉的故事不是真实的吗？

埃斯库罗斯 是真实的，可是作为一位诗人在面对这种丑事的时候，应该竭力把它们掩盖起来，而不是把它们搬上舞台演出。教训孩子的是老师，教训成人的是诗人，因此我们说有益的话是义不容辞的责任。

欧里庇得斯 你满嘴喷出的吕卡柏托斯山、帕耳那索斯高原，这就是你所谓的教训人们的有益的话吗？其实你应该说人应说的话才是。

埃斯库罗斯 但是，你这触霉头的傻瓜，伟大的见解和思想是要依靠同样伟大的诗句来表达的。那些半神穿在身上的衣服比起我们更加得衣冠楚楚，他们使用更加雄伟的辞藻也是合乎情理的。我费尽心思介绍来的东西，都让你给糟蹋了。

欧里庇得斯　怎么糟蹋的？

埃斯库罗斯　首先，你让那些国王穿上粗布织的破衣烂衫，博取观众的同情心。

欧里庇得斯　这么做有什么害处吗？

埃斯库罗斯　那些富足的公民学聪明了，再也不愿意提供三层桨的战船，他们把那些破布烂衣穿在身上，涕泪纵横，诉说着他们的穷困。

狄俄尼索斯　我敢对着得墨忒耳说，那里面还穿着细毛料的衬袍。他们要是欺骗了城邦，就赶紧溜到市上面去花钱买鱼。

埃斯库罗斯　其次，你教会人去聊天，辩论，就连摔跤学校也变得冷冷清清的，没有人去了，那些侃侃而谈的小伙子的屁股也变尖了，你还劝说那些帕剌罗斯同他们的长官争论。可是我还在人世生活的时候，他们一无所知，每天只是叫嚷着要大麦粑粑，高声唱着“划呀划”。

狄俄尼索斯　是呀，他们还把屁股对着最底层桨手的嘴巴放屁，在餐友们的盘子里溅上屎当作调料，一到岸上，就肆无忌惮地抢劫。可是现今他们却违抗命令，不愿意划桨，随着风儿飘来飘去。

埃斯库罗斯　哪一样坏事不应当贴上他的名号，让他负责？难道他没有描述一些拉皮条的老太婆、把孩子生在庙里的女人、与亲兄弟缔结姻缘的姑娘，叫女人说“活着等于不活着”吗？所以我们的城邦里四处都存活着低等官吏和蛊惑人心的卑劣的猴子，他们一直让人民处在被欺骗的位置，可是当下由于缺乏锻炼，没有一个人能用手举着火把竞赛跑步。

狄俄尼索斯　当真是没有了，在雅典娜节日上，我看见了一个长得白白胖胖的小伙子耷拉着脑袋，落在后面无力地跑着，哭天喊地，叫我笑得满地打滚，在城门口，他的肚子上、肋骨上、腰杆上、屁股上在陶工区居民的手中挨了一顿打，他受了几巴掌，屁股里放出几个屁，把火把的火焰给喷息了，然后偷偷地拍拍屁股溜走了。

歌队　过于庞大的仇愤，过于庞大的争执，暴烈的战争正在从沉睡中苏醒。
当一方给予沉重地打击，另一方又仇恨满怀地回击，
能收获结论实在是太难了。
然而，你们不能老是在同样的东西上来回反复，
还存在了许多别的方式和诡辩术。
你们还有什么想要争论的，就全都脱口而出吧，
就尽情地释放吧，
把那些无论是贴着旧标识还是新标识的，
都拿出来分析剖解吧；
大胆地讲出一些经典的、富含哲理的东西。

然而，假如你们忧虑，观众是否没有文化，
造成无法理解你们那精致诗句里面所蕴含的深意，
根本不用在这一点上浪费你的忧思。
现在大不同与以前了，
人们的阅历上又盖上了出过征、打过仗的印章，
每个人的手里都握着书本，汲取着正确食物里发出的养分。
现在的人们更加的聪慧了，
他们的头脑也更加的灵敏了。
因此，都说出来吧，
别因为观众而闹心，他们，可都是哲人。

八　第四场

欧里庇得斯　（向埃斯库罗斯）现在开始来评判你的开场诗。（向狄俄尼索斯）我要先对这位大师的悲剧的开头部分进行审查，他的剧情介绍得模糊不清。

狄俄尼索斯　先对哪一段进行审查？

欧里庇得斯　审查很多段。（向埃斯库罗斯）先念一段《俄瑞斯忒亚》的内容让我听听。

狄俄尼索斯　全体保持安静！埃斯库罗斯，你念吧。

埃斯库罗斯　（念）

下界的赫尔墨斯，看着父亲的权力，
我来求你保佑我，帮助我作战，
我已经回到祖国，流浪归来。

狄俄尼索斯　在这几行诗里面，你能挑出哪一处错误。

欧里庇得斯　可以挑出十二处以上的错误。

狄俄尼索斯　这里总共才不过三行。

欧里庇得斯　可是每行里面隐藏着十二个缺陷。

狄俄尼索斯　埃斯库罗斯，我劝你别来打岔，如若不然，除了要对你的这三行短长节奏的诗进行批评之外，还要对你也施行惩罚呢。

埃斯库罗斯　我不打岔，放任他在那里胡言乱语吗？

狄俄尼索斯　遵照我的话行事吧。

欧里庇得斯　诗的开头就犯下了弥天大错。

埃斯库罗斯　（向狄俄尼索斯）难道你还不认为你说的话是傻话吗？

狄俄尼索斯　无论傻不傻。

埃斯库罗斯　（向欧里庇得斯）为什么说我犯了错误？

欧里庇得斯　从头到尾再念一遍。

埃斯库罗斯　（念）下界的赫尔墨斯，看着父亲的权力。

欧里庇得斯　这是俄瑞忒斯站在他先父的坟墓前面说出来的话吧。

埃斯库罗斯　我不否认。

欧里庇得斯　他是说赫尔墨斯亲眼目睹了“暴力摧残着他的父亲”，在尔虞我诈的阴谋诡计里面丢掉了性命，在女人的手里命丧黄泉吗？

埃斯库罗斯　他说话的对象不是那个赫尔墨斯，而是身为下界之神的赫尔墨斯。他把想要表达的意思阐述得很清楚，表明他的手中的权力是从他父亲那里传过来的。

欧里庇得斯　假若他的地下职权是来自他父亲那里，这就比我所想象的错上加错了——

狄俄尼索斯　那么就他父亲所传下来的职业而言，他是名盗墓贼。

埃斯库罗斯　狄俄尼索斯，你饮用的酒毫无香气可言。

狄俄尼索斯　再给他念一行，（向欧里庇得斯）你挑刺吧。

埃斯库罗斯　（念）我来求你保佑我，帮助我作战，
我已经回到祖国，流浪归来。

欧里庇得斯　这个自以为是的埃斯库罗斯把同一件事情重复一遍。

狄俄尼索斯　有何凭据说讲了两遍？

欧里庇得斯　你仔细留意他的诗句，我来为你讲解，他既然已说“我已经回到祖国”，又说“流浪归来”。“回到”和“流浪归来”同一码事。

狄俄尼索斯　是的，就如同你对你的邻居说：“请把揉面钵借给我，或是借一个揉面钵给我。”

埃斯库罗斯　（向狄俄尼索斯）你这个狗嘴吐不出象牙的人，这绝不是一样的，遣词也用得恰如其分。

欧里庇得斯　为什么不一样？你究竟是什么意思，告诉我？

埃斯库罗斯　“回到祖国”对于任何一个有家可归的人来说都是适用的，其意表达着他回到家了，不追问他的任何缘由；一个流亡在外的人“回到祖国”，就是“流浪归来”。

狄俄尼索斯　我敢对着阿波罗起誓，这真是精彩极了！欧里庇得斯，还有什么话是你想要告诉大家的吗？

欧里庇得斯　在俄瑞斯忒斯是“得赦还乡”这方面，我是不认可的，因为他是偷偷地跑回来的，并没有获得当局的允许。

狄俄尼索斯　我敢对着赫尔墨斯说，这是精彩极了！（旁白）但是我不明白这是什么意思。

欧里庇得斯　你再念一行。

埃斯库罗斯　（念）我在这坟头上召唤我的父亲！
请他听，用心听。

欧里庇得斯　他又把另一件事重复了两遍，“听”和“用心听”显而易见

的是同一个意思。

狄俄尼索斯　你这坏家伙，要清楚，他是在对着死去的人说话，即使呼唤三遍，也是传不到他们耳朵里去的。

埃斯库罗斯　你的开场诗又是如何写的呢？

欧里庇得斯　我念给你听。假如在哪一处里你听见我说了两次相同的话，或是你看见了偏离主旨的堆砌，你就唾我一脸口水。

狄俄尼索斯　你念吧。我要认真地聆听你那完美无缺的开场诗。

欧里庇得斯　（念）俄狄浦斯最初是一个幸福的人——

埃斯库罗斯　绝对不是，并且是从出生就不幸，在他还孕育在他母亲的肚子里的时候，还没有生活之前，阿波罗就曾预言他的父亲会死在他的手里，那么他最初何来幸福眷顾，成为一个幸福的人呢？

欧里庇得斯　（念）后来成为人间最不幸的人。

埃斯库罗斯　绝对不是成为最不幸的人，而是自始至终都不幸。怎会演变成那样的呢？他出生的时候，正值冬季来临，他们便把他放在瓦盆里面一起遗弃了，以防他成长为人，变成弑父的凶手，后来他的双踝在寒冷的侵蚀下冻得肿了起来，一瘸一跛地来到波吕玻斯那儿。风华正茂的时候与一位老妇人缔结了姻缘，并且这位老妇人是他的母亲，后来他亲手刺瞎了他的双眼。

狄俄尼索斯　即使他和厄剌西尼得斯一起做了将军，依然算得上是一个幸福的人。

欧里庇得斯　胡说八道！我的开场诗都是写得很好的。

埃斯库罗斯　我不再从你每行诗里面挑你每一个词儿的错，而是在神的帮助下，用一个小小的油瓶把你的开场诗撞得面目全非。

欧里庇得斯　你要用一个小小的油瓶把我的开场诗撞得面目全非吗？

埃斯库罗斯　只需要一个就足够了。你是这样描写你的开场诗的，随便一个这样的词儿——“小皮垫”“小油瓶”“小口袋”，都可以灵活地运用在你的短长节奏的诗上。我可以马上为你证明。

欧里庇得斯　你能证明吗？

埃斯库罗斯　能。

狄俄尼索斯　那么你念吧。

欧里庇得斯　（念）埃古普托斯，流行的故事这样诉说，
带着五十个儿子扬帆远来，
停靠在阿尔戈斯上岸——

埃斯库罗斯　丢了小油瓶。

狄俄尼索斯　什么小油瓶？挨打都是自找的！把另一段开场诗念出来，让他再试试。

欧里庇得斯　（念）狄俄尼索斯手握着大茴香杆，
身穿鹿皮，在枞脂火炬的照耀下，
在帕耳那索斯山手舞足蹈——

埃斯库罗斯　丢了个小油瓶。

狄俄尼索斯　哦！我们又让这小油瓶打中了。

欧里庇得斯　这没什么大不了的。在这段开场诗里，他的“小油瓶”就不起作用了。
“没有人是幸福的。
遗传着高贵血统的地主没有财富，
低声乞求着也没有……”

埃斯库罗斯　丢了个小油瓶。

狄俄尼索斯　欧里庇得斯……

欧里庇得斯　怎么了？

狄俄尼索斯　以我之见，咱们还是把船帆收起来吧，指不定这个小油瓶还得吹多久的风呢。

欧里庇得斯　以得墨忒耳的名义起誓，我才不放在心上呢。此时此刻就让咱们从他的手里把它给夺回来。

狄俄尼索斯　好吧。你再念段开场诗，但得注意和油瓶保持距离。

欧里庇得斯　“从前，卡德摩斯，阿格诺尔的儿子，自希多纳离开……”

埃斯库罗斯　丢了一个小油瓶。

狄俄尼索斯　可怜虫，你就出价把这小油瓶收入囊中吧，好让他别再践踏

咱们的开场诗了。

欧里庇得斯　什么？让我从他那儿买？

狄俄尼索斯　你就按照我的话去做吧。

欧里庇得斯　不，我还有好多开场诗没念呢。这些诗他的油瓶是打不中的。

“佩洛普斯，坦塔洛斯的儿子，
当他骑着飞驰的母马，来到皮萨……”

埃斯库罗斯　丢了个小油瓶。

狄俄尼索斯　看见没有，他又在丢这个小油瓶了。行了，我的好人儿，你就出个价给他，把这个小油瓶买下来吧。现在行动也为时不晚，才一个铜子儿，模样也好看。

欧里庇得斯　不，不，不。我还有许多的开场诗。

“从前，伊内阿斯从地里……”

埃斯库罗斯　丢了个小油瓶。

欧里庇得斯　你让我把诗给念完。

“从前，伊内阿斯从地里面把硕果累累的稻穗捡起来，
开始举行祭祀……”

埃斯库罗斯　他丢了一个小油瓶。

狄俄尼索斯　在举行祭祀的时候吗？如何丢的？

欧里庇得斯　别搭理他。你让他试试这个。

“宙斯，正如事实而言……”

狄俄尼索斯　你饶了我吧，他又要重复“丢了个小油瓶儿”。这些小油瓶露面的机会在越长的诗句中越多了，以天神的名义起誓，你尝试说说悲剧的抒情歌吧。

欧里庇得斯　好，在这方面我可要向大家证明他是一个怎样的蹩脚的音乐家了，他总是谱写一些千篇一律的曲调。

歌队　接下来会发生什么呀？
我十分好奇，
对于一个至今为止
还没有谁能在音乐上

赢得过的诗人，
将会把他什么样的缺点公之于众。
我的怀疑，
对一个酒神的艺术家而言，
谁能把错误找出来，
为此我替他担忧不已。

欧里庇得斯　唱得好极了！待会儿你就会知道是怎么回事了。我把全部属于他的音乐都给你重复一遍。

狄俄尼索斯　那我赶紧拿起鹅卵石子来测量。

欧里庇得斯　（唱）哦！佛提亚的国王阿喀琉斯，
当你的耳旁传来战斗的声响，弥漫着血腥的杀戮，
你怎么可能无动于衷？
我们这些在湖边安居乐业的人，
应为赫尔墨斯，我们的祖先增光添彩；
而你，怎么可能，无动于衷？

狄俄尼索斯　埃斯库罗斯，你经历了两次"打击"了。

欧里庇得斯　（唱）阿特柔斯的儿子，强大的君主、
最光荣的阿开俄斯人，请留心我的话。
这打击，哎呀呀，怎么前来拯救呢？

狄俄尼索斯　埃斯库罗斯，你遭受了三次"打击"了。

欧里庇得斯　（唱）保持安静！女祭司前来打开阿尔忒弥斯庙。
这打击，哎呀呀，怎么不前来拯救呢？
我要说起那领导远征军的幸运的元帅，
这打击，哎呀呀，怎么不前来拯救呢？

狄俄尼索斯　众神的统领宙斯啊，如此多的"打击"呀！我要先去冲个凉。受了这些"打击"，我这两个腰子已经肿了起来了。

欧里庇得斯　别着急，再把另外一组用竖琴伴奏的抒情合唱曲，再下定论吧。

狄俄尼索斯　那你就唱吧，可不要把"打击"再掺和进去了。

【奏竖琴乐。

欧里庇得斯　（唱）阿开俄斯人双座上的元帅，希腊青年，
忒楞楞，忒楞楞！
主管斯芬克斯狗、灾难的管理者，被带到，
忒楞楞，忒楞楞！
充满报复的双手握着长矛，领着猛禽，
忒楞楞，忒楞楞！
被空中疾飞的猎狗抓去吃了，
忒楞楞，忒楞楞！
联军在一步步逼近埃阿斯，
忒楞楞，忒楞楞！

狄俄尼索斯　“忒楞楞”是什么玩意儿？是马拉松的吼声，还是你随处捡来的打水调？

埃斯库罗斯　这是我从英雄诗里介绍到英雄剧里去的，我可不像佛律尼科斯那样，在文艺女神圣洁的草原上把同样的花朵采集入怀。这家伙可以从所有的妓女歌曲、墨勒托斯的饮酒歌、卡里亚的双管乐，甚至挽歌、舞曲里东挪点，西借点。我可以立刻证明。谁把竖琴取来！没有必要了，演唱这样的歌曲何须借助竖琴的伴奏？拍贝壳响板的女人在哪里？欧里庇得斯的文艺女神啊，到这里来，这些歌曲只能和着你的节拍清唱。

【一位年轻姑娘拿着贝壳出场。

狄俄尼索斯　这位缪斯是否因为从来没踏入过累斯波斯岛，所以还没发展成为变态？

埃斯库罗斯　（唱）“哦！在势不可当的海潮中唱歌的阿尔基诺，
用凉爽的水珠，
湿润着你们的毛翎；
还有你们，
在角落里害羞的蜘蛛，
在覆盖你们蛛网的房檐下，
依依依地摇着织机编写着歌谣

和造作的诗句；
在通往占卜的航海线上，
热爱艺术的海豚，
也快乐地围绕着蔚蓝色的船头活蹦乱跳。
克拉桑西，葡萄园的甜心，
能根除各种苦痛的植物，
来吧，我的孩子，拥抱着我。
你瞧见这双臭脚了吗？”

欧里庇得斯　瞧见了。

埃斯库罗斯　这里还有，你看见了吗？

欧里庇得斯　看见了。

埃斯库罗斯　你谱写出这样的曲子，你的歌儿就好似依照妓女基利利尼的十二种姿态量身制造的，你竟敢还有胆子来对我加以指责？这就是你的音乐，但是我还是想知道你是如何创造你的独唱歌曲的。

（唱）“哦！黑夜漫漫所召唤来的黑暗啊，
你把我带进了怎样的悲惨的梦境，
那是隐没身影的哈得斯的预示。
失去灵魂的灵魂，
在黑暗里成长的孩子，长着一副恐怖的面容，
身上穿裹着黑色的寿衣，
鲜红的血液从眼眶里不断流出。
多么惊悚、多么猖狂的漫漫黑夜。
来吧，姑娘们，把油上的灯芯点亮，
往水瓶中灌满凉爽的溪流，
将水加热，
为神祇送来的梦境沐浴。
哦！海洋的魔鬼，我的邻居，
瞧瞧这恐怖的场景吧。

克里基偷走了我的公鸡，
却逃得无影无踪。
众山的新娘，
还有你，玛尼亚，还不快去把他捉住。
而我这个可怜的人，
我的脑子，
全消耗在了我的作品上，
依依依地将质地坚硬的亚麻缠进纺锤里，
想织出麻线，
在日出东方时拿到市场上去贩卖。
而它呢，扑打着那不灵活的翅膀朝着天空，
飞走了，飞走了，
只给我留下了痛苦，痛苦，
眼中充盈着泪水，泪水。
你们，克里特的姑娘们，伊达的后代，嘿！
高举着弓来，为战争养精蓄锐，嘿！
快点儿行动，将房屋嘿！包围起来！
在你们身边与你们同在的是狄克婷娜——
带着猎狗的美丽的处女神阿尔忒弥斯，
加快脚步将屋子里里外外搜个通透。
而你，宙斯的女儿，赫卡忒，
快把那两个脑袋的火把
从你手中高高地举起，
让屋内处在一片光亮之中，以便我进去把克里基捉住。”

狄俄尼索斯　够了，唱得够了。

埃斯库罗斯　我也认为够了。现在我得把他们拿到秤上去，好好地称一称咱们诗歌的重量。它可以把这些诗句的重量全部称出来。

狄俄尼索斯　你们到这儿来。既然这件交付到我的手上，就让我来负责称这些诗句，就如同称奶酪似的。

歌队　聪明的人在麻烦面前可从来不畏惧。
这儿又诞生了新的奇迹，
又新颖，又诡异，
这是让人无法想象。
要是谁无意中告诉我这样的事，
依天神的名义起誓，我绝不会相信，
我一定以为他信口雌黄，胡说八道。

狄俄尼索斯　快，快把秤装满。

埃斯库罗斯
欧里庇得斯　好嘞！

狄俄尼索斯　你们一人拿一个秤，然后对着它念出你们的句子。在我叫出“咕咕”之前，千万别把秤放下。

埃斯库罗斯
欧里庇得斯　我们把秤拿起来了。

狄俄尼索斯　让诗句从你们的嘴里飞出来，降落到秤上吧。

欧里庇得斯　“啊！但愿阿耳戈船不曾飞过那……”

埃斯库罗斯　“哦！斯佩尔希奥斯河，哦！草地……”

狄俄尼索斯　咕咕。

埃斯库罗斯
欧里庇得斯　我们把秤放下了。

狄俄尼索斯　这个秤的诗句的重量重。

欧里庇得斯　那是为什么？

狄俄尼索斯　为什么？他放进去了那么大条河流，流淌的水把诗句都弄得湿漉漉的，就像是投机商贩卖的羊毛似的。而你却把那轻盈盈的羽毛放进了你的诗句。

欧里庇得斯　那就让他再念一句来称。

狄俄尼索斯　你们再把秤举高一点。

埃斯库罗斯
欧里庇得斯　好嘞。

狄俄尼索斯　念吧。

欧里庇得斯　“规劝的庙宇只能用语言建筑。”

埃斯库罗斯　“死亡不接受任何礼物。”

狄俄尼索斯　把秤放下。

埃斯库罗斯
欧里庇得斯　放下了。

狄俄尼索斯　这次还是埃斯库罗斯的诗句重。他这里面把死亡安放了进来，这可是不幸之中最严重的。

欧里庇得斯　我用的是规劝，这才是最好的诗句。

狄俄尼索斯　规劝太轻了，又毫无意义可说。你再找找，翻出一些体重更重、质量最硬、体积更大的东西来，它们得让秤砣心甘情愿地低头才行啊。

欧里庇得斯　这些东西你让我去哪儿找呢？哪儿？

狄俄尼索斯　让我告诉你：“阿基琉斯甩出了两张王牌和一张四”，好了，快说吧，这是最后一秤了。

欧里庇得斯　“他把一块像铁一般重的木头抢夺了过来。”

埃斯库罗斯　“死亡上背着死亡，战车上背着战车。”

狄俄尼索斯　你可又玩完了。

欧里庇得斯　怎么了？

狄俄尼索斯　他把两架战车和两个死亡放在了一起，就算是有一百个埃及人也无法把他们抬离地面。

埃斯库罗斯　我说咱们就别再逐字逐句地比下去了，你干脆允许他，这个基菲索人，自己站在这个秤上来，再加上他的孩子、老婆、他的书。而我，只需再念两个句子。

【冥王普路同自宫中上。

普路同　……

狄俄尼索斯　他们两人都是我的朋友，我不好做出判决。我不愿成为他们任何一方的敌人。在我看来，他们中有一个聪慧过人，有一个确很讨我喜欢。

普路同　你千里迢迢来到这里就是因为这件事，现在你又想半途而废了吗？

狄俄尼索斯　假若我判决了，那又怎么样呢？

普路同　你判决胜利的旗帜在哪方升起，你就带哪一个走，免得跑一趟一无所获。

狄俄尼索斯　谢谢你！（向埃斯库罗斯和欧里庇得斯）请听我的解释，我此次前来是为了迎接诗人重回人间的。

欧里庇得斯　为什么要迎接诗人？

狄俄尼索斯　为了拯救城邦，举行歌舞。你们两人谁能对城邦提出更好的劝谏，我将为谁张开我的怀抱。首先，对于亚尔西巴德这个人，你们有什么样的看法？城邦正为这件事苦恼不已。

欧里庇得斯　但是城邦对他有什么样的看法呀？

狄俄尼索斯　什么看法吗？对他又想念，又憎恨，又想把他召唤回来。请对着我说说你们的看法。

欧里庇得斯　对于一个对祖国援助出手何其迟，伤害何其快，而面对自己的私事却有办法、对城邦公益毫无贡献的公民，我从心里感到憎恨。

狄俄尼索斯　波塞冬啊，这句话简直精彩极了！（向埃斯库罗斯）你如何看？

埃斯库罗斯　万万不可将狮崽子圈养在城里，既然已经养了一只，那就得顺着它的脾气百依百顺。

狄俄尼索斯　救主宙斯啊，这可真是难以做出决断。一个说得巧妙，一个说得通透。你们每人再谈谈对于城邦的安全问题有什么建议。

欧里庇得斯　只要有人把喀涅西阿斯当作翅膀粘在克勒俄克里托斯的肩膀上，微风吹来他们便能和着风劲飘到海面上。假使一旦发生海战，他们可以拿起醋瓶子瞄准敌人的眼睛洒醋。

狄俄尼索斯　这倒是有趣，可是这是什么意思呢？

欧里庇得斯　我知道，愿意告诉你。

狄俄尼索斯　快点说！

欧里庇得斯　当我们现在的心里对现在所不信赖的可以信赖、现在所信赖的不可信赖的产生一种怀疑的时候——

狄俄尼索斯　什么？我没有听明白。请你讲得通俗易懂一点，少卖弄你的小聪明。

欧里庇得斯　只要对于我们此刻所信赖的公民不再产生信赖，而是去任用那些未被任用的人，我们就有救了。眼下虽然正在遭受着不幸，但是只要从相反的方向前进，一定就能获得拯救的办法。

狄俄尼索斯　帕拉墨得斯啊，精彩极了！你真是一个绝顶聪明的人！这个想法是来自你自己的还是刻菲索斯的？

欧里庇得斯　是来自我自己的，醋瓶子是刻菲索斯的。

狄俄尼索斯　（向埃斯库罗斯）你呢，有什么样的想法要告诉我？

埃斯库罗斯　你先告诉我，城邦任用的是什么人。是好人吗？

狄俄尼索斯　怎么可能？他对好人恨之入骨。

埃斯库罗斯　难道他对坏人很喜欢？

狄俄尼索斯　喜欢倒也谈不上，不过没办法，只好将就凑合。

埃斯库罗斯　穿呢的不合适，穿皮的也不合适，这样的城邦，我们应该如何去拯救？

狄俄尼索斯　看在宙斯的分儿上，快把你的脑袋转起来，要是你想要重返人世的话。

埃斯库罗斯　那就等我到了那里再说，在这里我不愿意说。

狄俄尼索斯　快别这样说，就从这里作为开始，把你的忠告送上去。

埃斯库罗斯　只要他们把敌人的土地当作自己的，把自己的土地当作别人的，把战船当作财富，把财富当作贫穷。

狄俄尼索斯　说得妙极了，但是它们让陪审员给侵吞了。

普路同　（向狄俄尼索斯）现在判决吧。

狄俄尼索斯　我要这样判决：我选择我心里喜欢的人。

欧里庇得斯　你曾经当着众神发誓，答应带我回家，现在你把那些神牢记在你心中吧，做出你的选择吧。

狄俄尼索斯　“是我的嘴立了誓”；我选择埃斯库罗斯。

欧里庇得斯　啊，人之中最卑鄙无耻的人，你做的这是哪门子事？

狄俄尼索斯　我吗？我裁决埃斯库罗斯获得胜利。如何能不这样裁决呢？

欧里庇得斯　你做了这么件无耻的事，还好意思见我吗？
狄俄尼索斯　假如观众不觉得无耻，那我又有什么无耻的呢？
欧里庇得斯　没心没肝的家伙，你竟眼睁睁地看我死去吗？
狄俄尼索斯　谁知道生不过是死，呼吸不过是吃吃喝喝，睡觉不过是一张羊皮？
普路同　狄俄尼索斯，两位请进。
狄俄尼索斯　进去做什么？
普路同　给两位饯行。
狄俄尼索斯　你说得真好，这个我很欣然接受。

【普路同引狄俄尼索斯和埃斯库罗斯进宫。

【欧里庇得斯随入。

九　退场

歌队　头脑灵活，身强体健的人，
才是幸福的。
这一点在很多东西上都得到证实。
因为，谁展示了知识和智慧，
谁就能重新踏入人间。
他拥有善良美德，
这于朋友和亲人都是好的，
对他本人和城邦也带来益处。

你最好和苏格拉底保持一定的距离，
啰啰唆唆。
抛弃诗歌，
抛弃任何
高雅的悲剧艺术。
你把自己耗费在故作深沉的诗句里和毫无意义的对话中
虚度光阴，

真是再清楚不过的愚蠢的行为。

【狄俄尼索斯、埃斯库罗斯和普路同自宫中上。

普路同　埃斯库罗斯，祝你一路顺风，前去用充满善意的劝说拯救我们的城邦脱离苦难，好好教训那些蠢笨的人，那种人现在多如牛毛，把这个（给埃斯库罗斯一把剑）带给克勒俄丰，把这些（给埃斯库罗斯两个活套）交到税务员密耳墨刻斯和尼科马克斯的手上，把这个（给埃斯库罗斯一碗毒芹汤）交给阿刻诺摩斯，转告他们赶紧到这里来，不得拖延时间，倘若他们不赶紧的，我敢当着阿波罗起誓，我要在他们的身上烙上印记，在他们的脚上套上脚镣，把他们，连同琉科罗福斯的儿子阿得曼托斯一起，以意想不到的速度押解下来。

埃斯库罗斯　谨遵指令。请让索福克勒斯接替我的位置，有他照看，一直到重新回来为止。论才华，在我看来，他仅次于我。千万记住，别让那坏家伙，那谎话连篇的、卑鄙无耻的人坐在我的位置上，即使他不愿意坐。

普路同　（向歌队）你们为他们点燃那神圣的火炬吧，唱着他的歌曲欢送他们吧。

【狄俄尼索斯和埃斯库罗斯向观众左方的出口慢慢退出。

歌队队长　（唱）地下的神灵啊，诗人正动身踏上重见阳光的回程，
请赐予他一路顺风，赐予他高明的见解，
为城邦创造前所未有的幸福，此后我们，
将再也不会看见巨大的忧患和痛心疾首的兵刃相向。
且让克勒俄丰和（指着观众）其他热衷战争的人，
回到他们自己的国土上去作战吧。

【狄俄尼索斯和埃斯库罗斯自观众左方下。

【歌队随下。

【普路同进宫。